国家出版基金项目
NATIONAL PUBLICATION FOUNDATION

外国文学学术史研究

主编
陈众议

肖洛霍夫学术史研究

刘亚丁 等著

译林出版社

图书在版编目(CIP)数据

肖洛霍夫学术史研究 / 刘亚丁，荣洁，李志强等著.
—南京：译林出版社，2014.9
(外国文学学术史研究/陈众议主编)
ISBN 978-7-5447-4934-3

Ⅰ.①肖… Ⅱ.①刘… ②荣… ③李… Ⅲ.①肖洛霍夫，M. A.(1905～1984)—人物研究 ②肖洛霍夫，M. A.(1905～1984)—文学研究 Ⅳ.①K835.125.6 ②I512.065

中国版本图书馆 CIP 数据核字（2014）第 186204 号

书　　名　肖洛霍夫学术史研究
作　　者　刘亚丁、荣洁、李志强、罗悌伦、邱晓林、宁虹、刘祥文
责任编辑　冯一兵
出版发行　凤凰出版传媒股份有限公司
　　　　　译林出版社
出版社地址　南京市湖南路 1 号 A 楼，邮编：210009
电子邮箱　yilin@ yilin. com
出版社网址　http://www. yilin. com
经　　销　凤凰出版传媒股份有限公司
印　　刷　江苏凤凰扬州鑫华印刷有限公司
开　　本　718 毫米 ×1000 毫米　1/16
印　　张　21
插　　页　4
字　　数　282 千
版　　次　2014 年 9 月第 1 版　2014 年 9 月第 1 次印刷
书　　号　ISBN 978-7-5447-4934-3
定　　价　58.00 元
译林版图书若有印装错误可向出版社调换
(联系电话：025-83658316)

总序

在众多现代学科中，有一门过程学。在各种过程研究中，有一种新兴技术叫生物过程技术，它的任务是用自然科学的最新成就，对生物有机体进行不同层次的定向研究，以求人工控制和操作生命过程，兼而塑造新的物种、新的生命。文学研究很大程度上也是一种过程研究，从作家的创作过程到读者的接受过程，而作品则是其最为重要的介质或对象。问题是，生物有机体虽活犹死，盖因细胞的每一次裂变即意味着一次死亡；而文学作品却往往虽死犹活，因为莎士比亚是“说不尽”的，“一百个读者就有一百个哈姆雷特”。

换言之，文学经典的产生往往建立在对以往经典的传承、翻新乃至反动（或几者兼有之）的基础之上。传承和翻新不必说，即使反动，也每每无损以往作品的生命力，反而能使它们获得某种新生。这就使得文学不仅迥异于科学，而且迥异于它的近亲——历史。套用阿瑞提的话说，如果没有哥伦布，迟早会有人发现美洲；如果伽利略没有发现太阳黑子，也总会有人发现。同样，历史可以重写，也不断地在重写，用克罗齐的话说，“一切历史都是当代史”。但是，如果没有莎士比亚，又会有谁来创作《哈姆雷特》呢？有了《哈姆雷特》，又会有谁来重写它呢？即使有人重写，他们缘何不仅无损于莎士比亚的光辉，反而能使他获得新生，甚至更加辉煌灿烂呢？

这自然是由文学的特殊性所决定的，盖因文学是加法，是并存，是无数“这一个”之和。鲁迅谓文学最不势利，马克思关于古希腊神话的“童年说”和“武库说”更是众所周知。同时，文学是各民族的认知、价值、情感、审美和语言等诸多因素的综合体现。因此,文学既是民族文化及民族向心力、认同感的重要基础,也是使之立于世界之林而不轻易被同化的鲜活基因。也就是说,大到世界观,小到生活习俗,文学在各民族文化中起到了染色体的功用。独特的染色体保证了各民族在共通或相似的物质文明进程中保持着不断变化却又不可淹没的个性。惟其如此,世界文学和文化生态才丰富多彩,也才需要东西南北的相互交流和借鉴。同时,古今中外,文学终究是一时一地世道人心的艺术呈现,建立在无数个人基础之上,并潜移默化、润物无声地表达与传递、塑造与擢升着各民族活的灵魂。这正是文学不可或缺、无可取代的永久价值与恒久魅力之所在。

于是,文学犹如生活本身,是一篇亘古而来、今犹未竟的大文章。

此外,较之于创作,文学研究则更具有意识形态和上层建筑属性,因而更取决于生产力和社会形态、社会发展水平。这也是马克思主义的基本观点之一。如是,我国现代意义上的文学研究起步较晚,外国文学研究更是如此。虽然以鲁迅为旗手的新文学运动十分重视外国文学,但从实际成果看,1949年前的外国文学研究却基本上属于旁批眉注、前言后记式的简单介绍,既不系统,也不深入。因此,我国的外国文学研究几乎可以说是在新中国成立以后全面展开的,而系统的外国文学学术史研究,这还是第一次。

二

学术史研究也是一种过程学,而且是一种相对纯粹的过程学。不具备一定的学术史视野,哪怕是潜在的学术史视野,任何经典作家作品研究几乎都是不能想象的。

然而,后现代主义解构的结果是绝对的相对性取代了相对的绝对性。于是,许多人不屑于相对客观的学术史研究而热衷于空洞的理论了。在一些人眼里,甚至连相对客观的真理观也消释殆尽了。于是,过去的“一里不同俗,十里言语殊”,成了如今的言人人殊。于是,众声喧哗,且言必称狂欢,言必称多元,言必称虚拟和不确定。这对谁最有利呢?也许是跨国资本吧。无论解构主义者初衷如何,解构风潮的实际效果是:不仅相当程度上消解了真善美与假恶丑的界限,甚至对国家意识形态,至少是某些国家的意识形态和民族凝聚力都构成了威胁。然而,所谓的“文明冲突”归根结底是利益冲突,而“人权高于主权”这样的时鲜谬论也只有在跨国公司时代才可能产生。

且说经典在后现代语境中首当其冲,成为解构对象,它们不是被迫“淡出”,便是横遭肢解。所谓的文学终结论也正是在这样的背景下提出来的。它与其说指向创作实际,毋宁说是指向传统认知、价值和审美取向的全方位的颠覆。因此,经典的重构多少具有拨乱反正的意义。

正是基于上述原由,中国社会科学院外国文学研究所于2004年着手设计“外国文学学术史研究工程”计划,并于翌年将该计划列入中国社会科学院“十一五规划”。这是一项向着重构的整合工程,它的应运而生,标志着外文所在原有的“三套丛书”(即20世纪60至90年代——“文革”时期中断——的“外国文学名著丛书”、“外国古典文艺理论丛书”和“马克思主义文艺理论丛书”)等工作的基础上又迈出了新的一步,也意味着我国的外国文学研究已开始对解构风潮之后的学术相对化、碎片化和虚无化进行较为系统的清算。

于是,关乎经典的一系列问题将在这一系统工程中被重新提出。比如,何为经典?经典是必然的还是偶然的?经典重在表现人类的永恒矛盾(用钱锺书的话说是“两足动物的基本根性”)呢,还是主要指向时代社会的现实矛盾?它们在认知方式、价值判断、审美取向方面有何特征?经典及经典批评与时代社会的生产力和生产关系、经济基础和上层建筑等关系何如?批评及批评家的作用(包括其立场、观点、方法及其与时代社会的一般和特殊关系)又如何?此外,经典作家的遭际与性情、阅历与禀赋,经典的内容与形式、继承与创新,以及文学的一般规律和文学经典的特殊性等诸如此类的问题,都将是本工程需要展示并探讨的。

且说世界文学一路走来,其规律并非羚羊挂角,无迹可寻。童年的神话、少年的史诗、青年的戏剧、中年的小说、老年的传记是一种概括。由高向低、由外而内、由强至弱、由大到小等等,也不失为一种轨辙。如是,文学从摹仿到独白、从反映到窥隐、从典型到畸形、从审美到审丑、从载道到自慰、从崇高到渺小、从庄严到调笑……终于一头扎进了个人主义和主观主义的死胡同。小我取代了大我,观念取代了情节;“阿基琉斯的愤怒”变成了麦田里的脏话;“路漫漫其修远兮,吾将上下而求索”变成了“我做的馅饼是世界上最好吃的”;诸如此类,不一而足。是谓下现实主义。当然,这不能涵盖文学的复杂性和丰富性。事实上,认知与价值、审美与方法等等的背反或迎合、持守或规避所在皆是。况且,无论“六经注我”还是“我注六经”,经典是说不尽的,这也是由时代社会及经典本身的复杂性和丰富性所生发的。

二

众所周知,文学是人类文明的重要组成部分。马克思主义的经典作家向来重视文学,尤其是经典作家在反映和揭示社会本质方面的作用。马克思在分析英国社会时就曾指出,英国现实主义作家“向世界揭示的政治和社会真理,比一切职业政客和道德家加在一起所揭示的还要多”。恩格斯也说,他从巴尔扎克那里学到的东西,要比从“当时所有职业的历史学家、经济学家和统计学家那里学到的全部东西还要多”。列宁则干脆地称托尔斯泰是俄国革命的一面镜子。这并不是说只有文学才能揭示真理,而是说伟大作家所描绘的生活、所表现的情感、所刻画的人物往往不同于一般抽象的概括、数据的统计。文学更加具体、更加逼真,因而也更加感人、更加传神。其潜移默化、润物无声的载道与传道功能更不待言。站在世纪的高度和民族立场上重新审视外国文学,梳理其经典,展开研究之研究,将不仅有助于我们把握世界文明的律动和了解不同民族的个性,而且有利于深化中外文化交流,从而为我们借鉴和吸收优秀文明成果、为中国文学及文化的发展提供有益的“他山之石”。胡锦涛前不久说过,“我们必须准确把握当代世界和中国发展变化的大势,坚持立足国情,同时又吸收世界文化的优秀成果;坚持立足当代,同时又大力弘扬中华民族优秀文化传统”。这和“洋为中用”、“古为今用”思想一脉相承。

“观乎天文以察时变,观乎人文以化成天下”;文学作为人文精神的重要基础和介质,既是人类文明的重要见证,同时也是一时一地人心、民心的最深刻、最具体的体现,而外国文学则是建立在外国各民族无数作家基础上的不同时代、不同民族的认识观、价值观和审美观的形象反映。研究人心自然不能停留在简单抽象的理念上,因此,走进经典永远是了解此时此地、彼时彼地人心、民心的最佳途径。换言之,文学创作及其研究指向各民族变化着的活的灵魂,而其中的经典(包括其经典化或非经典化过程)恰恰是这些变化着的活的灵魂的集中体现。

如是,“外国文学学术史研究”立足国情,立足当代,从我出发,以我为主,瞄准外国文学经典作家作品和思潮流派,进行历时和共时的梳理。其中第一、第二系列由十六部学术史研究专著、十六部配套译著组成:第一系列涉及塞万提斯、歌德、雨果、左拉、庞德、高尔基、肖洛霍夫和海明威;第二系列包括普希金、茨维塔耶娃、康拉德、狄更斯、哈代、菲茨杰拉德、索尔·贝娄和芥川龙之介。

三

格物致知,信而有证;厘清源流,以裨甄别。“外国文学学术史研究”中的经典作家作品学术史研究系列,顾名思义都是学术史研究(或谓研究之研究)。学术史研究既是对一般博士论文的基本要求,也是一种行之有效的文学研究方法,更是一种切实可行的文化积累工程,同时还可以杜绝有关领域的低水平重复。每一部学术史研究著作通过尽可能抽丝剥茧式的梳理,即使不能见人所未见、言人所未言,至少也能老老实实地将有关作家作品的研究成果(包括有关研究家的立场、观点和方法)公之于众,以裨来者考。如能温故知新,有所创建,则读者幸甚,学界幸甚。相配套的经典论文翻译,则遴选有关作家作品研究的阶段性和标志性成果,其形式类似于外文所先前出版的“外国文学研究资料丛书”。

此次面世的“外国文学学术史研究”中的每一部学术史研究著作将由三部分组成。第一部分为经典作家(作品)的学术史梳理。这是相对客观的,但其中的艰难也不可小觑。首先,学术史梳理既不像平素泛舟书海,拾贝书海,尽意兴而为之的俯拾由己和随心所欲;其次,牵涉语种繁多,而且经过20世纪的形形色色的方法论和批评思潮的浸染,用汗牛充栋来形容经典作家作品研究成果已不为过。因此,要在浩如烟海的研究史料中攫取最有代表性的观点和方法,实在是件考验耐心和毅力的事情。战战兢兢,生怕挂一漏万,自不待言,且挂一漏万在所难免。因此,我们只能择要概述,甚至把侧重点放在经典作家的代表作上。不然纵使篇幅再大,也难以涵括浩瀚的文献资料。换言之,去芜杂的枝蔓和重复的敷衍,留精粹要义和真知灼见是必然的,但也是不容易做到的。它考验我们涉猎的深度和广度,而且也是检验我们学术水准和价值判断的重要环节。

第二部分研究之研究何啻是一大考验。都说20世纪是批评的世纪,在经历了现代主义的标新立异和后现代主义的解构风潮之后,在各种思潮、各种方法杂然纷呈的情况下,如何言之有物、言之成理、不炒冷饭,殊是不易;如何在前人的基础上有所发现、有所前进,就更是难上加难。反过来看,正因为文化相对主义的盛行和批评的多元,也才有了我们展示立场、发表见解的特殊理由和广阔余地。举个简单的例子,解构主义针对二元论的颠覆虽然是形而上学的,却不可谓不彻底。其结果是相当一部分学者怀疑甚至放弃了二元思维,但事实上,二元思维不仅难以消解,而且在可以想见的未来仍将是人类思维的主要方法。真假、善恶、美丑、你我、男女、东方和西方等等实际存在,并将继续存在。与此同时,作为中国学者,面对西方话语,我们并非无话可说。总之,从文学出发，关心小我与大我、外力与内因、形式与内容、反映与想象、情节与观念，以至于物质与精神、肉体与灵魂、西方与东方等诸如此类的二元问题，以及经典在民族和人类文明进程中的地位和作用，依然可以是我们的着力点。当然，二元论决不是排中律，而是在辩证法的基础上融会二元关系及二元之间所蕴藏的丰富内涵和无限可能性。毋庸讳言，改革开放以来，学术界解放思想，广开言路，但日新月异中不乏矫枉过正、时髦是趋。比如大到存在与意识、物质与精神的辩证关系，小到客观与主观、客体与主体等等，都大有乾坤倒转、黑洞化吸之势。至于意识形态"淡化"之后，跨国资本主义的一元化意识形态更是有增无已；真假不辨、善恶不论、美丑混淆的现象所在皆是；个人主义大行其道，从而使抽象的人性淹没了社会性；普世主义势不可挡，以致文化相对主义甚嚣尘上。文学从大我到小我，从外向到内倾，从摹仿到虚拟，从代言到众声喧哗；真实给虚幻让步，艺术向资本低头；对妖魔鬼怪和封建迷信津津乐道，任帝王将相和无厘头充斥视阈，能不发人深省？然而，经典作家是说不尽的，以上的任何一位作家都是无法穷尽的。用巴尔加斯·略萨的话说，伟大的经典具有"自我翻新"的本领。至于何为经典，虽然也是个说不尽的话题，但用简单的方式综观前人的观点，也许可以用两句话来概括：一是它们必须体现时代社会（及民族）的最高认知和一般价值（包括人类永恒的主题、永恒的矛盾）；二是其方法的魅力及审美的高度不会随着岁月的更迭而褪色或销蚀。当然这是将复杂问题简单化的一种说法。而本课题便是关乎经典其所以成为经典的一种较为复杂的论证方式。需要说明的是，经典不等于市场。用桑塔亚那的话说，经典不在于一时一地喜欢者的多寡，而在于喜欢者的喜欢程度。如果在此基础上再加上一个历史的维度，那么这话也就更加全面了。

学术史研究的最后部分为文献目录。它在尽可能详尽的基础上，还要有所选择。不然，展示一个经典作家的学术史，光文献目录就可以编辑厚厚的几大本。因此，去粗存精，是为重要或主要文献目录。

最后需要说明的是，"外国文学学术史研究"的中长期目标是在作家作品和流派思潮研究的同时，进行更具问题意识的学术史乃至学科史研究，以期点面结合，庶乎“既见树木，又见森林”；若能密切联系实际，促进中华学术的繁荣、发展和创新，则读者幸甚，我等幸甚。无疑，此工程面向全国高校及科研机构，希望有志于外国文学学术史研究的同仁踊跃加盟、不吝赐教。

陈众议

2010年1月

目录

绪言

前苏联作家米·亚·肖洛霍夫(Шолохов, М.А., 1905—1984)著有《顿河故事》(Донские рассказы, 1926)、《浅蓝色草原》(Лазоревая степь, 1926)、《静静的顿河》(Тихий Дон, 1928—1940)、《被开垦的处女地》(Поднятая целина, 1932—1959)、《他们为祖国而战》(Они сражались за родину, 1943—1944 及 1969)和《一个人的遭遇》(Судьба человека, 1956—1957)等作品,尤以《静静的顿河》、《被开垦的处女地》和《一个人的遭遇》行世。他的闻名不因诺贝尔奖而更加显著,在 1965 年获得该奖之前他早已成了世界读书界和学术界公认的文学大家。他的人格由于为民请命愈发彰明:1931 年初他不怕犯上,致书最高领导人直陈饥馑真相,使乡里获得了救命的粮食。肖洛霍夫好像不太在乎别人如何评说自己,他生前不写日记,不关心自己手稿的去处,最后安然长眠于顿河畔的黑土之下,一任世人去计较他的是非短长。

1924年3月,А. 扎罗夫(Жаров, А.)在《青年列宁主义者》(Молодой ленинец)上发表评论肖洛霍夫的《胎记》(Родинка)的文章,距今不过九十年,因此将肖洛霍夫学术史同古老的莎士比亚学术史、同悠久的托尔斯泰学术史相比,似乎显得历史短暂,但这并不意味着它的内容就必然单薄。古人说"名者实之宾也",肖洛霍夫却是名实相符的文学巨匠,围绕他的作品的意义、他塑造的人物的面貌、他的风格特征等问题,苏联、俄罗斯和世界各国的学者写下了汗牛充栋的文字,其中有妙语偶得、真知灼见,有经年追寻、一家之言,也不乏激烈争论。对肖洛霍夫学术史的资料梳理或对学术史本身的考察已有学者做过。2005 年在肖洛霍夫诞辰一百周年之际,俄罗斯科学院高尔基世界文学研究所出版了由扎拉伊斯卡娅(Зарайская, В.)和玛季耶娃(Матьева, Г.)等编写的《肖洛霍夫：作家作品和生平创作研究文献目录》[①]，该书共九百五十九页，第一部分是肖洛霍夫在苏联和俄罗斯发表作品的详细目录，第二部分是在专题论文集、报纸和期刊上发表的有关肖洛霍夫生平和创作的论文或文章目录，第三部分是肖洛霍夫作品的插图、作家生平照片目录和有关他雕塑的揭幕情况。资料起始于20世纪20年代末期，截至2003年，个别资料延至2005年。这本书为研究苏联和俄罗斯的肖洛霍夫学术史提供了可靠的文献指南。1958年古拉与阿勃拉莫夫出版了《肖洛霍夫·课堂讨论提纲》[②]，主要提出了在中学学习研究肖洛霍夫的方向和主要问题。我国社科院外国文学研究所主编的"外国文学研究资料丛书"有1982年出版的由孙美玲先生选编的《肖洛霍夫研究》[③]，该书全面搜集整理了苏联和西方有关肖洛霍夫研究和评论的重要文章和发言，孙美玲先生撰写了前言，其中对《静静的顿河》引起的争论作了比较详细的介绍。该资料集没有收录上世纪20年代末至40年代的有关《静静的顿河》评论文章；由于出版于上世纪80年代初，自然也没有肖洛霍夫研究史大转折之后的文章。在国际肖洛霍夫学术史方面，1973年普里玛（Прийма, К.）出版了《〈静静的顿河〉在战斗》，该书对《静静的顿河》和《被开垦的处女地》在欧洲主要国家，在亚洲的中国、日本、印度、越南以及在美洲的美国和阿根廷的出版情况作了考察，并部分涉及到出版评论等研究性的文章。正如书名所标示的那样，普里玛是从政治的角度来观照肖洛霍夫在世界上的影响的。B.阿尔希波夫（Архипов, B.）在该书的前言中说：作者"给予了自己一个非常朴素的任务，追踪《静静的顿河》在国外的政治接受"。[④] 这些已有的成果在多

① Сост.:В.Зарайская и др., Шолохов М.А.: биобиблиографический указатель произведений писателя и литературы о жизни и творчестве, Москва, ИМЛИ РАН,2005. 扎拉伊斯卡娅等编：《肖洛霍夫：作家作品和生平创作研究文献目录》，莫斯科：俄罗斯科学院世界文学研究所出版社，2005年。

② Гура В. и Абрамов Ф., М. А. Шолохов: Семинарий, Л., Учпедгиз, 1958.　古拉、阿勃拉莫夫：《肖洛霍夫·课堂讨论提纲》，列宁格勒：国家教育出版社，1958年。

③ 孙美玲编：《肖洛霍夫研究》，北京：外语教学与研究出版社，1982年。

④ Прийма К.,"Тихий Дон"сражается, Ростов-на-Дону, Ростовское книжное издательство,1972,с.5.　普里玛：《〈静静的顿河〉在战斗》，顿河畔罗斯托夫：罗斯托夫书籍出版社，1972年，第5页。

方面“嘉惠”我们。今天由中国学者来撰写肖洛霍夫研究史，虽然有资料不足等缺陷，但也有“旁观者”的便利，可超脱当今俄罗斯某些学者所陷入的是非小圈子。更何况，经历了20世纪末的风风雨雨之后，我们有了后来人的便利，占据了更高的思想平台，回望肖洛霍夫学术研究的道路，毕竟多了几分清醒和超越感。

我们试图对世界范围内的肖洛霍夫学术研究作初步的梳理，以苏联和俄罗斯的肖洛霍夫研究为主，兼及其他国家。我们务求回到批评和研究的现场，首先钩稽出批评者、研究者的原意，然后再略加考释，务求前后贯通。在肖洛霍夫的诸多作品中，由于篇幅的限制，以《静静的顿河》为主要关注对象，其次为《被开垦的处女地》等。

本书获得国家社科基金项目“肖洛霍夫研究史”和中国社会科学院“十一五规划”项目“外国文学学术史研究工程”资助。本书的写作得到国内外一些朋友的帮助和支持，几位作者在此谨致谢忱。

刘亚丁

* 说明：为方便读者，本书提到的肖洛霍夫作品及其中人物的姓名均采用常见的一种译法。各出版社的版本采用的译法略有差异，恕不一一指出。

第一编

肖洛霍夫学术史

第一章 20世纪30至40年代苏联的肖洛霍夫研究

这个时期,苏联文学批评的语境经历了比较复杂的演变,“拉普”一度实行宗派主义,唯我独尊,对被视为“同路人”的大量作家形成了巨大的压力。早在 1925 年就开始逐渐形成文学团体规范,1934 年确定了新的文学体制化进程,并且在第一次作家代表大会上确立了社会主义现实主义的类似于文学宪章的地位。以阶级观点为核心的意识形态批评成为批评话语的基本模式。该时期肖洛霍夫经历了由被贬斥到开始被经典化的转折。

第一节《静静的顿河》的研究

1928 年,肖洛霍夫发表史诗性巨著《静静的顿河》的第一部,以一个大作家的面目出现在读者面前,整套书的出版历经坎坷,到 1940 年才出齐。《静静的顿河》的出现,引起了读者和评论家的广泛兴趣。如果说肖洛霍夫早期作品所受的关注度还相对较小的话,那么至《静静的顿河》出现,这一局面大为改观。未待作品出齐,评论家就已各抒己见,臧否非一。评论的色调异彩纷呈,褒贬不一。甚至有谣传说肖洛霍夫从评论家哥洛乌舍夫那里剽窃了《静静的顿河》手稿:后者的旅行札记和生活随笔也取名为《静静的顿河》,而且其中多处提到科尔尼洛夫和卡列金之名,这令肖洛霍夫苦恼不已。此类谣言的出现给不明真相者和心怀叵测者提供了毁谤的借口,同时给后几卷的出版制造了麻烦。

一

20 年代后期，在拉普的主导下，庸俗社会学批评盛行，文学批评中阶级斗争的意味甚浓。对一部部文学作品进行“政治审查”，对不符合“标准”的作品肆意攻讦，妄加曲解。与当时出版的一些立场观点明确的主流文学作品相比，《静静的顿河》已出版的部分似乎显得另类，这就为批评家们断章取义、进行多种阐释提供了条件。对肖洛霍夫来说，问题更复杂。1929 年 6 月，斯大林在致费·康（Федин, К.）的一封信中写道：“当代名作家肖洛霍夫同志在他的《静静的顿河》中写了一些极为错误的东西，对谢尔佐夫，波乔尔科夫（波得捷尔柯夫），克里沃什雷科夫等人物做了简直是不确实的介绍，但是难道由此应当得出结论说《静静的顿河》是一本毫无用处的书，应该禁止出售吗？”[①] 尽管这封信当时没有发表，但那时有不少人知道这封信的内容。[②] 当时以庸俗社会学方法对《静静的顿河》大加贬斥的代表人物有扬切夫斯基（Янчевский, Н.）和马伊泽尔（Майзель, О.）等。扬切夫斯基把《静静的顿河》称为“反动的浪漫主义作品”，他明确指出：“肖洛霍夫反动性的实质何在？这部反动的浪漫主义作品是由哪些元素构成的？首先，肖洛霍夫不是以过去为将来的出发点，而是相反，让人重回过去。第二，他夸大了过去，‘静静的顿河’的过往。他浓墨重彩地描绘过去那种卑鄙无耻、令人生厌的图景，希望让读者也沉迷于过往的生活。我可以说，他的眼睛长在后脑勺上，并且同时还有色盲症。”[③]1929 年西伯利亚的《现在时》杂志上发表了一篇文章《白卫军为什么喜欢肖洛霍夫？》（Почему Шолохов нравился белогвардейцам ?），文中说：“无产阶级作家肖洛霍夫究竟完成了参与革命前的农村阶级斗争的哪个阶级的任务？对这个问题的回

① 《肖洛霍夫文集》，孙美玲译，北京：人民文学出版社，2000 年，第 8 卷，第 381 页。

② 瓦·奥西波夫：《肖洛霍夫的秘密生平：不带传说的纪实》，刘亚丁、屠尚银、李志强译，成都：四川人民出版社出版，2001 年，第 15 页。

③ Янчевский Н., Реакционная романтика // На подъёме.1930.№12. 扬切夫斯基：《反动的浪漫主义作品》，载《高潮》，1930 年，第 12 期。对《静静的顿河》的庸俗社会学批评详见“肖洛霍夫的中心化与边缘化”一章。

答是准确而确定的。有一种最客观的意见：肖洛霍夫客观上完成了富农的任务……结果肖洛霍夫的作品甚至成了白卫军喜欢的东西。”①

此类上纲上线的评论一出，不啻给肖洛霍夫当头一记闷棍。一旦被列入阶级敌人的行列，后果不堪设想。不过，也有一些评论家对此作出反驳，如科列斯尼科娃（Колесникова, Г.）认为这些指责都是歪曲事实。《静静的顿河》不是没有反映阶级斗争，第三卷中阶级斗争已经白热化了。② 马兹宁（Мазнин, Д.）则发文与扬切夫斯基展开讨论，他认为，任何情况下都不能否认《静静的顿河》的客观认识意义，应该说：“肖洛霍夫为广大的苏联读者展示了顿河的面貌，在某种程度上反映了哥萨克固有的矛盾。在强调了哥萨克的特殊之处后，他同时又描写了我们工作中对哥萨克村镇进行社会主义改造所面临的困难。小说的这些正面因素不能贬低。”③ 还有一些评论家既肯定了小说取得的巨大成就，也指出了他们认为的不足之处：“在这一阶段（《静静的顿河》前两部），肖洛霍夫划分哥萨克主要不是根据其社会特征，而是根据抽象的道德特征。从而表现出对作为阶级斗争史的历史的推动力的不恰当理解。麦列霍夫的形象是小说中全面展开的一个形象，是最接近肖洛霍夫这一阶段世界观的一个形象。《静静的顿河》第三部（1929—1932）有了很大的进步，肖洛霍夫已懂得用阶级观点创作小说。”④ 米赫（Мих, А.）高度肯定了《静静的顿河》成功之处⑤：“（《静静的顿河》）表现了俄罗斯‘旺代’⑥ 的生活方式和心理特征，揭示了将顿河哥萨克，革命前俄罗斯

① А.П., Почему Шолохов нравился белогвардейцам? // Настоящее, 1929, №8–9. 亚·普：《白卫军为什么喜欢肖洛霍夫？》，载《现在时》，1929年，第8—9期合刊。

② Колесникова Г., “Тихий Дон” // Октябрь, 1933. №.2. 科列斯尼科娃：《〈静静的顿河〉》，载《十月》，1933年，第2期。

③ Мазнин Д., Какова идея “Тихого Дона” // Октябрь, 1931, №3. 马兹宁：《〈静静的顿河〉的主题思想是什么》，载《十月》，1931年，第3期。

④ Машбиц–Веров И., М. Шолохов // Молодая гвардия, 1934, №7. 马什比茨—维罗夫：《米·肖洛霍夫》，载《青年近卫军》，1934年，第7期。

⑤ Мих А., Большие самокритики // Сибирские огни, 1930, №1. 米赫：《意义重大的自我批评》，载《西伯利亚之火》，1930年，第1期。

⑥ 旺代：法国一省名，法国大革命期间这里曾发生保皇党反革命叛乱。米赫在这里借指顿河地区的哥萨克，不一定准确。

农民的这一军事组织的一部分推向敌人阵营的力量……在他们的生活方式中有许多独特、幼稚而又野蛮之处……愚昧,情欲旺盛的人们;浓烈的君主制的保守的麻醉剂……肖洛霍夫成功地描写了这一切。”

由此可见,肖洛霍夫一方面要潜心创作,另一方面又要不断应付外来的干扰,澄清自己的创作意图。彼时的情形从肖洛霍夫 1929 年致《高潮》编辑部的信中可见一斑。信中写道:“《布尔什维克接班人报》(Большевистская смена)第 206 号上《纯文学的创造者》(Творцы чистой литературы)一文的作者尼·普罗柯菲耶夫(Прокофьев, Н.),指控我是富农和反苏分子的帮凶,并且引了一些‘事实’作为例证。这种指控是彻头彻尾的谎言。我有义务声明,在苏维埃经济改造时期,压制囤积余粮的富农,是唯一正确的路线。仅仅根据这一点,我就不可能是富农利益的保卫者。”[①] 面对着各种的评论,肖洛霍夫承受着巨大的压力,他不得不求助于高尔基与绥拉菲摩维奇(Серафимович, А.)。高尔基曾就此专门致信法捷耶夫(Фадеев, А.),明确表示支持肖洛霍夫,信中写道:“《静静的顿河》第三部是一部具有很高价值的作品,我看,它比第二部更有意义,比第二部写得好……肖洛霍夫非常有才能,他可以造就成为很优秀的苏联作家。”[②] 高尔基的这番话对帮助肖洛霍夫摆脱困境起了很大的作用。

综观这一时期研究《静静的顿河》的成果,多数研究者们的讨论基本循着社会历史分析路径,围绕着小说的主题、人物形象、情节、风格等几方面展开论述。当然,在从社会历史角度分析作品时,又不时夹杂着庸俗社会学的立场、观点、方法,将人物的阶级属性、阶级立场、作品中是否反映阶级斗争作为考察作品的重要依据。下面,我们就从上述几个方面入手,仔细梳理这一时期的研究成果。

二

《静静的顿河》的主题是什么?对于这一问题,仁者见仁,智者见智,不同的研究者从不同的层面、不同的视角给予了阐释。在那个年代

① 孙美玲编:《肖洛霍夫研究》,北京:外语教学与研究出版社,1982 年,第 464 页。

② 同上,第 12 页。

对《静静的顿河》的评论中，社会历史话语明显占据主流话语地位，当然其中不乏真知灼见。这也就意味着，社会历史分析方法如运用得当，不去一味穿凿附会，依然不失为一种行之有效的批评方法。

《静静的顿河》以葛利高里·麦列霍夫等几个哥萨克的家庭的经历为主线，描写了1912至1922年顿河地区的社会变迁。这十年对俄罗斯而言，是社会剧烈动荡，新旧势力殊死搏斗的十年。其间爆发了第一次世界大战、二月革命、十月革命和国内战争。肖洛霍夫的春秋之笔是想勾勒一部顿河地区哥萨克的变迁史，抑或是希望通过一个地区的巨变折射出整个国家、民族的历史命运？许多评论家围绕着这个问题展开讨论。列日尼奥夫(Лежнев, И.)认为："肖洛霍夫想写一部我们时代哥萨克的历史，旧哥萨克阶层的艺术百科全书。"[①] "《静静的顿河》的主旨是摆脱哥萨克的等级制度及其反动的传统。"[②] "肖洛霍夫的主题就是我们祖国过去极度落后反动、斗争特别残酷的地区新革命因素的胜利。肖洛霍夫着重强调了胜利的道德方面。"[③] 列日尼奥夫明显将《静静的顿河》的主题肤浅化，"阶级化"了。还有很多评论家也将《静静的顿河》视为俄罗斯文学史上讲述哥萨克的一部重要作品。谢尔宾纳(Щербина, В.)则觉得这种理解过于狭隘："肖洛霍夫小说的主题与反映的问题宽泛得多：它们具有全民族的意义……肖洛霍夫的真正主题是崭新的人的意识的形成。"[④] 持类似观点的还有基尔波金(Кирпотин, В.)和A.托尔斯泰(Тостой, А.)，二者都认识到了《静静的顿河》的全民族意义，肯定了肖洛霍夫点面结合，经纬交织，微观中见宏观的笔法。基尔波金将这种写法视为《静静的顿河》艺术魅力所在。"《静静的顿河》的艺术魅力何在？其魅力就在于我们看到了对人民生活的全景式描写，在于其

---

① Лежнев И., Мелеховщина // Звезда, 1941, №2. 列日尼奥夫：《麦列霍夫习气》，载《星》，1941年，第2期。

② Лежнев И., Рождение колхоза // Молодая гвардия, 1941, №3. 列日尼奥夫：《集体农庄的诞生》，载《青年近卫军》，1941年，第3期。

③ Лежнев И., Из темы о Шолохове // Звезда, 1947, №10. 列日尼奥夫：《谈谈关于肖洛霍夫的话题》，载《星》，1947年，第10期。

④ Щербина В., "Тихий Дон" М.Шолохова // Новый мир, 1942, №4. 谢尔宾纳：《肖洛霍夫的〈静静的顿河〉》，载《新世界》，1942年，第4期。

中讲述了在革命中，同时在自然有机地与整个历史进程的融合中，作为人民有机组成部分的哥萨克的命运。”[①]A. 托尔斯泰尽管对葛利高里这一形象颇有微词，但对作品的主题把握还是很有见地：“他（肖洛霍夫）以描写在社会斗争的痛苦与悲剧中诞生新社会的主题而进入文学。他在《静静的顿河》中展示了来自哥萨克生活的史诗般的、充满土地气息的、生动绮丽的画卷。但这并没有使小说的主题受到局限：《静静的顿河》就其语言的感情真挚、富有人性和优美的特点来说，是一部整个俄罗斯的、民族的、人民的作品。”[②] 阿尔登斯（Арденс, Н.）在肯定了《静静的顿河》的全民族意义后提出：“这部长篇小说（《静静的顿河》）讲述的是：目标是为了将来过上独立自主的苏维埃生活的人民战争的故事，其复杂的推动因素，以及在战争过程中人们自身也得到重铸的主题。”[③]他的观点一方面有片面拔高顿河哥萨克的阶级意识之嫌，另一方面却又同谢尔宾纳的意见有些近似。的确，在战争中，在社会动荡时，人作为个体，不断经受着各种考验，思想意识也在不断发生变化，“得到重铸”。这种变化是多向的，既有普通哥萨克农民接受社会主义思想，走上革命道路的变化，又有生性淳朴的哥萨克农民获得权利后不由自主的变化。波得捷尔柯夫（即波乔尔科夫）即为一例：“早在入选顿河革命军事委员会以前，他对葛利高里及其他一些相识的哥萨克的态度就已经变了。说话的口气已带有优越感和傲慢。这个生性淳朴的哥萨克已经陶醉在权势中而不能自拔。”[④] 正是这种变化导致了葛利高里的反感。此外还有经历了社会动荡之后哥萨克对生活本身意义认识的变化等等。潘苔莱的认识最深：“如果说，从前他管理家业，驾驭生活，像是骑着一匹训练有素的马……那么现在，生活却像一匹发了疯的、跑得浑身起汗沫的马驮着他狂奔，他已经无力驾驭这匹马……”[⑤] “直到现在，

① Кирпотин В., Литература и советский народ // Октябрь, 1936, №6. 基尔波金：《文学与苏联人民》，载《十月》，1936 年，第 6 期。

② 孙美玲编：《肖洛霍夫研究》，前引书，第 24 页。

③ Арденс Н., М.Шолохов и его роман // Литературная учёба, 1939, №8–9. 阿尔登斯：《肖洛霍夫和他的长篇小说》，载《文学学习》，1939 年，第 8—9 期。

④《肖洛霍夫文集》，前引书，第 2 卷，金人译，第 781 页。

⑤《肖洛霍夫文集》，前引书，第 4 卷，金人译，第 1174 页。

老头子才明白自己为使生活照老样子过下去的努力,全是枉费心机。"[①]试问,身处社会洪流的旋涡中,又有谁能置身事外?又有谁的思想意识不发生变化,不"得到重铸"?可惜的是,作为作协书记的法捷耶夫却不认同这一说法,一方面,他高度评价了《静静的顿河》的优点,另一方面又指责小说缺乏全人类思想:"肖洛霍夫有着怎样巨大神奇的吸引人的力量啊。可以直率坦白地说,当你读他的作品时,会体验到一种真正的创作上的嫉妒心情,觉得他写的是那么好,真想偷走许多东西。你会看到,这些作品确实很好,无与伦比。尽管如此,在他的书中人们同样感到缺少一个伟大的、包罗万象的全人类思想。"[②] 他的观点明显是吹毛求疵,真的是以嫉妒的心情看待一部成功的经典之作。

《静静的顿河》主要以哥萨克农民为反映对象,反映了他们在社会巨变中的尴尬处境。肖洛霍夫成功地描写了这一时期哥萨克农民的生活变化,悲欢离合。戈芬舍费尔(Гоффеншефер, В.)强调了肖洛霍夫的描写农民在世界文学史上的意义:"在世界文学史上,《静静的顿河》首次将描写农民,描写他们的生活、斗争和心理提高到对所谓的文化阶级描写的经典类型的层面。"[③] 莫登廖娃(Мотылева, Т.)也持类似的观点:"事实上,肖洛霍夫在世界文学史上是第一个以全新的方式描写农民的作家,如同高尔基描写无产阶级时一样,肖洛霍夫主人公的内在美正表现在同过去的决裂中,表现在破旧寻新之中。"[④] 不过,后者明显将肖洛霍夫笔下的农民人为地拔高。《静静的顿河》中的主人公,无论是葛利高里,还是普通哥萨克,大多是处在一种寻找什么的过程中。尤其是一些普通哥萨克农民,他们在没有尝到新社会带来的好处前,更多的是对旧有的、约定俗成的生活方式的怀念和眷恋。当革命的洪流喷涌而至时,他们无所适从。潘苔莱这个旧式哥萨克农民,一直按传统的方式生活,在战争中才晓得一切都发生了变化,"老头子才明白自己为使生活

① 《肖洛霍夫文集》,前引书,第5卷,金人译,第1533页。

② 孙美玲编:《肖洛霍夫研究》,前引书,第26页。

③ Гоффеншефер В., Персонажи Шолохова // Литературная газета, 1939.8.26. 戈芬舍费尔:《肖洛霍夫的人物》,载《文学报》,1939年8月26日。

④ Мотылева Т., Мировое значение советской литературы // Новый мир, 1947, №7. 莫登廖娃:《苏联文学的世界意义》,载《新世界》,1947年,第7期。

照老样子过下去的努力，全是枉费心机”。以潘苔莱为代表的哥萨克农民尽管感觉到了变化，可向什么方向变、怎么变，他们是茫然的。从这个角度来看，科列斯尼科娃（Колесникова, Г.）和普利斯科（Плиско, П.）的观点有一定道理：“在《静静的顿河》中，肖洛霍夫试图表现摇摆不定、充满矛盾、形形色色的哥萨克怎样转向苏维埃政权，揭露被土地俘虏的哥萨克农民的私有者本性，他们觉得倒塌的仓房比自己的自由更值钱，他们买卖自己的妻子，出卖自己的感情。”[①] “肖洛霍夫创作的关键主题是哥萨克中农转向革命一方的问题。肖洛霍夫在早期作品中已触及这个主题，但不断地触及这个主题则是在其大型史诗长篇小说《静静的顿河》中。”[②]

这一时期的评论还涉及到了《静静的顿河》中对农民的心理描写。莫登廖娃将《静静的顿河》、《被开垦的处女地》视为反映十月革命和农业集体化运动的创新之作，认为二者反映了农民在这两场大的运动中的心理变化：“当苏联文学反映由十月革命和农村集体化引起的农民在日常生活和心理方面的巨变时，农村主题就需要另外的艺术手法来表现。在这方面肖洛霍夫的作用极大。《静静的顿河》与《被开垦的处女地》许多方面不同，但却有一个起决定作用的相似之处：两者都展示了在准备和实现最深刻的革命变革时期的农民。”[③] 而俄国形式主义代表人物之一什克洛夫斯基（Шкловский, В.）则更深入地研究了肖洛霍夫描写农民心理的创新之处，即肖洛霍夫没有静止地、僵化地呈现农民的心理，而是以一种变化的、发展的过程予以呈现。“陌生化诗学不是艺术的最高标准。当我们出现时间感、历史的不间断感及对其负责的感觉，当我们感到我们的历史正在对十月革命作出自己的结论时，历史和现在就显得很清楚。肖洛霍夫正是这样书写着宏大而又朴素的东西……几百年以来，从塞万提斯到巴尔扎克，再到托尔斯泰，都在描写农民心

① Колесникова Г., “Тихий Дон” // Октябрь, 1933, №2. 科列斯尼科娃：《〈静静的顿河〉》，载《十月》，1933 年，第 2 期。

② Плиско Н., Действительность в упор // Литературная газета, 1932.12.29. 普利斯科：《面对现实》，载《文学报》，1932 年 12 月 29 日。

③ Мотылева Т., Мировое значение советской литературы // Новый мир, 1947, №7. 莫登廖娃：《苏联文学的世界意义》，载《新世界》，1947 年，第 7 期。

理的不变性。肖洛霍夫成功地展现了处于非常复杂的关系中的哥萨克农民……同时展现出他们的心理变化,展现出他们思想与行为体系翻天覆地的变化。”①

德罗兹多夫(Дроздов, А.)肯定了《静静的顿河》的生活真实性,并且认为小说已经超越了普通的农民主题,具有更广泛的意义:“肖洛霍夫的鸿篇巨制就思想的深度和内容的广度而言已超越了普通的农民主题,是一部革命的史诗,是一幅反映俄罗斯历史上最具有决定性的一个转折时刻的人民生活的真实画卷。”②

在肖洛霍夫的早期作品中,已显露出作者描写大自然的独具的匠心。在《静静的顿河》中,大自然的作用得到进一步的发挥。科列斯尼科娃认为:“肖洛霍夫顶礼膜拜的大自然——太阳、天空、风——表现得总是和人的心情一致。”③ 这一点可以在小说中描写阿克西尼娅久未同葛利高里见面,与其相约待司捷潘走后见面的场景中得到验证。

《静静的顿河》中对爱的主题的表现贯穿始终。不过,由于环境局限,研究者对其他主题大书特书时,对爱的主题的探讨却着墨不多。小说中男主人公葛利高里一直处在同阿克西尼娅和娜塔莉娅的情感纠葛中:同阿克西尼娅经历了分分合合,最终走到了一起;而明媒正娶的妻子娜塔莉娅则饱受冷落。科列斯尼科娃据此认为:“阿克西尼娅的整个罗曼史就是本能的胜利,是作者对人的激情的赞歌……肖洛霍夫的生物主义是对本能力量的崇拜,对其威力的讴歌。但只看到葛利沙④和阿克西尼娅之间的关系是纯粹的生物关系则是错误的。葛利沙与阿克西尼娅的爱情是对现存生活制度的反抗,是对旧的、行将就木的婚姻习俗的挑战,是对用一箱子物品、两头牛即可买一个妻子的陋习的挑战。”⑤

① Шкловский В., О прошлом и настоящем // Знамя, 1937, №11. 什克洛夫斯基:《过去与现在》,载《旗》,1937 年,第 11 期。

② Дроздов А., Правда истории // Литературная газета. 1947.7.26. 德罗兹多夫:《历史的真相》,载《文学报》,1947 年 7 月 26 日。

③ Колесникова Г., “Тихий Дон” // Октябрь, 1933, №.2. 科列斯尼科娃:《〈静静的顿河〉》,载《十月》,1933 年,第 2 期。

④ 葛利沙是葛利高里的爱称。

⑤ Колесникова Г., “Тихий Дон” // Октябрь, 1933, №2. 科列斯尼科娃:《〈静静的顿河〉》,载《十月》,1933 年,第 2 期。

科列斯尼科娃在这里只看到了问题的一个方面:万恶的旧制度对人性的戕害之深,但有情人终成眷属。这种爱不是赤裸裸的情欲之爱,而是具有更深层次的含义:娜塔莉娅是旧婚姻制度的牺牲品,葛利沙同阿克西尼娅走到一起是对现存生活制度的挑战。可评论家却忽视了肖洛霍夫苦心孤诣的谋篇布局:娜塔莉娅和阿克西尼娅谁也没有取得胜利,二者的结局同样悲惨,都在小说中死去,只剩下葛利高里孑然一身回归故里。肖洛霍夫这样安排结局是有自己的考虑的,遗憾的是评论者并没看到作品的结局,影响了自己的判断。

肖洛霍夫的书写并没有仅仅局限于男女主人公的悲欢离合。他的笔端饱含着对在战争和社会动荡中受苦难的普通劳动人民的同情。从他写给斯大林的一封封信中就可以看出他对劳动人民的深厚感情。恰尔内(Чарный, М.)看到了这一点:"《静静的顿河》中饱含着对人民群众的温情、对他们的爱以及对他们受苦难的同情,为妇女,特别是为母亲感到的痛苦更是如此。"[①] 恰尔内认为,战争中受到最大伤害的是普通人民,《静静的顿河》描写的殊死搏斗,无论哪一方胜利,老百姓都要承担很大的牺牲。尤其是母亲,眼看着自己的亲人一个个在战争中死去,在战争中变为仇敌,互相残杀,自己却无能为力,眼睁睁看着一幕幕惨绝人寰的场景就发生在自己身边,那种切肤之痛,痛入骨髓。但是,当任何一方的"儿子"受到伤害时,母亲们的那种博大的母性之爱又会占上风。伊莉妮奇娜就是这样一个母亲。本来幸福的家庭随着社会的动荡变得分崩离析。长子和丈夫先后离她而去,心爱的小儿子随时都有生命危险,女婿恰是自家的仇敌。可当仇敌生病时,"伊莉妮奇娜对'刽子手'微驼的身形和蜡黄的脸,看得越仔细,内心就越发强烈地感觉到一种不舒服的和矛盾的感情。在伊莉妮奇娜的心里忽然对这个她恨之入骨的人产生了一种不期而来的心情——一种刺心的母亲的怜惜之情,这种感情可令最坚强的女人心软。她已经不能控制这种新的感情……"[②] 这种爱在以伊莉妮奇娜为代表的母亲身上得到升华。恰尔内认识到了这一点,可惜的是他老调重弹,把人道主义精神庸俗化了。他

① Чарный М., "Тихий Дон" // Литературная газета, 1941.3.26. 恰尔内:《〈静静的顿河〉》,载《文学报》,1941 年 3 月 26 日,第 3 版。

②《肖洛霍夫文集》,前引书,第 5 卷,金人译,第 1793 页。

认为:“《静静的顿河》的深刻的人道主义主题与揭露表现在生活的旧秩序中的社会的恶直接相关,与被革命唤起的希望相关。《静静的顿河》的革命力量首先在于全面否定革命前的旧生活。”[①]

综上所述,20 世纪 30 至 40 年代针对《静静的顿河》的主题研究主要集中在社会历史、爱、自然及农民等几个方面,相关的论点尽管囿于“火药味”较浓的时代,却也不乏精辟之见。

三

《静静的顿河》尚未出齐,卢那察尔斯基(Луначарский, А.)就已经对其中的人物形象作出评价:“《静静的顿河》展示了顿河哥萨克生活的鲜明图景,就写作的艺术力量而言,许多章节足以和经典作家的作品相提并论。无论是作为反面典型加以塑造的人物,还是扮演正面角色的人物,所有形象都非常有血有肉。”[②] 绥拉菲摩维奇(Серафимович, А.)也对小说中的人物描写给以高度评价:“他的人物不是画出来的,也不是写出来的,他们不是纸上的人物,而是一群活生生的、光华夺目的人物,蜂拥而出,每个人都有自己的鼻子,自己的皱纹,自己的眼睛和眼角上的鱼尾纹,都有自己说话的语调。每个人走路和回头的姿态都各自不同。每个人都有自己的笑声;每个人按照自己特有的方式去恨。爱情的明朗、爱情的光辉和爱情的不幸也因人而异,各具特色。”[③] 他们的看法可谓一语中的。《静静的顿河》中出场人物众多,除主要人物外,肖洛霍夫在次要人物的塑造上也煞费苦心。几句话,一个场景,就把一个形象刻画得栩栩如生。葛利高里的传令官普罗霍尔不是什么重要角色,可就是这样一个形象,肖洛霍夫都丝毫没有轻视,反而塑造得活灵活现。这个形象的原型可追溯到俄罗斯民间故事中的傻瓜伊万,他幽默,惯于插科打诨,却又不失侠义之气。即使在言辞中也不掩饰自己胆小怕死:“我是个非常喜欢打仗的人! 两次去打冲锋,可是后来我想:

---

① Чарный М., О “Тихом Доне” // Октябрь, 1941, №.4. 恰尔内:《论〈静静的顿河〉》, 载《十月》,1941 年,第 4 期。

② 孙美玲编:《肖洛霍夫研究》,前引书,第 19 页。

③ 孙美玲编:《肖洛霍夫研究》,前引书,第 15 页。

'我的小命儿就要送在这儿了！应该找个洞躲起来，普罗沙，不然你就非完蛋不可啦！'"[①] 为了调离自己仇家的部队，他居然想方设法去得脏病。听他讲述自己的这一段经历，简直让人忍俊不禁。一个鲜活的形象跃然纸上。

评价一部作品无法回避其中的核心形象。从某种意义上讲，核心人物的塑造决定着作品成功与否。葛利高里·麦列霍夫是小说的中心人物，自然而然，研究者都不惜浓墨重彩聚焦于他。在 30 至 40 年代对葛利高里·麦列霍夫研究中，绝大多数研究者都根据政治形势，将研究的重心放在其社会历史定位上。这一点在当时那种氛围中完全可以理解。已在 1925 年颁布的《关于党在文艺方面的政策》(О политике партии в области художественной литературы)中就有"文学批评的基本任务是揭示文学作品的客观的阶级内容，同轻视文学语言技巧和古典文化遗产的态度作斗争"之说，再结合 1929 年 6 月斯大林在信中对《静静的顿河》的意见，对葛利高里·麦列霍夫这一人物形象的批评脉络已基本可现：那就是否定。

科列斯尼科娃认为："葛利高里最典型的特征就是其多变性，经常摇摆不定。"[②] "葛利高里在两个阵营之间摇摆，葛利高里落后于人民群众。"[③] 不少评论者持类似的观点。如弗罗洛娃(Фролова, Г.)也倾向于认为葛利高里的悲剧是由于脱离人民群众："葛利高里具有鲜明、坚强和复杂的性格，他的性格受到几个世纪以来哥萨克特权传统的扭曲。他的命运由于脱离接受革命的哥萨克劳动人民的历史命运而具有深刻的悲剧性。"[④] 卢金(Лукин, Ю.)、德罗兹多夫及格林别尔格(Гринберг, И.)的观点也与前述类似："《静静的顿河》是一部人民悲剧。葛利高

① 《肖洛霍夫文集》，前引书，第 5 卷，金人译，第 1708 页。

② Колесникова Г., "Тихий Дон" // Октябрь, 1933, №2. 科列斯尼科娃：《〈静静的顿河〉》，载《十月》，1933 年，第 2 期。

③ Кирпотин В., "Тихий Дон" М. Шолохова. Судьба Г. Мелехова // Красная новь, 1941, №3. 基尔波金：《肖洛霍夫的〈静静的顿河〉：格·麦列霍夫的命运》，载《红色处女地》，1941 年，第 3 期。

④ Фролова Г., "Тихий Дон" Шолохова // Огонёк, 1940, №15. 弗罗洛娃：《肖洛霍夫的〈静静的顿河〉》，载《星火》，1940 年，第 15 期，第 2 页。

里的悲剧在于,在其发展的最后阶段脱离了人民,最终因此覆灭,却没有意识到自己应该在哪一个阵营并斗争到底,准确点说,是意识到了,但是畏缩了。"[①] "葛利高里的悲剧在于他脱离了摧毁旧现实,建立新的、更高的现实的革命人民。作为一个矛盾的主人公,麦列霍夫对他那个时代,那时的条件和环境而言,是有典型性的。"[②] "葛利高里的个人魅力、他的真诚和率直让我们强烈地感觉到他在历史面前、在他以战争来反对的俄罗斯人民面前所犯的错误。事件历史进程的逻辑和个人命运的逻辑之间的冲突以及前者的胜利,这就是葛利高里·麦列霍夫悲剧的基础。"[③] 叶尔米洛夫(Ермилов, В.)则认为麦列霍夫是一个反叛者,是一个具有破坏性的人物形象。"第八卷中葛利高里·麦列霍夫获得了社会和艺术方面全新的品质,他走上了反叛之路,内心已变得完全空虚。"[④]A. 托尔斯泰虽然批评葛利高里的形象,事实上却是项庄舞剑,意在沛公。他认为小说的作者在对待革命与人民这个大是大非的问题上立场错误,葛利高里的结局不应该如肖洛霍夫所示,作为一个匪徒走出文学,而是应以正面形象示人:"第四部的结尾(确切地说,是叙述小说主人公葛利高里·麦列霍夫——这个顽强的哥萨克的代表,这个有才能的、热情的人——加入匪帮的那一部分)损害了葛利高里·麦列霍夫——这个摇摆不定的人物——在读者心中的形象,同时也损害了肖洛霍夫所创造的诸多形象构成的完整世界,葛利高里不应该作为一个匪徒走出文学。对于人民和对于革命来说,这样做都是不正确的。"[⑤] 这位贵族作家看来已完全接受了新规则的洗礼,已经站在新的立场看待文学问题,已经忘记了自己也是作家,忘记了作家首先应该遵循的是什么。拿他的代表作《苦难的历程》(Хождение по мукам)与《静静的

① Лукин Ю., Большое явление в литературе // Литературная газета, 1940.5.26. 卢金:《文学中的重大现象》,载《文学报》,1940 年 5 月 26 日。

② Дроздов А., Правда истории // Литературная газета, 1947.7.26. 德罗兹多夫:《历史的真相》,载《文学报》,1947 年 7 月 26 日。

③ Гринберг И., Арифметика и литература // Литературная газета, 1940.7.28. 格林别尔克:《算术与文学》,载《文学报》,1940 年 7 月 28 日。

④ Ермилов В., О "Тихом Доне" и о трагедии // Литературная газета, 1940.8.11. 叶尔米洛夫:《论〈静静的顿河〉与悲剧》,载《文学报》,1940 年 8 月 11 日。

⑤ 孙美玲编:《肖洛霍夫研究》,前引书,第 23 页。

顿河》稍作比较不难发现,两书主人公的结局大相径庭:前者的主人公经受了战争的洗礼,回到了人民的怀抱,后者的主人公则还处在摸索寻找的过程中。A. 托尔斯泰此时俨然以路线正确的政治家的口吻来对一部文学作品作出宣判,这值得读者深思。

在梳理30至40年代对肖洛霍夫作品的评论时,不难发现有几位评论者对作家的创作高度关注,他们或连续发文,或撰写专著,围绕着肖洛霍夫创作的各个方面,尤其是葛利高里·麦列霍夫的形象问题进行研究,列日尼奥夫和恰尔内即为其中两位。

我们先看看肖洛霍夫本人创造葛利高里这个形象的初衷:葛利高里的命运是"陷入1914至1921年事件的强大旋涡中的个别人的悲剧命运。他有着十分特殊的个人命运,我无论如何也不想在他身上体现中层哥萨克。当然,我将把他从白军中夺过来,但是我不准备把他变成一个布尔什维克。他不是布尔什维克"①。肖洛霍夫是"要在葛利高里身上发现人的魅力"②。

可叶尔米洛夫居然连这个权利都不给作家,他甚至认为葛利高里太渺小了,根本不配充当悲剧人物:"小说的结局中,这个新的、特别的葛利高里已经无权进入悲剧了,充其量不过是个悲喜剧人物。"③ 列日尼奥夫和恰尔内起码在这方面还是尊重作者的意见的,认定葛利高里是一个悲剧人物,可是他们在关于是什么原因导致悲剧产生这个问题上又产生了分歧。

列日尼奥夫连续发文分析葛利高里的形象问题。1941年,他发表了论麦列霍夫形象的论文,文中谈道:"麦列霍夫家谁也没有像葛利高里那样,从自己的创始者普罗柯菲那里完全继承了其最好的品质。孙子沿着爷爷的足迹前进,从他那里沿袭了哥萨克旧民主传统的遗风。"④ 在这篇文章中,他强调了葛利高里的家族遗传。其后发表的一系列相关论文中,他进一步深化了这一思想,提出了《静静的顿河》中

①② 转引自孙美玲编:《肖洛霍夫研究》,前引书,第7页。

③ Ермилов. В., О "Тихом Доне" и о трагедии // Литературная газета, 1940.8.11. 叶尔米洛夫:《论〈静静的顿河〉与悲剧》,载《文学报》,1940年8月11日。

④ Лежнев И., Мелеховщина // Звезда., 1941, №2. 列日尼奥夫:《麦列霍夫习气》,载《星》,1941年,第2期。

两个传统斗争的“此起彼伏说”,并由此得出导致葛利高里悲剧结局的原因:“两个传统……第一个产生于民主主义与哥萨克和受剥削的俄罗斯农民大众曾经联合的土壤之上,以反对农奴制的斗争为标志;第二个产生于哥萨克的等级特权及其独立于俄罗斯劳动人民的土壤之上。哥萨克中农意识中的这两个对立的传统的冲突体现在麦列霍夫这个形象上。麦列霍夫的毁灭说明等级传统行将就木,这一传统在民主传统面前遭到了失败。”[①] “长篇小说《静静的顿河》的主要人物葛利高里·麦列霍夫是一个有天分、有个性的人。他身上有机地融合了世界文学经典作品中活生生的艺术概括之形象所具有的个人的、家族的、阶级的特征。”[②] “葛利高里具有阶级两面性,劳动者和私有者的特点集于其一身,通过可塑性艺术形象表现出来,并且也以相互对立的传统的共存与冲突的形式表现出来,这导致了葛利高里的迷惘、动摇和反人民的行为。”[③] “在道路的尽头,葛利高里的悲剧通过古代传说的诗学威力表现出来。这是被那接受了其弟鲜血的大地所诅咒的该隐的悲剧,他是一个流亡者、漂泊者。他不幸,仅仅是作为一个受排斥和鄙视的杀弟弟者而不幸。麦列霍夫的毁灭不仅仅说明等级传统行将就木,还说明他对革命人民的屈服。”[④] 从列日尼奥夫的一系列论文中可以嗅出上纲上线的阶级斗争的味道,可以看出他是将葛利高里视为负面形象加以论证的,他间接批判了创作者的阶级导向问题。他的观点真可谓引玉之砖,一“砖”激起千层浪,引发了一场争论。

列日尼奥夫1941年的论文一出,就遭到了恰尔内的反驳。恰尔内不同意列日尼奥夫的观点,他认为:“《静静的顿河》的主题思想根本就不是关于什么两面性的问题,而是关于人民对新生活的渴望。这种新生活不像革命前那样嘲笑人,而是没有剥削,没有富人和暴徒的暴行。

① Лежнев И., Шолохов и традиции // Новый мир, 1946, №7–8. 列日尼奥夫:《肖洛霍夫与传统》,载《新世界》,1946年,第7—8期。

② Лежнев И., Из темы о Шолохове // Звезда, 1947, №10. с.190. 列日尼奥夫:《谈谈关于肖洛霍夫的话题》,载《星》,1947年,第10期,第190页。

③ 同上。

④ 同上。

《静静的顿河》的基调就是对人性的呼唤。”[1] 恰尔内继而认为:“麦列霍夫的形象是一个坚强、令人难忘、极富戏剧性的形象。这是一个身陷最残酷的战争中,摇摆于两个阵营之间的人的形象,是一个最终迷失方向、彻底绝望的人的形象。即使这个形象具有某种概括的力量并反映现实的某个部分,它无论对我们的生活,还是对未来,都没有列日尼奥夫所说的那种意义,因为他不代表时代主要的具有决定性的趋势,没有成为我们时代真正的主人公。列日尼奥夫对此却极端漠视。”[2] 基于此,恰尔内得出结论:“麦列霍夫这个形象令我们激动的原因不是‘大恶’,而是想与恶斗争却又悲剧性地变成恶本身的善。”[3] 恰尔内旗帜鲜明地反对列日尼奥夫的观点,提出了自己的看法。他的观点有一定的可取之处,看到了小说的基调是对人性的呼唤,麦列霍夫本身不是恶的载体,而是本性为善,他的悲剧是在与恶的斗争中不幸失足而成恶。可恰尔内在论述中却还是犯了将人性二元对立化的老毛病——人性等于善与恶——因而无法跳出原有的框架来探讨问题。

1948 年,苏联作家出版社出版了列日尼奥夫的专著《米哈伊尔·肖洛霍夫》(Михаил Шолохов)。针对这一部专著,《文学报》于 1949 年 6 月组织了一场讨论。讨论者认为,列日尼奥夫成功地分析了肖洛霍夫的创作及其基本特征,成功地分析了达维多夫、拉兹苗特诺夫、纳古尔诺夫,《他们为祖国而战》中的几个主人公及《静静的顿河》中的几个女主人公的形象。而错误之处在于没有看到肖洛霍夫是布尔什维克思想的积极捍卫者。[4] 讨论者还认为,他在分析麦列霍夫这一形象时犯的错误更大:麦列霍夫无法从矛盾中找到正确的出路,最终落到了反革命阵营中,成为自绝于人民的人,究其原因,列日尼奥夫认为,麦列霍夫是“哥萨克等级制度下好战的空想家”,再宽泛些讲,是农民特权阶层的“空想

---

① Чарный М., О “Тихом Доне” // Октябрь, 1941, №4. 恰尔内:《论〈静静的顿河〉》,载《十月》,1941 年,第 4 期。

② 同上。

③ 同上。

④ См.Обсуждение книги И.Лежнева “Михаил Шолохов” // Литературная газета, 1949.6.25. 参见列日尼奥夫作品《米哈伊尔·肖洛霍夫》讨论会纪要,载《文学报》,1949 年 6 月 25 日。

家”。列日尼奥夫把麦列霍夫这一具有具体社会内涵的形象抽象化，这一切都导致列日尼奥夫犯了政治错误，即把麦列霍夫与孟什维克分子及工党党员等同起来。讨论者认为，列日尼奥夫把肖洛霍夫的创作独立于苏联文学发展之外，没有将其创作明确定位在社会主义现实主义的范畴，而把肖洛霍夫同托尔斯泰比较则犯了一个根本性错误。[①] 分析以上讨论不难看出，对肖洛霍夫批评的风向已经悄悄起了变化。参加讨论者首先给列日尼奥夫的专著定了性，犯的不是一般错误，而是政治错误。其次，研究者认为肖洛霍夫的作品是社会主义现实主义的典范，列日尼奥夫没有用新思维思考这一问题，居然把社会主义现实主义作家肖洛霍夫同资产阶级批判现实主义作家列夫·托尔斯泰混为一谈，那就是错上加错。尽管讨论者立论牵强，同样是政治理念先行，可对肖洛霍夫来说却是福音，冰封之河逐渐开始消融了。

这一时期在对葛利高里这个形象的评价中存在着较弱的肯定之声。廖文（Л.Лёвин）认为：“战斗精神、忠诚、组织性、铁一般的纪律、英勇及顽强是哥萨克的最好品质。这些品质都体现在麦列霍夫身上。”[②] 恰尔内虽然在一年后同列日尼奥夫的争论中有些简单化的倾向，但稍前对葛利高里的特点概括得还是比较准确的：“葛利高里·麦列霍夫最典型的特点就是正义感和对真理的寻找。”[③] 列伊杰斯（Лейтес, А.）列举了几种对麦列霍夫的评价意见，其中就有戈芬舍费尔的评论：“戈芬舍费尔认为，麦列霍夫从一个‘寻找社会正义者’转变为‘寻找个人安宁者’……”[④] 列伊杰斯认为各种观点都有自相矛盾之处，他写道：“《静静的顿河》结尾处麦列霍夫明显的感觉是什么呢？是战争带来的疲惫不

① Обсуждение книги И.Лежнева «Михаил Шолохов» // Литературная газета, 1949.6.25. 列日尼奥夫作品《米哈伊尔·肖洛霍夫》讨论会纪要，载《文学报》，1949 年 6 月 25 日。

② Лёвин Л., Человеческий материал // Звезда, 1936, №5. 廖文：《人的资料》，载《星》，1936 年，第 5 期。

③ Чарный М., О конце Г.Мелехова и конце романа // Литературная газета, 1940.06.24., 恰尔内：《论格·麦列霍夫的结局及小说的结尾》，载《文学报》，1940 年 6 月 24 日。

④ Лейтес А., Без «счастливой развязки» // Литературная газета, 1940, 9.8. 列伊杰斯：《没有“幸福的结局”》，载《文学报》，1940 年 9 月 8 日。

堪的感觉，是对战斗和行军的憎恶，是企图逃避阶级斗争，是希冀栖身于革命和反革命之间的‘中间地带’的强烈愿望。”①

这三者的意见在肯定了葛利高里的特点之后，从正面分析了葛利高里的思想。从小说中可以看到这样的事例：战前割草时误伤一只小野鸭，他都感到怜悯和愧疚；看到驻扎的哥萨克强奸年轻使女弗拉妮亚时，他拼命阻止；第一仗因为砍死一个奥地利士兵而难受；而“锅圈儿”无缘无故杀死一个匈牙利骠骑兵这件事，引起了他的极度反感，甚至要与之拼命。这一切都表现出葛利高里具有强烈正义感的一面。他想寻求真理，可是无论在哪个阵营都没有找到，这也就是其苦闷彷徨的重要原因之一。到底为什么打仗，葛利高里思考过这个问题：“他们打仗，是为了能过上好日子，我们也曾经为了自己过好日子打过仗，生活中根本没有什么真理可言。看来，是胜者为王，胜利者就可以吃掉那个战败的，可我却还在寻找什么愚蠢的真理呢。弄得精神苦闷，东投西靠。”② 战争已使葛利高里感到厌烦，他无论在哪一方都无法找到精神的支柱，他非常想脱离这个苦海，可正如他自己所见，那是可望而不可即的：“连年征战，使他疲惫不堪。真想避开这个沸腾着仇恨的、敌对的和难以理解的世界。身后的、过去的一切是一本糊涂账，互相矛盾。想找出一条正确的道路是非常困难的。”③

有趣的是，列伊杰斯在自己文章的结尾处明显抬高了葛利高里这一形象的社会意义：“《静静的顿河》第八卷中麦列霍夫已经不是作为社会生活的类型被塑造，而是成为在克服和与之斗争的典型情感中找到通向社会主义之路的农民（哥萨克）的代表之一。”④ 当然，下这样的结论是那个时期的整体氛围所致。

评论家关于葛利高里这一形象争议颇多，可对阿克西尼娅这一形象基本持肯定意见。

一方面是因为阿克西尼娅是个敢爱敢恨的有个性的女性，如阿尔

---

① Лейтес А., Без «счастливой развязки» // Литературная газета, 1940, 9.8. 列伊杰斯：《没有“幸福的结局”》，载《文学报》，1940 年 9 月 8 日。

② 《肖洛霍夫文集》，前引书，第 4 卷，金人译，第 1133 页。

③ 《肖洛霍夫文集》，前引书，第 3 卷，金人译，第 798 页。

④ 同注①。

登斯认为的,阿克西尼娅"是小说中鲜明的符合实际的形象。性格坚强、极富感性的阿克西尼娅跟着自己的感觉走,在情感中找到了自己存在的唯一意义"。[①] 谢尔宾纳也认为:《静静的顿河》中的女性形象塑造得很成功,以阿克西尼娅为例,她"真诚、坚强,充满农村妇女的浓烈激情,具有很高程度的诗意"。[②] 别列兹涅尔(Березнер, С.)则将阿克西尼娅的形象视为继葛利高里之后塑造得最成功的形象:"在小说的众多人物形象中,她是继麦列霍夫之后最鲜明的一个形象。但肖洛霍夫最大的成就却在于小说中描写了大多数人民群众的生活和斗争。此处肖洛霍夫的技巧的发展达到了自己的巅峰。"[③]

另一方面是因为阿克西尼娅被定位为摆脱奴役,争取自由,打破旧秩序的先进女性的代表,正如Г. 弗罗洛娃(Фролова, Г.)所说:"阿克西尼娅作为时代的标志,作为为摆脱几个世纪的奴役、获取自由的妇女的先驱而进入苏联文学。当应该向村里生活的旧秩序挑战时,她表现出极大的勇气。"[④] 从弗罗洛娃的评论中可以看出当时意识形态的影响。

相比之下,评论者对肖洛霍夫塑造的布尔什维克形象普遍不满。别列兹涅尔选取施托克曼,恰尔内选取了科舍沃伊为代表,他们觉得这两个形象或刻画的笔墨不够,或描写得不深刻也不生动:"这部庄严的史诗中的形象体系是为了展示其中'静静的'顿河的所有社会群体,表现顿河哥萨克哺育出的比较典型的性格……在顿河哥萨克环境之外成长的城市布尔什维克的典型,如施托克曼等,比起其他人则塑造得不是特别成功。"[⑤] "第四部中米什卡·科舍沃伊代表着布尔什维克。这个形

① Арденс Ник., М.Шолохов и его роман // Литературная учёба, 1939,№8–9. 阿尔登斯:《肖洛霍夫和他的长篇小说》,载《文学学习》。1939 年,第 8—9 期。

② Щербина В., «Тихий Дон» М.Шолохова // Новый мир, 1941, №4. 谢尔宾纳:《肖洛霍夫的〈静静的顿河〉》,载《新世界》,1942 年,第 4 期。

③ Березнер С., Сила правды (окончание) // Литература в школе, 1939, №3. 别列兹涅尔:《真理的力量》(结尾),载《中学文学》,1939 年,第 3 期。

④ Фролова Г., "Тихий Дон" Шолохова // Огонёк, 1940, №15. 弗罗洛娃:《肖洛霍夫的〈静静的顿河〉》,载《星火》,1940 年, 第 15 期。

⑤ Березнер С., Сила правды (окончание) // Литература в школе, 1939, №3. 别列兹涅尔:《真理的力量》(结尾),载《中学文学》,1939 年,第 3 期。

象远不如葛利高里·麦列霍夫这个形象塑造得那么生动和深刻。科舍沃伊立场坚定，信念执着，但他身上又有某种阴郁、冷漠和局限性。相比之下，《被开垦的处女地》中梅谭尼可夫和纳古尔诺夫的形象更生动。”[①] 格罗莫夫（Громов, П.）也认为科舍沃伊这个形象塑造得并不成功：“整部小说中，肖洛霍夫不善于将主人公的个人命运同揭示历史规律紧密结合在一起……肖洛霍夫的错误在于，他用思想僵化的科舍沃伊偷换了布尔什维克的形象。肖洛霍夫艺术上的错误在于，他让麦列霍夫和科舍沃伊代表自我个性发展中的历史冲突，他们在不同的层面上行动着……这个科舍沃伊的智力比小说中所有人物都低，但本应该比所有人都高。”[②] 米赫的观察更为细致：“麦列霍夫的土耳其血统的作用没有显现出来。此外，白军将领的形象也是苍白的，和他们对抗的是个别臆想出来的布尔什维克。”[③] 评论家们以上言论的潜台词就是：应该把布尔什维克党人塑造成高大全的形象，把白军将领塑造成人民公敌才符合时代的要求。

四

30至40年代对《静静的顿河》的风格技巧研究，很大一部分与葛利高里·麦列霍夫相关，尤其在涉及到小说结尾是否成功，葛利高里应以什么形象示人方面争议颇多，而对作品情节建构之类的形式问题探讨相对较少。由于人物形象方面的问题前面已多有论及，此处不再赘述。

由于《静静的顿河》出版时间拉得很长，有些批评家只能是看了第一部预测第二部，卢那察尔斯基即为一例。尽管当时还没有读到第二部，他还是对肖洛霍夫寄予厚望，言辞中充满勉励关注之情：“我不知道肖洛霍夫将如何写好小说的第二部分。表现父与子的冲突，表现顿河

---

① Чарный М., О конце Г.Мелехова и конце романа // Литературная газета, 1940, 06.24.　恰尔内：《论格·麦列霍夫的结局及小说的结尾》，载《文学报》，1940年6月24日。

② Громов П., Г. Мелехов и М.Кошевой // Литературная газета, 1940.10.06.　格罗莫夫：《格·麦列霍夫与米·科舍沃伊》，载《文学报》，1940年10月6日。

③ Мих А., Большие самокритики // Сибирские огни, 1930, №1.　米赫：《意义重大的自我批评》，载《西伯利亚之火》，1930年，第1期。

社会的解体,表现一部分哥萨克起来反对大多数哥萨克,表现外乡人在红军的支持下同土生土长的哥萨克展开残酷斗争的严峻的历程——表现这一切是极其困难的。因为这已不是日常生活,而是悲剧性的感受、激烈沸腾的斗争。肖洛霍夫大抵是更擅长描写世世代代所形成的那种生活方式。但我们希望他能写好小说的第二部分。退一步讲,即使是差一些,也不会降低我们对这位作家的杰出才华的评价。"①

扎斯拉夫斯基(Заславский, Д.)从作品的阶级定位出发,从《静静的顿河》的四部中找到两条情节线索,即葛利高里的动摇失败与新哥萨克集体的胜利,以此衬托出斯大林同志的英明:"《静静的顿河》前三部是葛利高里·麦列霍夫的动摇史。《静静的顿河》第四部表现了斯大林同志英明的预见如何应验,表现了以阶级力量为基础的全新的无产阶级战略如何取得胜利。《静静的顿河》不仅仅是一部讲述哥萨克过去的小说……苏维埃的新哥萨克也在生存和发展着。"②

许多读者及评论者认为小说的结尾让人失望,恰尔内却持相反的观点:"《静静的顿河》第四部无论从艺术水准,还是从形象的生动性来讲,都可以说写得最好。其中表现了肖洛霍夫创作中深刻的人性,对人的心灵深处善意和专注的观察。小说中谈到了艰苦的生活,残酷的血淋淋的斗争,大量令人发指的行径。但很有创作特色的是肖洛霍夫从来不深入到残忍、卑劣及兽性十足的人的心理。他神奇的艺术技巧的惊人力量转向了爱情、温柔、惶恐及相爱的心灵。"③格罗莫夫认为小说的艺术力量在结尾时并没有减弱,而是增强了。"使主人公个人的命运偏离常规是肖洛霍夫惯用的手法。"④以上的看法即使放到现在来看也是很有见地的。

① 转引自孙美玲编:《肖洛霍夫研究》,前引书,第20页。

② Заславский Д., Конец Г.Мелехова // Правда, 1940.3.23. 扎斯拉夫斯基:《格·麦列霍夫的结局》,载《真理报》,1940年3月23日。

③ Чарный М., О конце Г.Мелехова и конце романа // Литературная газета, 1940, 06.24. 恰尔内:《论格·麦列霍夫的结局及小说的结尾》,载《文学报》,1940年6月24日,第4页。

④ Громов П., Г.Мелехов и М.Кошевой // Литературная газета, 1940.10.06. 格罗莫夫:《格·麦列霍夫与米·科舍沃伊》,载《文学报》,1940年10月6日。

也有一些评论者对《静静的顿河》的情节安排提出质疑与批评，其中不乏用社会历史因素削足适履者，也有一些中肯的意见。科列斯尼科娃认为："肖洛霍夫作品的结构并不复杂。在结构上他没有自己的创新，而是走在古典作家开创的道路上。肖洛霍夫还应该在作品的结构方面多下功夫。不能说小说中描写的每一个场景都是小说情节发展的必要环节。小说在广度上铺开，尽管深入些会更有趣。牺牲深度的广度是小说最负面的特征之一。"[①] 她的观点有一定道理，由于各部发表时间拖得较长，评论者只能根据已出版的作品进行研究，所以她的评论难免有偏颇之处。肖洛霍夫其后几部已在逐渐克服上述一些缺陷。另一位评论家米尔斯基（Мирский, Д.）则是没有看到《静静的顿河》在文学史上的意义，将小说看作一部粗制滥造的作品，对其大加抨击："肖洛霍夫的作品具有现实主义的宽度和充实的内容，但在其他方面却逊于许多同时代的作家。《静静的顿河》中没有富尔曼诺夫的《夏伯阳》（Чапаев）或法捷耶夫的《毁灭》（Разгром）中明确的思想倾向，缺乏巴别尔或吉洪诺夫短篇小说艺术上的完美。《静静的顿河》中有的是模糊不清和粗制滥造。"[②] "《静静的顿河》从头至尾皆受结构粗糙之病所累……而肖洛霍夫经常忘却。《静静的顿河》没有射击的武器，虎头蛇尾的事件随处可见，情节线索展开过多，有的突然无缘无故不见踪迹。"[③] 米赫同米尔斯基观点类似："从历史的角度看，小说没有什么新意，个别偶然事件被赋予多余的意义。如：波乔尔科夫（波得捷尔柯夫）的代表团最后一次到顿河北部地区，红军的个别错误等等……为了整体的和谐应该不仅会写，还要善于删除和舍弃个别的，即使是非常好的细节……恰恰具有无可争辩的天才、有思想深度和敏锐的洞察力的肖洛霍夫缺乏这一技巧。"[④] 他的潜台词是肖洛霍夫不识时务，该大力弘扬

① Колесникова Г., "Тихий Дон" // Октябрь, 1933, №.2.　科列斯尼科娃：《〈静静的顿河〉》，载《十月》，1933 年，第 2 期。

② Мирский Д., М.Шолохов // Литературная газета, 1934.07.24.　米尔斯基：《米・肖洛霍夫》，载《文学报》，1934 年 7 月 24 日。

③ 同上。

④ Мих А., Большие самокритики // Сибирские огни, 1930, №1, С.121.　米赫：《意义重大的自我批评》，载《西伯利亚之火》，1930 年，第 1 期，第 121 页。

的不去弘扬,似乎是反而故意暴露红军的失误和布尔什维克的尴尬。

《静静的顿河》前三部出版后,引起了批评家的关注,米赫在充分肯定了《静静的顿河》第一部所取得的成就后,也指出了第二部的不足之处:"语言的诗意消失殆尽,鲜明的形象渐行渐远,似乎作者是用另一支笔在写。小说以冗长的记录资料的大事记的形式代替了天才文字,其中真实事件与乏味的臆想交织在一起。用一句话讲,塑造出一种如尼采所称的最差的、枯燥的艺术形象……此外,小说第一部分很少提到经济社会因素,没有揭示出哥萨克和所谓的'外来户'之间相互仇视的深刻的经济根源。只有一处描写了哥萨克与'霍霍尔'之间的大战。第一部完全漏掉了普通哥萨克对地主军官的经济依赖性问题。因此,第二部中描写的哥萨克之间的社会政治斗争及其分化显得笔墨不足,从马克思主义的观点来看是没有根据的,没有准备的读者无法看懂。"[①] 米赫已经习惯了传统文学的写法,对肖洛霍夫文体的创新不很习惯。更为荒唐的是他居然因为小说中没有多写政治斗争和矛盾产生的经济根源而否定其创作意义,很明显他是一个把社会历史分析方法庸俗化的蹩脚批评家。

《静静的顿河》与同时期苏联文坛上的其他作品相比,艺术风格具有独特性,这一点毋庸置疑。研究者对其创作风格的讨论主要集中在小说的性质、创作方法、自然描写、语言风格、与俄国经典作家及民俗的关系等方面。

研究者对《静静的顿河》是一部史诗性作品的看法基本一致。别列兹涅尔虽然依旧用传统的社会历史分析法对作品进行阶级定位,对史诗的提法却毫无异议:"肖洛霍夫的史诗是鲜明的艺术文献,极富说服力地描写了布尔什维克的道德力量及其思想的伟大和不可战胜。"[②] 赫梅尔尼茨卡娅(Хмельницкая, Т.)和恰尔内也对作品的史诗性给予高度肯定:"米·肖洛霍夫被公认为苏联文学的经典作家,而其讲述十月革命和国内战争时期顿河哥萨克命运的优秀史诗《静静的顿河》则被

① Мих А., Большие самокритики // Сибирские огни, 1930, №1, С.121. 米赫:《意义重大的自我批评》,载《西伯利亚之火》,1930年,第1期,第119页。

② Березнер С., Сила правды (окончание) // Литература в школе, 1939, №.3. 别列兹涅尔:《真理的力量》(连载完),载《中学文学》,1939年,第3期。

认为是近三十年来最好的长篇小说。它不仅是一部历史心理小说，还是一部抒情史诗。”[①] “历史事件的重要性、长篇小说的篇幅、描写表现的深度，赋予肖洛霍夫的作品真正的史诗性。《静静的顿河》是一部爱国主义作品。”[②] 从上述两位研究者的评论中依稀可以看出当时社会对肖洛霍夫的评鉴逐渐转暖。

不过，还是有批评家混淆哲学世界观与文艺创作方法，要求用辩证唯物主义方法指导文艺创作："肖洛霍夫没有完全运用辩证唯物主义方法进行创作，其创作方法具有两面性……因为我们在发现其现实主义因素的同时，还发现了其以浪漫主义粉饰现实的因素。更准确地说，肖洛霍夫是一个农民作家，具备一切成长为无产阶级作家的条件，但由于缺乏完整的辩证唯物主义世界观，受到敌对阶级力量的影响。”[③] 现在看来这些观点很可笑，在那时却有极大的杀伤力。米尔斯基的看法则相对温和一些，他觉得小说的政治模糊不是意识形态问题，而是艺术表现手法不成熟，这实际上是在有意无意地为肖洛霍夫开脱："《静静的顿河》政治上的模糊性与其说是意识形态现象，不如说是艺术方法现象。肖洛霍夫还没有练成艺术地表现政治思想的方法……《静静的顿河》政治上的模糊性归根结底反映了小资产阶级群众的动摇性。”[④]

语言风格是文体风格的重要组成部分。肖洛霍夫是土生土长的顿河人，他的创作语言带有浓郁的地方特色。绥拉菲摩维奇曾就此给予高度的评价："鲜明的、独特的、丰富多彩的语言，好像草原音乐家小蝈蝈在阳光下快活地振动着贝壳般绚丽的翅膀。这是真正草原人民的生动的语言，它充满了快活的、狡黠的微笑，这种笑意使哥萨克的语言永远放射着光芒。我们那些闭门造车的创造者们枯燥乏味的语言显得多

① Хмельницкая Т., Реализм Шолохова // Звезда, 1948, №12. 赫梅尔尼茨卡娅：《肖洛霍夫的现实主义》，载《星》，1948 年，第 12 期，第 165、168 页。

② Чарный М., “Тихий Дон” // Литературная газета, 1941, 3.26. 恰尔内：《〈静静的顿河〉》，载《文学报》，1941 年 3 月 26 日，第 3 页。

③ Мазнин Д., Какова идея “Тихого Дона” // Октябрь, 1931, №3. 马兹宁：《〈静静的顿河〉的主题思想是什么》，载《十月》，1931 年，第 3 期。

④ Мирский Д., М.Шолохов // Литературная газета, 1934. 07.24. 米尔斯基：《米·肖洛霍夫》，载《文学报》，1934 年 7 月 24 日。

么干瘪啊——尽管在他们看来连大地也都是轻飘飘的……”[①]《静静的顿河》中的语言是鲜活的,第一部中作者与主人公的语言里方言色彩都太浓了,在高尔基的帮助下,肖洛霍夫认识到了这一问题,随后的几部作家对语言的运用逐渐驾轻就熟,受到研究者的好评。“后期,尤其是《静静的顿河》最后一部,肖洛霍夫的言语,言语中的隐喻和明喻,以及修饰语,明显是现实主义的。几乎没有先前的无诗意的语句,某些自然主义的明喻也消失了。”[②]《静静的顿河》“语言丰富多彩,既有继承,又有创新,叙述过程中不时穿插幽默故事。穿插这些幽默故事是为了活跃所描写的场景或者是为了更直观、更完整地表现人物的性格。”[③]戈芬舍费尔也认为:《静静的顿河》第一部和最后一部在艺术表现手法上是有差别的。肖洛霍夫在第一部中还喜欢用修饰语,喜欢用节奏化的和语音反复的手法。第四部则大不相同,一切都很明晰,所有的词都很朴素,每个词的运用都恰到好处。[④]不过,科列斯尼科娃阅读了第一部和第二部之后,对作家文风的转换不太适应,对作家文体的创新不太理解,她对此感到失望:《静静的顿河》第一部与第二部之间有落差,第二部让读者感到失望,“肖洛霍夫走出北高加索地区后,似乎有些迷惘,被各种各样还未掌握的材料所吞没。火药的烟幕遮蔽了阳光明媚的风景。干瘪的军事语言代替了形象生动的哥萨克方言。笔记和纯粹记录性质的日记替换了鲜明的、极具艺术感染力的描写。”[⑤]科列斯尼科娃的结论是在没有看到全书出版的情况下作出的,所以难免存在偏颇。如果把整部小说作为评论的基础,也许她的评价会有所不同。

不少研究者对肖洛霍夫作品对大自然的描写颇为关注。如戈芬舍

① 转引自孙美玲编:《肖洛霍夫研究》,前引书,第16页。

② Арденс Ник., М.Шолохов и его роман // Литературная учёба, 1939. №8–9.,с.30. 阿尔登斯:《米·肖洛霍夫和他的长篇小说》,载《文学学习》,1939年,第8—9期。

③ Березнер С., Сила правды (окончание) // Литература в школе, 1939, №3, сс. 326–327. 别列兹涅尔:《真理的力量》(结尾),载《中学文学》,1939年,第3期,第326—327页。

④ Гоффеншефер В., Мастерство и правда // Литературная газета, 1938.06.10., с.3. 戈芬舍费尔:《技巧与真理》,载《文学报》,1938年6月10日,第3页。

⑤ Колесникова Г., “Тихий Дон” // Октябрь, 1933, №2., с.211. 科列斯尼科娃:《〈静静的顿河〉》,载《十月》,1933年,第2期,第211页。

费尔就认为："在肖洛霍夫创作发展的历程中，有一点始终未变，那就是描写主人公和叙述事件时景物与生物世界所起的积极作用。但人与自然的对比在肖洛霍夫那里表现为多种多样的形式——直接对比和反差对比。"[①] 接着，戈芬舍费尔举例进一步阐发了自己的观点。《静静的顿河》第四卷中有震撼人心的一幕：忍耐驯顺的娜塔莉娅起而反抗葛利高里并诅咒他。这时，"一团团乌云从东方涌上来。雷声隆隆。刺眼的白亮闪电曲曲折折地穿透圆形的云端，滑过天空。风吹得窸窣作响的青草向西倒去，从大道上吹来刺鼻的尘埃，被沉重的、长满了籽粒的花盘压弯的向日葵几乎弯到地上。"[②] 在戈氏看来，"这一场景的展现属于肖洛霍夫的一种描写手段，其中大自然积极参与评价主人公的行为和心理。在这种情况下，人与自然之间画了一条平行线，这种平行线特别为浪漫主义文学所具有。"[③]

基尔波金撰写了长文专门探讨《静静的顿河》中的大自然描写。其中谈道，以前谈肖洛霍夫风景描写的文章讲到人与自然的对比反差都太平面化，不能说明任何问题。"肖洛霍夫爱自然，感受自然，极好地再现自然，他对待自然首先像个画家。除了在不多的几个场景中肖洛霍夫将自然道德化外，在他的景物描写中几乎没有任何抽象之处……肖洛霍夫首先开掘出对顿河大自然的审美及情感财富……起初在肖洛霍夫的景物描写中让人看到寻找的痕迹、无限制地吸收别人文学影响的痕迹。小说写了十四年，当然也表现出作者在语体、小说结构及景物描写技法上的成熟。"[④] 不仅如此，基尔波金还详细考察了《静静的顿河》各部按顺序呈动态发展的风景描写，"《静静的顿河》第一部中的风景描写不像第四部中那样深刻和富有表现力，但已经可以看出肖洛霍夫独特的风格。借助表触觉的修饰语，风暴的临近通过颜色、声音、温度的

① Гоффеншефер В., Шолоховский пейзаж // Литературный критик, 1938, №8., с.125. 戈芬舍费尔：《肖洛霍夫的风景描写》，载《文学评论家》，1938 年，第 8 期，第 125 页。

② 肖洛霍夫：《肖洛霍夫文集》，前引书，第 5 卷，金人译，第 1606 页。

③ 同①。

④ Кирпотин В., Тема природы в "Тихом Доне" Шолохова // Октябрь, 1946, №12. 基尔波金：《肖洛霍夫〈静静的顿河〉中的大自然主题》，载《十月》，1946 年，第 12 期。

变化传达出来。肖洛霍夫勾勒的画面是动态的……"[①] 此外,这位评论家不仅将肖洛霍夫对大自然的描写视为一种写作技巧,而且将其抬升到了哲学、心理学和美学的层面,提出这一点在当时的社会语境中是难能可贵的。"肖洛霍夫的风景描写首先表现出其创作的史诗特点。"[②]"小说中把人与大自然作比较具有巨大的哲学、心理学及美学意义。大自然是不依赖于人的意识的客观存在,它缓解人的感受……以前的文学史上人与自然的主题多次出现过,肖洛霍夫的功绩在于他在自己的长篇小说中从崭新的角度阐释人与自然这一古老的主题。肖洛霍夫讴歌了大自然的伟大、美妙和生机勃勃的力量。"[③] 他从康德的审美视角突出了《静静的顿河》中大自然所具有的崇高美。

另一位评论者赫梅尔尼茨卡娅不太认同戈芬舍费尔和基尔波金的观点。她认为戈芬舍费尔和基尔波金对肖洛霍夫作品中的景物描写的研究是片面的、机械的。不能将大自然同主人公对立起来,他们之间是一种有机融合的关系。"肖洛霍夫的现实主义深化了俄罗斯古典传统,其中一个特点是他的主人公与他们所处的世界之间的有机联系。主要的是主人公同围绕着他们的整个世界,其中包括同自然界的必然融合感。"[④] 大自然在《静静的顿河》中的作用,不仅仅是简单的陪衬、烘托,还有一种逆向作用。"问题在于肖洛霍夫的大自然首先是生命创造力的现实体现,是易于生长的大自然,是战胜战争带给生命的死亡、枯萎、伤害、腐烂、摧毁的大自然。这种创造不止,生生不息的生命感克服着每个个体命运的悲剧,赋予肖洛霍夫的作品特别的庄严和力量。"[⑤] 上述三位研究者的研究成果尽管表面上看相互有些矛盾,事实上他们三人各自强调的是一个问题的不同侧面而已,即肖洛霍夫创作中表现大自然的艺术手法、审美功能和象征意义。

---

① Кирпотин В., Тема природы в "Тихом Доне" Шолохова // Октябрь, 1946, №12. 基尔波金:《肖洛霍夫〈静静的顿河〉中的大自然主题》, 载《十月》,1946 年,第 12 期。

② 同上。

③ 同上。

④ Хмельницкая Т., Реализм Шолохова // Звезда, 1948, №12. 赫梅尔尼茨卡娅:《肖洛霍夫的现实主义》, 载《星》, 1948 年,第 12 期。

⑤ 同上。

相对而言，研究者在探讨《静静的顿河》中的自然描写时，基本遵循了艺术规律，没有掺杂过多的意识形态因素。

肖洛霍夫在介绍自己的创作经验时，曾多次谈及受到很多俄罗斯古典作家的影响，从他们那里汲取了很多养分。

加里宁（Калинин, В.）初读《静静的顿河》即受到感染，且一眼看出肖洛霍夫非常熟悉俄罗斯经典作品："我认为他的《静静的顿河》是我们最好的文艺作品。某些地方具有很强的感染力。它却是一个外省的小镇上的人所写。不过从语言上就可以感觉到，他顽强地学习了很多东西，没有任何一家杂志为这个初学者提供帮助。我不相信，如果他不相当熟悉我们的经典作品，还能写出《静静的顿河》。"[①] 加里宁的文章体现出一位政治家对青年作家的关怀，这让肖洛霍夫感动不已。1946 年 6 月 6 日，肖洛霍夫在《真理报》（Правда）上撰文悼念加里宁，缅怀加里宁对他创作的关心。

研究者在深入对比分析之后得出结论：肖洛霍夫创作《静静的顿河》主要受到列夫·托尔斯泰、高尔基和果戈理（Гоголь, Н.）的影响。在阐释肖洛霍夫对俄国古典作家的传承与他自己的创新时，不少评论者论述得非常精辟。

基尔波金认为肖洛霍夫深受列夫·托尔斯泰的影响，但他的作品却不是对托尔斯泰单纯的模仿，而是具有创新，具有很多作为艺术史上的新现象的苏联文学的特点："《静静的顿河》的新颖之处首先在于叙述中作者视群众为积极行动的动力的全新态度，在于表现了主人公个人与其社会环境之间的全新关系……《静静的顿河》本质上的创新，不仅可以通过与革命前的资产阶级和小资产阶级文学相比较而得以发现，把它同俄罗斯古典散文作比较时也清晰可见……"[②] 他举例分析了同后者的异同：在托尔斯泰的《哥萨克》中，奥列宁同哥萨克之间的关系是对立的，而在肖洛霍夫的《静静的顿河》中，葛利高里同哥萨克融为一

① Калинин В., Писатель должен быть мастером своего дела // Литературная газета, 1934,03.18. 加里宁：《作家应该成为自己事业的行家》，载《文学报》，1934 年 3 月 18 日。

② Кирпотин В., "Тихий Дон" М. Шолохова // Красная новь, 1941, №1. 基尔波金：《肖洛霍夫的〈静静的顿河〉》，载《红色处女地》，1941 年，第 1 期。

体。米赫围绕着个人命运与历史的关系,从宏观与微观的角度分析了《战争与和平》对《静静的顿河》的影响:“肖洛霍夫运用《战争与和平》的手法,试图通过描写个别哥萨克家庭的命运来阐释历史事件。”[①] 而扎斯拉夫斯基则从作家对笔下人物群体的选择上肯定了肖洛霍夫对俄国文学史上哥萨克题材的继承:“列·托尔斯泰之后,还无人以如此的艺术力量,如此炽热的爱,如此残酷的真实讲述哥萨克。在俄罗斯文学史上,《静静的顿河》继承了《哥萨克》的传统。”[②] 格罗莫夫则持相反的观点:“《静静的顿河》的创作风格,就其本质而言,同《战争与和平》毫无共同之处。主要表现在两位作家心理分析的方法迥异。托尔斯泰将复杂的心理因素分解成简单的、最小的组成部分。肖洛霍夫则相反,从简单中构建复杂、不同凡响和崇高。肖洛霍夫最主要的风格之一就是对主人公的强烈感受、激烈情感的某种高度关注。主人公对生命独特的自我感受拉近了肖洛霍夫同浪漫主义者之间的距离。”[③] 作者认为,从这个意义上讲,肖洛霍夫的风格更接近雨果。格罗莫夫从两位作家心理分析方法的差异上完全否定《战争与和平》对《静静的顿河》的影响,这明显犯了以偏概全的错误,不过,他对托尔斯泰与肖洛霍夫心理分析方法的差异的研究还是比较准确的。

廖文指出:“类似肖洛霍夫的《静静的顿河》的杰作在很大程度上受到高尔基思想的影响。”[④] 针对有评论者批评《静静的顿河》中缺乏同葛利高里对立的人物形象,即使有,同葛利高里相比也黯然失色,廖文指出:“文学中存在着这样一些作品,它们不是建构在一个主人公同另一个主人公对立的基础之上,而是建构在主人公同历史现实的逻辑本身对立的基础之上。从这个意义上讲,肖洛霍夫的长篇小说《静静的

① Мих А., Большие самокритики // Сибирские огни,1930, №1. 米赫:《意义重大的自我批评》,载《西伯利亚之火》,1930 年,第 1 期。

② Заславский Д., Конец Г.Мелехова // Правда,1940. 3.23. 扎斯拉夫斯基:《格·麦列霍夫的结局》,载《真理报》,1940 年 3 月 23 日。

③ Громов П., Г.Мелехов и М.Кошевой // Литературная газета,1940.10.06. 格罗莫夫:《格·麦列霍夫与米·科舍沃伊》,载《文学报》,1940 年 10 月 6 日。

④ Лёвин Л., Современная тема в советской прозе 1946 года // Звезда,1947, №6. 廖文:《1946 年苏联散文中的当代主题》,载《星》,1947 年,第 6 期。

顿河》可以同高尔基的史诗《克里姆·萨姆金的一生》(Жизнь Клима Самгина)相比拟。"① 他的这一论断非常有道理,从另外一个角度回答了《静静的顿河》中没有同葛利高里相对的、同样生动丰满的正面形象的问题,并且将高尔基的史诗《克里姆·萨姆金的一生》纳入了考察的视阈,为肖洛霍夫的这种写作方式找到了正确的支撑点。卢金则从人道主义角度谈到了肖洛霍夫对高尔基的继承:"肖洛霍夫的创作处处显示出高尔基对人的态度,而且主要显示出高尔基反对资产阶级颓废派,反对'纯艺术'的反动理论的态度。"② 当然,卢金的观点明显带有意识形态化的痕迹。

1940 年,评论家们以《文学报》(Литературная газета)为阵地,围绕着肖洛霍夫的创作展开了一场争论,主要涉及以下几个题目:1. 肖洛霍夫和俄国古典文学的传统;2. 肖洛霍夫作品中的主人公问题;3. 肖洛霍夫的人民性;4. 肖洛霍夫笔下的风景描写。赫梅尔尼茨卡娅认为,所有这些问题综合起来看都在回答一个最主要的问题,即俄罗斯文学中现实主义的新特点。她就此详细地阐述了自己的一些看法:

一、关于《静静的顿河》的语言。小说"开始时不仅主人公的言语,就连作者的言语都带有很浓的方言色彩。而在小说结尾,方言只用于主人公身上,而且惜墨如金,表现生动,运用得恰到好处。小说中间风景描写过于繁琐,满是形象、列举、比喻,当地的花花草草的名称过多。小说结尾处风景描写变得更加干净、严格、浓缩。不仅在景物描写中,而且在揭示主人公内心世界时,肖洛霍夫的小说都越来越向生活的本质靠拢,向理解主要的、普遍的东西靠拢"。③

二、关于肖洛霍夫同俄国古典文学的关系。同托尔斯泰的《战争与和平》相比较,二者"共通之处在于明显感觉到历史与个人,人民史诗描述的宏大事件与主人公个人日常生活琐碎的、个性化的潮流相交

① Лёвин Л., Современная тема в советской прозе 1946 года // Звезда,1947, №6. 廖文:《1946 年苏联散文中的当代主题》,载《星》,1947 年,第 6 期。

② Лукин Ю., О творческом пути М. Шолохова // Знамя, 1948, №9. 卢金:《论米·肖洛霍夫的创作道路》,载《旗》,1948 年,第 9 期。

③ Хмельницкая Т., Реализм Шолохова // Звезда, 1948, №12. 赫梅尔尼茨卡娅:《肖洛霍夫的现实主义》,载《星》,1948 年,第 12 期。

义”。[1] 作者认为，一般评论者只注意到了两者外在和潜在的相同之处，却没有注意到其本质的不同。“对他（肖洛霍夫）而言，果戈理和托尔斯泰的传统同时组合在一起是其明显的特征……生活的真理是在其矛盾和变化中认知的，善于表现人物的感情和性格的这种变化，善于在多个层面上表现人物命运，这是肖洛霍夫现实主义最令人信服的特征。”[2]“如果说托尔斯泰感召肖洛霍夫深入分析情感和思想，那么果戈理给他树立了绝佳的日常生活之幽默和渗透着作者声音的、饱含激情的抒情风格的范例。”[3] 她的这一观点可以说是切中肯綮。以往的研究大多将注意力放在了托尔斯泰、高尔基的影响身上，忽视了果戈理对肖洛霍夫的影响。

恰尔内也看到了这一点，他认为：“肖洛霍夫向俄国现实主义经典作家学习其艺术语言的极度简洁，学习他们善于深入揭示现实中现象之本质”[4]；向列夫·托尔斯泰学习“洞悉人内心的秘密，善于观察一种思想情感如何变成另外一种，学习研究人类情感的复杂脉络”；向果戈理学习“抒情的激情”。[5] 这种“抒情的激情”同赫梅尔尼茨卡娅所谓的“饱含激情的抒情风格”异曲同工，显示出二者独到的眼光。

阿谢耶夫（Асеев, Н.）把肖洛霍夫同马雅可夫斯基（Маяковский, В.）相比，认为两者相同之处在于都是创新家。作者认为：“肖洛霍夫使用的手法表面上更传统，读者更熟悉，更易明白，但其中却又有很多东西同既定传统相悖。正是对传统的有尺度的疏离才表现出肖洛霍夫散文的力量。无论是马雅可夫斯基还是肖洛霍夫，其主要目的是揭示世界变化。对他们而言，传统与创新仅仅是证明他们所珍视之物是揭示世界变化的最好方式，他们用鼓吹的激情使人信服这一点。这种激情使二者接近。马雅可夫斯基和肖洛霍夫的确与以往俄罗斯最好的作

① Хмельницкая Т., Реализм Шолохова // Звезда, 1948, №12. 赫梅尔尼茨卡娅：《肖洛霍夫的现实主义》，载《星》，1948 年，第 12 期。

② 同上。

③ 同上。

④ Чарный М., Бурные годы “Тихого Дона” // Октябрь, 1940, №9. 恰尔内：《〈静静的顿河〉的多事之秋》，载《十月》，1940 年，第 9 期。

⑤ 同上。

家，包括亚·普希金（Пушкин, А.）、列·托尔斯泰、尼·果戈理等有许多相同之处。”[1]这种比较只是就二者创新的意义而言，如果从他们创新的形式来看，阿谢耶夫的立论则显得牵强。作为现实主义作家的肖洛霍夫的创新，主要建立在对传统继承的基础上，而未来主义者马雅可夫斯基的创新却是“把普希金、陀思妥耶夫斯基、托尔斯泰等等，从现代生活的轮船上扔出去”。[2]

评论者还非常正确地注意到了《静静的顿河》与民俗的关系，《静静的顿河》的书名即取自于哥萨克民歌。“在《静静的顿河》中，读者看到了送哥萨克去服役的仪式、哥萨克的葬礼及婚礼仪式、哥萨克同顿河告别的仪式。”[3]克拉夫琴科（Кравченко, И.）深入研究了《静静的顿河》中的民俗因素，客观地分析了民俗在小说文本中的作用：“民俗材料帮助作家突出哥萨克日常生活中黑暗与丑陋的方面，肖洛霍夫借助民俗也是为了表现顿河哥萨克日常生活及风俗中光明进步的方面。歌曲、童话、谚语帮助肖洛霍夫突出自己主人公对顿河的爱，展现年轻的哥萨克女性感情的深厚、纯洁和真挚，哥萨克男性的勇敢无畏。”[4]恰尔内认为民间文学对肖洛霍夫的创作影响极大：“肖洛霍夫不仅借用民间文学的题材和主题，还借用了其中的艺术手法。毫无疑问，肖洛霍夫喜爱的用人的感受同自然平行对比的手法来自于民间创作。”[5]他在随后的一篇文章中进一步发挥了这一思想：“肖洛霍夫给我们创造了一个将俄罗斯经典文学的传统与民间文学的传统有机地融为一体的典范。毋庸置疑，肖洛霍夫钟爱的用大自然与主人公的感受进行平行对比的方法来自于民间文学。这一特点在第四部表现尤甚，对土地、草木及无比优美

① Асеев Н., Неповторимые черты // Литературная газета, 1947,10.8. 阿谢耶夫：《独一无二的特点》，载《文学报》，1947年10月8日。

② 翟厚隆编选：《十月革命前后苏联文学流派》（上编），上海译文出版社，1998年，第111页。

③ Кравченко И., Шолохов и фольклор // Литературный критик, 1940,№5. 克拉夫琴科：《肖洛霍夫与民俗》，载《文学批评家》，1940年，第5期。

④ 同上。

⑤ Чарный М., Бурные годы “Тихого Дона” // Октябрь, 1940, №9. 恰尔内：《〈静静的顿河〉的多事之秋》，载《十月》，1940年，第9期。

的大自然的爱与对家乡的感情直接相关。"[1]米尔斯基则肯定了作品的民间文学的特点:"肖洛霍夫与我们几乎所有最优秀的作家不同,其作品不仅在从现实主义角度描述事件层面上,而且在作者独立于任何一个主人公的安排上都具有明显的民间文学的特点。"[2]这些评论者公允的观点为《静静的顿河》的研究者开辟了一个新的空间,提供了一个新的研究视角。

列伊杰斯从叙事的角度解读了作者与主人公之间的关系。他认为,小说中肖洛霍夫始终在与自己的人物争论。[3]他的这一观点在同时期的评论中可以说是独特的,而且有一定道理。他没有将小说定义为独白型,而是认为它是对话型作品。按照巴赫金(Бахтин, М.)的定义,"有着众多的各自独立而不相融合的声音和意识,包含由具有充分价值的不同声音组成的真正的复调"[4],这就是对话型作品的本质特征。《静静的顿河》中葛利高里的迷茫与彷徨、作者抒情插叙的介入、作者与人物意识观念的时分时合,确实可以显出对话型作品的影子,研究者可谓眼光独到。

30至40年代对《静静的顿河》的研究可谓经历了一个"由寒冬到初春"的过程,批评家们的评论各具特色,尽管受到特定语境的压力和限制,还是出现了不少有价值的研究成果。

第二节 《被开垦的处女地》(第一部)的研究

《被开垦的处女地》的写作背景是苏联20世纪30年代农村的社会

---

① Чарный М., "Тихий Дон" // Литературная газета, 1941.3.26. 恰尔内:《〈静静的顿河〉》,载《文学报》,1941年3月26日。

② Мирский Д., М. Шолохов // Литературная газета, 1934.07.24. 米尔斯基:《米·肖洛霍夫》,载《文学报》,1934年7月24日。

③ Лейтес А., Без «счастливой развязки» // Литературная газета, 1940.9.8. 列伊杰斯:《没有"幸福的结局"》,载《文学报》,1940年9月8日。

④ 巴赫金:《巴赫金全集》,白春仁、顾亚玲译,河北教育出版社,1998年,第5卷,第4页。

主义改造、大规模的集体化运动。阿拉米列夫明确指出了这一点："苏联文学的两部杰作——肖洛霍夫的《被开垦的处女地》和潘菲洛夫的《磨刀石农庄》献给了集体化运动的第一阶段。"①

在《联共(布)党史简明教程》(Краткий курс истории ВКП (б))中如此描述这次运动："1930至1934年,布尔什维克解决了无产阶级革命在夺取政权以后最困难的历史任务:使千百万小私有农户转到集体农庄道路上,转到社会主义道路上。富农这一人数最多的剥削阶级被消灭和农民群众基本转到集体农庄道路上,导致了资产阶级在国内的最后根源的消灭、社会主义在农业中的完全胜利、苏维埃政权在农村中的完全巩固。集体农庄在克服了许多组织方面的困难后已完全巩固,并且走上了富裕生活的道路。"② 肖洛霍夫敏锐地感觉到了这一运动所具有的深刻社会意义,以艺术的方式记载了这个历史瞬间。

相对于《静静的顿河》的巨大成功,《被开垦的处女地》所受的关注要少很多。不同的是,在20世纪30至40年代的评论中,前者在毁誉中蹒跚前行,后者的处境要好得多。大家对《被开垦的处女地》的看法基本是肯定的。卢那察尔斯基高度评价这部作品:"肖洛霍夫的小说确实是巨匠的手笔。宏大的、复杂的、充满了矛盾但却奔驰向前的内容,在这里被赋予了完美的、形象的语言形式,这种形式在任何地方都不与内容脱节,在任何地方都不会阉割内容,使之变得贫乏,这种形式也毫无必要用自身去掩饰内容当中的某些疏漏或者空白。"③ 特瓦尔多夫斯基(Твардовский, А.)也对其给予了正面评价:"这部小说(《被开垦的处女地》)出现之前,对许多人而言,集体农庄这一特殊世界的概念局限于关于农村中的阶级斗争、生活秩序的普通信息。肖洛霍夫的长篇小说问世之后,我们的知识极大地扩充了。"④

评论者大多从社会历史分析的角度研究《被开垦的处女地》,研究

① Арамилев И., Тема крестьянства в литературе // Октябрь, 1949, №10. 阿拉米列夫:《文学中的农民主题》,载《十月》,1949年,第10期。

② 转引自刘亚丁:《顿河激流——解读肖洛霍夫》,前引书,第45页。

③ 转引自孙美玲编:《肖洛霍夫研究》,前引书,第20—21页。

④ Твардовский А., Утверждать новую действительность // Литературная газета, 1947.3.29. 特瓦尔多夫斯基:《肯定新现实》,载《文学报》,1947年3月29日。

其主题、情节、人物形象等方面的问题。由于作品题材相对比较敏感，涉及了布尔什维克党的方针路线，加之批评方法已经确定，研究者从此入手也就自然不过了。

一

对于《被开垦的处女地》的主题是什么，苏联学者的观点分歧不大。列休切夫斯基(Лесючевский, Н.)认为："《被开垦的处女地》是一部讲述今日苏联农村的作品。它提出并解决我们革命的一般问题……小说以巨大的艺术力量肯定了集体化运动的世界历史意义，肯定了党让大部分农民群众走上集体化之路的总路线的胜利。"[①] 持与列休切夫斯基类似观点的还有列日尼奥夫："《被开垦的处女地》主要描述的是一个具有决定意义的历史时刻，是大规模集体化的可喜时期的人民和他们的领袖，共产党。"[②] 两位评论家基本将肖洛霍夫的这部作品视为紧跟党的前进步伐，讴歌党和领袖之领导的歌功颂德之作。

格列奇什尼科夫(Гречишников, В.)、阿尔登斯、尼基弗洛夫(Никифоров, Г.)则将小说界定为反映阶级斗争的作品。"小说的情节中心是迈向社会主义经济的农村中彼此敌对的阶级力量之间的斗争。根据主人公对待财产的态度进行阶级划分是小说结构的基本原则。"[③] "《被开垦的处女地》的主题是表现在同富农和反革命力量的斗争中，觉醒的苏维埃农村中的社会主义意识的成长。"[④] "长篇小说《被开垦的处女地》中充满着古老的斗争哲学和解放劳动阶级的伟大思想。"[⑤]

---

① Лесючевский Н., "Поднятая целина" // Литературный современник, 1933, №4. 列休切夫斯基:《〈被开垦的处女地〉》，载《文学同时代人》，1933年，第4期。

② Лежнев И., Рождение колхоза // Молодая гвардия, 1941, №4. 列日尼奥夫:《集体农庄的诞生》，载《青年近卫军》，1941年，第4期。

③ Гречишников В., Земля в цвету // Литература в школе, 1938, №2. 格列奇什尼科夫:《鲜花盛开的大地》，载《中学文学》，1938年，第2期。

④ Арденс Ник., М.Шолохов и его роман // Литературная учёба, 1939, №8–9. 阿尔登斯:《肖洛霍夫与他的长篇小说》，载《文学学习》，1939年，第8—9期。

⑤ Никифоров Г., Поле битвы // Литературная газета, 1933.3.29. 尼基弗洛夫:《战斗的田野》，载《文学报》，1933年3月29日。

与上述观点相比，奥泽洛夫（Озеров, В.）的立论显得更为客观，阶级斗争的激情不是特别狂热："肖洛霍夫的作品有别于以往的经典作品，作者反映的不是个人的生活，而是类似于农村经济集体化运动中的苏联农村生活的巨大历史变革的内容和这一进程本身。"[①] 从作品本身来看，奥泽洛夫的判断是比较准确的。恰尔内也正确地指出："《被开垦的处女地》的成功，是一位善于反映当代最重要的主题之一、善于反映改造世界的基本进程的天才作家的成功。这部艺术作品的力量就表现在它以一个事件、一个地点和一个时间为出发点，在时间和空间中展开，向深度和广度扩展，而且涵盖了一大段饱含着最丰富经验的生活。"[②]《被开垦的处女地》围绕着农业集体化前后的隆隆谷村的一系列事件展开叙述，达维多夫带领村民走上农业集体化之路只是全苏类似事件的一个缩影。肖洛霍夫通过这个缩影中的事件提出了运动本身留给人们的思考。农业集体化运动绝不是潘菲洛夫在《磨刀石农庄》中描写的那样充满浪漫主义的诗情画意，其中饱含着不切实际的政治运动带给农民的伤痛。苏联解体后解密的档案里，记载了农业集体化中因不愿参加集体农庄被无辜枪杀或被流放西伯利亚的农民的数目，读来令人触目惊心。赫梅尔尼茨卡娅看到了这一点："在《被开垦的处女地》中，肖洛霍夫具有一个聪明的大艺术家的力量和洞察力，不会满足于仅仅在事件中直接描述新事物与反动派的斗争。他如同在《静静的顿河》里一样，是在意识的层面揭示它们。肖洛霍夫在运动和逻辑中反映生活的同时，强调其中的困难、矛盾，甚至令人痛心疾首的事，但却始终看好历史进程中现实的先进运动的前景。"[③] 应该说这位女评论家对肖洛霍夫的创作动机作出了准确的描述。

索伊菲尔（Сойфер, М.）与科列斯涅夫（Колеснев, С.）均认为《被开垦的处女地》的主题反映了苏联农民的心理进步和农民的精神："小

① Озеров В., О социалистическом реализме // Октябрь, 1948,№9. 奥泽洛夫：《论社会主义现实主义》，载《十月》，1948 年，第 9 期。

② Чарный М., Пафос людей и пафос событий // Октябрь, 1933, №7. 恰尔内：《人的激情与事件的激情》，载《十月》，1933 年，第 7 期。

③ Хмельницкая Т., Реализм Шолохова. // Звезда, 1948, №12. 赫梅尔尼茨卡娅：《肖洛霍夫的现实主义》，载《星》，1948 年，第 12 期。

说反映了由于生产关系和文化领域的变化苏联农民的心理进步。"[1] "肖洛霍夫的作品,《被开垦的处女地》和《静静的顿河》,是揭示农民生活的内部本质的真正杰作。肖洛霍夫描写了从一种历史状态向另一种过渡的转折时期的苏维埃农民。在他的长篇小说中展示了农民的精神。"[2] 当然,他们所谓的"心理进步"和"精神"主要是在集体农庄的积极意义层面来谈的。何谓心理进步?接受集体农庄,彻底清算以往的小私有者思想,即为心理进步。农民的精神又主要体现在追求进步,锲而不舍地达到斯大林确定的目标方面。这种评价是和主流评论观点一致的,只不过强调了不同的层面而已。

二

评论家对《被开垦的处女地》中的人物塑造基本是肯定的,不过研究的视角大多从阶级分析角度入手,这样就容易得出一个结论:《被开垦的处女地》中的人物形象塑造得比《静静的顿河》成功。米尔斯基认为:"《被开垦的处女地》中每一个人物形象都饱满、典型,每一个都具有鲜明的个性。《静静的顿河》中几乎没有典型的性格。《被开垦的处女地》中肖洛霍夫把典型人物塑造成了具体的感性个体同政治角色的综合体。"[3] 马什比茨-维罗夫(И.Машбиц-Веров)旗帜鲜明地提出小说是无产阶级小说:"《被开垦的处女地》是肖洛霍夫的第一部无产阶级小说。这部小说的意义是用阶级划分的方式刻画人物形象。"[4] 什克洛夫斯基也认同这部作品的人物塑造:"肖洛霍夫的《被开垦的处女地》是一部充满具体性的作品。每一个哥萨克都有一副自己的面

① Сойфер М., Язык "Поднятой целины" М.Шолохова // Литература в школе, 1948,№5. 索伊菲尔:《〈被开垦的处女地〉的语言》,载《中学文学》,1948年,第5期。

② Колеснев С., Героическое слово о героических людях. // Литературная газета, 1947.3.29. 科列斯涅夫:《关于英雄人物的豪言壮语》,载《文学报》,1947年3月29日。

③ Мирский Д., М.Шодохов // Литературная газета,1934,07.24. 米尔斯基:《米·肖洛霍夫》,载《文学报》,1934年7月24日。

④ Машбиц-Веров И., Мих. Шолохов // Молодая гвардия, 1934, №8. 马什比茨-维罗夫:《米·肖洛霍夫》,载《青年近卫军》,1934年,第8期。

孔……"[①] 他的立论中时代意味显得不是特别突出。不过，米尔斯基的结论下得比较牵强，因为《静静的顿河》中没有典型性格之说毫无根据，从哪个方面看都站不住脚。葛利高里·麦列霍夫、娜塔莉娅、阿克西尼娅等一系列形象哪一个不具有典型性？莫非是他们的阶级意识淡漠，抑或他们不是政治角色？当然，持类似米尔斯基观点是时代的病症，在那个狂热的时代倒也无可厚非。

相比之下，以下的评论对小说中人物的评价时代味道更浓，有时完全是上纲上线。如对达维多夫的评价："直率、诚实、不虚伪，是达维多夫的特点。达维多夫的这种力量与朴实究竟从何而来？它们来自于伟大的共产党……"[②] "达维多夫身上集中了那些工人身上的最好品质，他们在漫长的时间里形成了对剥削者的不可调和的仇恨，同时也孕育出对劳动人民的爱。"[③]

很多批评家指出，达维多夫的形象被简单化、庸俗化了，肖洛霍夫没有揭示出1930年哥萨克农村的条件下达维多夫处境的复杂性。格列奇什尼科夫则认为："达维多夫是一个有血有肉的人，有优点，也犯错误。他不是一个概念化的形象，而是一个活生生的、具体可感知的形象。肖洛霍夫从多个角度来刻画他：外貌描写，表现其个人生活以及同人民说话的方式。"[④] 列休切夫斯基肯定了达维多夫形象的正面性："达维多夫是一个典型个人。达维多夫的典型性表现在于他是一个布尔什维克，一个忠于党，奉行党的路线，将群众团结在自己周围，给予他们信心，引导他们走向胜利的领导。达维多夫的这种典型性还表现在对于农庄领导而言的典型环境中。《静静的顿河》中就没有这种典型性。"[⑤] 在分析了达维多夫形象的典型性之后，列休切夫斯基指出了肖洛霍夫

① Шкловский В., О прошлом и настоящем // Знамя, 1937, №11. 什克洛夫斯基：《过去与现在》，载《旗》，1937年，第11期。

② Гречишников В., Земля в цвету // Литература в школе, 1938, №.2. 格列奇什尼科夫：《鲜花盛开的大地》，载《中学文学》，1938年，第2期，第34页。

③ Арденс Ник., М.Шолохов и его роман // Литературная учёба, 1939, №8–9. 阿尔登斯：《肖洛霍夫与他的长篇小说》，载《文学学习》，1939年，第8—9期.

④ 同②。

⑤ Лесючевский Н., "Поднятая целина" // Литературный современник, 1933, №4. 列休切夫斯基：《〈被开垦的处女地〉》，载《文学同时代人》，1933年，第4期。

塑造这一形象的不足之处:"他不像肖洛霍夫其他主人公那样是从内部揭示的,他的心理、情绪、个人感受并没有充分揭示出来……纳古尔诺夫这个哥萨克共产党员的形象则不然,通过作家对其言谈举止的描画,形象已跃然纸上。"① 事实上,这位评论者之所与有如此看法,不外乎有几个原因:首先,小说第一部中达维多夫的性格还没有完全展现出来。其次,达维多夫是一个矛盾的综合体,他开始时坚定不移执行农业集体化路线,坚信它会给农民带来好处,后来发现其中存在的问题,便产生了迷惘……直到第二部以身殉职。在这一层面上达维多夫身上有葛利高里的某些影子。在第二点的基础上我们可以看到达维多夫的性格不像纳古尔诺夫那样棱角分明,那样"二元对立",那么符合当时的主流形象。简而言之,达维多夫的阶级性还不够彻底。普利斯科同列休切夫斯基观点类似,也把《被开垦的处女地》与《静静的顿河》进行比较,认为前者比后者更进了一步,克服了后者的不足:"这部小说(《被开垦的处女地》)的新颖之处在于肖洛霍夫坚决克服了《静静的顿河》中的不足之处。如果说《静静的顿河》中的布尔什维克、工人的生命力不强,且居于次位,那么现如今则居于首位,达维多夫,这个普悌洛夫厂工人的形象以艺术上令人信服的身影走了出来。"② 列休切夫斯基与普利斯科这方面的论述可能受到了当时政治思想的影响,觉得只有遵循这一思路的作品才是完美的、毫无瑕疵的。

恰尔内用阶级成分论来分析小说中主人公的形象:"纳古尔诺夫和达维多夫是早都想好和规划出自己道路的共产党员,文中谈到他们时浓墨重彩,但康德拉特·梅谭尼可夫是一个普通农民,哥萨克中农。他通过自己痛苦的经历确信,个体小农经济的旧生活不会带来任何欢愉,他盘算后,意识到需要变革。"③ 恰尔内这样的划分明显有拔高人物之嫌。赫梅尔尼茨卡娅较为准确地把握了纳古尔诺夫形象的矛盾性:"纳

---

① Лесючевский Н., "Поднятая целина" // Литературный современник, 1933, №4. 列休切夫斯基:《〈被开垦的处女地〉》,载《文学同时代人》,1933 年,第 4 期。

② Плиско Н., Действительность в упор // Литературная газета, 1932.12.29. 普利斯科:《面对现实》,载《文学报》,1932 年 12 月 29 日。

③ Чарный М., Пафос людей и пафос событий // Октябрь, 1933, №7. 恰尔内:《人的激情与事件的激情》,载《十月》,1933 年,第 7 期。

古尔诺夫的形象处于一种具有现实意义的矛盾之中。一方面，由于单纯的热心肠，他一直试图成为对党和人民有用的人；另一方面，他好冲动，不会深入现实环境。纳古尔诺夫的错误和失败通过作者幽默的手法表现了出来。"[①] 米尔斯基也肯定了纳古尔诺夫形象的正面意义："纳古尔诺夫更有趣。他不仅是正面人物，还是同情的主要客体。"[②]

列日尼奥夫又老调重弹，将阶级斗争的因素植入葛利高里和康德拉特·梅谭尼可夫形象的对比分析中："如果说麦列霍夫思想上反对两种因素（个体和集体所有制），而事实上更多的是为其中之一，也就是反革命特权服务的话，那么梅谭尼可夫甚至思想上都不会反对两种因素。他只反对一种，即个体的……事实上他毫不动摇、忘我地为集体农庄的事业服务。这就是葛利高里·麦列霍夫和康德拉特·梅谭尼可夫之间两面性的最根本的区别。"[③] "第二部长篇小说（《被开垦的处女地》）如同第一部（《静静的顿河》），描写了阶级斗争极度激化的时刻。这一斗争如同对立的新旧传统之间的冲突那样在人们的内心激荡着。它最急剧，最明确地表现在主人公形象上；葛利高里·麦列霍夫的两面性替换成康德拉特·梅谭尼可夫的两面性。"[④] 从他的观点不难看出以阶级斗争为纲时期文艺观点上的政治痕迹。梅谭尼可夫的两面性同葛利高里的两面性根本就不是一个层面上的问题，几乎没有什么可比性。在评价区委书记这一形象时，列日尼奥夫则将他与达维多夫的斗争拔高到两条路线斗争的高度，他认为区委书记具有布哈林的色彩，是一个没有良知和荣誉感、非常自恋的官僚，达维多夫同他的斗争实际上是两条路线的斗争。[⑤] 可见阶级斗争对这位评论家的影响何等之深。

① Хмельницкая Т., Реализм Шолохова // Звезда, 1948, №12. 赫梅尔尼茨卡娅：《肖洛霍夫的现实主义》，载《星》，1948年，第12期。

② Мирский В., М.Шодохов // Литературная газета, 1934.07.24. 米尔斯基：《米·肖洛霍夫》，载《文学报》，1934年7月24日。

③ Лежнев И., Рождение колхоза // Молодая гвардия, 1941, №3. 列日尼奥夫：《集体农庄的诞生》，载《青年近卫军》，1941年，第3期。

④ Лежнев И., Шолохов и традиции // Новый мир, 1946, №7–8. 列日尼奥夫：《肖洛霍夫与传统》，载《新世界》，1946年，第7—8期。

⑤ 详见 Лежнев И., Рождение колхоза // Молодая гвардия, 1941, №3. 列日尼奥夫：《集体农庄的诞生》，载《青年近卫军》，1941年，第3期。

克拉夫琴科不无见地地概括了狗鱼老大爷(舒卡尔)这一形象的来源:"肖洛霍夫将狗鱼老大爷的整个形象建立在典型的民间创作母题的基础之上,首先是建立在幽默讽刺的童话、笑话与民间故事母题的基础之上。"[①] 一说到狗鱼老大爷,一个喜欢吹牛,曾经抢在加入集体农庄之前吃光自家牛肉,结果跑肚拉稀,差一点丢了命的喜剧形象跃然纸上。《静静的顿河》中也有类似形象,即葛利高里 · 麦列霍夫的传令官普罗霍尔,他们都同俄罗斯民间故事中傻瓜伊万的形象有直接渊源。严酷的环境中,幽默形象的出现会缓解气氛,减轻读者阅读的压力。狗鱼老大爷这个幽默形象又同俄罗斯文学中传统的幽默形象不同,在他身上,不仅体现出喜剧的效果,还有悲剧的成分。读者读到关于他爱吹牛的故事之后,似乎不仅仅是一笑而过,更多的是透过他的身影看出当时高调赞颂的积极参加集体农庄的农民与实际上自私、充满七情六欲的农民之间的反差,笑过之后留下的是反思……

列休切夫斯基认为肖洛霍夫还创造了另一类富农形象,即如雅可夫 · 鲁基奇这样的形象:"肖洛霍夫的巨大功绩在于他表现了富农反革命活动的新形式,富农的新类型:'神圣的'、'安静'的人,他们混进集体农庄进行破坏活动。这与其说肖洛霍夫了解集体农庄的现实,不如说他有敏锐的政治和艺术洞察力。"[②] 雅可夫 · 鲁基奇的形象的确是肖洛霍夫的创新,类似的形象在其他反映农业集体化的文学作品中难觅踪迹。

拉辛科(А.Ращенко)与格列奇什尼科夫的评论视角也很独特:"个别人物形象塑造得很鲜明,但党组织表现得不突出。小说中没写与男人一起为集体农庄而斗争的集体农庄女庄员,但瑕不掩瑜。"[③] "《被开垦的处女地》第一部的不足之处在于:展示集体农庄本身的生活显得草

① Кравченко И., Шолохов и фольклор // Литературный критик, 1940, №5. 克拉夫琴科:《肖洛霍夫与民俗》,载《文学批评家》,1940 年,第 5 期。

② Лесючевский Н., "Поднятая целина" // Литературный современник, 1933, №4. 列休切夫斯基:《〈被开垦的处女地〉》,载《文学同时代人》,1933 年,第 4 期。

③ Ращенко А., "Поднятая целина" Шолохова и "Цусима" Новикова-Прибоя // Литературная газета, 1933.4.29. 拉辛科:《肖洛霍夫的〈被开垦的处女地〉和诺维科夫-普里波伊的〈对马〉》,载《文学报》,1933 年 4 月 29 日。

率……小说中斗争和社会主义建设的具体性正是应该通过反映集体农庄来加强……小说中暂时根本没有出现新苏维埃女哥萨克农民的形象。"① 两位评论家居然把没有塑造正面的高大全式的苏维埃女农民形象，把没有突出文学的政治原则列为小说的不足之处，可见当时文学批评主流的畸形化多么严重。拉辛科也总结了小说的不足之处，他的总结同前述一样，没有什么特别之处，多是意识形态化的产物："同《静静的顿河》相比，《被开垦的处女地》明显具有思想浓缩和内容清楚的特点。不过，《静静的顿河》中的许多不足之处也留给了这部作品：1.《被开垦的处女地》中没有一幅反映1930年北高加索乡镇农村真正生活的画面；2. 书中没有用大量笔墨描写党和群众；3. 小说中没有一个正面的妇女形象。尽管存在这些很大的缺陷，《被开垦的处女地》仍然不失为去年苏维埃文学最好的作品之一。"② 其观点正确与否不言自明。

三

这一时期批评家针对《被开垦的处女地》的艺术技巧的评论主要集中在语言与幽默手法的运用上，还涉及到了对大自然的描写。1932年《被开垦的处女地》出版，此时肖洛霍夫的语言运用能力已达到新的高度，研究者对此基本认同。恰尔内盛赞《被开垦的处女地》中的语言运用："肖洛霍夫的语言简单易懂。在研究顿河乡村的材料时，他精通了这些村庄的语言，形象的、生动的……肖洛霍夫的隐喻和修饰语多是农民用语。肖洛霍夫鲜活生动的对话运用得恰到好处，更厉害的是，《被开垦的处女地》的作者能用一个细节刻画出一个形象，此处肖洛霍夫极强的洞察力起着作用。"③ 马什比茨-维罗夫赞同恰尔内的观点，他

① Гречишников В., Земля в цвету // Литература в школе, 1938, №2. 格列奇什尼科夫：《鲜花盛开的大地》，载《中学文学》，1938年，第2期。

② Ращенко А., "Поднятая целина" Шолохова и "Цусима" Новикова-Прибоя // Литературная газета, 1933.4.29. 拉辛科：《肖洛霍夫的〈被开垦的处女地〉和诺维科夫-普里波伊的〈对马〉》，载《文学报》，1933年4月29日。

③ Чарный М., Пафос людей и пафос событий // Октябрь, 1933, №7. 恰尔内：《人的激情与事件的激情》，载《十月》，1933年，第7期。

认为肖洛霍夫作品的形式特点是："1. 肖洛霍夫的词汇和用语鲜明地反映出顿河哥萨克农民言语的特色；2. 肖洛霍夫的特色句法和词汇同其特色修饰语和明喻有机结合在一起；3. 艺术细节鲜明地勾画出特定环境中的客体，日常生活的特点，这些细节不是可有可无的。"① 列休切夫斯基在肯定《被开垦的处女地》中肖洛霍夫的语言运用能力的同时，也指出了其中的不足之处："肖洛霍夫的语言中独特的日常生活用语非常丰富。每个人物的言语都各具特色。他选择的词汇、表达方法及言语的语调完全符合人物的特点，有利于完全揭示出这种特点。有时，人物语言的运用不是很到位，有时作者的话又有干瘪、程式化的缺点。"② 普利斯科同列休切夫斯基的看法类似，他认为《被开垦的处女地》仍然具有《静静的顿河》中的不足之处："拖沓冗长、公式化……有些地方使用报刊语言，刻板如公式。干瘪的记录式语言与用生动鲜活的语言描绘的画面并列。"③ 他们指出的不足之处事实上是一个研究视角的问题。文学作品中在适当的地方使用报刊政论语体的词汇句型是特色还是缺陷？索伊菲尔与他们的看法刚好相反，认为这是肖洛霍夫语言运用的一大特色。

索伊菲尔提出《被开垦的处女地》中人物语言的个性化特点，并详细列举了其表现形式："小说中人物语言同形象相符，极具个性化，主要表现在：1. 日常生活描写在小说中占有重要位置，它的语言同人物的言语构成了基本的语言层面：夹杂着大量顿河方言的民间口头语；2. 同时，肖洛霍夫经常借鉴民间创作的手法……借鉴民间创作给作品以抒情的和谐，朴素和自然的色调；3. 运用苏联知识分子、党务工作者的政论语言，媒体语言，以及这些言语活动的通用词汇。文学作品使用的风格言语首先应为最大多数的人民大众的言语修养服务。"④ 索伊菲尔比

① Машбиц-Веров И., М. Шолохов // Молодая гвардия, 1934, №8. 马什比茨-维罗夫：《米・肖洛霍夫》，载《青年近卫军》，1934 年，第 8 期。

② Лесючевский Н., "Поднятая целина" // Литературный современник, 1933, №4. 列休切夫斯基：《〈被开垦的处女地〉》，载《文学同时代人》，1933 年，第 4 期。

③ Плиско Н., Действительность в упор // Литературная газета, 1932,12.29. 普利斯科：《面对现实》，载《文学报》，1932 年 12 月 29 日。

④ Сойфер М., Язык "Поднятой целины" М.Шолохова // Литература в школе, 1948, №5. 索伊菲尔：《〈被开垦的处女地〉的语言》，载《中学文学》，1948 年，第 5 期。

较准确地概括出《被开垦的处女地》的语言修辞特征，即民间口语与公文语体的有机搭配，同时，又给民间口语提供了一个使用的背景：日常生活。肖洛霍夫是把这几方面结合得很好的一位语言大师，所以广受称道。

恰尔内与列休切夫斯基都对肖洛霍夫擅长运用幽默的艺术手段表示赞赏："有时候肖洛霍夫说得过火，那时可笑的东西也会变得不可笑，而是变得沉重；有时候肖洛霍夫的幽默如同景物描写一样是为了减轻读者的压力……但总的来说，肖洛霍夫的幽默只会丰富小说的杰出的效果手段。"[①] "小说中只有大师方能驾驭的生动的幽默随处可见。娴熟地运用幽默手法不但不会遮蔽事件的基本意义，而且能促进更加充分、更加完整地揭示现实。"[②] 以往对肖洛霍夫创作的幽默手法研究不够，这两位研究者的观点一语中的。俄罗斯文学史上果戈理早期作品的幽默运用可谓匠心独具。肖洛霍夫继承了果戈理的幽默传统且加以创新：幽默与严肃性，甚至与悲剧性一起融合在肖洛霍夫的创作中。《被开垦的处女地》幽默的载体主要是狗鱼老大爷。

肖洛霍夫是写景的大师，从他踏上文坛那一刻起，他的景物描写就成为其创作的一大特色。大自然在《静静的顿河》中的作用已获得评论家们的广泛认可。《被开垦的处女地》中的景物描写与《静静的顿河》中的景物描写又有所不同。评论家们注意到了这个现象。

恰尔内认为："景物描写在《被开垦的处女地》中起着重要的作用……客观地讲，《被开垦的处女地》的景物描写大部分是与隆隆谷村的斗争相对比的。整部小说中我只找到一段给大自然注入某种积极因素的描写，不过就连这一段都让人怀疑……对大自然错误的态度导致肖洛霍夫给自己的主人公的行为，以及这些主人公本身所作的社会鉴定是不正确的。"[③] 恰尔内是一个敏感细致的研究者，他发现了作者描写

① Чарный М., Пафос людей и пафос событий // Октябрь, 1933, №7. 恰尔内：《人的激情与事件的激情》，载《十月》，1933 年，第 7 期。

② Лесючевский Н., "Поднятая целина" // Литературный современник, 1933,№4. 列休切夫斯基：《〈被开垦的处女地〉》，载《文学同时代人》，1933 年第 4 期。

③ Чарный М., Пафос людей и пафос событий // Октябрь, 1933, №7. 恰尔内：《人的激情与事件的激情》，载《十月》，1933 年，第 7 期。

景物时的色调已不是普遍明快型，而是阴郁低沉型。色调的变化必然暗示着作家对农业集体化运动的态度。正如格列奇什尼科夫所言："可以说，作者在《被开垦的处女地》中不仅是自己人物形象体系的创造者及人物参与其中的事件的导演，作家生活在作品中，而且直接表达着自己对待世界的态度。在人物形象体系中他本身就是一个具有最高功能的形象：综合零散的对现实各种感受，并据此进行哲学思索。作者在转述事件的语气中，在幽默中，特别是在景物描写中，表达着自己对事件的看法。"① 肖洛霍夫对集体化运动的态度是矛盾的：一方面，他看到农业集体化是苏联农业要走的一条必经之路，是大势所趋。而且从各种宣传所勾勒的农业集体化的美好蓝图来看，这一运动的前景是乐观的。可是另一方面，在具体的执行过程中却遇到了不容乐观的，甚至很糟糕的情况：民怨沸腾，老百姓的利益受到很大伤害。肖洛霍夫和那些只看运动表面的、歌功颂德的作家不同，他就站在运动的最前沿，切身体会着老百姓的伤痛。作为一个有良知的作家，他不可能漠视自己身边的真实情况。所以，他的这种矛盾态度就反映在了作品中：既肯定又否定。对景物的描写中自然而然地表现出他的态度。试举一例，在对比首都与隆隆谷村的夜晚时他写道："夜，在隆隆谷村北方，远远地越过苍茫的草原、峡谷和沟地，越过连绵不断的森林，再就是苏维埃联盟的首都。首都上空泛滥着千万盏灯火。抖动的青色电光，好像无声的大火的返照，笼罩着高楼大厦，使深夜的月亮和星星也显得黯淡无光……高空的寒风像旋涡般打转，把沉甸甸的旗子卷拢又展开……好像起义的火把，熊熊燃烧，号召人们进行斗争……可是在隆隆谷村，夜里一片寂静。周围荒凉的丘陵盖上天鹅绒般的新雪，闪闪发亮。峡谷里，小坡上和荒草上都泻满青灰色的阴影。黎明，当莫斯科的风从北方吹来，用寒冷的翅膀在乌云底下撒着雪花的时候，隆隆谷村才响起清晨的声音。"② 从这一大段景物描写中就可以看出肖洛霍夫对待农业集体化的基本态度。

戈芬舍费尔也指出《被开垦的处女地》中景物描写的特色。他特

① Гречишников В., Земля в цвету // Литература в школе, 1938,№2. 格列奇什尼科夫：《鲜花盛开的大地》，载《中学文学》，1938 年，第 2 期。

②《肖洛霍夫文集》，前引书，第 6 卷，草婴译，第 149—150 页。

别强调了小说中开头的风景描写有双重功能:“第一,象征功能。白天和黑夜象征两股敌对势力的斗争,苏维埃和反革命阵营的斗争。第二,它可以让我们用一幅直观的插图来肯定前面谈及的第一个功能,推翻关于这一景物与其后场景缺乏直接联系的论断。”[①]我们稍作回顾就可知他所言非虚:“1 月底,冰雪初融,樱桃园清香四溢。中午,遇到风和日丽的时候,樱桃树皮淡淡的忧郁味儿,往往同融雪的潮气,以及那透过积雪和枯叶散发出来的浓烈而古老的泥土气,混合在一起……随后,风从冈峦起伏的草原上把经霜艾蓬的淡淡苦味送到园里,白天的气味和声音都消逝了。夜好像一头灰毛狼,悄悄地从东方出来,经过草丛,经过留茬地上的枯草,经过秋耕地上波状起伏的小丘,像脚印似的在草原上留下拖长的朦胧阴影。”[②]引用的段落中白天与黑夜的对比很明显。格列奇什尼科夫认为这部长篇小说的景物描写也存在一些问题:“肖洛霍夫在描写大自然时也存在一些不足之处。其中最具有代表性的是在某些环境中(这种场合尽管很少),对大自然的唯美化处理,用虚假的臆想、故意选择的色调来描绘自然现象。”[③]当然,他所指出的不足是严格按照“不搞形式主义”,反对“唯艺术论”的要求得出的结论,从艺术本身而言,对大自然“唯美化”,自己选择描绘大自然的色调也是艺术手段之一。

这里我们再说一些与《被开垦的处女地》无关,但与肖洛霍夫在 20 世纪三四十年代的创作有关的“题外话”。

20 世纪 40 年代,随着《学会仇恨》(Наука ненависти)、《他们为祖国而战》的部分章节发表,肖洛霍夫的写作重心开始转移。他的笔触紧跟时代,创作了一批反映苏联人民在二战中如何顽强地同德国法西斯作斗争、保家卫国的作品,获得了评论界的赞许。赫梅尔尼茨卡娅高度评价《学会仇恨》、《他们为祖国而战》两部作品:“《学会仇恨》、《他们为

① Гоффеншефер В., Шолоховский пейзаж // Литературный критик,1938, №8. 戈芬舍费尔:《肖洛霍夫的风景描写》,载《文学评论家》,1938 年,第 8 期。

② 《肖洛霍夫文集》,前引书,第 6 卷,草婴译,第 3 页。

③ Гречишников В., Земля в цвету // Литература в школе, 1938,№2. 格列奇什尼科夫:《鲜花盛开的大地》,载《中学文学》,1938 年,第 2 期。

祖国而战》,这里有肖洛霍夫天才的力量,即善于在庄严朴素中表现人民的深刻悲剧,让他们忘我的英雄主义、对祖国的拳拳之爱,以及在战斗中极度的坚强,都渗透到具体的情节中。”[①]《真理报》社论也肯定了《学会仇恨》的创作:“在作家肖洛霍夫杰出的艺术小说《学会仇恨》中讲述了红军战士的心中如何产生出对敌人的永远的仇恨。”[②]

* * *

综上所述,受到意识形态的影响,20 世纪 30 至 40 年代对肖洛霍夫的创作的评论经历了一个由否定到肯定的过程,在那个时代,对文学作品的评价在很大程度上也是对作家本人的评价。肖洛霍夫本人同样经历了类似的过程,逐渐被划入苏联社会主义现实主义文学的经典作家的行列,所以不难发现,那个时候的评论不时有前后矛盾的现象发生。正如前述,不少评论者批评肖洛霍夫作品中对党的组织作用强调不够,《静静的顿河》的主人公被塑造成人民敌人的形象,可到了 40 年代后期,评论的基调就发生了变化,奥泽洛夫全面肯定了肖洛霍夫的长篇小说创作:“肖洛霍夫长篇小说显示了作为苏联文学基本创作方法的社会主义现实主义的某些特点:擅长在生活的历史具体性及其典型特征中表现生活;善于发现生活进程的本质、意义;善于提出当代的具体问题,发现我们发展的主要趋势;善于描写作为劳动人民命运的组成部分的个别主人公的命运。他的作品也证明了:不反映党的领导,不反映在党的领导下英雄人物的作用,就不能反映苏维埃的现实。这一点被肖洛霍夫很好地把握了。法捷耶夫的《青年近卫军》在这方面就有缺陷,没有表现地下党组织中党的领导作用。”[③]无疑,肖洛霍夫“被接受”的命运发生了逆转,当时春风得意的法捷耶夫无疑受到质疑。历史的风云

① Хмельницкая Т., Реализм Шолохова // Звезда, 1948, №12. 赫梅尔尼茨卡娅:《肖洛霍夫的现实主义》,载《星》,1948 年,第 12 期。

② Передовая статья, Лицо врага // Правда, 1942.6.28. 社论《敌人的面孔》,载《真理报》,1942 年 6 月 28 日。

③ Озеров В., О социалистическом реализме // Октябрь, 1948, №9. 奥泽洛夫:《论社会主义现实主义》,载《十月》,1948 年,第 9 期。

变幻是无法预测的，只有用自己的良知和天才创作，勇于寻找真理、寻找生活的奥秘的作家才能经受住历史的考验、读者的考验。正如德罗兹多夫所言：“他（肖洛霍夫）看到了生活的进程，看到了它的发展……肖洛霍夫给自己布置了一个描写农民走向革命的任务，他选择的不是容易写的，而是较难写的题材。他创作的成果是伟大的。”[①]

（李志强）

① Дроздов А., Правда истории // Литературная газета, 1947.7.26.　德罗兹多夫：《历史的真理》，载《文学报》，1947 年 7 月 26 日。

第二章 20世纪50至70年代苏联的肖洛霍夫研究

20 世纪 50 至 70 年代是苏联文学发展比较稳健的时期，这也是肖洛霍夫研究史中最稳定的年代，从外在的苏联文学艺术发展的状况，到有关肖洛霍夫创作的评论和研究来说，都是这样。苏共二十大对“个人崇拜”进行清算等政治事件，对文学文艺和学术研究产生了积极的影响。文学艺术的创作和批评日益摆脱庸俗社会学和宗派主义的影响，进入一方面更加关注现实，另一方面循艺术规律而行的轨道。在文学创作中出现了高扬人道主义精神，突破“无冲突论”影响的风气，创作出了积极干预现实、正面反映苏联历史成就的作品；[①] 在文学艺术批评领域，出现了认真反思社会主义现实主义功过是非，提出社会主义现实主义的开放体系，逐渐导致社会主义现实主义解体的趋势。[②] 尤其是进入 70 年代后，美学领域的探索出现了多元并存的局面。[③] 这样就为对具体作家的研究提供了十分广阔的方法平台和学术语境。

对肖洛霍夫的研究而言，这个时期是平稳的收获期。在苏联时期，一个作家在批评界的毁誉沉浮是与他在政治场中的地位相平行的。在

---

① 参见叶水夫主编：《苏联文学史》，中国社会科学出版社，1994 年，第二卷，第三编，第一章。另外肖洛霍夫本人在此期间创作的《一个人的遭遇》（1956—1957）和《被开垦的处女地》的第二部（1958—1959）都在直面现实、弘扬人道主义方面起到了积极的示范作用。

② 参见刘亚丁：《苏联文学沉思录》，四川大学出版社，1996 年，第三章，第一节。

③ 参见叶水夫主编：《苏联文学史》，第四编，第一章；刘宁：《俄苏文学、文艺学与美学》，北京师范大学出版社，2007 年，第 195—225 页；张捷、汪介之：《20 世纪俄罗斯文学批评史》，译林出版社，2000 年，第三编。

此期间肖洛霍夫本人获得许多荣誉：1956年参加苏共二十大，并发表批评苏联作协工作的讲话；1959年陪同赫鲁晓夫访美；1960年获得列宁奖；1962年在苏共二十二大上被选为中央委员；1965年获诺贝尔文学奖；1967年获得苏联劳动英雄称号；1975年莫斯科大剧院举行纪念肖洛霍夫诞辰七十周年晚会。[①] 由于这个时期肖洛霍夫在政治场中的地位稳定上升，对他个人的研究、对他作品的评论和研究就取得了数量和质量上的突破，除去研究肖洛霍夫生平的有关文章外，从1949年到1979年三十年间苏联期刊发表有关肖洛霍夫的论文计1032篇；另外这三十年苏联报纸发表有关他的作品的论文共558篇。[②] 对其作品的评论、对《静静的顿河》主人公的评论，就由上个时期的毁誉皆有过渡到誉多于毁。这是肖洛霍夫经典化的鼎盛时期。

第一节 《静静的顿河》的研究

相对于20世纪三四十年代对《静静的顿河》的种种褒贬不一的评论，50至70年代对《静静的顿河》的看法主要趋向于肯定和赞扬，而且不管是在理论研究的深度还是思维意识的广度上，都超出了前一个时期。

一

这个时期文学史和期刊论文对《静静的顿河》的研究，大多还是集中在主题、故事和情节等方面。尤其是哥萨克在战争和革命年代的分

① Осипов В., Шолохов.М. // Молодая гвардия, 2005, сс. 621–622.　瓦·奥西波夫：《肖洛霍夫》，莫斯科：青年近卫军出版社，2005年，第621—622页。

② Сост.:В.Зарайская и др., Шолохов М.А.: биобиблиографический указатель произведений писателя и литературы о жизни и творчестве, Москва, ИМЛИ РАН, 2005. cc. 239–336; cc. 447–498 . 《米·亚·肖洛霍夫：作家作品和生平创作研究文献目录》，前引书，第239—336页；第447—498页。

化是这个时期《静静的顿河》主题研究的重点,但苏共二十大之后的新的时代风气已经在对这部作品的主题研究中有所表露。

扎克鲁特金(Закруткин, В.)对《静静的顿河》的看法主要就是它表现了哥萨克在战争和革命年代的分化,并认为它是一部规模宏大的史诗。肖洛霍夫写顿河哥萨克群体并非偶然。君主专制成为哥萨克阶层发展的障碍。与俄罗斯等民族的农民相比,哥萨克拥有很大的特权,可是,他们从来就不是一个成分单一的群体,这里有军官、地主,也有贫穷者,因此,哥萨克自古就分为两个阵营。革命开始时,一些人加入了白军,另一些人加入了红军,这明显地暴露了当时社会的阶级矛盾。在小说中,肖洛霍夫依靠史实,揭示了顿河哥萨克的革命斗争过程及其历史意义,并通过主人公个人的命运展现了生活的真理,强调了新时代的必然胜利。扎克鲁特金认为,肖洛霍夫有条不紊地展开了小说的叙述,描绘了哥萨克麦列霍夫一家的历史,顿河畔鞑靼村平静的日常生活与劳作。作家渐渐地展开小说的人物画卷:富裕的哥萨克科尔舒诺夫一家、地主李斯特尼茨基、贫农科舍沃伊、革命的地下工作者等。起初村子里的生活平静如旧:人们捕鱼、烤制面包、举行婚礼……一切都照常进行着。但已婚的哥萨克葛利高里·麦列霍夫与女邻居阿克西尼娅·阿斯塔霍娃"非法的"爱情向守旧的村庄发出了挑战。第一次世界大战爆发,葛利高里上了前线,在战斗中第一次杀人。从此,他渐渐地变得冷酷无情起来,他看到了战争的残酷性和非正义性,但古老的哥萨克传统依旧紧紧地束缚着他,使他对展现在面前的真理视而不见,所以当人民推翻沙皇,国内战争爆发的时候,他的内心充满了矛盾。他试图在斗争中寻得"第三条路",但却只能徘徊于两方斗争的旋涡之中,最后失去了亲人,孑然一身回到了家乡。扎克鲁特金认为这是怀疑和摇摆态度的唯一可能的、合理的结果。①

古拉同样看到了哥萨克人的转变,他明白无误地写道:"肖洛霍夫指出,反人民的帝国主义战争不仅使哥萨克原来的生活方式,而且首先使哥萨克的思想意识、情绪发生了重大变化。肖洛霍夫一方面揭露出为保卫君主制利益的克留赤珂夫编造的光荣事迹如何玷污了历史,另

① Закруткин В., Михаил Шолохов // Дон, 1955, №2. 扎克鲁特金:《米哈伊尔·肖洛霍夫》,载《顿河》,1955 年,第 2 期。

一方面抱着深刻的同情描写了哥萨克们思想上的反战情绪日益增长，作家表现了彭楚克、科特利亚洛夫、拉古京、波得捷尔柯夫、克里沃什雷科夫及其他哥萨克的革命工作。人民对那些反对苏维埃政权的人抱以阴沉的仇视的目光。劳动哥萨克在建设新的社会主义社会中找到了自己唯一可靠的走向幸福自由的道路。”[①] 古拉对《静静的顿河》的主题的研究是与人物联系在一起的，他认为肖洛霍夫“一步步探明了”科舍沃伊“这个朴实的哥萨克青年的阶级觉悟逐渐提高的过程，把他和脱离人民的葛利高里对立起来”。[②]

基尔波金也认为：肖洛霍夫的《静静的顿河》就是描写哥萨克如何分裂为两个阵营的巨著。肖洛霍夫的主人公不是选自支持十月革命的哥萨克，而是选自跟随哥萨克地主反抗十月革命的哥萨克。读者带着充满矛盾的心情读完作品的最后一页，关注着书中那些积极或消极反对十月革命的人物的命运。尽管如此，《静静的顿河》还是揭示了十月革命不可逆转的进程，再现了哥萨克反动武装在革命的烈火中化为灰烬的历史场景。反对革命的立场使哥萨克家庭分裂，兄弟纷争，他们颠沛流离，直至死亡。革命的烈火烧光了哥萨克上层的虚伪欺骗，蒙在穷苦哥萨克眼睛上的黑布被彻底撕了下来。[③]

除了对《静静的顿河》哥萨克主题的分析外，还有一些评论家试图跳出三四十年代《静静的顿河》的主题研究中主题肤浅化、阶级化的局限，他们的评论有了明显的拓展意识。

谢尔宾纳认为：《静静的顿河》是思想和艺术高度概括的作品。但是多年来，始终有一种观点认为，肖洛霍夫是写地方和农民阶层主题的作家，这些评论者也是这样狭隘地看待这部作品的。这些评论者认为，《静静的顿河》就是写顿河哥萨克的故事的。谢尔宾纳则指出，如果小说描写的仅仅是顿河问题的话，那这部作品就不会引起如此多读者的关注了。她认为，从表面上看，这部小说写的是顿河哥萨克的故事，好

① 古拉：《肖洛霍夫》，英卓译，载季莫菲耶夫主编：《论苏联文学》，人民文学出版社，1958 年，下卷，第 634—635 页。

② 同上，第 639 页。

③ Кирпотин В., Пафос будущего, М., Советский писатель, 1963, сс.61-62. 基尔波金：《未来的激情》，莫斯科：苏联作家出版社，1963 年，第 61—62 页。

像与《被开垦的处女地》、《他们为祖国而战》、《一个人的遭遇》中所表现的主人公的故事有所不同，但实际上，它写的也是人和人民的主题。在这部作品中，肖洛霍夫突出反映了近几十年来社会生活的中心问题，首先，这部小说充满了顿河的乡土色彩和气息，它不仅精准地描写了主人公外部世界的特征，而且细腻地描绘了外部世界和日常生活的最小细节。其次，尽管肖洛霍夫小说的内容与顿河哥萨克的生活紧密相关，充满浓郁的地方色彩，但是《静静的顿河》中描写的人的命运和社会历史冲突却带有广泛的生活性质。通过葛利高里和科舍沃伊等人物，读者能够看到重大历史转折时期的全部时代特征。小说的主要任务是展现人的道路和人民的道路，展现革命时代中复杂的个人命运。肖洛霍夫作品中人的主题是关于人的新的精神、意识形成的主题，关于它们确立过程的主题。在《静静的顿河》中作家艺术地再现了人民群众转向新意识的复杂道路。作家展现了第一次世界大战、社会主义革命和国内战争期间现实的陈旧意识的毁灭和新的认识诞生的过程。[1]

雅基缅科（Якименко, Л.）在其《论苏联史诗：几个体裁问题》（О советской эпопее: Некоторые вопросы）一文中，通过与《战争与和平》、《克里姆・萨姆金的一生》和《苦难的历程》的比较，探讨了《静静的顿河》在主题开拓上对俄罗斯文学的贡献。雅基缅科指出：在这部长篇小说中，肖洛霍夫在重大社会动荡的背景下着重描写了葛利高里・麦列霍夫和家人的命运。肖洛霍夫展现了葛利高里的悲剧历程，他来自人民，很有才气，本应加盟革命力量，但却没有加入。文章作者认为，这是肖洛霍夫在苏联文学创作中的一个创举。作家触动了此前几乎未被触及的生活层面，真实地描写了一个人的命运，揭示了他在革命中暴露出来的摇摆性。在描写人物复杂的情感和行为时，作家必须展现时代的历史潮流，揭示人物活动的时代背景。作家必须在广阔的画面上反映出两个敌对阶级阵营的不可调和的矛盾，揭示出历史发展的逻辑性。雅基缅科认为，正因如此，选什么样的人做作品的主人公是作家最为伤神的问题。展现旧世界的毁灭、新世界的诞生和胜利的必然规律更是

① Щербина В., Человек и народ // Дон, 1960, №3. 谢尔宾纳：《个人和人民》，载《顿河》，1960 年，第 3 期。

作家需要完成的任务。①

这个时期，还有部分苏联学者试图超越狭隘的社会历史观点来研究《静静的顿河》主题的思路，另辟蹊径。如盖（Гей, Н.），他从苏联文学批评的演变过程来看肖洛霍夫这部小说的巨大意义。盖指出：一本书、一部交响乐、一幅画——无论要表现什么，都离不开对人，对人的精神价值，对人的思想、激情和理想的描写。任何一部作品都会用自己的语言谈人生的意义，谈人在自然界和社会生活中的位置。社会生活、伦理、美学中的人道主义是每一位作家都要思考的问题。作家必然在自己的作品中反映出这个问题。盖认为：在个人崇拜盛行时期，文学要涉及这个问题是非常困难的。高尔基、马雅可夫斯基、肖洛霍夫、叶赛宁（Есенин, С.）等作家涉及社会主义人道主义的作品、文章当时刊印得越来越少，甚至最后消失。在斯大林大搞阶级斗争的时期，谈个人的价值、谈人性的价值几乎是可望而不可即的事情。然而，这并不能证明社会生活、文学创作中就再也没有人道主义缺失的问题了。相反，问题变得更加突出，更加尖锐。30 至 40 年代评论大部头作品都涉及到这个问题，并且更加重视它。今天，重读肖洛霍夫、法捷耶夫等作家的作品，我们会有不同于过去的解读。盖指出：文学工作者重视对肖洛霍夫的研究是有充分依据的。作家在读者面前展开历史的画卷，告诉读者主人公在大革命中的命运。与此同时，肖洛霍夫同俄罗斯经典作家普希金、托尔斯泰一样，还会引出另一条主线——一条与历史和人民交织在一起的人道主义的主线。②

尽管这个时期时间跨度不太大，但我们从对《静静的顿河》的主题的研究中已经可以看出时代风气演变所留下的痕迹。

① Якименко Л., О советской эпопее: Некоторые вопросы // Звезда, 1956, №8. 雅基缅科：《论苏联史诗：几个体裁问题》，载《星》，1956 年，第 8 期。

② Гей Н., Гуманизм и эстетика: (Докл. на дискус. “Проблемы гуманизма и современная литература”) // Проблемы гуманизма и современная литература, М., Изд. Академия Наук СССР, 1963, cc.215–238. 盖：《人道主义和美学》，载《人道主义问题与当代文学》，莫斯科：苏联科学院出版社，1963 年，第 215—238 页。

二

这个时期《静静的顿河》的人物研究的重点问题是:对主人公葛利高里如何看待?作为悲剧形象,葛利高里悲剧的实质是什么?以勃里吉科夫(Бритиков, А.)为代表的一方认为,葛利高里悲剧的实质是"历史的迷误";以雅基缅科为代表的另一方认为,其悲剧实质是葛利高里个人的反叛行为。[①] 除此而外,不少苏联学者力图超越这种非此即彼的两分法。

我们首先来看看"历史迷误论"。勃里吉科夫在同"反叛说"的争论中指出:应当说,使葛利高里最感到痛苦的并不是自己的反叛行为。在这一方面所感受的痛苦由于他意识到自己同部分人民一起走上了迷途而变得缓和起来。但是参加过暴动的群众被苏维埃政权宽恕了,而他却需要为大家的罪过承担特殊的责任。是的,他的确比其他人的罪更大,但这只是因为,而且仅仅在这种意义上说,他为共同的"哥萨克真理"杀得更猛烈、更诚实、更积极。这是他的迷误所造成的:当斗争的逻辑已经不允许走回头路的时候,他才意识到这"真理"的虚假。这就是说,使葛利高里最痛苦的,亦即使群众最痛苦的,是错误地理解了真理,是遭遇了历史的迷误。葛利高里的悲剧——不论是从它的悲剧性还是从它的社会内容来看——首先在于,这个同群众一起前进的人远远比群众更深地误入了歧途。[②]

勃里吉科夫还从其他角度来论证自己的观点,比如在其《葛利高里与阿克西尼娅》(Григорий Мелехов и Аксинья Астахова)一文中,他首先介绍了当时评论界对葛利高里最普遍的看法:主人公葛利高里的个人经历是他社会悲剧的一种表现形式。从他对女人的态度上可以看出中农那变化不定、矛盾的心(性格)。作者认为,没有必要去论证这种观点是否过于简单、过于社会程式化。勃里吉科夫还认为,葛利高里虽有一颗摇摆不定的心,但这并不意味着,他在道德上就会摇摆不定,内心就会分裂。关键要理解他摇摆不定背后的矛盾意识。葛利高里始终是真理的探索者,尽管他的探索是盲目的,并把他引向死亡的边缘。

① 参见孙美玲编:《肖洛霍夫研究》,孙美玲所撰《前言》,前引书,第5页。

② 孙美玲编:《肖洛霍夫研究》,前引书,第107—108页。

勃里吉科夫同意一位评论者对葛利高里的看法，即葛利高里拥有始终忠实地面对自己的强烈且有力的激情。他同两个女人的关系也能说明他的这种激情。他对阿克西尼娅的感情贯穿其全部生活经历。其间，他曾几次放弃过这种情感，此时，这种摇摆并非因他内心软弱，而是迫于环境的压力，这种环境足以毁灭更纯洁的天性。他对阿克西尼娅的执著感情令人同情和尊敬。他们的感情没有被玷污。回顾他们走过的路，我们更多想起的是那些美好的东西。倘若真是如此，那就没有必要说，葛利高里和阿克西尼娅的爱情悲剧是反映小土地所有者心理的社会悲剧了。葛利高里和阿克西尼娅的爱情悲剧具有独特的含义，这才是吸引读者和研究者的一个重要原因，也是读者和研究者认为最宝贵的地方。在这份爱情中，令读者和研究者感到亲近和宝贵的是那种有时被称为"全人类的"和"永恒的"东西。[①]

再来看看个人"反叛"说。雅基缅科驳斥葛利高里的悲剧是"历史迷误"的观点。他首先否定把葛利高里看成是为人民寻找真理的人："显然，勃里吉科夫把动摇的哥萨克群众理解为人民。然而当初《静静的顿河》的主人公，一个普通的哥萨克葛利高里·麦列霍夫在评价自己的行为时却要准确得多。在维申斯克暴动的初期，他作为一个师长，在草原上让密集的骑兵队从身旁走过。高傲的权力使他激动不已，此时此刻有一种'真实的预测'让他大吃一惊：'主要的是我让他们去反对谁呢？反对人民。'葛利高里自己懂得，他正参加反人民的斗争，这使他难过、痛苦：'生活的道路不对头，也许这都是我造的孽'。而我们的研究家却摒弃严峻的真理，企图说服我们：不，问题完全不在这里，葛利高里陷于悲剧并不是因为他反对人民，而恰恰是因为他凭天理良心为人民服务！"[②] 雅基缅科经过对作品的一系列细节的分析指出：在佛明匪帮中葛利高里继续干着反对苏维埃政权的事情，这就意味着麦列霍夫的彻底堕落。他不仅与人民决裂，也脱离了哥萨克群众，成了反叛者。《静静的顿河》不仅唤起人们对葛利高里的同情和怜悯，还回响着严厉的批判之声，而且正是在主人公同革命人民对立的情况下回响着这种批判

① Бритиков А., Григорий Мелехов и Аксинья Астахова // Русская литература, 1958, №4. 勃里吉科夫：《葛利高里与阿克西尼娅》，载《俄罗斯文学》，1958年，第4期。

② 转引自孙美玲编：《肖洛霍夫研究》，前引书，第169页。

的声音。[1]

谈到对葛利高里的认识,谢尔宾纳的观点与雅基缅科的观点比较近似。她认为:葛利高里这个形象不仅反映出了那个时代中农哥萨克的共同社会特征,而且生动地反映出历史、社会和个人的辩证发展过程。肖洛霍夫勇敢地描写了历史悲剧的一面。他对主人公命运的描写既符合历史,也符合人物性格的发展。谢尔宾纳数次强调了葛利高里远离人民的错误,并反复强调,葛利高里·麦列霍夫的悲剧和错误就在于——这个出自劳动大众的人没有弄清楚,谁是劳动人民的真正保护者,谁是他们的敌人。他脱离了人民,并想阻碍新生事物的发展,为此生活严厉地惩罚了他,使他内心空虚、剥夺了他生存的快乐。谢尔宾纳认为,小说在展现葛利高里的个人悲剧的同时,也真实地再现了那些与人民运动背道而驰者的悲剧命运。谢尔宾纳批评了其他一些研究者对葛利高里的看法。例如,有一种观点认为,葛利高里是人民群众的典型代表。而她认为,小说已经非常深刻且细致地描写了葛利高里和周围环境的历史变化。刚开始,在第一次世界大战期间,葛利高里与哥萨克群众是血肉相连的;但渐渐地,在革命和国内战争的风暴中,葛利高里越来越远离人民的道路;国内战争结束时,劳动者、哥萨克群众坚决地走上革命的道路,而葛利高里却与匪帮搅到一起。他最终还是与人民分道扬镳了。[2]

1963年苏联作家出版社出版了基尔波金文集《未来的激情》(Пафос будущего)。在该书中,作者花了不少篇幅来分析葛利高里的形象。作者指出,由于葛利高里长期生活在哥萨克中间,他认同革命的摇摆不定的过程比俄罗斯农民阶层要长得多。1905年以后的哥萨克依旧是效忠沙皇的。国内战争期间,哥萨克上层鼓动哥萨克反对新政权的土地政策,将大部分哥萨克拉到了反革命阵营中,这就是为什么当年顿河地区成为顽固的反革命大本营的原因。基尔波金指出:尽管大部分哥萨克要回归到列宁的革命路线,但《静静的顿河》的主人公葛利高里,自1918年开始,就越来越接近白军,开始反对革命。他也看到了普

① 参见孙美玲编:《肖洛霍夫研究》,前引书,第172—173页。

② Щербина В., Человек и народ // Дон, 1960, №3. 谢尔宾纳:《个人和人民》,载《顿河》,1960年,第3期。

通农民、普通哥萨克越来越不欢迎他们。他既不再是普通农民中的一员,也不再是反动哥萨克的坚定追随者。《静静的顿河》所有的重要情节都围绕葛利高里展开,围绕着葛利高里矛盾的心理展开。因此,葛利高里的命运结局就关系到小说的思想性。

基尔波金认为:就葛利高里的本性而言,他生来就放荡不羁、耿直诚实。从他吃奶开始父母就教育他要忠实于沙皇。没有受过正规教育的他,依旧要保护自己平民的骄傲和尊严。最后他选择了一条不同于普通人的生活之路。1914 年,葛利高里初上战场,他的心灵高尚纯洁,他还不能平静地接受战场上的相互残杀,是残酷的现实侵蚀了他的心灵。仅对主人公一个人的心灵分析还不足以得出对他在生活与斗争中的作用的结论,因为这样的分析是很表面化的。作为经典作家的肖洛霍夫不会仅仅满足于对作品主人公的心理分析。作家要描写葛利高里在政治和社会生活中的矛盾冲突。葛利高里身上的优点不足以保证他不犯政治错误。他的主要精力耗费在他的激情中。葛利高里是个意志坚强的人,然而被激情所控制的意志是疯狂的意志。基尔波金写道:在那个政局动荡的年代,人们政治扫盲所用的时间不是以年计、以月计,而几乎是以天计算。而葛利高里到最后也还是那个我们在开篇时看到的政治文盲。看似意志坚定的葛利高里,几乎总是经不起别人的蛊惑。葛利高里不仅政治上糊涂,生活上也常常迷失方向,与阿克西尼娅的爱情也是一波三折。他的爱情三角关系随着肖洛霍夫创作技巧的不断提升而被处理得更加精细、深入,并与葛利高里的政治生涯巧妙衔接,融为一体。三人的命运悲剧更加触动读者。基尔波金强调:葛利高里摇摆于红军与白军之间,即便是在白军的阵营中,他也心有不甘。但这种摇摆与葛利高里的性格没有必然关联。政治上的摇摆只能说明葛利高里是一个政治上不成熟的人。最最可怕的是葛利高里的落后:他不仅仅受教育少,还远落后于普通群众。如果他脱离人民,就必遭遇不幸。在他迷途之际,人民不断觉悟,不断前进。这个出身贫苦哥萨克的人,最后只能反叛于人民,为自己的落后付出了惨痛的代价。[1]

① Кирпотин В., Я. Пафос будущего, Советский писатель, М., 1963, сс.61-62; 93-212. 基尔波金:《未来的激情》,莫斯科:苏联作家出版社,1963 年,第 61—62 页;第 93—212 页。

最后再来研究一下一些新的看法。还有一些学者试图超越"历史迷误"和"个人反叛"这两种观点，提出一些新的看法。比如1963年谢里瓦诺夫斯基(Селивановский, А.)在《在文学战斗中》(В литературных боях)一书中认为，肖洛霍夫的创作意图旨在揭示出社会发展变化中农民的处境，揭示出哥萨克和中农的处境。作者认为，作家以整个时代为背景，在展现个人、家庭、社会的发展变化中，表露出自己的想法，并通过史诗性长篇小说表达了自己的思想。小说创作时间跨度大，人物众多，这在苏联文学中是罕见的。肖洛霍夫的长篇小说是史诗性编年史，它扩展了小说的范围。在塑造人物时，肖洛霍夫遵从现实主义创作原则，理性地评判人的价值，他不美化，也不贬低自己的人物。他善于展现正反面人物的复杂心理。谢里瓦诺夫斯基有意识地将葛利高里形象和布尔什维克形象作了对比。他认为，肖洛霍夫塑造的葛利高里形象是生动鲜活的，而布尔什维克形象较之则略显苍白。文章作者例举了几个布尔什维克形象，他们是施托克曼，贾兰沙，彭楚克，阿布拉姆松等。这里文章作者主要关注他们言语的共性特征，即多使用书面语体，偶尔使用方言。至于葛利高里，谢里瓦诺夫斯基指出，小说伊始，葛利高里就是一个普通的哥萨克小伙子，过着普通、平凡的日子。光明和温暖使他高兴，他为自己的青春自豪。他没有任何理由要离开自己的故乡和农村的生活。他破坏了家庭生活的传统理念，和阿克西尼娅"相好"，后来又离开妻子娜塔莉娅而与阿克西尼娅"私奔"，但这并不说明他反对古老的传统与道德。他只是按照自己的直觉，轻率地、不假思索地行事。他总是用直觉控制理智。当看到斯捷潘·阿斯塔霍夫毒打阿克西尼娅时，他挺身而出，使她免遭毒打，可当他得知阿克西尼娅背叛自己，与年轻的李斯特尼茨基同居时，他的行为与阿司塔霍夫的行为又如出一辙了。对待战争，葛利高里是懵懂的，他上了战场，却不知道战争的意义何在。由此，出现了葛利高里的摇摆和糊涂，以及他对"真理"的探索。他以农民固有的思维思考着"真理"问题。他认为，真理被藏了起来，他在某个人那里一定会找得到它。可在谁那里可以找得到呢？他越来越疑惑了。葛利高里对真理没有明确的判断标准。他渴望土地，但他身上的哥萨克意志战胜了普通农民的意志，于是他踌躇于自己的人生道路上。或许，贾兰沙等布尔什维克掌握的真理是对的？他和他们一路同行，在骨子里却反对革命，因为布尔什维克破坏了"真理"，枪毙了被俘的军官。为此他脱离了布尔什维克，离开了自己的同志，然而，之后他又看到了哥萨克枪杀布尔什维克的一幕。谢里瓦诺夫斯基的结论是：麦列霍夫的最大特征就是他在不停地摇摆，从一个阵营摆向另一个阵营。葛利高里形象成为了摇摆的中农的象征。[①]

1956年第4期的《旗》(Знамя)上刊登了楚科夫斯基(Н.Чуковский)的文章《塑造形象：夏伯阳和葛利高里·麦列霍夫》(Создание характера: Чапаев и Григорий Мелехов)。作者将葛利高里和夏伯阳两个形象作了对比。楚科夫斯基认为，葛利高里是一个战士，他内心渴望真理，并在实际生活中探索真理，正因为此，他才能攫住读者的心。但他不是夏伯阳，他找不到真理。为探索真理，他曾跑到察里津的皇家部队那儿为其打仗。为了同样的目标，他又参加了国内战争。葛利高里既在红军中作过战，也在白军中效过力，几次从一个阵营投向另一个阵营。这种摇摆说明：他在寻找真理。在阅读过程中，读者也与他一起寻找着真理。文章作者认为："了解了葛利高里·麦列霍夫的这些探索、激情和痛苦后，读者找到了真理，那就是社会主义革命的最高真理。"[②]通过对两个形象的分析，文章作者得出如下结论，即在苏联文学中，存在着两大类形象，一类夏伯阳型，另一类是葛利高里型。这两个人物代表着两种性格、两类战士、两种生活。

1963年科学院出版社出版了盖的《人道主义问题和当代文学》(Проблемы гуманизма и современная литература)一书，书中作者以"人道主义和美学"(Гуманизм и эстетика)为题，探讨了超越对葛利高里的"历史迷误"和"个人反叛"两分法的问题。盖指出，人们过去谈到葛利高里一般会认为：肖洛霍夫的勇气就在于，他塑造了一个内心善良，却做了坏事的人物。盖说：这样的评论不算错，但不能称葛利高里为新形象。这样的人物在巴尔扎克作品中读者也曾见过。作者认为应

① Селивановский А., В литературных боях, М., Советский писатель, 1963, сс.120–123. 谢里瓦诺夫斯基：《在文学战斗中》，莫斯科：苏联作家出版社，1963年，第120—123页。

② Чуковский Н., Создание характера: Чапаев и Григорий Мелехов // Знамя, 1956, №8. 楚科夫斯基：《塑造形象：夏伯阳和葛利高里·麦列霍夫》，载《旗》，1956年，第8期。

该超越追究文学作品中主人公的罪责的思维方式。批判现实主义文学的创作主线之一就是继续追问“谁之罪”。盖认为:如果我们也试图从“谁之罪”的角度去分析肖洛霍夫的长篇巨著,那我们是无法理解其作品真正含义的。社会发生了历史性的变革,呈现在读者面前的是一个来自民众的形象,他既是那个历史阶段的主体之一,也是客体之一。葛利高里的“历史罪责”不在于他的阶级出身,不在于他的个人缺点和错误认识。

盖还同其他学者进行了争论。他援引彼利基克夫(Д. Пильчиков)的观点:葛利高里是一个能够熬过一切历史磨难,并将这些磨难看作是“个人”悲剧的人物。但盖认为,可惜彼利基克夫没有从中得出正确结论,他回到了老路上:“葛利高里是被社会抛弃的人,还是迷途羔羊?他与部分民众在一起,还是游离于他们?”盖分析说:探索被社会抛弃的人和迷途羔羊之间的界限未必会带给我们新的发现。葛利高里的性格发展“不断下滑”,从可怜几只小野鸭子到挥刀杀人,直至以后不断表现出的暴力,难道不是这一点将他从红军的部队里带到了白军的部队里,最后带到了匪军里?!盖写道:葛利高里的人格发展之路是有缺失的。我们看到的是在人民获得幸福时,他的个人生活中发生的悲剧。尽管他错误不断,但他终将认清现实。

盖强调指出:文艺批评家之间关于《静静的顿河》的争论之所以无休无止,是因为作品中没有明确划分出界线,也没有为主人公的心灵辩证法的划分提供依据,但这不等于说,就没有依据对作品进行分析与划分了。作家让作品中的主人公走入了生活的死胡同,心理崩溃,理解了这一点,才能理解作品的思想脉络。①

苏联学者的这些争论,深化了我们对葛利高里的认识、对《静静的顿河》的解读,但他们往往从狭隘的意识形态出发看问题,难免留下一些盲点。这个问题我们将在本书的最后一部分再展开讨论。

一些学者还分析了《静静的顿河》中的其他人物形象。弗缅科

① Гей Н., Гуманизм и эстетика: (Докл. на дискус. “Проблемы гуманизма и современная литература”) // Проблемы гуманизма и современная литература, М., Изд. Академия Наук СССР, 1963, сс.215–238. 盖:《人道主义和美学》,载《人道主义问题与当代文学》,莫斯科:苏联科学院出版社,1963 年,第 215—238 页。

(Фоменко, Л.)和尼基金(Никитин, А.)分析了科舍沃伊和彭楚克。他们指出:在作品的前两部中科舍沃伊还是一个小伙子,充满青春活力,淘气,他爱憎鲜明,对布尔什维克深信不疑,最后成了村苏维埃主席,在村民中深受爱戴和尊敬。作家在描写他对待葛利高里这个昔日好友的态度时,突出反映了他的原则性。文章作者认为,肖洛霍夫准确地描写了科舍沃伊得知葛利高里是敌人时的内心斗争。在大是大非面前他毅然决然地断绝了这段友谊。他成长为自觉的革命战士、共产主义者。两位作者把这个形象看作是巴维尔·弗拉索夫的精神上的继承人。共产主义者彭楚克则是另外一个类型的形象。这是苏联军队中成熟而有自觉意识的战士。他与葛利高里的谈话引人注目,他的话让葛利高里对现实中的很多大问题进行了深刻的思考。为了革命的胜利,彭楚克不惜牺牲自己的生命。被白军抓到后,他甚至没有向敌人吐露自己的名字,他像一个真正的无产阶级革命者那样牺牲了。①

赫瓦托夫(Хватов, А.)认为,《静静的顿河》中塑造的主要形象是社会转折和革命时代中的形象。他们都是普通人,用托尔斯泰的话来说,是最具有吸引力的人。他们是哥萨克、劳动者、种地的农民和军人。他们居住在顿河畔、远离城市的鞑靼村。这里保留了古老的民风、习俗和传统的观念。葛利高里那"普通而诚实的智慧",阿克西尼娅如火的心,科舍沃伊没有耐性而有点笨拙的性格,哥萨克赫里斯托尼亚善良的心灵等是一面面镜子,作家通过它们反映出了伟大的历史事件、重大的时代问题、人的心理和意识。《静静的顿河》中人物众多、繁杂,他们有着不同的社会经历、政治观点和道德原则。他们的命运是作家重点关注的对象。人物的命运在广阔的历史背景下渐次展开。②

乌多诺娃(Удонова, З.)关注再版后《静静的顿河》中主要人物的

① Фоменко Л., Никитин А., Образ советского воина в художественной литературе, М., Воениздат, 1963, сс.177. 弗缅科和尼基金:《文学作品中的苏联军人形象》,莫斯科军事出版社,1963 年,第 177 页。

② Хватов А., И. Жить жизнью народа...(О художественной индивидуальности Шолохова)В книге "Партийность и творческая индивидуальность писателя", М., Л., 1965, сс.64-94. 赫瓦托夫:《过人民的生活……论肖洛霍夫的艺术个性》,载《作家的党性和个性》,莫斯科;列宁格勒,1965 年,第 64—94 页。

“变化”，她指出，肖洛霍夫为了完善波得捷尔柯夫这个形象、赋予其果敢的性格，作家删去了上一版中有损于这个形象的一些谈话内容，例如，他与葛利高里谈话中错误的言论等。作者认为，新版中的波得捷尔柯夫形象更符合历史资料中关于优秀的哥萨克革命者代表的记载。作家塑造出了久经生活和战斗考验的坚毅的战士、组织者和领导者的形象。除了波得捷尔柯夫这一形象外，作家还修改了其他一些共产党员形象，例如施托克曼。在新版中作家特意加上：他是被党派到这个村的。作者认为，这一笔非常重要。此外，为了更广泛地展现革命的力量，肖洛霍夫把更多的笔墨用在揭示红军的道德、精神的优势上，而没有去渲染红军与白军的厮杀场面。另外，在新版中，作家也对科尔尼洛夫这个形象进行了加工：他仇恨革命群众、残忍、擅长钻营，他只在一小撮反动的军官中有点影响。①

三

这个时期苏联学者对《静静的顿河》的艺术特征的研究也是从多方面展开，有的把肖洛霍夫与托尔斯泰、普希金、果戈理等俄罗斯经典作家进行比较，也有的对肖洛霍夫的形象刻画、细节描写等方面的特点进行深入分析，总的来说，评论是较为全面的。

学者们注意到了《静静的顿河》与传统的比较的关系。雅基缅科分析了肖洛霍夫的肖像描写技巧等问题。他指出，读者阅读作品时，首先读到的就是作家对人物肖像的描写。作家力求给读者留下深刻印象的，不仅仅注重描写人物的外貌，还要重视人物的个性。人物肖像描写是现实主义创作中，表现人物性格、个人品质及其身上社会烙印的重要手段。作家塑造人物肖像与画家绘制人物肖像有共同之处。他们都力求在读者、观众的视觉中、脑海里勾勒出人物生活和人物性格的画面。读者或观众根据肖像本身的质量判断作家的创作水平。肖洛霍夫就是一位当代的肖像描绘大师。他笔下人物的相貌给人以深刻印象，行为举止极富个性。肖像的细节突出表现出人物的性格特征。肖洛霍夫追

① Удонова З., Взыскательность художника // Знамя, 1954, № 12. 乌多诺娃：《艺术家的严谨》，载《旗》，1954 年，第 12 期。

求的不仅仅是能留给读者深刻印象的人物外貌和性格特征描写，他更关心的是反映人物的生活准则、生活激情、生活态度。肖洛霍夫在关键的时间、关键的地点塑造的人物肖像必然给读者留下深刻印象。雅基缅科认为，上述特征应被视作肖洛霍夫心理肖像描写的艺术特色。雅基缅科指出：肖洛霍夫继承了列·托尔斯泰开创的人物心理描写方法和传统，他总是把人物的心理活动和面部表情结合在一起。作家所要突出的外在特点必与内在特点相一致。与费定(Федин, К.)一样，肖洛霍夫也非常注意对眼睛颜色的描写。在肖洛霍夫笔下，眼睛的颜色、眼神的变化与人物性格、心理活动有着密切的联系。这仅仅是文学巨匠肖洛霍夫文学创造中的一个小小环节，但对于开始涉足文学研究、文学创作的青年人来说，这已经是难得的学习内容了。①

在谈及《静静的顿河》的特点时，谢尔宾纳指出，肖洛霍夫这部现实主义小说的表现手法和感情色彩极其丰富。在这部小说中，广阔的史诗般的叙事、对人物内心世界的细致描写与崇高的悲剧抒情性有机地结合在了一起。《静静的顿河》中人物语言生动，性格富有魅力，自然景色迷人，幽默手法运用出色，这都是这部小说的特点。许多研究者都指出了托尔斯泰对肖洛霍夫的影响。谢尔宾纳也持有这种观点。她认为，这种影响主要体现在肖洛霍夫创作中的史诗性、深刻的心理描写和简洁的现实主义文字上。肖洛霍夫的现实主义与传统现实主义有着密切的联系，它继承了传统现实主义，同时又有肖洛霍夫式的、独特的内涵。这种独特的东西在《静静的顿河》的史诗性描写、抒情、悲剧描写中都有表现。②

20 世纪进入 70 年代，对肖洛霍夫的研究渐入佳境，研究者逐渐摆脱了意识形态的束缚，更多关注诗学问题。《静静的顿河》中的民间文学的诗学元素是这个时期苏联学者比较集中关注的问题。杂志《星》1975 年第 4 期(Звезда)上发表了克鲁佩舍夫(Крупышев, А.)的文

① Якименко Л., Искусство портрета, сб. статей “Мастерство писателя”, М., Советская Россия, 1961, сс. 185–186. 雅基缅科：《肖像艺术》，载《作家技巧》，莫斯科：苏维埃俄罗斯出版社，1961 年，第 185—186 页。

② Щербина В., Человек и народ // Дон, 1960, №3. 谢尔宾纳：《个人和人民》，载《顿河》，1960 年，第 3 期。

章《〈静静的顿河〉的民间文学基础》(Фольклорная основа "Тихого Дона")。文中,作者分析了《静静的顿河》中的民歌等民间文学元素。《静静的顿河》以歌曲开始,它们作为卷首题词被写进了小说中。肖洛霍夫敏感地捕捉到哥萨克民间创作中表现出来的带有人民性的世界观。小说的严肃主题也发源于人民的创作。人民的思想和他们对世界的思考的特点反映在小说所引用的歌曲、谚语、俗语中,"静静的顿河"这一形象本身就是悲剧时期人民生活的象征,民间文学创作的动机也与作品的主题相联系,这是肖洛霍夫创作的一个特色,反映出了他对民间传统文化的态度。从某种意义上来说,肖洛霍夫是传统的。俄罗斯的伟大作家们都是从民间创作中汲取养分的。他们在自己的作品中"重建"人民的历史生活,例如,拉吉舍夫就号召在"俄罗斯人民的歌声中"寻找"我们的人民精神"的内容,其中他最珍视"公民的民主英勇精神";普希金的《上尉的女儿》中引用了很多古老的歌曲。肖洛霍夫不仅继承了传统,也掌握了理解民间创作中的道德价值的尺度。克鲁佩舍夫认为,小说中引用的作为卷首题词的哥萨克歌曲大部分都是产生于久远的年代,这些古老的歌曲逐渐地形成了值得传颂的主题,与作品的文学主题相互呼应。歌曲中反映出了过去人民生活的状况。歌曲所表现出的情感、对世界的看法与人物的情感、世界观相一致。哥萨克的生活依旧按照古老的方式进行着,歌曲、信仰和传统等与此保持着完全的一致。

小说第一部第 5 章中出现了典型的合唱。这是哥萨克去训练营途中唱的歌,每一个歌唱的人用自己的歌喉和感觉去唱。克鲁佩舍夫分析说,在苏俄文学研究中,人们习惯认为,肖洛霍夫是受果戈理传统的影响才有了汲限民间创作的意识。一些研究者不止一次地把《静静的顿河》与果戈理的小说《塔拉斯 · 布尔巴》(Тарас Бульба)相比较:二者都很真挚,两位作者都表现了人民中隐藏的力量;另外,这些研究者还注意到,肖洛霍夫和果戈理一样,都非常欣赏自由哥萨克的彪悍,因为它体现了特别的"俄罗斯力量",这种力量是一种可以战胜任何"火与痛苦"的力量。在果戈理看来,哥萨克的快乐是最好的东西,它就是诗歌。肖洛霍夫更是看到了其中的人民性特点,并运用抒情的笔调展现出它们,展现出哥萨克的精神世界。但是,克鲁佩舍夫认为,《静静的顿河》中描写的画面比果戈理笔下的画面更富有诗意,因为它具有道德意义。肖洛霍夫没有美化人民的生活,他善于分辨“潮流”和“旋涡”。作者承认,肖洛霍夫无疑继承了果戈理式的民间创作传统,也继承了涅克拉索夫和高尔基式的民间文学创作传统。这里,克鲁佩舍夫简单分析了这些大师运用民间文学传统的差别。他认为,果戈理表现的是人民生活中的英勇卓绝的内容,其核心决定了英勇的“俄罗斯力量”;在涅克拉索夫的创作中,民间文学创作传统已经与艺术、社会的分析结合在一起了,是他首次把民间创作内容直接引入文学中,人民诗意的主题与形象蕴藏在他对人民现实生活描写的情节中。在高尔基笔下,民间文学创作传统的运用成为展现道德、社会问题的艺术手段。肖洛霍夫小说中的民间口头创作的引用有别于他的前辈。在关于战争结束的那一章节中作家安排合唱古老的歌曲并非偶然。正是这首古老的歌曲成为人民旧生活状态开始改变的“原因”。这里,哥萨克与古老歌曲中描述的已有差别,这一点对小说来说具有一定象征意义,它成为一种历史的表现。这种不和谐一直持续到小说的结尾。在肖洛霍夫的创作中,古老的歌曲大都具有诗意,再者,对哥萨克来说,在历史的洪流中,它已经不再是纯粹意义上的歌曲了,它已经成为哥萨克守旧落后、抱有幻想的象征。在《静静的顿河》中,古老的歌曲从没有被符合时代精神的新歌完全替代过。《静静的顿河》表现出了哥萨克的两种情绪,一是对过好日子的渴望,一是绝望,这就揭示了妨碍部分哥萨克走上革命道路的心理状态。克鲁佩舍夫认为,小说中所有演唱歌曲的情节都与小说的主题有直接的关系,歌曲的主题也关联着小说要表达的思想内容。①

古拉发表在1978年《文学学习》(Литературная учёба)第3期上的文章《〈静静的顿河〉的民间诗学源头》也分析了作品中的一些民间文学因素。② 古拉认为《静静的顿河》中充满了自然的元素。作家运用了多种民间文学形式,有童话、传说、迷信说法、预兆、咒语等等。例如,

① Крупышев А., Фольклорная основа “Тихого Дона” // Звезда, 1975, №4. 克鲁佩舍夫:《〈静静的顿河〉的民间文学基础》,载《星》,1975年,第4期。

② Гура В., Народно-поэтические истоки “Тихого Дона” // Литературная учёба, 1978, №3. 古拉:《〈静静的顿河〉的民间诗学源头》,载《文学学习》,1978年,第3期。

普罗柯菲·麦列霍夫和他的土耳其妻子的命运就是被顿河传说和民间迷信"诅咒"的。古拉还重点探讨了《静静的顿河》中出现的哥萨克歌曲。据文章作者统计,全书中总共出现了四百多行哥萨克歌曲。它们大部分都出现在作品前两部中。这些歌曲是与哥萨克的生活相呼应的,它们无论对作品中的人物,还是对作家本人来说,都是生命中亲近的伙伴。它们使他们产生了美好的感情,加深了他们对生活的认识。这些歌曲唱出了过去的英雄时代,是关于功勋、胜利,关于快乐、爱情和分离的痛苦等情感。肖洛霍夫在少年时期也吟唱过这些歌,他认为,歌曲是表现人民生活最鲜明的手段。在葛利高里的话语中经常出现抒情歌曲中的词语。歌曲起到了适时揭示主人公命运、烘托人物情绪的作用。例如,那首古老的出征歌,它引起了葛利高里内心的矛盾和复杂的感情,使他想起踏上亲爱的土地的时刻,这使他高兴;但同时,它也引起了他战败、劳累、无家可归的感觉。阿克西尼娅则用民间抒情歌曲表达了她的绝望,而娜塔莉娅通过它哀叹了自己的不幸命运。

同样在上世纪 70 年代,苏联的研究者也逐渐深入到《静静的顿河》的内部肌理,开始关注作品的语言和人物的名字的象征意义等构成作品意蕴的细节。

雅基缅科分析了肖洛霍夫小说中各种比喻性的形象表达方式。他认为,对于作家而言,人和自然是唯一永久的创作源泉。在肖洛霍夫规模宏大的诗性世界里,自然、人、社会是平等的图画元素。肖洛霍夫在《静静的顿河》第二部中,试图在令人难忘的画面里表现出战争对葛利高里心灵的伤害:"心灵变得冷酷无情,好像是干旱时的盐碱地"。肖洛霍夫使用的这个比喻很具视觉冲击力。在盐碱地里什么也不能生长,所有活物都会死亡。"盐碱地"这个词本身就有形象、鲜明的喻指意义。雅基缅科认为,人的可怕之处就在于灵魂的丧失,这样的人心与盐碱地相差无几。可以说,这种比喻直接反映了葛利高里的内心世界。肖洛霍夫善于把抽象的思想、思维具体化。这一特点在对葛利高里形象的描写上体现得非常明显。作家把葛利高里的生活比作"被野火烧尽的草原",这种比喻形象、直观地呈现了葛利高里的生活处境。在肖洛霍夫的作品里到处都是充满躁动的生活,它总是不停地为读者呈现世界具体的、生动的美。在肖洛霍夫的小说中,风是主要的形象,它不停地操劳、“料理家务”。“劳动着”的风被作家喻为劳作的人。“风越过篱笆，沿着打谷场绕行，料理家务”。此外，作家还把风比作上帝的牧人。肖洛霍夫在该部小说中安排了具有穿透性的隐喻。作家所使用的隐喻都富于变化，它们都非常形象、生动。雅基缅科重点关注了“麦穗”这个形象。作者指出，《静静的顿河》中出现了数次麦穗形象。丰收的麦穗是生命的象征，它蕴藏着一代一代人的劳动，它是未来的保证。田野中的麦子抽了穗，人才能生存。田野被践踏是最可怕的灾难，这灾难会降临到人的头上。在肖洛霍夫的创作中，它是不幸的象征。作家几次借麦穗、麦田来衬托主人公的痛苦遭遇，例如，在描写被葛利高里暂时抛弃的娜塔莉娅的痛苦时，作家插入的就是抽穗的田野和聚在一起被驱赶的牲畜的画面。在勾勒帝国主义战争的画面时，肖洛霍夫不止一次悲伤、痛苦地关注被践踏的、荒芜的田野。

对肖洛霍夫的个别比喻，雅基缅科也有所批评。在描写日益尖锐的阶级矛盾时，肖洛霍夫把哥萨克和普通农民的矛盾比作三月里的白杨树上的幼芽。雅基缅科认为，这种对比存在着明显的审美不当。因为，春天不断长大的幼芽是一种使人愉悦的自然现象，而阶级矛盾则是令人痛苦的东西。于是出现了两者之间审美、情感上的脱节。[①]

格拉莫娃（Громова, В.）指出，《静静的顿河》中的每一个细节都是经过作家深思熟虑的，尤其是姓名。小说中人物的姓名肩负着重要的使命，它们具有凸显人物的艺术、社会、乃至人类学特征的功能。小说中姓名的内涵和人物的特征基本吻合（包括反向吻合）。其中有一个商人叫莫霍夫（Мохов），格拉莫娃释义说，该姓氏的词根是青苔（或地衣）（мох），它是一种依附在另一种植物上生长的植物。作者认为，莫霍夫一家的生活方式就像这种植物的生存方式。正如作品中某个人物对莫霍夫儿子所说的那样：“你父亲的生活……是十分可怕的。吃的都是靠压迫得来的东西。”小说中有一个富农叫科尔舒诺夫（Коршунов），其姓氏也带有明显的象征意义。коршун 是一种食肉且凶残的鸟，该姓氏的词源意义已决定了这个人物的性格特征。随着作品情节的展开，这个

① Якименко Л., Истоки образности в творчестве М. Шолохова // Литературная учёба, 1979, №6.　雅基缅科：《肖洛霍夫创作中形象性的根源》，载《文学学习》，1979 年，第 6 期。

人物的特征与这种鸟的特征越来越相似。泽科夫（Зыков），小说中的哥萨克农民形象。这个姓的词根是 зыкать（跳、叫、嚷、喊），而他在小说中曾是传令兵，是传达上司命令的。这又是一个通过人物姓氏即可领会到人物性格特征的典型示例。

为更直接地表现出人物形象的鲜明个姓，作家有意识地选择那些词源意义明显的姓，例如，在塑造共产党员形象时，作者赋予他们这样的姓：奥尔洛夫（Орлов），利哈乔夫（Лихачев）。面对死亡时他们的表现各不相同，例如，布尔什维克奥尔洛夫不在意地挥着手，走在哥萨克的后面。作者似乎在强调，这是一个神圣的人，像老鹰一样。司令员利哈乔夫是一个勇敢的人，他的勇敢和对待死亡的态度令葛利高里·麦列霍夫吃惊。拉古京是一个在李斯特尼茨基的队伍里服役的哥萨克。他的姓来自于"傻瓜"（лагуток）这个词。这个姓带有明显的贬义色彩，但姓这个姓的人却是一个非同寻常的人，他明白哥萨克的阶级利益，并一心想得到它。这时人物姓氏隐含的所指就没有那么直接了，所表达的几乎是反义，是反向吻合。这时作者强调的是"吻合和矛盾"两个层面的特征，例如：利霍维多夫（Лиховидов），这个姓的内部形式符合他这个人的外表，但却不符合他的为人处事方式。另外姓氏还带有社会属性特征，例如，在顿河岸边带有—ский 的姓属于贵族阶级，普通的哥萨克则是以—ов, —ев, —ин 结尾的姓：Мелехов, Грошев, Каргин。最后，文章作者总结出这样的观点：《静静的顿河》中的人物姓氏是揭示人物特点的重要手段。[①]

70 年代的对《静静的顿河》的文本细读并不是突然出现的，在 60 年代已经渐露端倪。谢里瓦诺夫斯基（Селивановский, А.）对《静静的顿河》的艺术技巧等问题进行了研究。他探讨了作品中词汇的运用和修辞手法。他认为，肖洛霍夫使用了丰富的词汇手段，通过词汇能自如地把人物的感受与色彩、声音等结合在一起。作家仿佛在用直觉来描写眼中的世界。由于作品中出现了哥萨克民歌和诸多的抒情插叙，使得作品的情绪非常饱满、且充满紧张感。肖洛霍夫还适宜地使用了一

① Громова В., Фамилии в романе М. Шолохова "Тихий Дон" // Русская речь, 1977, №1. 格拉莫娃：《肖洛霍夫的长篇小说〈静静的顿河〉中的人物姓名》，载《俄罗斯语言》，1977 年，第 1 期。

些赞美词。谢里瓦诺夫斯基认为，小说中的人物感受和外部世界（自然）之间存在着神秘的联系，这种联系是和谐或平衡的。甚至在悲剧上演之时，这种和谐或平衡也没有被打破，例如，在描写娜塔莉娅企图自杀时也存在着人和自然的和谐。肖洛霍夫对人物和景物等的描写是“超低空航拍式”的，他的描写视角广阔且真切、详尽。读罢他的作品，读者可以从中了解到镇子和村子的具体位置，人物的外表，甚至头发的颜色以及顿河的色彩。即便在描写事件发展和人物命运变化的时候，肖洛霍夫也不改变自己那详尽、力求准确的风格。肖洛霍夫的这种技巧是通过细节表现出来的。正是这些细节描写帮助作家揭示出人物那些未能言说的感受。①

从古拉、雅基缅科、格拉莫娃等人这一时期的研究可以看出，上世纪70年代对《静静的顿河》的艺术特征的研究远远超出了30年代末至60年代末的时期，原来对《静静的顿河》研究的兴趣和热情都集中在对主题和人物的意识形态式的认知和争辩上，因而充满了褒贬之声，而70年代以来，对《静静的顿河》的文本细读式的分析逐渐突显出来。

第二节 《被开垦的处女地》的研究

《被开垦的处女地》在三四十年代时得到的关注较少，主要评论都集中在小说“集体化运动”的主题和社会主义现实主义的写作特点上。1959年，肖洛霍夫发表了《被开垦的处女地》的第二部，并于1960年获得了列宁文学奖。从此《被开垦的处女地》迅速获得了评论界的极大关注。虽然第二部仍然在情节上延续了第一部的内容，但是一二部之间漫长的创作时间跨度，也导致了第二部在主题和艺术特征上发生了一些重要的变化。

① Селивановский А., В литературных боях, cc.120–123. 谢里瓦诺夫斯基：《在文学战斗中》，前引书，第120—123页。

一

在 20 世纪 50 至 70 年代，同《静静的顿河》相比较而言，对《被开垦的处女地》主题的研究是一个比较少争议的问题。主要涉及到“两条线索”等问题。

列日尼奥夫认为，在肖洛霍夫的《被开垦的处女地》中作家表达了对集体农庄制度创建力量的推崇之心，作家相信集体农庄制度的广阔前景，相信它有巨大的潜能。列日尼奥夫认为，《被开垦的处女地》最宝贵之处在于，在集体农庄建设初期，作家就已经明白了，这种新体制在农村具有重要条件，即永恒和不可摧毁的工农联盟；但同时，作家也指出了集体农庄建设中存在的困难和矛盾。评论者认为，正因如此，这部作品才具有更大的认知价值，才具有强大的生命力。《被开垦的处女地》所反映的生产关系不是旧的生产关系，而是新的、社会主义的生产关系，肖洛霍夫所塑造的是全新的主人公，打造的亦是全新的环境，因此，没有前人的经验可借鉴。再者，农业集体化这一问题对肖洛霍夫而言，也是一个处女地，他也在寻找能够表现新农村生活进程的新的艺术形式。肖洛霍夫在描写卫国战争、农业集体化时期哥萨克劳动人民的观念和感情发生根本转变的时候，寻找着一种可以表现新内容的艺术形式，这种探索为作家在传统框架内改造文学传统提供了良好的空间。[①]

与之相对比的是，更多的学者则注重挖掘《被开垦的处女地》的阶级斗争主题，即著名的“两条线索”说。阿普赫季娜（Апухтина, В.）指出，《被开垦的处女地》小说伊始，正面形象和反面形象的主要阵营就已经明了。故事情节在两股势力的斗争中展开，主角达维多夫和波洛夫采夫随之出场。达维多夫是波洛夫采夫的头号敌人，可谓宿敌，虽然此前在国内战争的战场上两人并未真正较量过。此时两个人的“斗争”继续着，只是换了一种性质和方式。这就是感觉故事仿佛从作品中间才真正开始的原因，以及主人公都是有“历史”、性格已然形成的原因。作家在建构小说时，在每个章节的写作中始终坚持使用对比的手

① Лежнев И., Традиция и новаторство М. Шолохова // Знамя, 1954, №12, cc. 192–206. 列日尼奥夫：《肖洛霍夫的传统与创新》，载《旗》，1954 年，第 12 期，第 192—206 页。

法。运用这种方法可以展现出所有事件、主要人物，并能描绘出每个人的面貌、行为。使用这种方法时，作家在没有打破作品主要脉络的情况下，几乎交待出每一个人物的背景，这些人物的背景成为作品内容的一部分。例如，从纳古尔诺夫的口中读者了解到波罗金的过去。而关于梅谭尼可夫过去的讲述则变成了关于国家及英雄人民过去的故事。主人公们的历史成了国家历史的一部分，它们突出了“农庄转变”的革命意义和爱国主义意义。①

什格林（Шкерин, М.）的研究尽管带有那个时期过于强调阶级斗争等因素的特点，但他对《被开垦的处女地》的主题的分析仍然是深刻的。什格林认为，肖洛霍夫的才能是令人惊讶的、罕见的。这一特点在其所有作品中都有鲜明的体现，而在《被开垦的处女地》中表现得最为明显。肖洛霍夫的这部小说出版前，已有其他作家的数部写集体化农庄的作品问世。但《被开垦的处女地》超越了它们，成了苏联文学的经典。肖洛霍夫创作《被开垦的处女地》时，恰值集体化和愈演愈烈的阶级斗争同时进行着，哥萨克地区的斗争尤为残酷。许多躲藏在黑暗角落里的哥萨克白军军官都伺机发动暴乱来推翻苏维埃政权，可谓危机四伏。肖洛霍夫把发生在哥萨克聚居地区的重大事件构建成《被开垦的处女地》的主要情节。在这部作品中肖洛霍夫描绘的生活画面和人物形象特别典型，以至于那里每个村庄的人看完作品后都会说：“这说的就是我们……”什格林写道，小说中存在两条主要线索和一些次要线索。这些线索相互交织，构成了一个完整的叙事作品。第一条最主要的线索是围绕代表共产党的达维多夫展开的，他培育了隆隆谷村进步的力量并带领他们开展与富农的斗争，巩固集体农庄的建设成果。第二条线索是围绕前白军军官波洛夫采夫展开的，在他周围聚集着反革命势力，他们在为武装暴动蓄势。小说开始的时候这两条线索是平行发展的，在1月份的同一个傍晚两个持不同立场的人来到隆隆谷村。波洛夫采夫事先知道，达维多夫与他在同一个晚上到达，但是无论是那天晚上还是在以后的一段时期里，达维多夫对对手的来临却一无所知。

① Апухтина В., “Поднятая целина” М. Шолохова: Из наблюдений над стилем писателя // Литература в школе, 1955, № 2. 阿普赫季娜：《肖洛霍夫的〈被开垦的处女地〉：作家风格研究》，载《中学文学》，1955年，第2期。

达维多夫行事正大光明，而波洛夫采夫则事事隐秘，这就决定了两个立场的对立。达维多夫的力量源自背后支持他的强有力的党组织和苏维埃政权。他向人们传播集体化的思想并在生活中处处实践着这一思想。但是他也有一个致命的弱点，那就是不知道在隆隆谷村还有敌人波洛夫采夫们的存在，他没有意识到这些人的诡秘打算和行动计划。他只是模糊地觉得，敌人是存在的。波洛夫采夫的支持者是哥萨克的上层富农，以及部分中农。波洛夫采夫知道农场领导的意图和行动，而领导们却不知道他的行动。但是他所代表的反革命势力所鼓吹的东西在大多数农民中却没有支持者。这就决定了小说《被开垦的处女地》中两种主要社会力量之间异常尖锐和紧张的斗争的情节。[①] 这种强调阶级斗争的解读法，具有上一个时期的遗风，恰恰是80年代中期以后研究《被开垦的处女地》的俄罗斯学者要消解的方法。

卢金主要探讨了《被开垦的处女地》与肖洛霍夫其他作品之间的联系。卢金认为，从题材和主题的角度看，《被开垦的处女地》是肖洛霍夫此前作品的符合逻辑的发展。卢金考证了《被开垦的处女地》第一部和第二部创作的背景和过程，表达了对两部书的评价。作者认为，《被开垦的处女地》第一部作为读者最喜爱的小说早已深入苏联人的精神生活中。对许多人来说，阅读该书已成为年轻时代的重要一课。而小说的第二部对于苏联人来说，则是全新的东西，就目前而言，评论界把它们视为同一作品的两部分，而苏联普通读者却把它们看作是相互独立的作品。1934年，在为《静静的顿河》英文版所作的序言中肖洛霍夫写道："我的任务不仅是要展现两次战争和革命中顿河地区各个阶层的居民的状况，不仅要展现卷入1914至1921年间所发生的重大事件的旋涡中个人的悲剧命运，我还要描写苏联政权治下和平建设时期的人。我最新创作的《被开垦的处女地》就是为完成这一任务的"。《被开垦的处女地》所描写的是顿河畔的哥萨克小村庄。在描写重大事件的时候，肖洛霍夫经常会深入描写人物的内心世界，揭示他们的心理活动，及其对这些事件的看法，展现这些事件对他们命运的影响。作者在早期创

① Шкерин М., Трагедия в Гремячем // Шкерин М., Советский характер: Литературно-критические статьи, М.,1963, сс. 68–123. 什格林：《隆隆谷村的悲剧》，见什格林：《苏联性格·文学批评文集》，莫斯科：1963年，第68—123页。

作的很多作品中使用了这种方法，它同样运用在《静静的顿河》、《一个人的遭遇》、《他们为祖国而战》的一些章节中，《被开垦的处女地》中也使用了这样的方法。现实主义作家肖洛霍夫向读者真实地展现了对敌斗争的复杂性和严峻性。正因为作品描写得极其真实，才使得它显现出新生事物的超凡之美。卢金指出：《被开垦的处女地》中许多形象的过去都令我们想起作家于1923至1925年间创作的短篇小说和他的第一部史诗性长篇小说中的一些形象。例如，国内战争时期从一个阵营摇摆到另一个阵营里的葛利高里·麦列霍夫，他的命运和在红军队伍中作战的马加尔·纳古尔诺夫或是康德拉特·梅谭尼可夫的命运可以完全吻合。翻阅安德列·拉兹苗特诺夫和葛利高里·麦列霍夫的履历，我们会发现，两个人在生命的同一阶段里都在白军里作战过，他们和《顿河故事》及《静静的顿河》中的其他人物一样，也在顿河的志愿军队伍中服过役。

谢里瓦诺夫斯基在讨论《被开垦的处女地》的主题的意义时，首先援引了恩格斯对艺术的看法，即：他从巴尔扎克的作品中得到的东西远比从所有社会主义者那里得到的多。之后谢里瓦诺夫斯基设问：苏联文学中是否也有这样的作品？答案是肯定的。那就是一系列写农村集体化的作品。代表作品有很多，其中就有肖洛霍夫的《被开垦的处女地》。谢里瓦诺夫斯基指出了肖洛霍夫创作这部作品的难度。他写道：在创作反映现实主题的《被开垦的处女地》时，肖洛霍夫没有停止《静静的顿河》的构思和写作，对作家来说，这必然会遇到较大的障碍，但是，作家却很好地完成了写作任务。谢里瓦诺夫斯基认为，《被开垦的处女地》可以被列入1932年最佳苏联文学作品之行列，因为它传达出了农村“五年计划的气氛”，有别于对《静静的顿河》的评价，作者把这一点提升到很高的高度。小说的价值在于：它描写了不同的农民和富农阶层，展现了社会主义进程中农村内部的转折与变化。作家通过该部作品说明，在集体农庄中对昔日的个体农民的社会主义改造不仅尚未完成，而且是刚刚起步，这一点在康德拉特·梅谭尼可夫这个人物身上表现得最为明显。他加入了集体农庄，但是却不停地被私有思想折磨着。但是在小说中也存在一些令人困惑不解的问题，例如，雅科夫·奥斯特洛夫诺夫这个形象，他是富裕的富农，苏维埃政权成立时，他曾想成为“有文化的主人”，换句话说，就是成为斯托雷平这样的人，但是企图未果。后来他潜入集体农庄，执行反革命组织安排的破坏任务。但同时，农庄里的建设进程又深深地鼓舞着他。在他的身上有“两面性”！最后谢里瓦诺夫解释说，自己之所以提出这样的看法，是因为肖洛霍夫在小说的第二部中应该去掉这些在第一部中出现的令读者迷惑不解的问题，并以此加强《被开垦的处女地》的意义。[①]

讨论《被开垦的处女地》主题时，第一部与第二部的比较也是一个值得关注的问题。库兹涅佐夫（Кузнецов, М.）谈及20世纪30年代围绕《被开垦的处女地》所展开的争论。有一种观点认为，这部作品属事件体系小说，其内容就是隆隆谷村集体农庄的历史。在这部作品中，主人公的个人命运融合在全体人民为建立农庄而进行的斗争中。库兹涅佐夫评价说，这种观点只有一部分是正确的。他指出：这部小说确实是描写集体化最好的作品，它深刻鲜明地展现了人民的命运，表现农民在最好的领导人共产党员的领导下完成了自己的人生转折。库兹涅佐夫写道：在第一部中达维多夫，纳古尔诺夫，拉兹苗特诺夫已经征服了他和读者；而在第二部中情节的节奏变得缓慢起来，叙述的事件也比第一部少了，作家加强了对正面人物的刻画描写。库兹涅佐夫认为，《被开垦的处女地》第二部准确地反映了那个时代的精神，带有明显的时代烙印，而且第二部更注重刻画人物的性格，这是肖洛霍夫的一个特点。而作家之所以注重刻画性格，这是时代的命令，是文学发展进程的主要倾向。[②]

1960年第4期的《星》上发表了希什金娜的《情感教育》（Воспитание чувств）一文。希什金娜把《被开垦的处女地》第二部的创作放在50年代的大背景下来观照。作者首先简评了苏联文学的现状，她写道：评论界认为，过去（20世纪50年代）的十年是苏联文学发展的停滞时期，而事实上却不是这样，50年代的苏联文学可谓是硕果累累。

---

① Селивановский А., В литературных боях, М., 1963, с.120–123. 谢里瓦诺夫斯基：《在文学战斗中》，前引书，第120—123页。

② Кузнецов М., Главная тема статьи о литературе, М., Советский писатель, 1964, с. 365–370. 库兹涅佐夫：《主题（关于文学的文章）》，莫斯科：苏联作家出版社，1964年，第365—370页。

文章作者认为，50 年代将会作为许多苏联作家［例如：肖洛霍夫、费定、列昂诺夫（Леонов, Л.）、特瓦尔多夫斯基（Твардовский, А.）］创作的鼎盛时期被载入俄苏文学的史册。她还通过领导人的评价来确立肖洛霍夫在苏联文学中的特殊地位。她说：赫鲁晓夫曾高度评价肖洛霍夫在苏联文学发展中所起到的重要作用，肖洛霍夫为近几十年苏联小说的卓有成效的发展确定了方向。无论在苏联，还是在国外，没有一个作家能像肖洛霍夫这样如此深刻地理解人类的蒸蒸日上的发展，能如此深入到 20 世纪人的内心世界。对时代重大冲突的哲学思考，对人和世界的新观念，对人的命运和人的性格中所发生变化的准确而多方面的理解，善于参透人的内心隐秘，展现人的内心生活——这就是肖洛霍夫的作品震撼我们的地方。另外，肖洛霍夫的作品语调和色调独特，他擅长描写重大事件、鲜明的性格、令人震撼的激情、人的内心世界和情感的细微变化。希什金娜指出，《被开垦的处女地》第二部是战后最优秀的作品之一。在这部作品中肖洛霍夫展现出其最优秀的创作才华，尤其是心理分析的高超技巧，其创作思想和所塑造人物的性格得到全面而深入的展现。她认为，《被开垦的处女地》是一部深刻的心理描写作品。在展示人物的心灵辩证法的同时，肖洛霍夫展现了激荡的、充满矛盾的时代。在肖洛霍夫的长篇小说中，历史对人物性格和命运的影响清晰可见，这一点突出体现在革命领导者的性格上。生活给他们提出了复杂的任务、最严格的要求，肖洛霍夫安排三个不同人物去面对这些要求，他们是：纳古尔诺夫、达维多夫、拉兹苗特诺夫。[①]

二

20 世纪三四十年代的评论界对《被开垦的处女地》里的多个人物都进行了分析，但主要使用的是阶级分析法，因而或多或少有失偏颇。到了五六十年代，各个评论家都试图超越历史的局限，努力在《被开垦的处女地》中的人物身上找出新的认识点。

卢金阐述了对达维多夫形象的看法。他认为：这个形象是《被开垦

① Шишкина А., Воспитание чувств//Звезда, 1960, No4. 希什金娜：《情感教育》，载《星》，1960 年，第 4 期。

的处女地》中的重要人物形象。达维多夫坚强、聪明、富有魅力，是真正的革命领袖。作家通过对这个形象人生之路的描写明确地表达出自己的一个创作原则，即展现先进人物战胜各种困难的事迹。[①]

列日尼奥夫对人物形象的分析更加全面，他认为，《被开垦的处女地》的最大成就在于：作家艺术地塑造了集体的灵魂，描写了新型人物的共同性。这种共同性体现在先进人物对社会生活的根本问题有着一致的看法；体现在集体农庄庄员与工人阶级有着兄弟般的友谊；体现在集体农庄庄员尊敬共产党；体现在共产党拥有绝对的权威。为了展现隆隆谷村集体农庄庄员的新的共性特征，肖洛霍夫使用了所有的艺术手段，尤其是“多视角”和“内部独白”的手段。这些手法同样用在隆隆谷村共产党员形象的塑造上。此外，肖洛霍夫还为人物的“内部言语”注入了民间文学的元素，并且伴随对自然景物的描写、抒情插叙等，这也是他创作的一个典型特征。

列日尼奥夫指出：《被开垦的处女地》中的人物形象个性鲜明，肖洛霍夫塑造的共产党员形象个性迥异，充满激情，有很高的觉悟和严谨的纪律性。集体肖像是肖洛霍夫创作集体化题材作品的最高艺术成就之一，同时也是作家独特创新之处的最好展现之一。在描写具有新的、社会主义道德的农民的新的心理产生的过程中，肖洛霍夫改造了（按作者的话来说，也不能不改造）传统艺术形式，这是作家创新的主要本质。为了表达新思想和反映新现实，肖洛霍夫找到了与这种内容有机融为一体的新形式。“肖洛霍夫与苏联文学的其他大师一道，促进了社会主义现实主义这种新方法的形成。肖洛霍夫借鉴了前人创作长篇史诗的一些元素和形式，创造性地对它们加以改造。这一切给人民作家带来了荣誉。在积极参加与旧世界的革命斗争中，作家意识到自己是人类文化史、尤其是伟大的俄罗斯文学史上最优秀成果的继承人”。[②]

希什金娜认为，肖洛霍夫作品的最大教育意义在于：肖洛霍夫教育读者要结合具体历史背景和复杂的个人命运来理解人物的性格。肖

① Лукин Ю., Новая сила романа // Москва, 1960, №12. 卢金：《长篇小说的新力量》，载《莫斯科》，1960 年，第 12 期。

② Лежнев И., Традиция и новаторство М. Шолохова // Знамя, 1954, №12. 列日尼奥夫：《肖洛霍夫的传统与创新》，载《旗》，1954 年，第 12 期。

洛霍夫不仅善于从心理上准确地描写各种情感细节，而且善于展现它们对人的行为的影响。希什金娜还具体探讨了达维多夫和马加尔·纳古尔诺夫两个形象。作者写道：作家把达维多夫置于复杂的社会和个人关系旋涡之中，使其能够重充分感受和理解震撼人心的激情和人的命运的戏剧性。达维多夫的性格发展给人留下深刻印象，他是全书中最有心理实力去面对复杂社会斗争的人物。他具有一个军人所有的英雄主义精神，一个劳动者所拥有的优秀品质，并把这种精神和品质带到了农村。他政治上的成熟表现在：他认为这个时代是人民生活中发生大转折的时代。他把崇高的人道主义和真正的民主主义运用到自己的实际工作中，民主作风成为其行为的准则，他能够深刻理解群众的意义、来自底层支持的必要性。这就是他为什么能相信和尊敬人，能使自己的每一个行为都符合人民生活要求的原因所在。达维多夫的优秀品质突出体现在他对村妇闹事的处理上，他能准确地判断出百姓骚动的症结所在，并表现出他的政治素养，表现出始终一贯的、深刻的人道主义情怀。达维多夫能够迅速看清新的环境，找出摆脱困境的方法。这说明，他具有很大的潜力。他考虑问题非常全面，道德标准清晰明确，在工作中，他能从纷繁复杂的现象中找出问题的关键所在。当然，有时候达维多夫也会遭遇难堪，例如，在对待奥斯特洛夫诺夫的问题上。作者通过与书中几个人物的对比，或通过与书中几个人物的“交手戏”，揭示出这个人物的长处与短处。希什金娜指出，马加尔·纳古尔诺夫是隆隆谷村的另一个领导人。在多年的生活和工作中，他始终坚信，他对革命和人民生活的理解是一贯正确的。但在历史和革命的复杂转折时期，暴露出了其世界观的不成熟之处。马加尔仇恨旧的社会体制，相信社会一定会发生重大的变化，这是一个意志坚强的优秀战士，但他也有很大的缺点：对生活中发生的变化缺乏人道主义的认识。他生活孤独，人际交往圈子狭小，不信任周围的人。在小说的第二部中作家完善了对马加尔形象的描写，马加尔变得温和、友善一些了，有点人情味了，开始与人进行真正的交往了，开始真诚地关心人的痛苦了。他开始理解人生的价值，开始关注并理解一个普通人的多舛命运。①

① Шишкина А., Воспитание чувств // Звезда, 1960, №4.　希什金娜：《情感教育》，载《星》，1960年，第4期。

赫瓦托夫指出,《被开垦的处女地》是描写各种性格、各类人物的小说,它表现出了各种情绪,是一本写劳动和幻想的书。在分析人物的性格时,赫瓦托夫指出,在小说的第一部中达维多夫和纳古尔诺夫、拉兹苗特诺夫和梅谭尼可夫的性格似乎完全定型了,而狗鱼老爹的形象甚至成为了一个普通名词。但在小说的第二部中他们的性格又有了发展,作家又展现了他们性格中的一些新的特点,使其具有了多面性、整体性和完整性。肖洛霍夫塑造的共产党员勇敢、高尚、精力充沛。他们有高尚的爱情观,对待朋友温柔又不失严肃,对丑恶的人和事决不手软。他们懂得欣赏大自然的美,充分体现了“人”这个词的最高意义。[①]

什格林对《被开垦的处女地》的人物形象展开了比较全面的分析。他指出,波洛夫采夫是害群之马,这样的人在当今社会里仍旧存在。达维多夫、纳古尔诺夫以及哥萨克的男女老少,个个都是个性鲜明、独一无二的个体,每个人在小说中都起着各自的作用。人物出场时,作家因角色的不同而使用了不同的描写方法。波洛夫采夫是偷偷地来到村子里的:他的思想是阴暗的,他的灵魂也是阴暗的,他的言谈举止都不能是光明正大的。作家注重介绍的是这个形象的外部特征。达维多夫则相反,他出现后立刻就成为隆隆谷村的主要人物。他来此的目的明确——建立集体农庄,他的行为也是光明磊落的。与此相应的是,作者关注的是他的精神世界,而外部特征描写则根据需要来确定。纳古尔诺夫是一个浪漫主义者,期待着和平的革命,时刻准备着为党服务,把自己的一生都毫无保留地献给了革命事业,具有很高的阶级觉悟。达维多夫和纳古尔诺夫天生具有革命的自我牺牲精神,两个人都把自己的精力和思想完全献给了社会主义事业,从未计较个人得失。重建社会的革命工作是其生活的主要内容,个人生活变成了无暇思考的部分。用60年代的观点来审视那时的作品是很可笑的,但在那时这却是必需的。什格林认为,《被开垦的处女地》的主人公,毫无疑问,都是正面人物,但其中没有一个可以称得上是“理想的”人物,纳古尔诺夫的暴躁

① Хватов А., И. Жить жизнью народа... (О художественной индивидуальности Шолохова), в книге “Партийность и творческая индивидуальность писателя” , М., Л., Худож. лиг-ра 1965, сс. 64–94. 赫瓦托夫:《过人民的生活……论肖洛霍夫的艺术个性》,见《作家的党性和个性》,莫斯科;列宁格勒:国家文艺出版社,1965年,第64—94页。

有时近乎歇斯底里和无政府主义，而达维多夫对周围人的轻信导致了悲剧结局。但是无论是前者的暴躁，还是后者的轻信，都不能影响他们在读者心中的地位，也不会失去读者对他们的尊重。梅谭尼可夫也具有极强的政治和经济意识，这个形象是集体化时期农民—中农的代表，他丰富了俄罗斯这一阶层的特点。此外，他还是当时先进的中农的一员，曾经在红军中服过役，曾是全苏苏维埃会议的代表。他阅读报纸、书籍，并勤于对所读到的东西进行思考。他明白，再不能按照旧的方式生活了。然而，由于当时具有他这样觉悟和思想的中农人数不多，所以，他身上体现的那个阶层的特征不是那么典型，在这个形象上更多体现的是上世纪 20 年代末那些先进代表所具有的典型特征，这是当时的环境决定的。这里，什格林发表了一个很独特的观点，他认为，如果忽略环境，那将很难理解集体化的过程，同样也将难以理解肖洛霍夫的小说。因为如果所有的中农都和梅谭尼可夫一样，那么全苏的集体化进程就会在 1930 年结束了，而在《被开垦的处女地》中也不会出现"妇女暴动"的情节了。梅谭尼可夫不是中农的典型代表，而是属于先进社会阶层中最有知识和文化的那部分。正是像他这样的人才吸引了所有的中农加入集体农庄。小说中除了梅谭尼可夫外，还有其他类型的中农。尽管他们仅是偶然出现的形象，但是都是按照肖洛霍夫的方式活动的。[①] 什格林对《被开垦的处女地》人物的分析是颇有见地的，80 年代中期以后，他对达维多夫等人物的看法发展成了对三个主要人物的颠覆性反思。

三

这一时期关于《被开垦的处女地》的艺术特征的讨论延续了上一时期对小说语言的关注，但是又增加了对作品多声部的艺术特征的讨论。

什格林进一步分析了作品的语言特点。他指出，几乎所有研究肖

① Шкерин М., Трагедия в Гремячем // Шкерин М., Советский характер: Литературно-критические статьи, М.,1963. 什格林：《隆隆谷村里的悲剧》，见《苏联性格 · 文学批评文集》，前引书。

洛霍夫创作的人都指出了其语言丰富、富有诗意,所有人物的语言都符合其性格,所有的景色描写都是富有诗意的,并反映出人物的精神状态。肖洛霍夫能轻松地驾驭语言,肖洛霍夫式的对话是很有特点的,在阅读这些对话时读者能听到多种不同的声音、不断变换的语调,能看到人物的表情,也能看到人物说话时经常伴随的动作,例如,梅谭尼可夫和妻子的对话。读者可以感觉到,在对话开始之前的谈话内容被"设计"过了。妻子简单的几句问话,丈夫简短的回答,然后就是突然喊出的话:"……那你喊什么?"作家并没有交待之前的话语内容,但我们完全可以想象得到,是什么令妻子不能自持。紧接着,我们听到她最后的话语:"我是同意的,只是心疼啊……"①

肖洛霍夫笔下的对话还有另外一个特点:对话经常伴随着作者的解释,并具有特殊的美感。肖洛霍夫不仅创造出人物鲜活的语言,而且就连作者对人物的思考也是生动无比的。如果把整部小说看成是一个整体,那么该小说的语言结构完全符合苏联20年代末至30年代初的时代背景。这一时期,文盲已基本消除,但人民整体的文化水平并不高。革命后的俄罗斯语言中增添了许多新的词汇,而这些词汇已经进入人民的日常话语中了。革命前的农民语言源自于农民的日常生活,工人的语言源自于生产实践。许多"农民的"、"工人的"语言是不为知识分子所知的。革命打破了所有社会阶层的语言界限,农村中广泛流行着"城市"语言,而在城市里则使用着"农村"语言。这就是革命后语言上的变化,这种变化在《被开垦的处女地》中得到了突出体现。在这部作品中,还有一些外来词。这些词被文化水平低的人讲出来时,经常会词不达意。与旧话词汇相比,新词汇的运用使农民的言语产生了意想不到的效果。但不难发现,肖洛霍夫在把新的词汇引入到人物话语中时是十分有节制、谨慎的。作家使用这些词旨在增加人物语言的表现力。遗憾的是,大师在语言的使用上也存在着缺陷:他使用了很多的俗语,

① Шкерин М., Трагедия в Гремячем // Шкерин М., Советский характер: Литературно-критические статьи, М.,1963, с. 103. 什格林:《隆隆谷村的悲剧》,见《苏联性格·文学批评文集》,前引书,第103页。

这样就造成了阅读理解上困难。[①]

列日尼奥夫认为，在《被开垦的处女地》中，多声部也是作家使用的一个重要艺术手段，是表现社会关系评价的一个手段。在支持与反对集体农庄的斗争中，人们表现出自己的阶级立场、个性特征和个人命运的影响。另外，作家还借助这个手法，展现了许多人物形象。[②]显然苏联学者在对《被开垦的处女地》研究时也在吸收一些理论方法，列日尼奥夫就吸取了当时在苏联处于禁区的巴赫金的多声部理论。从所谓的“多声部”学说中，也许可以发现后来80年代俄罗斯学者就《被开垦的处女地》争论的某些端倪，这说明列日尼奥夫已经看到了顿河畔的哥萨克对集体化运动的复杂态度。

苏联学者对《被开垦的处女地》的研究既有那个时代常见的从政治出发讨论问题的习惯，也有某些突破。他们在讨论《被开垦的处女地》的时候，从阶级斗争着眼，甚至依据恩格斯、赫鲁晓夫等政治人物的观点或评价来讨论文学问题，这具有非常鲜明的时代色彩。在分析中也有某些新气象，比如有学者已经在有意识地运用巴赫金的理论方法（多声部理论）来分析肖洛霍夫的作品。

应该看到，这个时期肖洛霍夫研究进入了综合研究的阶段：一系列以《静静的顿河》、《被开垦的处女地》和作家的其他作品为研究对象的专著纷纷问世，如雅基缅科的《肖洛霍夫的创作》(Твочество М. А. Шолохова)[③]、勃里吉科夫（Бритиков, А.）的《米哈伊尔·肖洛霍夫的技巧》(Мастерство Михаила Шолохова)[④]、赫瓦托夫的《肖洛霍夫的艺术世

① См.Шкерин М., Трагедия в Гремячем // Шкерин М., Советский характер: Литературно-критические статьи, М.,1963, сс. 68-123. 什格林：《隆隆谷村的悲剧》，见《苏联性格·文学批评文集》，前引书，第68—123页。

② Лежнев И., Традиция и новаторство М. Шолохова // Знамя, 1954, №12. 列日尼奥夫：《肖洛霍夫的传统与创新》，载《旗》，1954年，第12期。

③ Якименко Л., Твочество М. А. Шолохова, Москва, Советский писатель,1964. 雅基缅科：《肖洛霍夫的创作》，莫斯科：苏联作家出版社，1964年。

④ Бритиков А., Мастерство Михаила Шолохова, Москва, Ленинград, Наука, Ленигр. Отделение,1964. 勃里吉科夫：《米哈伊尔·肖洛霍夫的技巧》，莫斯科、列宁格勒：科学出版社列宁格勒分社，1964年。

界》(Художественный мир Шолохова)[1] 等。雅基缅科的这本研究肖洛霍夫的专著学术视野宽阔,讨论了肖洛霍夫创造的一系列人物形象,研究了他的创作风格、艺术技巧等问题,受到了广泛关注。

在上世纪50至70年代这一时期,尤其是在苏共二十大之后,苏联国内政治氛围的改善对肖洛霍夫的研究起到了正面的促进作用。关于肖洛霍夫的作品《静静的顿河》、《被开垦的处女地》的评价和研究,受这一历史时期的社会氛围的影响,正面肯定性的见解逐渐增多。在对上述作品的主题研究上,向人性的普遍性方面深入发掘;在艺术特征方面,也逐渐超越前一时期比较狭窄的视野,开始从作品与俄罗斯传统文学的联系,从叙事技巧、语言风格等多个角度扩展。由于肖洛霍夫作品主题的复杂性,例如其表现战争、农业集体化等,使得这一时期对肖洛霍夫的评价仍然有一些是非之争。但是应该看到充满争论的评论往往是对该评论对象已经获得了多方面认识的结果。这一时期围绕肖洛霍夫的作品所产生的争论,似乎为下一个时期更大的争论埋下了伏笔,它同样显示了苏联肖洛霍夫研究的进一步发展。

(荣洁)

① Хватов А., Художественный мир Шолохова, Москва, Советская Россия,1970. 赫瓦托夫:《肖洛霍夫的艺术世界》,莫斯科:苏维埃俄罗斯出版社,1970年。

第三章

20世纪80年代至2005年苏联/俄罗斯的肖洛霍夫研究

这个时期是苏联/俄罗斯社会政治生活发生巨变的时期,也是肖洛霍夫在文学界和学术界由经典化到边缘化快速下滑的时期。在80年代中期以前的五年左右的时间里,苏联文学研究相对平稳,基本承袭了60至70年代的逐渐脱离僵化的社会历史批评的趋势,但庸俗社会学的影响并未彻底消除。肖洛霍夫研究没有产生什么轰动性的文章和著作,值得关注的是一些原来的肖洛霍夫研究著作的新的修订本。1985年戈尔巴乔夫成为苏共中央总书记,1991年底苏联解体,这些事件从表面上看似乎与文学研究没有直接关联,但它们导致了俄罗斯文学新格局的出现,原来的文学史中反复述及的作家(高尔基、马雅可夫斯基、阿·托尔斯泰、法捷耶夫等)被加以重新审视,被逐渐从文学研究的中心放逐出去,过去被有意遗忘的作家,如布宁(Бунин, И.)、米·布尔加科夫(Булгаков, М.)、帕斯捷尔纳克(Пастернак, Б.)、普拉东诺夫(Платонов, А.)、索尔仁尼琴(Солженицын, А.)等,被请回文学阅读和文学研究的中心。[①] 这些情况直接导致了苏联/俄罗斯的肖洛霍夫研究从对他的赞美有加,转入了有毁有誉的状况。肖洛霍夫研究非常典型地表征了政治生活的演变对文学研究的影响。肖洛霍夫在苏联社会发生巨变前夕的1984年去世,所有的毁誉都留在了他的身后,似乎都与长眠于维申斯克黑土下的他无关了。这个时期,对《静静的顿河》的研究并未出现戏剧性的转折。80年代中期以后,苏联/俄罗斯的肖洛霍夫研究,已经由过去主要研究《静静的顿河》等作品的格局,转而

① 参见刘亚丁:《苏联文学沉思录》序言,成都,四川大学出版社,1996年;刘亚丁:《对位:解读俄罗斯文学的一个关键词》,载《中华读书报》,2006年8月26日。

形成以下局面：1. 围绕《被开垦的处女地》展开激烈争鸣。2. 为回应对肖洛霍夫人格的怀疑和抨击，出现了一些肖洛霍夫传记类的文字。同时，从整个文学界和学术界来看，肖洛霍夫逐渐由文学评论和学术研究的中心淡出，来到边缘。

第一节 《静静的顿河》的研究

一

先看80年代中期以前苏联学术界对《静静的顿河》的研究。这个时期的《静静的顿河》研究凡是承接上个时期研究的，大多属于赞美派。

1983年罗斯托夫出版社出了康斯坦丁·普里玛（Прийма, К.）的《〈静静的顿河〉在战斗》的第三版，该书在同一出版社分别于1972年和1973年出了初版和第二版。普里玛的著作在苏联的肖洛霍夫研究史上值得写上一笔。普里玛1912年出生于克拉斯诺达尔边疆区阿赫塔尼佐夫镇，毕业于罗斯托夫师范学院。他是罗斯托夫州《青年报》的主编。他利用业余时间搜集各国翻译出版肖洛霍夫作品的情况，并搜集这些译本引起的最初的反响。该书以追踪《静静的顿河》和《被开垦的处女地》在国外的传播为核心，分四部分，第一部分涉及肖洛霍夫在欧洲的影响。第二部分涉及他在亚洲的影响，具体研究了在中国、日本、印度和越南等四国的情况。第三部分是美洲，具体涉及美国和阿根廷两国。正如他的著作的题目所标示的那样，他是从政治的角度来观照肖洛霍夫在世界上的影响的。B. 阿尔希波夫在该书的前言中说：作者"给予自己一个非常朴素的任务，追踪《静静的顿河》在国外的政治接受"，他"使我们直面这样的真理，对这位作家创作接受的社会学观点，直接突出地显示了在当代的资本主义社会中、在对待俄罗斯革命的态度上阶级力量的对比。显而易见的是：《静静的顿河》的世界意义反映出了十月革命的世界意义。肖洛霍夫的书在世界的胜利旅行伴随着十月革命的伟大思想、镰刀斧头胜利的思想、坚不可摧的工农联盟和无产阶级专政的思想的胜利”。[1] 比如，普里玛追踪了《静静的顿河》等作品在日本的最初的翻译：1931 和 1933 年日本东京“铁塔书院”出版了由外村史郎翻译的《静静的顿河》。1933 年东京科学社出版了由上田进翻译的《被开垦的处女地》。在 1931 年和 1933 年日文本的《静静的顿河》的第二部中，对列宁著作的引用被删得残缺不全，所有布尔什维克的告人民书和彭楚克、贾兰沙、波得捷尔柯夫等的激烈的政治性话语都被歪曲了。比如在第二卷第一章中，彭楚克在前线的战壕中同军官们发生了争论。彭楚克说：“日俄战争引起了 1905 年革命——这次战争势必以新的革命收场。不仅是革命，还要发生国内战争。”在日文译本中这句话被书报检查官删成这样：“日俄战争产生了……一九零五年。”接着加尔梅柯夫问彭楚克：“就算这次战争变成国内战争……那又怎么样？你们推翻帝制……那么以阁下之见，应该建立什么样的政体呢？政权又是什么样子的呢？”“无产阶级政权。”“类似国会，是吗？”“国会算得了什么！”“那究竟是什么呢？”“应该实行工人阶级专政。”凡是有下划线的文字，都被日本的书报检查官删去了。[2] 足见普里玛的《〈静静的顿河〉在战斗》对政治是非常关注的。该书的作者举一人之力，找到并梳理了这么多语种的资料，留下了肖洛霍夫域外传播接受史的宝贵资料，诚属不易。

这个时期还有重要的肖洛霍夫研究著作——维·古拉的《〈静静的顿河〉是如何创作出来的》(Как создавался “Тихий Дон”)，该书 1980 年出了第一版，1989 年出了增订版。它的副标题是“肖洛霍夫的一部长篇小说的创作史”(творческая история романа М. Шолохова)。该书分为“通向《静静的顿河》”、“小说的底蕴”、“人民的天性”、“在历史的篇章之间”、“发表和出版”和“《静静的顿河》：革命和现实”等六章。该书研究了三种关联：其一，《静静的顿河》不同时期的手稿的关联，古拉多次使用了收藏在苏联科学院俄罗斯文学研究所（普希金之家）的

① Прийма К., “Тихий Дон” сражается, Ростов-на-Дону, Ростовское книжное издательство,1972,с.5. 普里玛：《〈静静的顿河〉在战斗》，顿河畔罗斯托夫：罗斯托夫书籍出版社，1972 年，第 5 页。

② 同上，第 370—371 页。

《静静的顿河》的部分手稿，比较《静静的顿河》已经发表的文本与作家创作过程中的手稿，[①] 甚至拿早期的文本与后来作家不断修改的文本进行比较，[②] 也比较了实际史料同作家在小说中运用的资料，[③] 以期厘清作家的创作思路和过程。其二，作家创作过程与文学批评界的关联，如分析《静静的顿河》第四部发表的 1940 年前后批评界围绕这部分小说的激烈争论。[④] 其三，肖洛霍夫与同时代作家的交往等事情同《静静的顿河》的创作构思的关联。[⑤] 在这样的关联性研究中，会给出一些静态研究所不能提供的重要信息。如古拉在 1989 的增订版中已经吸取了新的资料，他直接引用了 1988 年发表的维申斯克区委书记卢戈沃伊（Луговой, П.）回忆 1938 年发生事件的文字《血汗交加》（С кровью и потом）等资料，并认为当时的大逮捕和"肖洛霍夫案件"[⑥] 对肖洛霍夫构思《静静的顿河》的结局有影响："甚至在这样的时候，肖洛霍夫依然在深入思考时代的冲突，人们的复杂的命运，继续紧张地进行着这部史诗的结尾工作。"他认为，《静静的顿河》的结尾和《被开垦的处女地》的创作是同肖洛霍夫当时的生活密切相关的。[⑦]

塔玛欣（Тамахин, В.）《小说家肖洛霍夫的诗学》（Поэтика Шолохова-романиста）是 80 年代中期以前一部非常有特色的肖洛霍夫研究专著。该书分为"绪论"、"情节"、"结构"、"风景"、"细节艺术"、"肖像"、"叙事者话语"、"人物话语"等专章，全面展开对肖洛霍夫的《静静的顿河》和《被开垦的处女地》等小说的审美意义上的文本细读。在"结构"这一章中，塔玛欣展开了富有新意的研究。他指出，《静静的顿河》

① Гура В., Как создавался "Тихий Дон": творческая история романа М. Шолохова, М., Советский писатель,1989,сс.135–138.　古拉《〈静静的顿河〉是如何创作出来的：肖洛霍夫的一部长篇小说的创作史》，莫斯科：苏联作家出版社，1989 年，第 135—138 页。

② 同上，第 400—403 页。

③ 同上，第 305—307 页，第 339—341 页。

④ 同上，第 210—222 页。

⑤ 同上，第 12—76 页。

⑥ 参见刘亚丁：《顿河激流——解读肖洛霍夫》，成都：四川教育出版社，2001 年，第 83—90 页。

⑦ 同 ①，第 201 页。

结构的第一个特征就是按照以冲突内容为依据的反题原则形成生动的谋篇布局。在场景性情节安排、群众场面描写、对话描写和其他艺术形式中都很容易发现这个特点。按照反题原则形成了人物群:米哈伊尔·科舍沃伊和米吉卡·科尔舒诺夫;伊利亚·彭楚克和叶甫盖尼·李斯特尼次基;波得捷尔柯夫和切尔涅佐夫;麦列霍夫的劳动家庭和科尔舒诺夫与莫霍夫的剥削家庭等等。[①] 在具体的分析中,塔玛欣展开了对同样落入佛明匪帮的葛利高里和丘马科夫的"反题"性的分析。他指出了葛利高里是被迫加入匪帮的,而丘马科夫则成了佛明的心甘情愿的刽子手。下面他引用作品的原文来进行分析:"为了消磨时间,他整天坐在土炕上,用木头抠勺子,抠木钵儿,用质地软的石头巧妙地雕刻各种各样的人形和鸟兽。"塔玛欣分析道:"我们选取的是葛利高里在浪游时的最激动的时刻——渴望劳动,思念孩子之际,这肖洛霍夫所营造的揭示其内心世界的相当有容量、相当有表现力的细节:'巧妙地雕刻各种各样的人形和鸟兽'。在这个简单的细节里,明朗、纯洁的亲子之爱得到了多么生动的表达!内心空虚的人是不会有这样感情的,这是人民性格的表现。葛利高里所感到的绝望,他清醒意识到的自己的悲剧,在肖像式的描写中也有鲜明的表现:'白天,土窑里的人,谁也没有听见他说过一句抱怨的话,但是夜里,他经常从睡梦中醒来,浑身哆嗦着,用手去摸摸脸——他的腮帮子和半年来长得长长的大胡子都浸满了泪水'。那些具有葛利高里所不屑的心计的刽子手们是不会意识到什么是邪恶的。"[②] 这样塔玛欣的分析就不是在肖洛霍夫研究中常见的那种不着实际的高头讲章,而是细致入微,具有说服力的阐述。在"风景"这一章中,塔玛欣首先同其他苏联学者就肖洛霍夫作品中的风景描写是否有自然主义倾向进行了争鸣,然后他注意到了在《静静的顿河》中的某些景物描写体现的对立隐喻,并对此作了精彩的分析:

过了半个月,小坟头上已经长出了车前草和嫩绿的苦艾,野燕

① Тамахин В., Поэтика Шолохова-романиста, Ставрополь, Ставропольское книжное издательство, 1980, с.49. 塔玛欣:《小说家肖洛霍夫的诗学》,斯塔夫罗波尔:斯塔夫罗波尔书籍出版社,1980年,第49页。

② 同上,第50页。

麦已经开始抽穗，山芥菜在坟边开着灿烂的黄花，喜人的草木樨像丝绒穗子似的耷拉着头，百里香、大蕺和珠果散发着诱人的芳香。不久，从附近的林子里来了一个老头子，在坟前挖了个坑，栽上了一根新刨光的橡木柱子，柱顶装着一个小神龛。圣母的忧伤的小脸在神龛三角形木檐下的黑影里流露出慈爱暖人的神情。檐下的框板上用黑色斯拉夫花体字母写着两行字：

"在动乱、荒淫无耻的年代里，

兄弟们，不要深责自己的亲弟兄。"

老头子走了，可是这个神龛留在草原上，以它那永恒的凄凉的惨相刺痛着过客的眼睛，在他们心里引起无限惆怅。

又过了些日子——5月里，野雁群集在小神龛旁边搏斗，在浅蓝色的苦艾丛中斗出一块幽会的地方，蹂躏了附近一片碧绿的、正在成熟的冰草：公雁为了争夺母雁，为了生存、爱情和繁殖后代的权利而拼搏。过了不久，仍旧是在这儿的小神龛旁边，在一丛乱蓬蓬的老苦艾下面的一个土墩里，母雁生了九只蓝灰色的蛋，它趴在这些蛋上，用自己的身上的温暖孵化着它们，用灿烂夺目的翅膀保护着它们。[①]

塔玛欣分析说，显然，借助这一风景描写，作者表达了对生活的两种看法，两种对立的世界观。如果说有圣母像和斯拉夫花体字的神龛是宗教主题的象征，它把不可调和的阶级斗争时期解释为"动乱、荒淫无耻的年代"，因此在这里发出了宽恕一切的基督教式的呼吁，那么春天的热烈的复苏则象征着对"生存、爱情和繁殖后代的权利"的肯定，它揭示了革命斗争的生机勃勃的力量，象征着追求真理、不屈不挠的"杰克"为了革命的理想奉献了自己的生命。整个画面的布局是为表达这一思想服务的。大自然的春天的呼吸成了这段文字的框架，它开始时是关于植物的生长情况，结束时则是关于动物世界里生命的繁衍过程，因此乐观的主题成了统摄性的音响。[②]

① 《肖洛霍夫文集》，前引书，第3卷，金人译，第948页。

② Тамахин В., Поэтика Шолохова-романиста, Ставрополь, Ставропольское книжное издательство, 1980, с.124. 塔玛欣：《小说家肖洛霍夫的诗学》，前引书，第124页。

这个时期类似的学术著作还有维里卡娅(Великая, Н.)的《作为体裁风格综合体的 M. A. 肖洛霍夫的〈静静的顿河〉》(“Тихий Дон” М. А. Шолохова как жанравый и стилевой синтез)[①]。这本书可谓“小题大作”,从深入分析文本入手,研究肖洛霍夫表现的时代、塑造的人物形象、营造的冲突布局等与长篇小说及史诗的综合体裁的关系。

这一类肖洛霍夫研究的学术著作的特点值得略加叙述。

其一,时代风气使《小说家肖洛霍夫的诗学》和《〈静静的顿河〉是如何创作出来的》等著作对作品进行审美分析有了可能性。尽管其中也未彻底摆脱意识形态影响,如有些书在开篇处、结尾处对苏共中央决议或当时领导人的讲话的引用,[②] 再如在具体分析中有时也比较注重政治性的内涵,但在苏联的肖洛霍夫研究中审美分析可以说是独树一帜,也可以说是“生逢其时”。从 50 年代进入 70 至 80 年代,苏联渐渐进入了文学创作和文学研究相对平和的时期。在政治领域,经过了 50 年代初期的高层的政治动荡,经过了苏共二十二大反对个人崇拜的洗礼,又经过了勃列日涅夫取代赫鲁晓夫的“和平政变”。“相对文学而言,这是 20 世纪俄罗斯文学研究取得成果最多、趣味最丰富的时期”。[③] 在美学研究、文学批评研究领域经过了“解冻文学”的思想冲刷,意识形态的激情已逐渐为冷静客观的分析、广泛深刻的体系建构所取代。在美学领域,70 至 80 年代在边缘出现了洛特曼(Лотман, Ю.)领衔的塔尔图符号学派,在中心出现了赫拉普琴科(Храпченко, М.)的文学形态学研究、斯托洛维奇(Столович, Л.)的艺术审美价值论、卡冈(Каган, М.)的

① Великая Н., “Тихий Дон” М. А. Шолохова как жанравый и стилевой синтез, Владивосток, Издательство Дальневосточного университета, 1983. 维里卡娅:《作为体裁风格综合体的 M. A. 肖洛霍夫的〈静静的顿河〉》,符拉迪沃斯托克,远东大学出版社,1983 年。

② Тамахин В., Поэтика Шолохова-романиста, Ставрополь, Ставропольское книжное издательство, 1980, с.6. 塔玛欣:《小说家肖洛霍夫的诗学》,前引书,第 6 页; Великая Н., “Тихий Дон” М. А. Шолохова как жанравый и стилевой синтез, Владивосток, Издательство Дальневосточного университета, 1983. с.134. 维里卡娅:《作为体裁风格综合体的 M. A. 肖洛霍夫的〈静静的顿河〉》,前引书,第 134 页。

③ Под редакцией Сигова. В., Литература, М., Дрофа, 2005, с.434. 西戈夫主编:《文学》,莫斯科:大鸨鸟出版社,2005 年,第 434 页。

系统研究方法、波斯彼洛夫（Поспелов, Н.）的自然派美学理论。[①] 这不但为对肖洛霍夫小说进行审美分析提供了可能性，而且为其提供了许多成功范例和方法论，比如1971年赫拉普琴科在莫斯科发表了《文学艺术认知》（Познание литературы и искусства）[②]，1975年洛特曼在塔尔图发表了《普希金的诗体小说〈叶甫盖尼·奥涅金〉：文本研究讲稿》（Роман А.С.Пушкина "Евгений Онегин", вводные лекции в изучение текста）[③]。另外，我们也可以看到，在塔玛欣的书中有向70年代苏联同行对其他俄罗斯作家的艺术研究的借鉴，如借鉴了维特洛夫斯卡娅（Ветловская В.）的《〈卡拉玛卓夫兄弟〉的诗学》（Поэтика романа "Братья Карамазовы"）等。

其二，"对话性"是这些著作的一个突出特点。在与文学传统的"对话"中，塔玛欣总是将肖洛霍夫的创作置于俄罗斯文学发展的历程中来观照，在与学术流变的"对话"中，他将讨论的问题置于苏联肖洛霍夫研究的学术背景上来展开。他在将肖洛霍夫的美学特征置于俄罗斯文学的发展历程中来探讨时，对于每个重要部分，如分析肖洛霍夫作品中的情节、结构、人物、风景描写等部分，塔玛欣都会回溯俄罗斯古典作家和苏联作家的传统。比如在讨论作品的群众性场景的开始部分，塔玛欣指出：善于写群众性场景是普希金、果戈理、列·托尔斯泰、陀思妥耶夫斯基、高尔基、绥拉菲摩维奇、富尔曼诺夫（Фурманов, Д.）、法捷耶夫和阿·托尔斯泰等作家的特点。[④] 塔玛欣在讨论问题的时候，往往不是自说自话，而是把问题放在肖洛霍夫学术研究史中来展开。比如在讨论肖洛霍夫的风景描写的时候，首先提到了苏联文学批评界过去对《静静的顿河》和《被开垦的处女地》的风景描写的若干错误阐释："拉普"批

---

① 参看张杰、汪介之：《20世纪俄罗斯文学批评史》，南京：译林出版社，2000年，第363—446页。

② Храпченко М.Б., Познание литературы и искусства, М., Наука, 1978, с.569. М.赫拉普钦科：《文学艺术认知》，莫斯科：科学出版社，1978年，第569页。

③ См. Лотман Ю.М., Пушкин, СПб.,Искусство-СПБ,1997, сс.393-471. 参见洛特曼：《普希金》，圣彼得堡：圣彼得堡艺术出版社，1997年，第393—471页。

④ Тамахин В., Поэтика Шолохова-романиста, Ставрополь, Ставропольское книжное издательство, 1980,с.81. 塔玛欣：《小说家肖洛霍夫的诗学》，前引书，第81页。

评家认为在《静静的顿河》和《被开垦的处女地》中有很多多余的、不必要的风景描写，认为“生物性的风景描写减损了其社会激情”。接着他又援引了戈芬舍费尔和普里玛等批评家对这些观点的反驳。[①] 在关于人物肖像描写这一章中，塔玛欣分析了葛利高里的外貌变化在阿克西尼娅的心中引起的同情和怜爱，然后他又引用了梅特钦科（Метченко, А.）对这些细节的分析。[②] 这样前贤们在各自领域做了什么，本专著有什么推进，读者便一目了然。古拉每每在展开有关《静静的顿河》的某个特点的论述的时候，力图描述出肖洛霍夫所面临的文学语境。如在论述《静静的顿河》的语言创新时，古拉描述了安·别雷（Белый, А.）、索洛古勃（Сологуб, Ф.）、列米佐夫（Ремизов, А.）、扎米亚京（Замятин, Е.）和法捷耶夫等进行的语言创新，这就为读者理解肖洛霍夫语言的独特性提供了背景和材料。[③] 维里卡娅在讨论《静静的顿河》的人物类型与体裁结构的关系时，首先转述了马斯林（Маслин, Н.）、阿·托尔斯泰、雅基缅科、谢尔宾纳等学者的相关观点，然后再展开自己的论述。[④]

其三，注重细节，感悟良深。塔玛欣具有敏锐的艺术感悟力，他能沉浸在作品的细节、语词中，咂摸玩味，发人所未发，如对娜塔莉娅几次穿绿裙子，对麦列霍夫家周围风景的细节等等的分析。古拉则通过对《静静的顿河》中大量风景描写的深入玩味，展开了关于作家、小说的叙述者和主人公葛利高里的复杂关系的论述。[⑤] 这就摆脱了苏联时期一般文学研究著作的宏大叙事式的空疏。

① Тамахин В., Поэтика Шолохова-романиста, Ставрополь, Ставропольское книжное издательство, 1980,с.117–119. 塔玛欣：《小说家肖洛霍夫的诗学》，前引书，第117—119 页。

② 同上，第 165—166 页。

③ С М. Гура В., Как создавался “Тихий Дон”: творческая история романа М. Шолохова, М., Советский писатель,1989, сс.76–79. 参见古拉：《〈静静的顿河〉是如何创作出来的》，前引书，第 76—79 页。

④ С М. Великая Н., “Тихий Дон” М. А. Шолохова как жанравый и стилевой синтез, Владивосток, Издательство Дальневосточного университета, 1983. сс.72–74. 参见维里卡娅：《作为体裁风格综合体的M. A. 肖洛霍夫的〈静静的顿河〉》，前引书，第 72—74 页。

⑤ 同③，第 169—178 页。

二

80 年代中期以后苏联及俄罗斯发生了激烈的政治动荡,这对《静静的顿河》的研究产生了或隐或显的影响,但没有使这一研究出现大的断裂,当然在这一研究中也没有出现围绕《被开垦的处女地》那样的激烈否定和争论。

这个时期也有若干关于《静静的顿河》主题方面的新观点。涉及到《静静的顿河》第六卷中的维申斯克暴动,有学者表达了尖锐的观点。佩捷林(Петелин, В.)引用了小说中赶马车的哥萨克的话:“你们的政权是公正的,不过你们干得有点太过火了……你们把哥萨克逼走了,你们太胡闹啦,不然的话,你们的政权是没有什么可挑剔的,你们队伍里胡闹的人太多了,所以才引出了暴动……枪毙了这么多人,今天枪毙一个,明天,瞧着吧……谁高兴轮到自个儿头上呀,就是把牛拉去宰,它也要摇晃摇晃脑袋呀……这个马尔金就像上帝一样,手里拿着人们的生死簿……这不是拿老百姓开心吗?”佩捷林还引用了 1930 年肖洛霍夫对高尔基说的话:“我应该展示出消灭和损害中农哥萨克政策的否定方面,否则就不能解释暴动的原因。”这样佩捷林就把《静静的顿河》第六卷主旨作了这样的揭示:革命队伍中的部分领导定位于对在顿河地区采取错误的消灭哥萨克的政策,这是导致哥萨克暴动的根本原因。[①] 佩捷林只涉及了维申斯克暴动,另一位学者涉及的面更广——戈卢勃科夫(Голубков, М.)认为:“许多表现国内战争的苏联作家站在了规范主义所提供的革命图景的对立面。肖洛霍夫,《静静的顿河》的作者就在其中。”[②] “肖洛霍夫心爱的主人公——葛利高里、彼得罗、科舍沃伊、斯捷潘·阿斯塔霍夫都卷入了战争,但战争的意义对他们来说,完全不

---

① Петелин В., “Тихий Дон”–Бессмертен. В сборнике “Шолохов на изломе времени”, М., Наследие,1995, с.36. 佩捷林:《〈静静的顿河〉是不朽的》,见论文集《时代转折点上的肖洛霍夫》,莫斯科:遗产出版社,1995,第 36 页。

② Голубков М., Русская литература XX века. после раскола, М., Аспект пресс, 2001, с.158. 戈卢勃科夫:《20 世纪俄罗斯文学·分裂之后》,莫斯科:视点出版社,2001 年,第 158 页。

像对莱奋生(《毁灭》的主人公——引者注)那样清楚。"[①] "在肖洛霍夫看来,国内战争时像施托克曼、彭楚克之类的主人公歪曲了日常生活形式,他们把世界看成阶级搏斗的舞台,可是这类歪曲的悲剧性结果却要普通人来承担。"戈卢勃科夫在分析葛利高里埋葬阿克西尼娅的场景时说,黑色的天空和黑色的太阳,就是"人民为被施托克曼、彭楚克拖进反对所有人的战争所付出代价的象征"[②]。这里如果将作品中激进的革命者施托克曼和彭楚克换成别的历史人物,那么就可以看出,戈氏在以隐晦的方式表达这样的看法:国内战争的错误完全在布尔什维克一边。这个观点是不对的,其实应该看到,国内战争时期在顿河地区尽管出现了对待哥萨克的过火行为,但红军和红色哥萨克为捍卫革命的成果而被迫进行的战争是正义的。阿基莫夫(Акимов, В.)尽管对作为政论家的肖洛霍夫略有微词,但他指出:"艺术家肖洛霍夫创造了民族悲剧的惊人的、充满了永不过时的真相的巨大的画面。战争毁灭了民族生活的整个基础。麦列霍夫的家庭在国内战争的战火中被毁掉了。"[③] 他还联系了《一个人的遭遇》和《被开垦的处女地》来思考这个问题:"又一次,'空前的战争风暴'将安德列·索科洛夫的家夷为平地。在肖洛霍夫的散文中,两次战争,还有集体化运动——都是客观的!——不间断地、残酷地毁灭了人民若干世纪创造的生活和心灵的基础。"[④]

对葛利高里的形象的讨论也出现了新的观点。佩捷林指出:葛利高里是"肖洛霍夫心爱的主人公","在他身上体现了俄罗斯民族最优秀的品质:寻找真理,怀有良心,体恤他人的苦痛,富有同情心,光明正

① Голубков М., Русская литература XX века. после раскола, М., Аспект пресс, 2001, с.158. 戈卢勃科夫:《20世纪俄罗斯文学·分裂之后》,莫斯科:视点出版社, 2001年,第158页。

② Голубков М., Русская литература XX века · после раскола, М., Аспект пресс, 2001, с.159. 戈卢勃科夫:《20世纪俄罗斯文学·分裂之后》,莫斯科:视点出版社, 2001年,第159页。

③ Акимов В., Сто лет русской литературы, Санкт-Петербург,Лиги России, 1995, с.297–298. 阿基莫夫:《俄罗斯文学一百年》,圣彼得堡:俄罗斯联盟出版社, 1995年,第297—298页。

④ 同上,第298页。

大”。[①] 对他的结局,佩捷林分析道:“葛利高里回到村子里是合乎逻辑的。他早已渴望和平劳动,十分恋家。葛利高里这种渴望是从他的生活理想中生发出来的,其实这同多数哥萨克和一般农民的理想是非常接近的。”[②] 西戈夫(Сигов, К.)则从葛利高里对革命的独特思考和其行为方式来研究这个形象,他指出:葛利高里“对革命的召唤不想不假思索地盲从。对葛利高里来说,评价思想和行为的标准是真理和公正。为真理而斗争、按公正来安排世界的志向促成了他在国内战争中要确定自己位置的行为。他两度在红军中作战,三度加入其敌人的阵营。在一切方面、在战斗和劳作中,葛利高里都表现出自己的才干。葛利高里不信任沙皇旧军队的将军,他们想复辟并不完全合哥萨克心意的旧时代。作为哥萨克军官、过去的暴动者、高傲的人,葛利高里不想对他们卑躬屈膝。葛利高里也渐渐受到新政权的怀疑。国内战争不能解开历史之结,一些极左领导不能按照公正原则来解决社会问题。葛利高里秉持多数哥萨克所坚持的社会立场,他没有把自己的生活同他们的生活分割开来。”[③] 西戈夫在强调葛利高里同人民的联系,这已经同原来的将葛利高里视为“反叛者”或“迷误者”的观点相去甚远,更多的是在反思国内战争期间一些极左人物对普通哥萨克的生存权利的剥夺。从这里可以看到肖洛霍夫的研究者的“视点”已经发生了转移,从原来的极左的“视点”转到了普通哥萨克的“视点”,因此葛利高里形象的意义在新的层面上得到了肯定。

这个时期也有与80年代中期以前的《静静的顿河》的传统研究观点接轨的成果。肖洛霍夫研究家比柳科夫(Бирюков, Ф.)在“经典重读”丛书中出了《肖洛霍夫》(Шолохов)一书。比柳科夫在以肖洛霍夫的原话“我想描写人民”为标题的部分,全面分析了《静静的顿河》对哥萨克群像的塑造。他指出:肖洛霍夫笔下从人民中选出来的人们总是

① Петелин В., “Тихий Дон” —Бессмертен. В сборнике “Шолохов на изломе времени.”, М., Наследие, 1995,c.44. 佩捷林:《〈静静的顿河〉是不朽的》,见论文集《时代转折点上的肖洛霍夫》,莫斯科:遗产出版社,1995年,第44页。

② 同上,第45页。

③ Под редакцией Сигова В., Литература, М., Дрофа, 2005, cc.390–391. 西戈夫主编:《文学》,前引书,第390—391页。

聪明的、务实的，具有自主的性格、健康的感觉，富有幽默感。肖洛霍夫塑造了从各方面体现人民性格的人物形象，他们的喜怒哀乐都表现得十分真诚。他列举潘苔莱、伊莉伊尼奇娜、葛利高里、娜塔莉娅、彼得罗、阿甫杰伊奇、赫斯里托尼亚、斯捷潘·阿斯塔霍夫、米伦·科尔舒诺夫、葛利什卡爷爷、米吉卡、德萝兹吉哈老太婆等形象，说他们都得到了“生动的雕塑般的描绘，具有不可重复的个性特征”，他们体现了“人民内在生活的活生生的、色彩斑斓的全景”①。比柳科夫对葛利高里的形象和他在小说中的结局作了分析。他首先提出阿·托尔斯泰的关于葛利高里以土匪的身份走出小说的观点，并列举葛利高里形象研究中的“反叛说”和“迷误说”，然后指出：“葛利高里的悲剧在于，他每次都不想选择展现在他面前的正确道路。他没有听伊兹瓦林的，但却似乎屈从于他的虚假的蛊惑；他在波得捷尔柯夫牺牲前本来可以加入红军，但他却不情愿这样做；本来他可以在布琼尼骑兵中服役到底，但却提前复员；本来可以到维申斯克去登记，但他却拒绝去；本来可以在科舍沃伊之外的其他人那里去寻求公正，但却逃之夭夭。从这个观点来看，他落草匪帮，是他所选道路的合乎逻辑的结果。”② 足见比柳科夫的观点同80年代中期以前的苏联肖洛霍夫研究的大方向没有根本的区别。2005年在肖洛霍夫诞辰一百周年之际，库兹涅佐夫（Кузнецов, Ф.）出版了厚重的《〈静静的顿河〉：伟大小说的命运和真相》（Тихий Дон: судьба и правда великого романа）（八百六十多页），该书的主旨是研究新获得的《静静的顿河》的第一、二部的手稿，以驳斥“肖洛霍夫剽窃说”，捍卫他对这部作品的著作权。书中也约略涉及对《静静的顿河》的评价：“《静静的顿河》是20世纪伟大的著作，它以前所未有的深刻性和真实性表现了20世纪最大的历史事件——俄罗斯革命”③。库兹涅佐夫的评价在俄罗斯

① Бирюков Ф., М., Шолохов, Издательство Московского университета, 2000, cc.22–23.　比柳科夫：《肖洛霍夫》，莫斯科：莫斯科大学出版社，2000年，第22—23页。

② Бирюков Ф., Шолохов, М.,Издательство Московского университета,2000,cc.50–51.　比柳科夫：《肖洛霍夫》，前引书，第50—51页。

③ Кузнецов Ф., Тихий Дон:судьба и правда великого романа, М., ИМЛИ, 2005, c.5.　费·库兹涅佐夫：《〈静静的顿河〉：伟大小说的命运和真相》，莫斯科：俄罗斯科学院高尔基世界文学研究所出版社，2005年，第5页。

大概没有谁会反驳的："《静静的顿河》这部公认的天才作品，是与《堂吉诃德》、《神曲》、《死魂灵》和《战争与和平》比肩而立的伟大的著作"[①]。这个时期其他学者也对《静静的顿河》评价甚高，如西戈夫认为："尽管肖洛霍夫表现了对自己生于斯长于斯的地方的人民更多的爱，但他创作出的是一部具有全民族性质的伟大史诗"[②]。即使在苏联解体之后，也没有人贬低《静静的顿河》的地位，只是不断有人在肖洛霍夫是否是这部作品的唯一作者这个问题上做文章，或者故意冷落它。"反肖洛霍夫学家"并不反《静静的顿河》，而只是在著作权上做文章。

这个时期还有对《静静的顿河》进行比较研究的成果。

比如卡拉什尼科娃(Калашникова, С.)的《从历史小说的类型学看〈静静的顿河〉与〈红轮〉》("Тихий Дон" и "Красное калесо" в типологии исторического романа)是一篇以逻辑服人的文章。作者认为，要深入研究20世纪俄罗斯文学的愿望促使她首先要从体裁特征的角度来研究这两部作品。因为在巴赫金看来，恰恰体裁是"文学发展过程中创造性记忆的表现"，而且这个观念能保障这种发展的统一性和连续性。其实体裁问题潜在地促使她观察体裁内部的形态学以及由此引发的结果。几乎所有的当代文艺学家都把《静静的顿河》和《红轮》或称为史诗，或称为史诗性小说。肖洛霍夫是将历史理解为人民活动的悲剧艺术家。在这里他成了20世纪俄罗斯文学美学内核的表达者。肖洛霍夫的葛利高里·麦列霍夫成了《静静的顿河》悲剧的震中：民族悲剧语境中的麦列霍夫。肖洛霍夫的功绩就在于，他能够天才地将真正的悲剧精神同花言巧语、耳提面命的激情和时代的道德说教对立起来。在索尔仁尼琴的《红轮》中没有这样的悲剧震中。按照史诗性小说的体裁规律，小说的构思应该集中于个性问题的若干方面。但是只要读了《红轮》的第一篇《1914年8月》立刻就会冒出一个问题：谁是被叙述的主人公、悲剧起点的承担者？是萨尼亚，还是拉热尼琴，抑或

① Кузнецов Ф., Тихий Дон:судьба и правда великого романа, М., ИМЛИ, 2005, с.9. 费·库兹涅佐夫：《〈静静的顿河〉：伟大小说的命运和真相》，莫斯科：俄罗斯科学院高尔基世界文学研究所出版社，2005年，第9页。

② Под редакцией Сигова В., Литература, М., Дрофа, 2005, с.393. 西戈夫主编：《文学》，前引书，第393页。

是沃罗蒂采夫、萨姆松诺夫、斯托雷平或别的出场人物？莫尔多连科清晰的叙述聚焦点看来是没有的。如果可以表述为影响历史事件进程的情节人物化的话，那么确实没有这样的人物，但是有着最具历史性的事件和事实的前所未有的集中。于是就产生了悖论性的情境：《红轮》中有人，有历史，却不是肖洛霍夫的《静静的顿河》那样的史诗性小说。在这里人们直接面对的是作家的艺术观和他作品的体裁的互为条件的问题。

卡拉什尼科娃认为，《静静的顿河》在各方面都是独立自足的：不管是从其艺术的定向性来看，还是从其内在哲学的意义来看，抑或是从作者立场的有无来看，都是独立自足的。作为具体人的命运的标准的悲剧感，促使人们在体悟作品的文本时产生解决历史、社会、哲学和其他多方面问题的意识。

作者指出，不借助于索尔仁尼琴的政论，就不可能获得对《红轮》的准确的理解。作家的历史观念是作品的主要构成因素。要揭示观念政论是必不可少的。应该看看《红轮》不同寻常的结构学：所有的作品都按照“焦点”的原则组织起来，这样就可以用统一的眼光来包容巨大的时间段。《红轮》的叙述，就实质而言，是按照循环原则联结起来的系列长篇小说。选择是以作者对俄罗斯革命，或更广泛地说，对俄罗斯历史的特殊观点为条件的。人在历史中的强烈的悲剧感被“拍摄”了下来。重要的对话者是作者的观念与历史。人作为虚构的人物和真实的历史人物跌落到第二位——进入历史中。

从读者接受的观点来看，或从接受美学的观点来看，肖洛霍夫的《静静的顿河》激起思想和感受，而索尔仁尼琴的《红轮》则迫使你要么掌握作者的观点，要么反驳他的观点。

卡拉什尼科娃对这两部作品给出了定位：至于说到与俄罗斯文学传统的关系，那么从体裁类型方面来看，肖洛霍夫的《静静的顿河》毫无疑问应归属于《战争与和平》这种史诗性小说。其实肖洛霍夫在将作者的倾向融入到作品文本的结构方面走得很远。索尔仁尼琴则在强化作者倾向方面达到了最大极限。正是在这个意义上，从类型学来看，可以将《红轮》同20世纪初梅列日科夫斯基（Мережковский, Д.）的历史—哲学小说三部曲相提并论，在后者那里作者的历史哲学观念形成了三部曲的整体及其形象体系。《红轮》是历史小说体裁内的历史—哲学小说,《静静的顿河》是史诗性小说。这是作者探讨得出的结论。①

这篇文章,并不像有的肖洛霍夫研究者谈到“政敌”索尔仁尼琴时那样以情绪代替学术,而是以客观的分析、严谨的逻辑说服人,值得向读者推荐。

应该看到,在80年代中期以来肖洛霍夫总体上被文学界和学术界冷落的背景下,肖洛霍夫研究中比较受重视的是关于肖洛霍夫是什么样的作家、《被开垦的处女地》是部什么样的作品这样两个问题,别的问题都被淡化了。除了有关肖洛霍夫的专题论文集,一般的文学和学术刊物很少发表关于《静静的顿河》的论文了,如果偶尔有一两篇,也多半是讨论《静静的顿河》的著作权问题的。同时,在对《静静的顿河》的评价中并没有出现像对待《被开垦的处女地》那样的戏剧性的大转折。

第二节 《被开垦的处女地》的研究

文学作品的文字,可能既有作者创造的原本的意义,又有随着时代的变迁由阅读者、阐释者赋予的新的意义。由于当年特殊的思想文化环境,肖洛霍夫在《被开垦的处女地》中有意创造了一种含混文字,使不同时期、不同观念的读者都可以在其中读到与他们的意识相吻合的意义。这当然也给“近视”的读者造成了误读和困惑,所以同一时期的批评家对这部作品的理解也会南辕北辙。以20世纪80年代中期为界,苏联和俄罗斯的学术界和读书界对《被开垦的处女地》的评价出现了巨大的戏剧性转折。

① Калашникова С., “Тихий Дон” и “Красное колесо” в типологии исторического романа.В сборнике “Шолоховские чтения:Война России XX века в избражении М. А.Шолохова”, Ростов-на-Дону, Ростовский государственный университет, 1996, сс.82-86. 卡拉什尼科娃:《从历史小说的类型学看〈静静的顿河〉与〈红轮〉》,见文集《肖洛霍夫讲座:20世纪俄罗斯战争在肖洛霍夫小说中的描写》,顿河畔罗斯托夫:国立罗斯托夫大学出版社,1996年,第82—86页。

一

《被开垦的处女地》曾被视为社会主义现实主义的经典作品。在30年代初讨论社会主义现实主义的价值的时候，卢那察尔斯基把《被开垦的处女地》称为“目标明确、积极、辩证的现实主义——社会主义现实主义——类型的佳作”。[①]这似乎给对这部小说的评价确定了基调。直到80年代中期以前人们总是把《被开垦的处女地》看成是社会主义现实主义的代表作。50年代古拉对《被开垦的处女地》的评价更偏重于其政治意义：“《新垦地》（《被开垦的处女地》）的意义在于肖洛霍夫真实地记录了集体化、农民生活及其思想中最深刻的革命变革的典型画面，传达了劳动热情的高涨，新的、集体农庄的生活的诞生，新的、社会主义关系的产生，表现出其在当代建设社会主义的有决定意义的一个阶段上的指导作用。”[②] 70年代，在科瓦廖夫（Ковалёв, В.）编写的《苏联文学史》中，《被开垦的处女地》被视为社会主义现实主义的经典作品。“肖洛霍夫真实地、充分地再现了现实生活，塑造了一大批具有独特个性、心理活动十分复杂的典型形象。艺术家的写作技巧达到了炉火纯青的地步，对他来说，忠于生活的现实，坚持人民性和党性，乃是创作的基本原则。社会主义现实主义的这些基本原则，在长篇小说《新垦地》（《被开垦的处女地》）中得到了鲜明的、令人信服的艺术体现。深刻的历史主义，对革命者的智慧和意志，以及对劳动人民的创造才能、心灵美所作的人道主义的颂扬——这就是肖洛霍夫现实主义的特征，这些特征体现在《新垦地》（《被开垦的处女地》）这部小说中，并成为多民族文学的一种美学传统。”[③]这大概是当时对这部作品的最高的赞誉，论者把归于社会主义现实主义的种种美称都用到了这段话里。在今天看来这有些言义不符，甚至是文不对题。

由于肖洛霍夫的《被开垦的处女地》被列为社会主义现实主义经典作品，作家获得了苏联最高奖列宁奖。可是从80年代后期开始，苏

① 见《世界文论》，第4辑，第192—193页。

② 季莫菲耶夫主编：《论苏联文学》（下卷），英卓等译，北京：人民文学出版社，1958年，第673页。

③ 瓦·科瓦廖夫：《苏联文学史》，张耳等译，天津人民出版社，1982年，第441页。

联的普通读者和评论家对这部作品多有疑问责难。

当时苏联的各种媒体披露出集体化运动和消灭富农过程中大量骇人听闻的事实。学术界对集体化运动有了比较一致的否定评价。在1989年10月24日《苏联历史》(История СССР)编辑部召开的题为"集体化:根源,实质,后果"的圆桌会议上,苏联部长会议国民经济学院教授吉洪诺夫(Тихонов, А.)指出:"为实现工业化,需要外汇来购买西方技术和雇用西方专家。获得外汇的途径是粮食。经过七年新经济政策,农民不愿无偿交出粮食,要求用工业品来交换。可是没有工业品,因为没有工业。怎么办? 1928年已经建立了五十万个集体农庄。斯大林根据这些经验作出了下列判断:我们不能白白从农民手中拿走粮食,可是我们可以无偿从集体农庄和国营农场那里拿走粮食。这种逻辑很有'道理',直到今天还在使用。"[①] 表达类似观点的学者很多。

对集体化运动的否定评价引发了20世纪80至90年代对《被开垦的处女地》的持久的、富有戏剧性的争论:有人认为,肖洛霍夫是遵斯大林之命写这部小说来为集体化运动唱赞歌的;有人指出,作家借小说影射集体化运动中的过火行为,以警醒斯大林。各种意见截然对立,针锋相对,直到今天争论结果依然未见分晓,《被开垦的处女地》在文学史上究竟应该怎么定论尚未可知。争论的各方都搜寻到并抛出了有关肖洛霍夫的大量新档案材料,争论不仅涉及文学,而且牵扯到政治和道德问题。[②]

据笔者看到的资料,最早将《被开垦的处女地》当作"反面教材"的是伏尔加格勒的女教师Л.索科洛娃(Соколова, Л.)。她是在一桩笔墨官司中提出自己观点的。1988年7月《文学俄罗斯》(Литературная Россия)刊登了苏联科学院通讯院士、高尔基世界文学研究所所长Ф.库兹涅佐夫(Кузнецов, Ф.)的文章《灵魂革命》(Революция духа)。库兹涅佐夫在肯定了"回归文学"和"俄侨文学"的价值之后,对"将苏联文学史彻底翻个个"的危险倾向表示担忧,他认为不应该用那些新发掘出来的名字来取代苏联经典作家高尔基、阿·托尔斯泰和肖洛霍夫

① Коллективизация // История СССР,1989, №9. 《集体化运动》,见《苏联历史》,莫斯科:1989年,第9期。

② 参见李之基:《〈被开垦的处女地〉今昔》,载《外国文学动态》,1994年,第2期。

等人。[①] 索科洛娃读了此文后被激怒了，她立刻将一篇檄文投到《文学俄罗斯》，向《被开垦的处女地》发泄自己的愤怒：

> 可是干吗要替米·肖洛霍夫鸣不平呢？他作为著名的《静静的顿河》的作者将与世纪同在，可是《被开垦的处女地》就另当别论了……我本人是文学教师，我父母是哥萨克，所以我非常清楚发生在我们周围的一切……我觉得这对肖洛霍夫来说是痛苦的悲剧——跟真理作对，跟良心作对。这是怎么回事，我们从现在披露出来的肖洛霍夫本人的信件中可以感觉到。没有谁要诋毁肖洛霍夫，可是仍然像以前那样故作正经地说，《被开垦的处女地》是描写农村社会主义改造的真诚的书，未免就太不诚实了。可以把这部小说保留在中学的教学大纲里，可是应该同安·普拉东诺夫的《地槽》（Котлован）和Б. 莫扎耶夫（Можаев, Б.）的《农夫和农妇》（«Мужики и бабы»）放在一起。中学生们在研究苏联历史（但愿不是被布谷鸟院士的教科书牵着鼻子走）时，读了这些书后自己会判断，什么样的书更亲近一些。[②]

索科洛娃情绪激愤，语言尖刻。她对肖洛霍夫进行了道德审判，但将《被开垦的处女地》与《地槽》相比较并不是她的发明。在其文章发表的三个月前《文学报》曾举办题为“我们该不该拒绝社会主义现实主义？”的圆桌会议，在那里，弗·古谢夫（Гусев, В.）提出：《被开垦的处女地》和普拉东诺夫的《地槽》及《切文古尔》（Чевенгур）是在相距不远的时间里出现的，只是肖洛霍夫的作品是按社会主义现实主义原则写的，而普拉东诺夫的作品则没按照条条框框来写。斯捷潘尼扬（Степанян, К.）联系了肖洛霍夫在1933年的私人通信并指出，当时肖洛霍夫看到了集体化运动中的饥馑和死亡，可是《被开垦的处女地》丝毫未触及这些。因此同普拉东诺夫的作品相比，《被开垦的处女地》是

① Кузнецов Ф., Революция духа // Литературная Россия, 1988, № 28. 费·库兹涅佐夫：《灵魂革命》，载《文学俄罗斯》，第28期。

② Соколова Л., За кого вы нас принимаете? // Литературная Россия,1988, №36. Л. 索科洛娃：《您把我们当成什么人啦？》，载《文学俄罗斯》，1988年，第36期。

"不那么真实的作品"。[1] 可见当时否定这部作品的呼声很高。

在这样的背景下刊物上还出现了一种惊人的假设：肖洛霍夫同斯大林做了一笔交易——前者写一部歌颂集体化运动的小说，以换取后者同意被拖延已久的《静静的顿河》第六卷的出版。1988 年《十月》（Октябрь）第 9 期发表了 С. 谢曼诺夫（Семанов, С.）的文章《关于〈静静的顿河〉发表的一些情况》（О некоторых обстоятельствах публикации "Тихого Дона"）。作者引用了普里玛的《与世纪比肩而立》（С веком наравне）一书中的一段文字，即普里玛记载的肖洛霍夫回忆 1931 年 6 月与斯大林会面的情况。会面中斯大林表示同意《静静的顿河》第六卷出版。从引用的这一段看，肖洛霍夫和斯大林以及在场的高尔基都未提到要写歌颂集体化的小说的事。接下来谢曼诺夫写道："斯大林出于其近期和远期的政治利益无疑需要一本高度肯定集体化的书，不是奴才、阿谀奉承者之作，而是才华和人品都很可靠的作家的艺术精品，肖洛霍夫描写革命的小说是如此的才华横溢和真实可信，以致他的作品立刻征服了世界，因此把与革命相媲美的事件……交给他写又会如何呢？政治看好为了共同的利益而互作让步的妥协……"谢曼诺夫在这里用了一种虚拟的语气，仿佛是斯大林内心活动的间接引语。在作结论之前谢曼诺夫提供了证据：与斯大林会面以前，肖洛霍夫从来没有说起过要写关于集体化运动的小说，到了 11 月中旬他告诉别人已写了十六个印张，并说次年 4 月将完成二十三至二十五个印张。由此他断定："《被开垦的处女地》是在相当短的时间内写成的，显然作者把别的事情统统搁下了。"最后作者提出了大胆假设：

> 可以设想，高尔基家中的两个客人（即肖洛霍夫和斯大林——引者注）是够敏感，够含蓄的，无需多余的只言片语，更何况有如此重要的证人在场。毫无疑问，他们彼此心照不宣。决定此事时有没有直接的对话或暗示，肖洛霍夫是否猜到了对他的期待

---

① Отказывается ли нам от социалистического реализма? // Литературная газета,1988, №21. 《我们是否应该拒绝社会主义现实主义？》，载《文学报》，莫斯科：1988 年，第 21 期。

是什么——我们不得而知，将来亦复如此。我们只能作此假设。[①]

这个大胆的假设公之于众以后，喝彩者有之，驳斥者有之。1989年B. 斯维佐夫（Свинцов, В.）在讨论社会主义现实主义的文章《黑白分明的真理》（Правда «черная» и «белая»）中引用了谢曼诺夫的说法，并且称之为“一个正确的假设”。[②]也有人指出，过去把《十月》杂志视为神圣，读了谢曼诺夫的文章后对它的可靠性产生了怀疑。对谢曼诺夫最有力的驳斥来自于后面要介绍的利特维诺夫（Литвинов, В.）的一篇文章。而肖洛霍夫的遗孀玛丽娅·肖洛霍娃（Шолохова, М.）在给朋友的信中如此写道：“现在给了所有人说话的权利，这很好，但遗憾的是，居心险恶的小人和昏聩盲目的愚人以仇恨来使用这种权利——正如您所正确指出的那样。这种仇恨吞噬了他们身上所有的人性，因此他们热衷于歪曲事实，向壁虚构，甚至直接造谣。”她直接点了谢曼诺夫的名。让她感到悲愤的是，肖洛霍夫的朋友却没有利用说话的权利对谣言加以驳斥。[③]

即使是在80年代末，也有人出于维护肖洛霍夫的目的，对《被开垦的处女地》进行认真地、客观的研究 。Г. И. 斯米尔洛娃（Смирнова, Г. И.）写道：

> 很多人产生了疑问，肖洛霍夫的小说还是不是那个时期的可靠文献？不少人认为，作家淡化了伴随着农村改造过程的冲突、错误和过火行为的尖锐性，美化了达维多夫、纳古尔诺夫和拉兹苗特诺夫。
>
> 对肖洛霍夫的诸如此类的攻击并不值得注意：他的作品无需辩护。但是我们应该诚实地回答产生的问题。

① Семанов С., О некоторых обстоятельствах публикации “Тихого Дона” // Новый мир,1988, №1. С. 谢曼诺夫：《关于〈静静的顿河〉发表的一些情况》，载《十月》，莫斯科：1988年，第9期。

② Свинцов В., Правда «черная» и «белая» // Вопросы философии,1989, №9. В. 斯维佐夫：《黑白分明的真理》，载《哲学问题》，莫斯科：1989年，第9期。

③ Литературная Россия, 1989. 1. 20. 《文学俄罗斯》，1989年1月20日。

是呀,肖洛霍夫的长篇小说《被开垦的处女地》是不是集体化时期的可靠艺术文献?在引征他的文本之前,我们可以确定地说,是的;否则,那些耐心而细致地恢复集体化运动的客观历史画面的学者和政论家,干吗要引述小说《被开垦的处女地》作为论据?在分析斯大林加快落实集体化政策的时候,一位政论家说道,工作人员无情地抢走人民的耕牛、私有财产,另一些人"用手枪强迫中农加入集体农庄"——所有这些肖洛霍夫在《被开垦的处女地》中、扎雷金在《在额尔齐斯河上》中和其他作家在自己的作品中都有描写。有一个作者有力地证实,大部分贫农不愿意将家畜交给集体农庄,他又引述了肖洛霍夫的小说作为可靠的论据来源。"肖洛霍夫明确地描写了舒卡尔老爹(狗鱼老爹)不愿将自己的财产交给集体农庄时的痛苦。"

斯米尔诺娃的结论是:

30年代反映集体化运动的作家很多,Ф. 潘菲洛夫的《磨刀石农庄》(Бруски),И. 舒霍夫(Шухов, И.)的《仇恨》(Ненависть),Е. 彼尔米京(Пермитин, Е.)的《魔爪》(Когти)、《圈套》(Капкан)和《敌人》(Враг),П. 扎莫伊斯基(Замойский, П.)的《魔掌》(Лапти),科钦(Кочин, Н.)的《少女们》(Девки)等等。但是就体现这个时期的本质(基本因素)而言,他们中没有一个人创作出了像肖洛霍夫的《被开垦的处女地》这样的关于农民个人和群体的命运的深刻作品。①

在当时斯米尔诺娃的声音显得很微弱,压不过攻击肖洛霍夫的响亮声音。

① Смирнова К., Разлив народной жизни // Русская литература. Советская литература. М., Просвещение,1989, сс.382–394. 斯米尔诺娃:《人民生活的洪流——肖洛霍夫的〈被开垦的处女地〉》,见《俄罗斯文学,苏联文学》,莫斯科:教育出版社,1989年,第382—394页。

二

进入20世纪90年代以后出现了研究的转机。讨论《被开垦的处女地》的人们摆脱了偏激的情绪，不再把这部小说当成攻击集体化运动的靶子，而是用当时流行的观念来分析作品的成败得失和肖洛霍夫本人的创作意图。有两篇长论文体现了这一倾向。

1990年伊琳娜·科诺瓦洛娃(Коновалова, И.)发表了长篇论文《米哈伊尔·肖洛霍夫是俄国集体化运动的一面镜子》(М. Шолохов как зеркало русской коллективизации)。该文以新的视角对《被开垦的处女地》进行了文本细读，在客观分析作品的缺点时，充分肯定了它的价值和作家的真诚。科诺瓦洛娃提出问题的前提是："最近，一方面我们摒弃了过去的教条和陈规，另一方面祖国历史各个时期的档案材料像潮水般涌来，于是就产生了一个很奇怪的现象——人们形成了很普遍的看法，即过去的一切远不是肖洛霍夫所写的那么回事。我对这部小说太熟悉了，完全可以对这种看法作出判断。可我还是反复问自己：肖洛霍夫是不是这样写的，我们是不是这样读作品的？他的小说究竟写了什么，作家本人究竟想展示什么，他对事件和人物抱什么态度？"[①] 她以这种寻根究底的精神对作品的主要人物进行了重新研究，提出了一些很值得注意的观点。关于纳古尔诺夫，她说，过去我们很喜爱他，因为我们曾与他同在一条战壕里，而他为了我们共同的事业献出了全部力量和生命，因而他是英雄。现在生活的坐标系发生了很大变化，我们和纳古尔诺夫差不多走到了相对的街垒中。科诺瓦洛娃从作品中找出了他的种种不是，诸如滥捕无辜，私设公堂等等。她认为："要知道肖洛霍夫一开始就没有美化他，也不欣赏他，几乎将他变成了漫画人物。"拉兹苗特诺夫在她看来是"被推出来掌权的浅薄无用之人，就其天性来说不可能成为新生活的建设者"。关于达维多夫，科诺瓦洛娃也谈了自己的看法，她分析了达维多夫、纳古尔诺夫和路希卡的三角恋爱关系后写道："经过这样的漫画处理后，作家和他的主人公的关系已完全不符合

---

① Коновалова И., М.Шолохов как зеркало русской коллективизации // Огонек, 1990, 25. 伊琳娜·科诺瓦洛娃：《米哈伊尔·肖洛霍夫是俄国集体化运动的一面镜子》，载《星火》，1990年，第25期。

'偶像—崇拜者'的模式"。她把达维多夫称为"思想肤浅之辈"。对过去人们公认的三位主人公分别作了如此评判后,她又将三个人物放在一起,都只打了五十分:"应该先让我们来弄清楚谁不是主人。拉兹苗特洛夫和纳古尔诺夫不是主人,这是毫不含糊的,前者无能,后者的思想意识决定了他不是主人。达维多夫也肯定不是主人。"

由此引出了两个问题。第一个问题是:肖洛霍夫对这三个人物抱什么态度?对此科诺瓦洛娃指出:"肖洛霍夫对他们的态度是明确无误的,仿佛是通过毫无英雄色彩的死亡对主要人物作了最后的判决。可是他又明明承认,'顿河边上的夜莺为我心爱的达维多夫和纳古尔诺夫唱完了歌曲……'——由此看来他是不是有点爱他们?只要是真正的作家,就会爱自己的人物,就像爱自己的孩子一样。"这种观点与以前的说法完全不同。

过去的论者都认为肖洛霍夫是很欣赏这三个主人公的。第一眼看上去,科诺瓦洛娃的这一说法简直匪夷所思,但可以从同年披露出来的肖洛霍夫本人曾经的谈话证实她的推断。1990年5月《文学俄罗斯》报在肖洛霍夫纪念专号上公布了米·米·肖洛霍夫(Шолохов, М.М.)(作家的小儿子)的文章《同父亲的谈话》(Разговор с отцом)。其中客观地记录了肖洛霍夫在苏共二十大以后的谈话,有这样一段:"农民要多少有多少,所有的人都是农民。谁来当他们的代表呢?如果问他们自己,那么肯定不会是舒卡尔老爹。也不会是马加尔或拉兹苗特诺夫,他们连个家庭都组织不起来,连自己的窝都弄不利索。经营家业他们全然不懂,因为他们从来没有过家业。哥萨克会对他们这么说:你们这些老兄,连喂猪都不会把两份猪食分开,因为你们生来就没有超过一口以上猪的家当。你们能给我们当什么参谋?"[①] 在这一点上,没有出现新批评所谓的"意图的谬误",科诺瓦洛娃准确地猜到了作家的意图。

第二个问题是,既然上述三个人物不是生活的主人,那么谁是呢?科诺瓦洛娃认为是基多克·波罗丁。她列举了波罗丁如何能干,如何勤奋的种种表现后说:"遇到这个不同寻常的人是件愉快的事。他三思而后行的谨慎,他符合逻辑的思索,他的精明能干,使他不仅与舒卡尔

① 米·米·肖洛霍夫:《同父亲的谈话》,孙美玲译,载《苏联文学》,北京:1990年,第5期。

不同，也与乌瓦科夫们和罗比西金们不同。他是主人。”在她看来，波罗丁是发财致富的能人，这样的人多了俄国的农村就能繁荣。她显然是在用20世纪90年代市场经济的观念来解读《被开垦的处女地》。

科诺瓦洛娃还用很多篇幅分析富裕农民参加暴动的原因。在这里她完全抛弃了阶级分析的方法，对打算参加暴动的农民寄予同情。

总的来说，科诺瓦洛娃的文章在否定集体化运动的时候，对肖洛霍夫加以肯定，认为他创作《被开垦的处女地》是真诚的，他借作品表达了对农民命运的关心，对集体化和消灭富农运动的正确性的怀疑。因此她在文章的末尾指出：“现在我相信，《被开垦的处女地》必将获得能够理解它、正确评价它的价值的，并为它恢复名誉的称职的读者。”

В. 利特维诺夫在1991年发表了一篇长达二十页的文章《〈被开垦的处女地〉的教训》（Уроки “Поднятой целины”）。此文从若干方面驳斥了《关于〈静静的顿河〉发表的一些情况》和其他一些否定肖洛霍夫的文章。

针对谢曼诺夫在那篇文章中提出的关于肖洛霍夫遵斯大林之命写《被开垦的处女地》的猜想，利特维诺夫反驳道：早在斯大林接见肖洛霍夫之前半年，即1930年底，肖洛霍夫就在柏林对一家报纸说打算写一部“用集体主义精神教育改造农民的”作品。[①] 另外，1930年夏天，Е. 列维茨卡雅（Левицкая, Е.）（肖洛霍夫的《一个人的遭遇》前有给她的题辞）在肖洛霍夫家做客时，后者也谈到要写这部作品，并同意在《文学报》上报道此事。因此利特维诺夫认为谢曼诺夫的那个假设完全站不住脚。1974年索尔仁尼琴在巴黎出版了所谓Д* 写的《顿河激流》，他断定肖洛霍夫不是《静静的顿河》的作者，他在该书的序言中提出了一个证据，舒卡尔老爹过于粗俗的幽默就与《静静的顿河》的作者风格完全不一致。对此利特维诺夫驳斥道：在《静静的顿河》中通过普罗霍尔·泽科夫的举动，伊丽莎白·莫霍娃与她的情夫因为汗脚的冲突等表现的幽默，比舒卡尔的幽默要“粗俗”得多。文章作者欲以此证明《被开垦的处女地》和《静静的顿河》是同一个作者创作的。总之利特维诺夫回击了部分人对肖洛霍夫的种种攻击。

---

① Литвинов В., Уроки “Поднятой целины” // Вопросы литературы,1991, №9–10. 利特维诺夫：《〈被开垦的处女地〉的教训》，载《文学问题》，1991年，第9—10期合刊。

利特维诺夫指出,二战前肖洛霍夫在《被开垦的处女地》中用暗示影射等方法表达了他对30年代的种种不正常现象的看法。与此同时,他对肖洛霍夫在50年代创作《被开垦的处女地》第二部的方法提出了异议。他认为,本来肖洛霍夫可以利用50年代“解冻”的自由气氛,放开喉咙把他在第一部中只能暗示、只能用他人的嗓子说的话说出来,即揭露集体化运动中农民被掠夺的真相。可是他没有这样做,整个第二部只达到了当时“写真实”的奥维奇金(Овечкин, В.)等人的特写的水准。在文章的末尾,利特维诺夫写道:围绕《被开垦的处女地》展开争论的人感兴趣的唯一的问题是一个最终“公式”——以现在对集体化的观点来看此书,它是“正确”的还是“不正确的”,如果不正确,是否要把它逐出文学领地,不让新一代读者了解,《静静的顿河》的作者还有另外一部小说,是关于‘集体化’的。他认为不应该这样看问题,《被开垦的处女地》还将为读者服务,它不应该是罪证,不应该是政治斗争的工具。“为此我们应该具有正常的读者心态,正确理解什么是艺术,为什么它会是艺术。斗争我们早就学会了,现在应学会阅读。”其实利特维诺夫的整篇文章主要讨论的也不是艺术问题,而是《被开垦的处女地》与集体化运动的关系。

三

出于肯定肖洛霍夫的目的,奥西波夫(Осипов, В.)把对《被开垦的处女地》的讨论推到了一个新阶段。在这一阶段,研究者们将对作品的细读同对新发现的史料的研究相结合。这样一来,谈论这部作品时,就不再是凭空臆断,而有了作品和史料作为依据。

1992年5月23日,奥西波夫发表《一本正翻开的小说……〈被开垦的处女地〉拥护还是反对斯大林?》(Открываемый роман... ‘Поднятая целина’ –за сталинщину или против?)[①]一文,1995年莫斯科的两家出版社联合出版了他的《米哈伊尔·肖洛霍夫

① Осипов В., Открываемый роман... “Поднятая целина” —за сталинщину или против? // Культура, 1992. 5. 23. 奥西波夫:《一本正翻开的小说……〈被开垦的处女地〉拥护还是反对斯大林?》,载《文化报》,1992年5月23日。

的秘密生平:不带传说的纪实》(Тайная жизнь Михаила Шолохова ... Документальная хроника без легенд)一书(以下简称《肖洛霍夫的秘密生平》)。在文章和专著中,奥西波夫搜罗并研究了大量的资料,其中包括作家本人的书信、笔记以及从未发表过的作品片段,还有作家亲友的回忆,当然他对肖洛霍夫作品的研究则更是独具慧眼。

奥西波夫的主要观点是,肖洛霍夫从现实中看到,集体化和消灭富农运动并未使农民富裕,相反使他们极度贫困,因而他上书斯大林直陈实情,也通过《被开垦的处女地》表达自己对现实的抨击,对"达维多夫们"和"纳古尔诺夫们"被驯服的忿懑。奥西波夫说,在这部小说中"二十七岁的维申斯克(肖洛霍夫的家乡)人担当了整个国家的使命",[①] 因而这部作品并未得到斯大林及评论界的好评。

奥西波夫在上述文章中指出,普遍存在着一种说法,仿佛《被开垦的处女地》一出版立刻就得到喝彩,成了举国文学生活和政治生活中的一件大事。1987年版的中学教材就如是说。他列举事实反驳了这一神话。《被开垦的处女地》第一版只出了五万本,而当时仅集体农庄就有二十万个;可是拉迪克的一本关于斯大林的小册子却出了二十二万五千本。斯大林多次褒奖潘菲洛夫的《磨刀石农庄》,可对《被开垦的处女地》始终未赞一辞。当时《真理报》数度称赞潘菲洛夫的那本书是社会主义现实主义的实绩,对《被开垦的处女地》却不置一评。在以夸耀成绩著称的第一次作家代表大会上,人们也对肖洛霍夫的新作三缄其口。《青年近卫军》杂志甚至认定这部作品"客观地说是富农分子被扼杀的反革命气焰"[②] 的冒头。

奥西波夫还着重分析了《被开垦的处女地》中斯大林的形象。他的专著中有一节的题目是"小说中有没有斯大林"。在这里他列出了作

---

① Осипов В., Тайная жизнь Михаила Шолохова... Документальная хроника без легенд,М., Либерея; Раритет, 1995, с.80. 瓦·奥西波夫:《米哈伊尔·肖洛霍夫的秘密生平:不带传说的纪实》,莫斯科:书库、珍宝出版社,1995年,第80页;该书由刘亚丁、屠尚银和李志强翻译,2001年由四川人民出版社出版。

② Осипов В., Открываемый роман...〈Поднятая целина〉-за сталинщину или против? // Культура, 1992. 5. 23. 奥西波夫《一本正翻开的小说……〈被开垦的处女地〉拥护还是反对斯大林?》,载《文化报》,1992年5月23日。

品中出现斯大林的每一细节，还分析了斯大林在应该出现的地方没有出现的原因。[①] 在上述那篇文章中，奥西波夫写道："在提到斯大林的地方肖洛霍夫惜墨如金——总共不到九或十页。作家并不崇拜作为保护者的领袖，而是让他仅限于担负'事务性的功能'——基本上是作为《胜利冲昏头脑》一文的作者，或在人物对话中因为其职责避不开他的时候出现。既没有肖像描写，也未让他出现在重要场面和情节中。毫无赞美之辞。"[②] 奥西波夫重读《被开垦的处女地》的方式大致是这样的：

> 我相信，为了让消灭富农和集体化的历史以尽可能真实的面貌保存在艺术作品中，肖洛霍夫冒了极大的风险。就从他将解决农民命运的两种方针进行对比（这需要何等的勇气）说起吧。
>
> 正确解读这部小说的关键在中央派出的两千五百人中的一位同当地区委书记见面的场面。达维多夫听到了（区委书记）这样的安排：建立集体农庄，可是小心别动中农。最听从斯大林指示的无产阶级水手（即达维多夫——引者注）反对这一安排。回答他的是开导性的话语："不，同志，这可不行。这样群众就会不相信我们。中农会怎么说呢？他们会说：'瞧吧，苏维埃政权就是这样的。它把庄稼人搞得团团转。'列宁教导我们要认真注意农民的情绪，而你却说……"
>
> 达维多夫忍不住了：引了斯大林的名字作自己的依靠。书记不无小心地反驳这位不熟悉的来客："这干斯大林什么事？"几番激烈的争论之后，书记补充说："你可以照自己的意思去解释领袖的话，可是负责这个区的是区委常委会，是我个人。到我们派你去的地方好好干，要执行我们的路线……"达维多夫只能忠实地执行

① Осипов В., Тайная жизнь Михаила Шолохова... Документальная хроника без легенд,М., Либерея; Раритет, 1995, сс.85–89. 瓦·奥西波夫：《米哈伊尔·肖洛霍夫的秘密生平：不带传说的纪实》，前引书，第 85–89 页。

② Осипов В., Открываемый роман...〈Поднятая целина〉-за сталинщину или против? // Культура, 1992. 5. 23. 奥西波夫《一本正翻开的小说……〈被开垦的处女地〉拥护还是反对斯大林？》，载《文化报》，1992 年 5 月 23 日。

中央的指示，他给区委书记扔下一句话，也就是向当时很多的能干人提出了政治指控："你的路线是错误的，在政治上是错误的，事实如此。"肖洛霍夫的用意何在？他通过区委书记的嘴作了如下表示："我为自己的事负责任。"[①]

这里奥西波夫分析的是小说第二部第二章中达维多夫与区委书记的争论。奥西波夫认为当时有两种方针，区委书记代表了正确的方针，达维多夫执行的是斯大林制定的方针。因此小说中的这个场面，就被奥西波夫解释为肖洛霍夫同斯大林的论战。从这样一种方法入手，分析者对《被开垦的处女地》作了全面解读。

除了详尽分析作品本身外，奥西波夫还大量引用书信、回忆文字及其他档案材料作为其观点的旁证，这就使他的文章较能让人信服。

除了围绕《被开垦的处女地》的争论文章外，在上世纪80年代以后苏联和俄罗斯的报刊杂志还发表了不少与这部小说创作有关的书信、笔记和其他原始材料。如列维茨卡雅（Левицкая, Е.）写于1930年的笔记《在〈静静的顿河〉的故乡》（На родине "Тихого Дона"）[②]、列·科洛德内依（Колодный, Л.）的文章《一个献辞的来历——肖洛霍夫未披露的通信》（История одного посвящения: неизвестная переписка М. Шолохова）[③]、奥西波夫的文章《埋藏在档案中的年月》（Годы, спрятанные в архивах）[④]、以及Ю. 穆林（Мурин, Ю.）整理发表的《作

① Осипов В., Открываемый роман... "Поднятая целина" за сталинщину или против? // Культура, 1992. 5. 23. 奥西波夫《一本正翻开的小说……〈被开垦的处女地〉拥护还是反对斯大林？》，载《文化报》，1992年5月23日。

② Левицкая Е., На родине "Тихого Дона" // Огонек, 1987, №17. 列维茨卡雅：《在〈静静的顿河〉的故乡》，载《星火》，1987年，第17期。

③ Колодный Л., История одного посвящения, неизвестная переписка М. Шолохова) // Знамя, 1987, №10. 科洛德内依：《一个献辞的来历——肖洛霍夫未披露的通信》，载《旗》，1987年，第10期。

④ Осипов В., Годы, спрятанные в архивах // Сов.культура.,1991.5.18. 奥西波夫：《埋藏在档案中的年月》，载《苏联文化报》，1991年5月18日。

家与领袖·肖洛霍夫和与斯大林通信集》[①]（以下简称为《作家与领袖》）等。

从上面的介绍中可以看出，上世纪 80 年代后期以来苏联和俄罗斯围绕《被开垦的处女地》的争论呈现出由否定占优势到肯定占优势的趋势：上世纪 80 年代后期由于否定集体化和消灭富农，肖洛霍夫的这部小说也被牵连了进去，一些人把它当成了批集体化运动的靶子。进入 90 年代后，对史料的发掘和对作品的冷静分析取代了激进呼喊，人们逐渐承认：在《被开垦的处女地》中肖洛霍夫暴露了集体化和消灭富农运动中极左的一面。在这场争论中正确的观点与错误的言论掺杂糅合在一起，使我们在重新认识和评论这部作品时面临着挑战和机遇。

第三节　肖洛霍夫研究的传记化倾向

20 世纪 80 年代中期以后，打消对肖洛霍夫的种种猜疑，还肖洛霍夫以人格的清白，成了苏联 / 俄罗斯肖洛霍夫研究者的主要任务，肖洛霍夫传记的写作成了肖洛霍夫研究的新方向。

一

20 世纪 80 年代中期以来，苏联 / 俄罗斯出版的有关肖洛霍夫的传记主要有如下几种：

（一）瓦·奥西波夫的《肖洛霍夫的秘密生平》，1995 年出版，四百一十四页。该书的特点是，以编年体的形式，书写从 1928 年即《静静的顿河》第一部发表到作家去世的五十五年间作家生平中的大事件。这是一本可读性很强的传记作品。对事件的非虚构叙述以细腻见长，有时几乎可以与小说媲美。文字流畅优美，时有佳句妙喻点缀其间。

① Писатель и вождь. Переписка М. А. Шолохова с И. В. Сталиным, Составитель Мурин Ю., М., Раритет, 1997.《作家与领袖·肖洛霍夫与斯大林通信集》，尤·穆林编，莫斯科：珍宝出版社，1997 年。

为了给肖洛霍夫的行为提供大背景，书中详细叙述苏联文学的桩桩公案，生动描摹北国文坛“衮衮诸公”，述及两次苏联作家代表大会，斯大林在高尔基家中与众作家见面，肖洛霍夫、帕斯捷尔纳克和索尔仁尼琴获得诺贝尔奖的内幕。此书中波澜起伏，热点频现。[①]

（二）奥西波夫的《肖洛霍夫传》（М.Шолохов），2005 年第一版，六百三十页，该书进入了青年近卫军出版社的“名人传记丛书”。“名人传记丛书”是1933年由高尔基的杂志报刊联合体创立的一个丛书品牌，1938 年转由青年近卫军出版社出版，一直延续至今。该书与同一作者的《肖洛霍夫的秘密生平》一样，都采取编年体的记叙方式，但增加了作家童年到青年时期的内容，弥补了前一本书的不足。在这本书里，奥西波夫论战的激情依然不减。在“亚历山大・索尔仁尼琴得到承认”一节里，奥西波夫述及肖洛霍夫与索尔仁尼琴由关系正常到交恶的经过，他总结道：“在两位创作巨匠之间，在事业之间，本身就存在着鸿沟：索尔仁尼琴反对苏联政府和共产主义思想；肖洛霍夫希望国家能够顺利地奔向光辉的未来。一个从事破坏，一个幻想着建设。”[②]

（三）近年来的另一本比较重要的传记是维・佩捷林（Петелин, В.）的《肖洛霍夫生平・俄罗斯天才的悲剧》（Жизнь Шолохова.Трагедия русского гения, 以下中文书名简称为《肖洛霍夫生平》），八百九十四页。以肖洛霍夫生平中的重要事件为叙述中心是这本传记的鲜明特点。由于以叙述事件为中心，该书提供了大量关于这位伟大作家的新的信息，它们有助于解开作家一生中的一系列迷团。比如佩捷林详尽叙述了肖洛霍夫与斯大林在 1930 年 11 月 28 日的第一次见面，此次见面安排在肖洛霍夫应高尔基之邀去意大利的前夕。在前述的《肖洛霍夫的秘密生平》中，奥西波夫断定肖洛霍夫与斯大林的第一次见面在 1931 年 7 月。在佩捷林的书中，这次持续一小时十分钟的谈话涉及到许多重要内容，它解决了一个悬案，即斯大林关于《静静的顿河》的通信的来历。在这次会见中，谈到这部小说描写的国内战争的历史时，斯大林对肖洛

① 瓦・奥西波夫：《肖洛霍夫的秘密生平》，刘亚丁、涂尚银、李志强译，四川人民出版社，2001 年。

② Осипов В., М. Шолохов, Молодая гавардия, 2005, с.528.　奥西波夫：《肖洛霍夫传》，莫斯科：青年近卫军出版社，2005 年，第 528 页。

霍夫说:"当时我也不在顿河地区,也不认识波得捷尔柯夫、克里沃什雷科夫。可是当时顿河执行局的谢尔佐夫同志去年对我说,您,肖洛霍夫同志,在自己的《静静的顿河》中犯了一系列严重的错误,对谢尔佐夫、波得捷尔柯夫、克里沃什雷科夫等人作了简直是不确实的介绍。"[①] 我们知道,1929 年 6 月 9 日,斯大林在致费·康的信中谈到《静静的顿河》,基本意思就是上述那段话的内容。[②] 这次谈话说明,斯大林对《静静的顿河》的这个判断所依据的是谢尔佐夫的一面之词。众所周知,斯大林的这封信成了一把悬在作家头上的达摩克利斯之剑,给他的创作和生活造成了几多麻烦和坎坷。传记作者想传达这样的信息,斯大林对《静静的顿河》的判断在某种程度上是在偏听偏信的前提下作出的。但此信产生的原因当比佩捷林所说的更复杂。

佩捷林的《肖洛霍夫生平·俄罗斯天才的悲剧》不但将作家生平中的重要事件的发生过程叙述得有条有理,一清二楚,而且注重深入挖掘引发这些事件的原因。1938 年 10 月罗斯托夫州安全部门罗织肖洛霍夫组织哥萨克暴动的罪名,并派人到肖洛霍夫那里卧底,然后要将他逮捕,置于死地。肖洛霍夫得到消息后,逃到莫斯科,求见斯大林才幸免罹难。对这个事件的原委和结果,有不同的解释。一种观点认为,在肖洛霍夫有生命之忧时,斯大林保护了他。蓝英年先生的《肖洛霍夫死里逃生》一文持这种观点。[③] 另一种观点是奥西波夫的《肖洛霍夫的秘密生平》表述的,作者认为是斯大林和内务人民委员叶若夫(Ежов, Е.)下令消灭肖洛霍夫的。[④] 佩捷林的《肖洛霍夫生平》对这个事件提出了自己的解释,他大量援引存放在克格勃档案中的济娜伊达·格里金娜的供词,说明 1938 年夏秋由于肖洛霍夫自己的行为,他与叶若夫之间结

① Петелин В., Жизнь Шолохова.Трагедия русского гения, М.,Центрполиграф, 2002, с.407. 维·佩捷林:《肖洛霍夫生平·俄罗斯天才的悲剧》, 莫斯科:中央印刷出版社, 2000 年, 第 407 页。

② 孙美玲编:《肖洛霍夫研究》, 前引书, 第 479 页。

③ 蓝英年:《肖洛霍夫死里逃生》, 见《寻墓者说》, 汉语大词典出版社, 1998 年 12 月, 第 36—42 页。

④ 瓦·奥西波夫:《肖洛霍夫的秘密生平:不带传说的纪实》(中文版), 前引书, 第 227 页。

下了很深的怨恨。[①]

（四）弗·瓦西里耶夫（Васильев, В.）的《米哈伊尔·肖洛霍夫——生平与创作简史》（Михаил Шолохов: Очерк жизни и творчества），连载于 1998 年的《青年近卫军》（Молодая гвардия）杂志。正如前面所说，瓦西里耶夫是位严肃认真的肖洛霍夫研究专家，他从大量的材料中钩稽了肖洛霍夫的生平事迹，其中很多是此前的肖洛霍夫生平史述不曾言及，或语焉不详的。[②]

（五）И. 茹科夫（Жуков, И.）的《命运之手——关于米哈伊尔·肖洛霍夫和亚历山大·法捷耶夫的真相与谎言》（Рука судьбы. Правда и ложь о Михаиле Шолохове и Александре Фадееве），二百五十五页（以下简称为《命运之手》）。这本传记有两个传主，第一部"孤独的勇气"以肖洛霍夫为主，第二部"韧性的价值"以法捷耶夫为主。这本传记讲述了肖洛霍夫与法捷耶夫的友谊，他们共同切磋创作方法，甘苦与共的关系。作者没有回避他们之间的矛盾和分歧，对描写维申斯克暴动的《静静的顿河》的第三部法捷耶夫不支持出版，对授予《静静的顿河》斯大林奖他是唯一投反对票的人。[③] 作者没有探究这些行为背后的动机。至于 1938 年 10 月肖洛霍夫被罗斯托夫州政治保安局迫害，他逃到莫斯科向法捷耶夫求助，遭后者拒绝这样决定两人关系的大事，《命运之手》完全没有提及。

（六）米·米·肖洛霍夫的《父亲朴实而勇敢—— М. А. 肖洛霍夫一生中鲜为人知的篇章》（Отец был прост и мужественен—Молоизвестные

① Петелин В., Жизнь Шолохова.Трагедия русского гения, М., Центрполиграф, 2002, сс.691–714　维·佩捷林：《肖洛霍夫生平·俄罗斯天才的悲剧》，莫斯科：中央印刷出版社，2000 年，第 691—714 页。

② Васильев В., Михаил Шолохов: Очерк жизни и творчества // Молодая гвардия, 1998, №7–10.　瓦西里耶夫：《米哈伊尔·肖洛霍夫——生平与创作简史》，载《青年近卫军》，1998 年，第 7—10 期。

③ Жуков И., Рука судьбы. Правда и ложь о Михаиле Шолохове и Александре Фадееве, М., Воскресенье, 1994. с.213–214.　茹科夫：《命运之手——关于米哈伊尔·肖洛霍夫和亚历山大·法捷耶夫的真相与谎言》，莫斯科：星期日出版社，第 213—214 页。

страницы жизни М.А.Шолохова)，[①]1999年在顿河畔罗斯托夫出版，共六十三页。这本书印数很少，只有三百册。在这本书里作家的儿子米·米·肖洛霍夫记载了他母亲玛丽娅·肖洛霍娃对他父亲肖洛霍夫的回忆。在肖洛霍夫去世后，玛·肖洛霍娃经常对儿子回忆起她同作家一道度过的既艰辛又幸福的岁月。她也魂归天界后，米·肖洛霍夫记录下的这些文字就成了极其珍贵的"口述历史"（米·肖洛霍夫的记录有意保留了母亲的口语特点），它也成了我们探视肖洛霍夫心灵的忠实的导游。首先，通过她的回忆，我们直接了解到在20世纪20至30年代肖洛霍夫十分困难的处境："是呀，《静静的顿河》刚一出来，在罗斯托夫，在莫斯科，立刻有人胡说八道，瞎说他是富农的帮手，还瞎说他本人就是富农，是在维什克（即维申斯克）正在准备的暴动者的精神首领，还有……天哪，对你父亲，什么谣言没造过呀……在罗斯托夫，在莫斯科，比哥萨克村的娘们儿还差劲，那些作家弟兄们——正像你父亲说的——造谣说，他修的不是房子，而是宫殿——这可就是咱们的那座老房子呀；说他买的不是小汽艇，而是轮船，——你想不到吧；又说他为神甫辩护，他为富农纳税……"[②]其次，在玛丽娅·肖洛霍娃的记忆中，一方面是肖洛霍夫自己四面受敌，另一方面又是他不顾一切地为民请命："你想都想不到，他保护过多少人哪！有谁没有得到过他的保护呢！四乡的人，方圆一百俄里的人都来找他，他又怎样呢？家家都有本难念的经，他对谁都一视同仁。他可往不少地方写了信，呼吁准许哥萨克穿军服，请求让他们到所有的兵种服役，很久以来可是只让他们去当步兵。他还不准毁教堂，既为单干户说话，又维护集体农庄庄员的利益，既保护小的，又保护老的。为了抵制当时所说的'过火行为'，他给报纸

① Шолохов М.М., Отец был прост и мужественен—Молоизвестные страницы жизни М.А.Шолохова, Ростов–на–Дону, Книга, 1999. 米·米·肖洛霍夫：《父亲朴实而勇敢—— М.А. 肖洛霍夫一生中鲜为人知的篇章》，顿河畔罗斯托夫：书籍出版社，1999年。

② Шолохов М.М., Отец был прост и мужественен—Молоизвестные страницы жизни М.А.Шолохова, Ростов–на–Дону,Книга, 1999. сс.23–24 米·米·肖洛霍夫：《父亲朴实而勇敢—— М.А. 肖洛霍夫一生中鲜为人知的篇章》，顿河畔罗斯托夫：书籍出版社，1999年，第23—24页。

写信，也给州里，给莫斯科，甚至给斯大林本人写信……你想，那儿，上头可烦他了，只要苍蝇成了团，就得拍死它们。朋友们……对他说：'写多了会惹祸，米哈伊尔。'可他呢，就知道'我是灭不掉的'。"[①] 书中体现的肖洛霍夫的铮铮铁骨，怎能不让人感佩？

二

近十多年来俄罗斯的肖洛霍夫传记写作呈现出完全不同于苏联时期有关肖洛霍夫的著作的特点，它们有力地促进了肖洛霍夫研究。可以从以下三个方面来把握这些传记著作的价值。

（一）解构与重构

在苏联时期，几乎没有严格意义上的肖洛霍夫传记著作。除了具有回忆性质的一本书——彼・加弗里连科（Гавриленко, П.）的《肖洛霍夫在朋友中》（Шолохов среди друзей）而外，[②] 上世纪 90 年代以前还没有一本以叙述肖洛霍夫一生为主的传记作品。就以《肖洛霍夫生平》的作者佩捷林为例，他在 1986 年出版的《肖洛霍夫：生活和创作的篇章》，实际上主要是对肖洛霍夫的代表作的研究，涉及作家生平事迹的内容很少。[③] 被译为《肖洛霍夫评传》（Михаил Шолохов）的瓦・利特维诺夫（В. Литвинов）的著作，实际上是研究作家创作的专著。[④]

时代对肖洛霍夫研究提出了新要求。每当时代发生巨变的时候，似乎总要对刚要过去的这个时代的代表人物来一番彻底解构。20 世

① Шолохов М.М., Отец был прост и мужественен—Молоизвестные страницы жизни М.А.Шолохова, Ростов-на-Дону,Книга, 1999. сс.23–24　米・米・肖洛霍夫：《父亲朴实而勇敢—— М.А. 肖洛霍夫一生中鲜为人知的篇章》，顿河畔罗斯托夫：书籍出版社，1999 年，第 24—25 页。

② Гавриленко П., Шолохов среди друзей., Алма-Ата, Жазушы, 1975.　加弗里连科：《肖洛霍夫在朋友中》，阿拉木图：扎祖希出版社，1975 年。

③ Петелин В., Михаил Шолохов. Страницы жизни и творчества, М., Советский писатель, 1986.　佩捷林：《肖洛霍夫：生活和创作的篇章》，莫斯科：苏联作家出版社，1986 年。

④ 瓦・利特维诺夫：《肖洛霍夫评传》，孙凌齐译，中央编译出版社，2002 年。

纪 80 年代中期至世纪末，苏联 / 俄罗斯社会政治生活动荡不已，波及文坛，殃及肖洛霍夫。在文学圈内出现了将肖洛霍夫妖魔化的苗头，更多人的则误解或曲解肖洛霍夫，或其作品。有人将肖洛霍夫称为“斯大林分子”，有人要追究肖洛霍夫在道德和艺术上“堕落”的原因。[1] 有人认定，在创作《被开垦的处女地》的过程中肖洛霍夫落入了“跟真理作对，跟良心作对”的痛苦境地。[2] 更广泛流传（在世界范围内）的，则是关于《静静的顿河》不是肖洛霍夫所作，他是剽窃者等等的谣言。歪曲肖洛霍夫形象的现象在当时具有深刻的社会历史原因和心理原因。奥西波夫深入思考了出现“反肖洛霍夫”这一现象的原因：“是什么造成了多年来的反肖洛霍夫运动呢？在我看来，有三种情况。第一，在不分青红皂白地毁灭苏联历史（尤其是文化史）的背景下将肖洛霍夫从现代性中驱逐出去。在确定新的意识形态规范的最初几年里，不加区别地辱骂过去的一切。因此甚至在文艺学领域，走来的不是一批带着精细工具的、为了复原真相而从这门科学中清除多年尘垢的修复家，而是闯入了一帮推土机手，他们将遇到的一切统统推进土堆。第二个情况是，肖洛霍夫让很多新的‘意识形态家们’感到不自在，对人民来说，他成了典范，他为人民的理想和爱国主义而诚实写作，他也是政治上不能收买的典范。第三种情况是，近十五年来在俄罗斯没有产生一部能够显示祖国丰富文学传统中人民性发展的作品，连一点点与高尔基、叶赛宁、布尔加科夫、帕斯捷尔纳克和特瓦尔多夫斯基的才能相似的作家的影子都没有……可是某些个新潮的、但无论如何也不能与肖洛霍夫相提并论的文学家们一门心思想占据空白，把自己安置到天才被挪出去的空位上，去拿大奖，并欣赏关于自己的专著。于是他们就把棋盘上的重要角色扒拉干净，这样小卒子就能抛头露面了。”[3] 现在看来，他的分析依然是切中要害的。与否定、歪曲肖洛霍夫的创作的情况相

① 参见奥西波夫：《肖洛霍夫的秘密生平》（中文版），前引书，第 2 页。

② Соколова Л., За кого вы нас принимаете? // Литературная Россия,1988, №36. 索科洛娃：《您把我们当成什么人啦？》，载《文学俄罗斯》，1998 年，第 36 期。

③ 见刘亚丁：《“心灵召唤我写出肖洛霍夫的真相”——俄罗斯作家瓦·奥西波夫访谈录》，载《文艺争鸣》，2002 年，第 5 期；以及刘亚丁：《风雨俄罗斯》，第 149—150 页，四川人民出版社，2002 年。

平行，还出现了以否定肖洛霍夫对《静静的顿河》的著作权为特征的另一种反肖洛霍夫现象，为了准确描述这种现象，Ф. 库兹涅佐夫在他的《〈静静的顿河〉：伟大小说的命运和真相》中新造了两个词，依据俄罗斯原有的"肖洛霍夫学"（шолоховедение），他新造了"反肖洛霍夫学"（антишолоховедение）[①] 和"反肖洛霍夫学家"（антишолоховед）[②] 这样两个词，他认为反肖洛霍夫学家之现象是与《静静的顿河》相伴随了几十年的现象。[③]

在这样的情况下，肖洛霍夫研究家们不约而同地意识到自己的重要使命：必须澄清迷雾，洗雪加于肖洛霍夫身上的耻辱，还他以本来面目。肖洛霍夫传记的写作就成了他们的自觉选择。重建肖洛霍夫形象就成了传记写作的基本目标。不难发现，这些传记作品的作者都自觉不自觉地表达了对丑化肖洛霍夫的现象的愤懑之情，在这种情绪的支配下来写有关肖洛霍夫的著作，论战的激情自然会洋溢在作品中。奥西波夫写道："就此组成了法庭，不经审判就作出判决，并且提不出证据，不准上诉，这让人担心。在我看来，这就像是烧过了头的砖头，用来修什么都不成，可有谁在打架时扔出去，立刻就会有人头破血流，虽然砖头也会四分五裂。可别忘了事实！当然，反思死者的生平并非罪过，可不能不顾事实。俗话说得好，有话尽管说，可是别撒谎。"[④] 茹科夫写道："'反肖洛霍夫学'正在损害肖洛霍夫的威信，正在歪曲他的道德面貌、他的毋庸置疑的创作成就。"[⑤] 库兹涅佐夫开始直接将自己的书题名为《肖洛霍夫和"反肖洛霍夫"——世纪迷案》（Шолохов и «Анти-

① Кузнецов Ф., "Тихий Дон" : Судьба и правда великого романа, М., ИМЛИ РАН, 2005, с.10. 库兹涅佐夫：《〈静静的顿河〉：伟大小说的命运和真相》，莫斯科：俄罗斯科学院世界文学研究所，2005 年，第 10 页。

② 同上，第 9 页

③ 同上，第 44 页。

④ 瓦·奥西波夫：《肖洛霍夫的秘密生平：不带传说的纪实》，前引书，第 2 页。

⑤ Жуков И., Рука судьбы. Правда и ложь о Михаиле Шолохове и Александре Фадееве, М., Воскресенье, 1994. с.25. 茹科夫：《命运之手——关于米哈伊尔·肖洛霍夫和亚历山大·法捷耶夫的真相与谎言》，莫斯科：星期日出版社，前引书，第 25 页。

Шолохов»: Мистификация века[①],当然我们没有将此书看成是传记著作),说那些曾经以研究肖洛霍夫为饭碗的"肖学家"们迅速改弦更张,为他唱赞歌的文章墨迹未干,就对这位顿河之子滥施拳脚,肆意辱骂。奥西波夫也撰文著书,还肖洛霍夫以清白和崇高。20世纪80年代末、90年代初,他先后在《真理报》、《苏联文化报》(Советская культура)和《文化报》(Культура)等多家报刊发表言辞激烈的文章,为肖洛霍夫正名。1995年又出了《肖洛霍夫的秘密生平》,力图对抗这波舆论狂澜。因此论战性就成了这本传记最鲜明的特色。奥西波夫同诋毁肖洛霍夫的"历史学家"、"散文家"和"批评家"展开了激烈争论。"肖学家"们的见风使舵,落井下石,令他慨叹人心不古,说出了一些情绪化的言辞。但在整个论战中,他有理有据,在材料翔实的编年史式的叙述中,让那些谣言和骂词不攻自破,正所谓事实胜过雄辩。从茹科夫的那本书的副标题"关于米哈伊尔・肖洛霍夫和亚历山大・法捷耶夫的真相与谎言"上,也可以体会到论战的激情。由于佩捷林的书出版较晚,与80年代末、90年代初关于肖洛霍夫的激烈的言论有了时间距离,所以论战的激情已有所减弱,显得更加理性和沉稳。

(二)争鸣与对话

正因为有这样一种论战的激情,这些传记力图澄清肖洛霍夫生平中的一些重大问题,即在80年代中后期被歪曲得比较厉害的问题。这些传记都不约而同将焦点聚在如下一些问题上:其一,肖洛霍夫写《被开垦的处女地》的缘起问题,或这是不是一部反映历史真相的小说;其二,肖洛霍夫是不是真诚的人(将在以后详加讨论);其三,《静静的顿河》的著作权问题。

如本章第二节所述,80年代末出现了这样一种说法:肖洛霍夫同斯大林作了一笔交易,写一部歌颂集体化运动的小说以换取被拖延已

① Кузнецов Ф., Шолохов и «Анти–Шолохов»: Мистификация века // Наш современник, 2000, № 5, 6, 7; 2001, № 2, 4, 5; 2002, № 4; 2004, № 2. 库兹涅佐夫:《肖洛霍夫与"反肖洛霍夫"——世纪迷案》,载《我们同时代人》,2000年,第5—7期;2001年,第2,4,5期;2002年,第4期;2004年,第2期。后来2005年出版时更名为《〈静静的顿河〉:伟大小说的命运和真相》,参见前面的注释。

久的《静静的顿河》第三部(即第六卷)的出版。C. 谢曼诺夫的文章《关于〈静静的顿河〉发表的一些情况》代表了这种假设与观点。

除了肖洛霍夫的遗孀玛丽娅·肖洛霍娃曾在给朋友的信中予以反驳外,此后若干本肖洛霍夫的传记都在反驳谢曼诺夫的这个假设。茹科夫的《命运之手》的第二章的题目就是"是斯大林的订货,还是生活真实",专门就此问题展开争鸣。他一方面证明1931年肖洛霍夫与斯大林见面之前实际上已经写完了《被开垦的处女地》。另一方面他通过对作品的一系列情节的分析,如达维多夫和纳古尔诺夫被妇女殴打,他们在小说结局中的死于非命,得出了这样的结论:"肖洛霍夫相信,作为国家历史中的悲剧性篇章的集体化运动,造成了违法行为,很多时候违背了人民的意志。"因此他认为谢曼诺夫的假设是没有根据的。[①]

奥西波夫在《肖洛霍夫的秘密生平》中驳斥谢曼诺夫说:"这个历史学家应该好好回想一下——在历史中伟大作家和统治者之间真的做过什么交易?"[②] 他写的传记也有"昨天的小说——今天的小说"一章,其中详细分析了《被开垦的处女地》,揭示了小说的丰富曲笔,他的结论是这部小说不但没有为斯大林歌功颂德,反而揭露了他的大规模集体化运动和消灭富农的政策造成的灾难。因此《被开垦的处女地》并不是讨好斯大林的作品。[③]

前面说到佩捷林的《肖洛霍夫生平》叙述了肖洛霍夫与斯大林在1930年11月28日的第一次见面。谈话中斯大林向肖洛霍夫明确提出了写有关集体化运动之书的任务:"现在您有何想法?我们需要描写当今农村、大规模集体化运动、消灭富农运动的书……您,肖洛霍夫同志,专注于写国内战争,这很好,可是不应该失去机会,要写今天发生的事情,那是如此激烈的冲突,如此戏剧性的命运,如此真实的人的灵魂复兴的过程……您读过费多尔·潘菲洛夫的《磨刀石农庄》(一部正面描

① Жуков И., Рука судьбы. Правда и ложь о Михаиле Шолохове и Александре Фадееве, М., Воскресенье, 1994. cc.28–46. 茹科夫:《命运之手——关于米哈伊尔·肖洛霍夫和亚历山大·法捷耶夫的真相与谎言》,莫斯科:星期日出版社,第213—214页。,前引书,第28—46页。

② 瓦·奥西波夫:《肖洛霍夫的秘密生平》(中文版),前引书,第25页。

③ 瓦·奥西波夫:《肖洛霍夫的秘密生平》(中文版),前引书,第73页—115页。

写集体化运动的长篇小说——引者注）吗？”[①] 谈话的后半部分斯大林先是谈到《静静的顿河》的前途："您，肖洛霍夫同志，不必为《静静的顿河》的命运担忧，它的前两部正在发行，带来了俄罗斯革命的真相……我希望人们能正确决定您的小说的命运。”接着斯大林又问道："您能够写出一本比《磨刀石农庄》更好的描写集体化运动的小说吗？”肖洛霍夫回答说："对此不必有任何怀疑，斯大林同志，（我的应该是）好得多的作品，因为《磨刀石农庄》是部很差劲的小说。”[②] 这以后肖洛霍夫就在继续写《静静的顿河》的同时开始创作《被开垦的处女地》。谢曼诺夫的假说，在佩捷林这里似乎得到了证实。就此我们也可以感到，2002 年出版的这本《肖洛霍夫传》已经从 80 年代末那种情绪化的状态中走了出来，该书的潜台词是：肖洛霍夫写《被开垦的处女地》即使是为了排除发表《静静的顿河》第三部的障碍，这也并不对作家的正直的人格造成什么损害。

前面提到的这些传记的另一个对话焦点在《静静的顿河》的著作权问题上。对肖洛霍夫的《静静的顿河》的著作权的质疑，在 20 世纪 20 年代末就曾出现过。后来，1974 年索尔仁尼琴到法国之后发表所谓 Д* 写的《顿河激流》（Стремя “Тихого Дона”. Загадки романа）并写序言挑起了争议，其实质就是提出肖洛霍夫不是《静静的顿河》作者的假设。1991 年苏联《新世界》（Новый мир）杂志第 12 期发表了索尔仁尼琴的《牛犊顶橡树》（Бодался теленок с дубом）的“补充五”，其中第十四节的题目也是“顿河激流”，在那里索尔仁尼琴首先作出了肖洛霍夫不是《静静的顿河》的作者的推断，然后叙述了他因为这个推断找到一个志同道合者——伊莉娜 · 梅德维杰娃 – 托玛舍夫斯卡娅（Ирина Медведева-Томашевская），他们合作，由后者执笔写了《顿河激流》。他们提出这样一些“假设（гипотезы）”：肖洛霍夫剽窃了《静静的顿河》，克留科夫（Ф.Крюков）是唯一的作者。似乎肖洛霍夫的岳父彼得 · 格罗莫斯拉耶夫斯基（П.Громославеский）曾是哥萨克首领，而

① Петелин В., Жизнь Шолохова.Трагедия русского гения, М.,Центрполиграф, 2002, с.409. 维 · 佩捷林：《肖洛霍夫生平 · 俄罗斯天才的悲剧》，莫斯科：中央印刷出版社，2000 年，前引书，第 409 页。

② 同上，第 419 页。

且是文学家。他在旧军队中与克留科夫是战友，他们一起撤到库班河。后来克留科夫死了，格罗莫斯拉夫斯基埋葬了他，占有了他的手稿。他把手稿作为自己的老姑娘女儿玛丽娅的陪嫁赠给了米沙（肖洛霍夫），当时新郎十九岁，新娘二十五岁。所以格罗莫斯拉夫斯基死后肖洛霍夫就写不出什么东西了。[①] 肖洛霍夫研究家驳斥了加诸肖洛霍夫的种种剽窃说。茹科夫的《命运之手》叙述了重要事实：20年代末绥拉菲摩维奇等人组成的委员会鉴定手稿后，得出了这样的结论：《静静的顿河》的作者是肖洛霍夫。[②]《肖洛霍夫的秘密生平》第六章"第三次指责浪潮——剽窃"也驳斥了各种剽窃说。[③] 在2005年出版的《肖洛霍夫传》中，奥西波夫在对《肖洛霍夫的秘密生平》删繁就简的基础上，写了"藏在Д*字后面的骗局"一节，除了逐条驳斥索尔仁尼琴在序言中对肖洛霍夫作为《静静的顿河》的作者的种种质疑外，又加进了针对Д*（即麦德维杰娃－托玛舍夫斯卡娅）等人的四条商榷。[④] 为证实肖洛霍夫对《静静的顿河》拥有著作权而用力最多的是费·库兹涅佐夫，他曾是俄罗斯科学院高尔基世界文学研究所所长，曾代表国家购买了遗失的《静静的顿河》的第一、第二部手稿。[⑤] 2005年在肖洛霍夫诞辰百年之际，他推出了八百六十三页的《〈静静的顿河〉：伟大小说的命运和真相》，他说该书唯一的任务是，"主要依据一些实事、米·肖洛霍夫的传记、《静静的顿河》的整个创作史，最后依据刚获得的这部长篇小说的手稿，来研究《静静的顿河》的著作权问题。我们认为，这不仅是关于著作权的争论，而且是一种基于事实的推论，即对材料的研究会导致读者回答这样的

① Солженицын А., Бодался теленок с дубом // Новый мир,1991г., №12.　索尔仁尼琴：《牛犊顶橡树》，载《新世界》，1991年，第12期。

② Жуков И., Рука судьбы. Правда и ложь о Михаиле Шолохове и Александре Фадееве, М., Воскресенье, 1994. с.86.　茹科夫：《命运之手——关于米哈伊尔·肖洛霍夫和亚历山大·法捷耶夫的真相与谎言》，莫斯科：星期日出版社，前引书，第86页。

③ 瓦·奥西波夫：《肖洛霍夫的秘密生平》（中文版），前引书，第481—497页。

④ Осипов В., Шолохов.М., Молодая гавардия, 2005, с.529–536.　奥西波夫：《肖洛霍夫传》，莫斯科：青年近卫军出版社，2005年，前引书，第529—536页。

⑤ 参见刘亚丁对库兹涅佐夫的访谈录：《〈静静的顿河〉寻找的过程》，载《中华读书报》，2002年3月27日。

问题:是谁真正创作了《静静的顿河》?"[①] 严格地说,肖洛霍夫对《静静的顿河》的著作权问题并不属于肖洛霍夫研究史的内容,但因为涉及苏联/俄罗斯的肖洛霍夫研究,甚至世界肖洛霍夫研究的方向,所以只好用一定篇幅叙述这个问题。

(三)档案与事实

这些传记的突出特点是,大量利用解密的档案和其他第一手材料来重塑肖洛霍夫的形象。随着公开化而来的是大量秘密档案的解密,与肖洛霍夫有关的各种资料也日渐丰富起来。俄罗斯《历史问题》(Вопросы истории)杂志在1994年第3期发表了由Ю.穆林编辑注释的、收藏于俄罗斯总统档案中的肖洛霍夫与斯大林的一组通信。1997年这些通信又由莫斯科的一家出版社以《作家与领袖》的书名出版。[②] 奥西波夫说在《肖洛霍夫的秘密生平》中大量利用了苏共中央政治局的特藏档案,利用了没有收入肖洛霍夫文集的通信、文章和小说片段,使用了肖洛霍夫亲属提供的材料,还有他自己在与作家交往过程中得到的材料,他的《肖洛霍夫传》同样如此。佩捷林的《肖洛霍夫生平》则大量使用了俄罗斯国家文学档案馆的档案,我知道,该档案馆里在肖洛霍夫名下的档案并不多,但佩捷林通过该档案馆里记载的与作家本人有密切关系的杂志、机构来查找资料,如20世纪30年代作家与《旗》杂志就有密切关系。[③] 他还利用与肖洛霍夫有交往的其他作家的档案来叙述作家间的关系,如肖洛霍夫与尼·奥斯特洛夫斯基的交往记录。[④] 另外他还用克格勃档案、各种回忆录等作为传记材料。该书的特点是引

① 库兹涅佐夫:《〈静静的顿河〉:伟大小说的命运和真相》,前引书,第14页。虽然《〈静静的顿河〉:伟大小说的命运和真相》不是关于肖洛霍夫的传记著作,但其中大量涉及肖洛霍夫的传记事实和《静静的顿河》的创作史。

② Сост. Мурин Ю., Писатель и вождь. Переписка М.А.Шолохова с И.В.Сталиным, М., Раритет, 1997. 《作家与领袖·肖洛霍夫与斯大林通信集》,尤·穆林编,莫斯科:珍宝出版社,1997年。

③ Петелин В., Жизнь Шолохова. Трагедия русского гения, М., Центрполиграф, 2002, сс.607–608. 维·佩捷林:《肖洛霍夫生平·俄罗斯天才的悲剧》,前引书,第607—608页。

④ 同上,第628—629页。

用重要第一手资料都有注释，这就使这部传记更有文献价值。

俄罗斯的肖洛霍夫研究家们就这样重构着这位伟大作家的形象，他们总是用事实说话，有时显得过于注重事实的可靠性，因而让堆砌的史料淹没了作者自己的观点和应有的评述。我们有理由期待更新的肖洛霍夫传记问世，它应该像罗曼·罗兰的英雄传，或像莫德的《托尔斯泰传》，让史料的呈现与作者的述评自如转换，在回应时代与超越当下的张力中形成和谐，既鲜活又沉稳，既亲切可诵又大器厚重，方能不辜负肖洛霍夫其人其作。

（刘亚丁）

第四章 中国的肖洛霍夫研究

肖洛霍夫是一位中国读者熟悉的苏联作家,其作品被介绍到中国以来,中国学术界对这位苏联著名作家及其作品的关注热情长期不衰,肖洛霍夫研究到今天已经发展为一门显学。纵观我国七十多年的肖洛霍夫研究,它经历了一番曲折的发展过程。

第一节 20世纪30至40年代肖洛霍夫作品在中国的译介研究

肖洛霍夫及其著作最先能被介绍到中国,鲁迅先生功不可没。1931年10月,在鲁迅先生的大力资助下,贺非译的《静静的顿河》由上海神州国光社出版。1936年12月,光明书局出版了由赵洵、黄一然两人合作翻译的中译本,补充完成了贺译本未完成的《静静的顿河》第一部的下半部分(第三卷)。1940年至1941年,光明书局又出版了金人翻译的《静静的顿河》的全译本。随后,肖洛霍夫的其他重要作品也被陆续译介到中国来了。

20世纪30至40年代,我国对肖洛霍夫的研究还处于起步阶段,主要是译介苏联关于肖洛霍夫生平与创作的介绍性与评论性文章,而我国学者独立撰写的评论文章很少。就笔者目前掌握的资料可知,如除去译序、译后记等,涉及《静静的顿河》的评论文章仅八篇,评述《被开垦的处女地》的仅三篇,且文字都比较简略。

一、论《静静的顿河》

我国最早介绍与评论肖洛霍夫作品的作家或学者首推鲁迅先生，他在《〈静静的顿河〉后记》中赞赏该书“风物既殊，人情复异，写法又明朗简洁，绝无旧文人的描头画角”，并敏锐地指出它对中国作家会产生巨大的影响。1940 年 2 月，戈宝权在《文学月报》上发表了《肖洛浩夫（肖洛霍夫）及其〈静静的顿河〉》[①] 一文，这是国内第一篇对肖洛霍夫进行比较全面介绍与评价的文章，文章作者给予小说高度评价，认为这是部“碑石似的作品”。金人在《〈静静的顿河〉前记》中指出：“这是顿河沿岸的哥萨克在革命中、在内战中的伟大史诗。”司马文森也作如是观。许多学者积极倡导向《静静的顿河》学习写作技巧。这一时期涌现了不少主张效仿肖洛霍夫创作的文章，如1942年柳叶长青竟然在《文学报》上连续登载了三篇文章，[②] 号召我国读者向《静静的顿河》学习描写景物与人物的本领。司马文森的《向〈静静的顿河〉学习些什么》[③] 一文更具有代表性。作者从写作手法、作家体验、典型提炼、人物塑造、艺术生命与场面描写等六个方面，指出了值得写作者学习的地方。

几乎所有论述《静静的顿河》的评论文章都无一例外地要涉及对主人公葛利高里形象的分析，但都是分散而不成系统的，缺乏专门的探讨。梅莎的《葛利高里的毁灭——读〈静静的顿河〉有感》是我国第一篇探讨葛利高里悲剧的读后感。作者从葛利高里的悲剧命运中得到启发，说要想做一个完美的人，我们“必须下决心消灭原来的旧我，创造新我。必须不断地揭露和克服在思想中的落后意识，对于新鲜的东西要拼命地吸收，要用全力培养新的思想和情感”。[④]

① 戈宝权：《肖洛浩夫及其〈静静的顿河〉》，载《文学月报》，1940 年，第 2 卷，第 5 期。“肖洛浩夫”即“肖洛霍夫”。

② 三篇文章分别为：《向〈静静的顿河〉学习描写景物（一）》，载《文学报》，1942 年，第 1 期；《向〈静静的顿河〉学习描写景物（二）》，载《文学报》，1942 年，第 2 期；《向〈静静的顿河〉学习描写人物》，载《文学报》，1942 年，第 3 期。

③ 司马文森：《向〈静静的顿河〉学习些什么》，载《艺丛》，1943 年 2 月，第 1 卷，第 3 期。

④ 梅莎：《葛利高里的毁灭——读〈静静的顿河〉有感 》，载《新华日报》，1943 年 10 月 18 日。

除了葛利高里以外,《静静的顿河》中的其他人物也开始引起人们的注意。TS 对于书中的女性形象给予了特别的关注,他看到了肖洛霍夫作品中女性命运的悲剧性。[①] 司马文森则从人物的典型性方面来看待小说中的人物:"这不是个别的类型,而是代表着整个顿河哥萨克的典型,潘苔莱一家不是一个平凡的家,而是整个顿河社会的缩影。"[②] 正是这一个个单个人物的坎坷命运,共同演绎了一段顿河哥萨克在两次战争与两次革命中的曲折历史。

二、论《被开垦的处女地》

这一时期,我国对《被开垦的处女地》的研究也很少,相关的评论文字多见于该书中译本及改写本的译序或后记中,而真正独立发表的批评文章不多,陈瘦竹的《唆罗河夫(肖洛霍夫)的近作〈处女地〉(〈被开垦的处女地〉)》[③] 是国内最早的评论文章。这篇文章是解放前中国肖洛霍夫研究中非常重要的一篇文章。在作者看来,纳古尔诺夫这个人物比达维多夫塑造得更成功。作者还认识到了滑稽人物狗鱼老大爷的独特价值。此外,他不但肯定了作者对农民在加入集体农庄前复杂心理的描写的逼真,而且也看到了肖洛霍夫描写群众的手法的高明。20 世纪 40 年代由于解放区正热烈地开展土地改革运动,因此改编这部小说的现实意义显得尤为突出。事实上这部作品在当时也的确产生了很大的影响,正如我国作家康濯所言,"在我们反映农村生活的作品中,谁也不会否认,那里面是有着这本书的影响的"。[④] 这应该是符合实际的。

纵观 20 世纪 30 至 40 年代这一时期我国的肖洛霍夫研究,它主要有如下特点:(1) 翻译、介绍苏联学者的研究文章多,而我国独立研究的成果少,仅在刊物或译著的前言后记中有时可见到一些稍有见地的

① TS:《静静的顿河》,载《新华日报》,1942 年 11 月 21 日。

② 司马文森:《向〈静静的顿河〉学习些什么》,载《艺丛》,1943 年,第 1 卷,第 3 期。

③ 陈瘦竹:《唆罗河夫的近作〈处女地〉》,载《国闻周报》,1936 年,第 10 卷,第 5 期。"唆罗河夫"即"肖洛霍夫",《处女地》即《被开垦的处女地》。

④ 康濯:《说说肖洛霍夫的一本书》,载《文艺报》,1949 年,第 4 期。

文章。(2)文学批评密切配合现实需要,批评家们常常自觉地将肖洛霍夫所描写的人物、事件与中国的革命现实相联系。(3)批评话语政治色彩比较浓,批评方式单一,学术价值有待提升。

第二节　20世纪50至70年代中国的肖洛霍夫研究

20世纪50年代初期与中期,中苏关系处于"蜜月期",两国在多个领域进行了广泛的交流与合作,政治上的"一边倒"导致了文化上的一边倒。肖洛霍夫的《静静的顿河》(金人译)与《被开垦的处女地》第一部(周立波译)在我国曾多次被重印,《一个人的遭遇》也在这一时期被介绍到了中国。1957年以后中苏关系开始冷却,两国文学交流随着60年代中苏政治关系的破裂而改变,由介绍、学习进入疏远乃至指责、批判的阶段,中国同行开始有选择地、谨慎地译介俄苏文学作品。当时作家出版社、中国戏剧出版社等以"黄皮书"形式,出版了大量的苏联当代作品,如《被开垦的处女地》第二部就是这样被介绍给我国读者的。肖洛霍夫作品在这一时期反而得到了进一步的译介与推广,中国的肖洛霍夫研究也逐渐全面铺开。但明显呈现出不同的阶段特点,在"文革"之前的"十七年"期间,我国评论界对肖洛霍夫及其作品基本上持高度肯定态度;而到了"文革"期间,肖洛霍夫及其作品则在我国受到了猛烈批判与全盘否定。

一、"十七年"期间的肖洛霍夫研究

随着肖洛霍夫作品在我国广泛传播,各类报刊杂志对其进行介绍与评论的文章也日渐增多,并初具规模。这一时期的文章主要是对肖洛霍夫几部重要作品的评论,而且绝大多数是针对《被开垦的处女地》的。显然中国读者与学者的这种"倾斜的"接受与当时中国的现实情况密不可分。

（一）论《静静的顿河》

作为《静静的顿河》的译者，金人当时在中国可谓家喻户晓，殊不知他还是一位非常活跃的评论家。在20世纪50年代，他除了在书末的"译后记"中介绍该书的相关情况以外，还先后撰写了《论〈静静的顿河〉的思想性和艺术性》（《长江文艺》，1958年，第1期），《〈静静的顿河〉里的几个人物》（《大公报》，1957年8月28日）与《论〈静静的顿河〉的教育意义》（《收获》，1957年，第3期）等多篇评论文章。他运用阶级分析法，从作品的性质、思想性、艺术性与教育意义等方面进行了解读。在金人看来，葛利高里是个悲剧性人物，他是一个在小资产阶级环境里出生和成长的人物，还染上了传统的哥萨克的偏见。显然，金人的批评文章具有强烈的政治色彩，深深地打上了时代的烙印。

这一时期，其他关于《静静的顿河》的评论文章屈指可数，除了几篇介绍同名电影《静静的顿河》的文章以外，仅有六篇文章评论了该小说，且无一例外地都聚焦于对葛利高里形象的分析，如何直（秦兆阳）的《现实主义——广阔的道路》一文抨击了当时文艺界与批评界存在的种种教条主义倾向。文章指出还没有一个有真知灼见的人把《静静的顿河》这部作品各方面的成就和特点分析得十分透彻，但是"简单的、所谓阶级分析的方法，或教条主义地套用某种公式，是不能完满解决这个问题的"。[①] 刘绍棠的《现实主义在社会主义时代的发展》[②] 对何文作了积极的呼应。尽管如此，教条主义的幽灵依然在我国学界四处游荡，阶级分析法仍然是当时批评文章通用的尚方宝剑。如叶灿在《一个发人深思的悲剧形象》[③] 中认为，造成葛利高里悲剧性格的，主要是他的阶级局限性。王雅昇更是开门见山地提出阶级分析法的必要性，在他看来葛利高里是人民的敌人。[④] 对于葛利高里结局的安排，我国学术界存在分歧。叶灿赞同金人提出的"新生论"，尹锡康、黎之与王雅昇则坚持"毁灭论"，后三人都异口同声地认为葛利高里是"反革命匪徒"，是"一个彻

① 何直：《现实主义——广阔的道路》，载《人民文学》，1956年，第9期。

② 刘绍棠：《现实主义在社会主义时代的发展》，载《北京文艺》，1957年，第4期。

③ 叶灿：《一个发人深思的悲剧形象》，载《北京文艺》，1957年，11月号。

④ 王雅昇：《葛利高里·麦列霍夫形象的典型意义》，载《哈尔滨师范学院学报》，1961年，第1期。

头彻尾的敌人"[①]。尤其在王雅昇看来,"对于一个阶级敌人是根本谈不上什么优点、同情或惋惜的",这一形象的典型意义在于他提供了一种教训,借以引起人们的警惕。[②]

(二)论《被开垦的处女地》

从1953年起,我国对农业、工业与手工业实行三大改造,在农村开展了合作化运动。而反映苏联集体化运动的《被开垦的处女地》无疑契合了我国读者的期待视野,因而它更是受到了我国人民前所未有的关注。1956年,中国作家协会创作委员会小说组召开讨论会,专门对《被开垦的处女地》等三部苏联小说展开讨论。此外,还出现了辛未艾编的《生活与斗争的教科书》的小册子,在当时被列入"读书运动辅导丛书"而出版。这一时期涌现了大量介绍、评论《被开垦的处女地》及其同名影片的文章,据不完全统计有三十四篇之多!较之第一阶段的研究,这一时期的批评文章呈现出以下几个特点:

1. 从文章的分布情况来看,呈现出数量不平衡的状况。从1953年到1957年,共发表三十篇,其中仅1953年就出现了十二篇,这与1953年电影《被开垦的处女地》传入中国有很大关系,而这一年的批评文章几乎都是清一色的影评。由于农业合作化运动当时正在我国如火如荼地开展,故涌现了大量探讨从作品中寻求苏联办集体农庄经验的文章。

2. 从文章的内容来看,以人物形象分析居多,尤其是主人公达维多夫,几乎所有的文章都提及他,专门评论他的文章就有六篇之多;且文章的行文方式大同小异:基本上先从影片的主题谈到其中的人物,肯定正面人物的高贵品质与优良的工作作风,否定反面人物或有缺点的人物的言行,最后得出应该学习或借鉴的经验与教训。

这一时期达维多夫的形象是光辉的,早在1951年,我国的农业合作化运动尚未发起,辛垦就在《肖洛霍夫笔下的苏维埃人》[③]中指出:"这个人物不仅是农业集体化运动中的杰出人物,从他身上,也能看到

① 王雅昇:《葛利高里·麦列霍夫形象的典型意义》,载《哈尔滨师范学院学报》,1961年,第1期。

② 同上。

③ 辛垦:《肖洛霍夫笔下的苏维埃人》,载《大公报》,1951年6月5日。

全部苏维埃人的优秀品质。”高扬在《一个光辉的人物形象》一文中更是对他的优秀品质作了较为全面的概括。[①] 即使达维多夫在多方面有瑕疵，也无损批评家们对他的赞誉，例如：“我们不但没有感觉到损害了这个英雄人物的形象，反而更体会出当时斗争的尖锐、复杂，觉得这个人物的形象是真实的。”[②]

同样是农村集体化时期的共产党员，纳古尔诺夫的形象就大打折扣了。尽管他“是无限忠于革命的人，但是他粗暴的脾气和政治上的不成熟，使他不时犯错误。”[③] “拉古尔洛夫（纳古尔诺夫）这个典型，正是一个脱离群众，脱离实际的极端的主观主义者的典型。”[④] 许多论者都表达了这样的看法，“千万不要采用拉古尔洛夫的工作方法，我们要学习达维多夫的工作方法，耐心地教育农民、领导农民逐步地组织起来。”[⑤] 这种“一边倒”的言论是耐人寻味的！

3. 有些文章涉及了作品的艺术特色。席明真最先谈到了作品中景物描写的技巧。[⑥] 随后彭慧的《谈〈被开垦的处女地〉》[⑦] 论及了作品的结构和中心环节。翻译家草婴先生也发表文章，引述了苏联学者维克多罗夫的论述作为文章结尾：“《被开垦的处女地》的新篇章，内容充实，趣味浓烈，艺术性很高。”[⑧] 张铁弦指出，肖洛霍夫的小说“无论在结构或人物的刻画，以及语言的洗练等方面，可以说都达到了高超的境地”。[⑨] 此外，王士博也对《被开垦的处女地》显示的写典型的技巧进行了论

① 高扬：《一个光辉的人物形象》，载《北京日报》，1953 年 6 月 9 日。

② 席明真：《一部描写农业集体化运动的史诗——谈〈被开垦的处女地〉》，载《西南文艺》，1954 年，第 4 期。

③ 梅朵：《谈影片〈被开垦的处女地〉》，载《大众电影》，1953 年，第 11 期。

④ 辛垦：《肖洛霍夫笔下的苏维埃人》，载《大公报》，1951 年 6 月 5 日。

⑤ 毕政：《必须耐心地教育农民——影片〈被开垦的处女地〉给我的教育》，载《大众电影》，1953 年，第 19 期。

⑥ 席明真：《一部描写农业集体化运动的史诗——谈〈被开垦的处女地〉》，载《西南文艺》，1954 年，第 4 期。

⑦ 彭慧：《谈〈被开垦的处女地〉》，载《西南文艺》，1954 年，第 4 期。

⑧ 草婴：《〈被开垦的处女地〉的新篇章》，载《文艺报》，1956 年，第 3 期。

⑨ 张铁弦：《苏联文学界对于〈被开垦的处女地〉（第二部）的一些评述》，载《文艺学习》，1957 年，第 1 期。

述。[①] 显然，该时期对《被开垦的处女地》艺术特色方面的研究，是零散和不成体系的。

（三）论《一个人的遭遇》

这一时期我国又译介了肖洛霍夫于1957年元旦发表的另一部重要作品《一个人的遭遇》。1957年3月16日，也即正文翻译的《一个人的遭遇》率先在《解放军文艺》刊载后的第四天，《光明日报》就发表了张立云写的评论文章《读肖洛霍夫的新作——〈一个人的遭遇〉》，从小说的主题思想、艺术手法及人物的典型意义等方面作了详细的剖析。而房树民则认为作品中的主人公身上体现了伟大的"俄罗斯性格"。[②] 如果说以上文章大多着眼于作品政治意义的揭示的话，那么杜黎均的文章则是侧重于从艺术的角度谈作品的创作特色。[③] 对于20世纪50年代这部作品在中国的接受情况，有论者指出："中国人在50年代的高昂的热情，高度的乐观主义，也使《一个人的遭遇》这类更多地带有悲剧与反战色彩的作品，染上了中国的时代特色。"[④]

二、"文革"时期肖洛霍夫及其作品在中国的遭遇

"1966年中国开始了以反对和防止苏联修正主义在中国重演为目标之一的'文化大革命'后，中苏关系全面倒退和极度恶化。两国外交关系降至代办级，两国的教育文化交流完全中断。"[⑤] 此后几乎所有的译介作品，都是以内部发行的方式出版。肖洛霍夫有一部作品的一部分在60年代至70年代未得以公开出版：1973年7月，上海人民出版社

① 王士博：《〈被开垦的处女地〉显示的写典型的技巧》，载《东北人民大学文科学报》，1957年，第3期。

② 房树民：《俄罗斯性格的赞美——读肖洛霍夫的〈一个人的遭遇〉》，载《中国青年报》，1957年3月21日。

③ 杜黎均：《论〈一个人的遭遇〉的创作特色》，载《文艺学习》，1957年，第5期。

④ 何云波、彭亚静：《多维视野中的肖洛霍夫——20世纪中国肖洛霍夫研究述评》，载《俄语语言文学研究》，第一辑（文学卷），人民文学出版社，2002年，第246页。

⑤ 刘德喜：《从同盟到伙伴——中俄（苏）关系五十年》，中共党史出版社，2005年，第127页。

以“黄皮书”的形式出版了史刃译的《他们为祖国而战——长篇小说的若干章节》。随着“文革”的开始，国内掀起了批判苏联修正主义的热潮，此时更多的报刊杂志加入到了批判肖洛霍夫的行列中。

“文革”初期大量批判文章的涌现，与江青的鼓动有关。她曾提出：“文艺上反对外国修正主义的斗争，不能只捉丘赫拉依之类的小人物。要捉大的，捉肖洛霍夫，要敢于碰他。他是修正主义文艺的鼻祖。”[①] 经过江青号召，《人民日报》不久就于 1966 年 5 月 13 日发表了两篇批评文章。接着，其他报刊也闻风而动，纷纷刊载批判文章。《人民日报》、《解放军报》两报于 1967 年 10 月至 11 月曾设“批判肖洛霍夫”专栏，分别发表批判肖洛霍夫及其作品的文章十五篇和十二篇，发表频率之高，批判力度之大，乃前所未有。1975 年肖洛霍夫七十周年诞辰，我国再次掀起了批判高潮。此次批判阵地由报刊转移到了期刊杂志，该年共发表十五篇期刊文章。

这些批判文章有以下一些共同特点：首先，仅从文章的题目，如《肖洛霍夫的叛徒真面目》、《肖洛霍夫是无产阶级专政的死敌》、《资产阶级两面派、暴发户的典型——肖洛霍夫》等，就可看出作者极端的政治倾向。据笔者统计，单以“叛徒”二字冠名的文章就有十一篇之多！其他如“吹鼓手”、“人民死敌”等字眼也频繁出现。其次，作者的署名方式，如“反修兵”、“向东辉”、“红晓轨”（“红小鬼”的谐音）、“范道底”（“反到底”的谐音）等，都明显打上了当时“政治挂帅”的烙印。再次，文章的行文方式大同小异，它们大多在开篇引用毛主席的反修语录作为理论来源，以江青提出的肖洛霍夫是“修正主义文艺的鼻祖”的论调为依据，对肖洛霍夫及其作品进行了猛烈的批判。

由此可见，“文革”时期，肖洛霍夫及其作品在中国遭到了全盘否定与猛烈批判。显然，这绝非无缘无故，这是特定时期中苏两国关系恶化的必然产物，是两国意识形态冲突在文艺领域的一种折射。

① 洪子诚：《中国当代文学史 · 史料选》（下），长江文艺出版社，2002 年，第 526 页。

第三节　中国新时期以来的肖洛霍夫研究

新时期伊始，尘封了十多年的肖洛霍夫作品在我国又重新焕发出新的生机与活力。与此同时，我国对肖洛霍夫及其作品的研究又重新走上正轨。1979年9月在哈尔滨召开了当代苏联文学讨论会，关于肖洛霍夫的讨论是会议的重要内容之一。会后，发表了何茂正、孙美玲与钱善行等人研究肖洛霍夫的专门文章，这标志着我国肖洛霍夫研究新时期的开端。1984年9月，中国首届"肖洛霍夫创作研讨会"在吉林市拉开帷幕。后来我国又分别于1987年（长春）、1990年（武汉）、1993年（贵阳）、1995年（北京）相继召开了四次全国性的肖洛霍夫学术会议。在中国得到如此高度关注的外国作家，恐不多见。考察我国新时期的肖洛霍夫研究，不能不提及我国学者编撰的苏联文学史中对肖洛霍夫及其作品的评价。

新时期以来，我国的肖洛霍夫研究呈现出一派生机勃勃的繁荣景象：据不完全统计，自1979年到2002年这段时间，我国各类报刊杂志上发表了相关评论文章三百余篇，出现了八部研究专著与四部研究性译著[①]，这些研究不断地向广度与深度掘进。

一、肖洛霍夫创作总论

我国目前已面世的研究专著有：孙美玲著《肖洛霍夫》（辽宁人民出版社，1985年4月），包括"作家生平与创作"、"主要作品介绍"、"肖洛霍夫创作的艺术特色"三个部分；李树森著《肖洛霍夫的思想与艺术》（吉林大学出版社，1987年12月），由作者研究肖洛霍夫的学术论文汇

① 孙美玲编：《肖洛霍夫研究》，外语教学与研究出版社，1982年10月；孙美玲编译：《作家与领袖》，北京大学出版社，2000年8月；〔俄〕瓦连京·奥西波夫：《肖洛霍夫的秘密生平》，刘亚丁、涂尚银、李志强译，四川人民出版社，2001年1月；〔俄〕瓦·利特维诺夫：《肖洛霍夫评传》，孙凌齐译，中央编译出版社，2002年3月。

编而成;丁夏著《永恒的顿河:肖洛霍夫与他的小说创作》(海南出版社,1993年10月),该书通俗易懂,将学术性、知识性融为一体;孙美玲著《肖洛霍夫的艺术世界》(社会科学文献出版社,1994年1月),是一部深入研究肖洛霍夫艺术世界的学术专著,全面系统地论述了肖洛霍夫的创作道路,尤其对《静静的顿河》的手稿与著作权问题进行了全面的追踪与报道;徐家荣著《肖洛霍夫创作研究》(兰州大学出版社,1996年8月),该书对肖洛霍夫的生平与创作道路、重要作品、艺术成就,以及苏联、西方与中国的肖洛霍夫研究情况,均一一作了评析;何云波著《20世纪文学泰斗肖洛霍夫》(四川人民出版社,2000年1月),以肖洛霍夫的生平与创作时间为顺序,对肖洛霍夫的创作进行了详细的论述,书末还论及肖洛霍夫的作品在中国传播及国内研究的现状;刘亚丁著《顿河激流——解读肖洛霍夫》(四川教育出版社,2001年8月),该书分“时代篇”、“人物篇”与“影响篇”三大部分,加“余论”共十二章,从肖洛霍夫与时代的关系、与其他作家的关系以及他的作品引起的反响等角度,结合最新的研究材料与研究成果,从多个层面解读肖洛霍夫及其艺术世界;冯玉芝著《肖洛霍夫小说诗学研究》(山西人民出版社,2001年12月),是第一部探讨肖洛霍夫小说艺术形态的著作,全书从五个方面进行了论述。以上学术专著从不同的角度,采取不同的解读方式,深入探讨了肖洛霍夫丰富多彩的思想与艺术世界,表明我国的肖洛霍夫研究逐渐摆脱苏联同行的影响,走上了自主研究的道路。

我国新时期肖洛霍夫研究中争议较大的问题是作家的阶级属性问题。有的评论者认为,肖洛霍夫表现了苏维埃时期农民的力量和弱点,反映了他们的情绪和要求。[①] 有些评论者则指出肖洛霍夫是无产阶级作家,“他以无产阶级作家的身份来描写哥萨克并反映其思想感情”。[②] 车成安也持此论点,他从肖洛霍夫对国内战争的描写和葛利高里形象两方面论证了肖洛霍夫是无产阶级作家。[③] 后来有人对上述两种观点进

① 李树森:《苏维埃时期农民思想情绪的表达者——评肖洛霍夫的创作》,载《社会科学战线》,1983年第4期。

② 张达明、杨申:《〈静静的顿河〉与哥萨克》,载《社会科学战线》,1985年,第1期。

③ 车成安:《肖洛霍夫是无产阶级作家——评〈静静的顿河〉的创作倾向》,载《吉林大学社会科学学报》,1985年,第2期。

行了调和，指出："肖洛霍夫是无产阶级作家，这是从总体上来说的；肖洛霍夫是苏联农民的思想情绪的表达者，或者哥萨克农民的代言人，则是就具体而言的。然而，这二者的关系不是对立的，而是互相联系的，它们之间既是领属的关系，又互相渗透"[①]。

肖洛霍夫的文艺观同样是我国评论界极为关注的问题。李树森曾对肖洛霍夫的文艺观作了专门研究，指出其文艺观的核心是"写真实"。[②] 他在此基础上提出了一个独立的艺术概念 —— "肖洛霍夫现实主义"的文艺观。[③] 近来在肯定"写真实"的基础上，有人提出肖洛霍夫的创作有一种"非同凡响的，同谁也不相像"的美学品格——求真求善。[④] 在此之前，有学者高度概括了肖洛霍夫的小说诗学，[⑤] 当然也有学者对肖洛霍夫写真实的得与失作了评价。[⑥] 由于评论者的审美情趣各异，对作家创作风格和艺术特色的看法也不尽一致。有人综合各家观点，从而比较全面地概括了 20 世纪 90 年代以前我国学者对肖洛霍夫创作艺术的研究状况。[⑦] 进入 90 年代以后，随着新的研究视角与研究方法的采用，我国学者又贡献出了新的研究成果，这些文章呈现出多视点的特色，从肖洛霍夫创作个性的形成与主体意识、他的写作立场与策略，到他的小说的叙事艺术与悲剧艺术等都进行了论述。显然，上述学术成果在研究深度上有了很大的提升，是对前期研究的一个有益的补充。

二、论《静静的顿河》

新时期以来，我国学术界对《静静的顿河》的兴趣依然未减，形成

① 海逢云：《宜合不宜分：也评肖洛霍夫是什么作家》，载《外国问题研究》，1988 年，第 2 期。

② 李树森：《论肖洛霍夫的文艺观及其创作》，载《吉林大学社会科学学报》，1993 年，第 3 期。

③ 李毓榛：《肖洛霍夫现实主义的若干特征》，载《国外文学》，1988 年，第 3 期。

④ 肖英：《肖洛霍夫创作的美学品格》，载《井冈山师范学院学报》，2002 年，第 4 期。

⑤ 李毓榛：《肖洛霍夫的小说诗学及其影响》，载《日本学论坛》，1993 年，第 4 期。

⑥ 刘铁：《肖洛霍夫写真实的得与失》，载《社会科学战线》，1986 年，第 2 期。

⑦ 李万春、何茂正：《肖洛霍夫研究综述》，载《东北师大学报》，1992 年，第 1 期。

了一个新的研究高峰期。下面试就几个较为集中的论题作简要的梳理。

以往的评论大多只强调《静静的顿河》的"人的命运"的主题,认为这部作品旨在描写大转变时期顿河哥萨克的命运。近年来越来越多的人注意到小说的"人的魅力"的主题。但在讨论这一主题时,评论者们也有相当大的分歧。有的论者指出,肖洛霍夫对"人的命运"的主题作了真实的描写,对"人的魅力"的主题作了非真实的描写。[①]有的论者则认为,这部作品的实质和核心,就是要表现人的魅力。[②]至于作品的思想倾向,不外乎作家是不是无产阶级作家之争,此点前面已详细论述,故不需重复。值得注意的是,有人提出了"人道主义倾向"论,如李树森、戴屏吉、汪靖洋及林精华等人就持此观点。后来胡日佳在此基础上又有所补充,他认为原著的思想倾向是"民主主义和社会主义汇合,中和主义和共产主义融合,人道主义和无产阶级党性结合"[③]。

对葛利高里悲剧的理解,苏联和我国学术界都存在分歧。在苏联主要有"个人反叛"说、"历史迷误"说、"社会迫害"说与"真理探求者"说等观点。我国新时期对这一问题的研究,也不同程度地受到苏联学术界的影响。国内在论及葛利高里的悲剧成因也有许多说法,主要有"封建积垢"说[④]、"性格悲剧"说[⑤]、"社会悲剧"说[⑥]、"错综复杂说"[⑦]、"历

① 刘铁:《〈静静的顿河〉的主题层次与葛利高里的悲剧性质》,载《辽宁大学学报》,1985年,第4期。

② 力冈:《美好的悲剧形象——论〈静静的倾河〉主人公格里高力(葛利高里)》,载《外国文学研究》,1989年,第1期。

③ 胡日佳:《两条创作路线之争——再从〈静静的顿河〉新旧版本对比看其思想倾向》,载《日本学论坛》,1988年,第1期。

④ 王田葵:《论葛利高里的悲剧因素及其美学意义》,载《零陵师专学报》,1984年,第2期。

⑤ 孟湘:《论葛利高里的悲剧美》,载《外国文学研究》,1989年,第2期。

⑥ 唐明霞:《试论〈静静的顿河〉主人公的悲剧性》,载《四川师范学院学报》,1997年,第5期。

⑦ 孙美玲:《论肖洛霍夫的创作》,见《苏联文学史论文集》,外语教学与研究出版社,1982年,第251页。

史夹层悲剧”说[1]及“文化悲剧论”[2]等等。面对这个同样争论不休的问题,刘亚丁认为作家有意识忽略了葛利高里的历史伦理价值,突出了其审美价值。[3]对葛利高里命运的结局,我国的评论也是众说纷纭。以往的评论中曾有人认为他彻底毁灭了。目前大体有三种看法:一是新生论,二是毁灭论,第三种意见则都不认可。李树森坚持“悲剧说”,认为“葛利高里到最后既没有新生,也没有毁灭。无论在肉体上还是在精神上都没有毁灭”。[4]葛利高里就是这样一个多层次的、充满矛盾的、美学价值极高的典型人物形象,对其阐释必将是无穷的。

《静静的顿河》中的其他形象同样是研究者关注的。尤其对年轻女性的悲剧命运的探讨,更是评论家们津津乐道的话题。在评论者看来,她们悲剧命运的具体内涵各不相同,其悲剧根源是一致的,既有哥萨克特殊的历史文化渊源和民族心理因素,也有各族妇女共有的传统意识的深层积淀。进入新世纪以来,更多的论者从女性主义批评的角度出发,对《静静的顿河》中的女性形象作了新的解读,[5]缪春萍与赵静等人都进行过这方面的探讨。特别值得一提的是,孙美玲、邓久刚与孙海房等人还专门对阿克西尼娅与娜塔莉娅这两位女性形象作了比较研究。

除了男主人公与女性形象以外,《静静的顿河》中的次要人物,如革命者彭楚克、哥萨克农民潘苔莱等人,也引起了研究者的注意。

新时期以来,许多学者运用了比较文学的研究方法,对《静静的顿河》进行了多视点的解读,取得了丰硕的成果。

作家是时代的产物,他必然与其所处的时代的文学产生千丝万缕的联系,又与前后时代的文学发生各种关系。肖洛霍夫也不例外。故考察他与其前辈作家的文学渊源,与同时代人的创作异同及其对后辈

① 刘佳霖:《试图走出历史的悲剧:简论〈静静的顿河〉中的葛利高里》,载《当代外国文学》,1991年,第1期。

② 朱鸿召:《关于格里高力(葛利高里)的悲剧——立足于哥萨克文化的重新考察》,载《外国文学研究》,1988年,第2期。

③ 刘亚丁:《人的命运——葛利高里·麦列霍夫评论史》,载《四川大学学报》,2000年,第1期。

④ 李树森:《葛利高里形象浅析》,载《俄苏文学》,武汉:1985年,第1期。

⑤ 牟学苑:《〈静静的顿河〉的女性主义批评》,载《西安教育学院学报》,2002年,第1期。

作家的影响关系，无不成为中国研究者关注的重点。屠格涅夫、列夫·托尔斯泰、帕斯捷尔纳克等人就是肖洛霍夫重要的参照系。李树森、胡鹏等人把肖洛霍夫与屠格涅夫的艺术风格与思想探索进行了比较。而肖洛霍夫深受托尔斯泰创作的影响，已是不争的事实，所以顾朴光、刘亚丁、梁兰、张佐娟等人对《静静的顿河》与《战争与和平》这两部作品作了深入的比较研究。而探讨肖洛霍夫与帕斯捷尔纳克关系的文章就明显减少了，刘亚丁、冯玉芝、郭小宪等人进行过相关的比较研究。

肖洛霍夫对我国作家玛拉沁夫、闻捷、刘绍棠与陈忠实等人的创作产生过深远的影响，故考察这些作家与肖洛霍夫的渊源关系，为当今的中西文学文化交流提供宝贵的借鉴与经验，已成为许多研究者的共识。综观目前涌现的相关评论文章，尤以探讨陈忠实的《白鹿原》与《静静的顿河》关系的最多，达七篇，它们分别从史诗艺术风格、人物形象分析及景物描写等不同的角度谈及《白鹿原》向《静静的顿河》借鉴的艺术痕迹。作为家乡草原热情的歌手，玛拉沁夫在草原情怀的抒发上与肖洛霍夫是相通的。有人曾对两位作家笔下草原的时空艺术进行过探讨，[①] 王素敏则从“草原情怀”与“人的魅力”这两方面作了深入的研究[②]。尽管《复仇的火焰》的作者闻捷从未声称受到过肖洛霍夫的影响，但研究者通过认真的考证，发现了其作品与《静静的顿河》的许多类似之处。[③] 与闻捷不同，刘绍棠从不掩饰自己对肖洛霍夫的喜爱，他曾说过《静静的顿河》是其学写乡土小说的教材。有人指出，刘绍棠无论是写景还是抒情，甚至在人物塑造上，都受到过肖洛霍夫潜移默化的作用。[④] 除了以上这些考证肖洛霍夫对中国作家产生影响的研究论文以外，我国还出现了一些进行平行研究的文章，比较有代表性的有：李毓

① 沙媛：《肖洛霍夫和玛拉沁夫笔下草原的时空艺术》，见《庆祝建校三十五周年毕业生论文选》，中南民族学院，1986 年。

② 工素敏：《草原情怀　人的魅力：〈静静的顿河〉与〈茫茫的草原〉之比较》，载《集宁师专学报》，1999 年，第 3 期。

③ 王国华、石挺：《〈静静的顿河〉与〈复仇的火焰〉比较初探——兼论中苏文学的发展与影响》，载《华中师范大学学报》，1987 年，第 6 期。

④ 郑恩波：《刘绍棠与肖洛霍夫》，载《文艺理论与批评》，1995 年，第 5 期。

榛的《肖洛霍夫和曹雪芹写作手法之比较》[1]，它从现实主义文学的创作原则出发对两位作家作了比较；孙丽则从悲剧性格的生命母题方面对《静静的顿河》与《红旗谱》两部作品进行了探讨；[2] 徐拯民探究了阿克西尼娅和《原野》中的花金子这两位女主人公的悲剧命运[3]。这些论文通过两国之间这些没有影响关系的作品之间的比较研究，揭示出两国人民在思维模式、道德伦理、民族精神和艺术方式等方面的异同。

三、论《被开垦的处女地》

与我国新时期对《静静的顿河》研究的那些蔚为大观的成果相比，同时期出现的关于《被开垦的处女地》的十多篇评论文章就似乎显得微不足道了。然而虽然数量较少，但较之前几个阶段的同类评论文章则明显有了质的飞跃。总体来看，它们的研究视角主要集中在如下几个方面：

无论在苏联还是在我国，《被开垦的处女地》长期以来一直被视为肖洛霍夫为苏联农业集体化运动所唱的赞歌。新时期我国有些学者，如孙美玲与徐家荣等，仍继续坚持这一观点。但是有人却对此提出了质疑，如李树森指出："拉古尔洛夫（纳古尔诺夫）及达维多夫之死，是作者对斯大林时期的种种弊端，特别是对左倾势力与左倾路线的一种揭露和'处罚'"。[4] 他的这种"左倾批判论"的观点后来得到了戚小莺与蓝英年等学者的响应，这派学者认为《被开垦的处女地》非但不是赞歌，而且完全是暴露与批判，这部小说"绝非农业集体化的赞歌，而是对人类历史上最大的'人祸'之一的农业集体化的真实记录"[5]。后来有学

① 李毓榛：《肖洛霍夫和曹雪芹写作手法之比较》，载《贵州大学学报》，1991 年，第 1 期。

② 孙丽：《奔涌着经久不息的生命之流：〈静静的顿河〉与〈红旗谱〉悲剧性格的生命母题》，载《阜阳师范学院学报》，2000 年，第 1 期。

③ 徐拯民：《命运多舛　情归何处——〈静静的顿河〉与〈原野〉中两位女主人公的悲剧美》，载《俄罗斯文艺》，2002 年，第 6 期。

④ 李树森：《肖洛霍夫的思想与艺术》，吉林大学出版社，1987 年，第 76 页。

⑤ 蓝英年：《重读〈被开垦的处女地〉》，《文汇读书周报》，1996 年 8 月 3 日。

者对此作出了一个较为客观的评判,"肖洛霍夫写这部作品的初衷,是要歌颂苏联农业集体化运动的,但他作为一个任何时候都坚守生活的真实的作家,又不能不正视这场运动的并不美满的方面,这正构成了作家的两难。小说充满了一种对话性:不同声音间的争辩。而小说的悲剧性的结尾,正是作家所面临的内在矛盾的体现。"[①] 有学者甚至提出,若《被开垦的处女地》果真为对"人祸"的真实记录,"那是否意味着,包括周立波、丁玲等作家在内的中国读者,其实是在'误读'的前提下接受了影响?"[②] 应该说这种想法是具有一定的合理性的。尽管众多学者对《被开垦的处女地》中描写农业集体化运动的真实性问题莫衷一是,但他们都肯定在第二部中体现出了人道主义主题,这成为了学术界的共识。长期以来,我国学者对作品的艺术特色方面的研究涉及不多。随着第二部的面世,有学者开始注意到:"《新垦地》(《被开垦的处女地》)第二部和第一部比较,艺术上显得更加成熟。"[③] 后来有人专门在这方面作了有益的研究和尝试。易漱泉分别从人物形象、幽默风格、风景描写三个方面论述《被开垦的处女地》的艺术特色。[④] 随后,又有人继续就这部作品的艺术技巧作了探讨,并谈及了这部作品的悲喜剧风格。[⑤]

该时期在对作品人物形象的研究卓有成效,出现了好几篇相关的学术论文,且关注重点有所改变:由以往侧重对主要人物的分析转移到了对次要人物的分析上,其中尤以对舒卡尔(狗鱼老爹)这一形象进行分析的文章最多。新时期最早论及作品人物的专门性文章当推程实的《〈新垦地〉(〈被开垦的处女地〉)中的人物形象》,但这篇文章仍旧聚焦于达维多夫和纳古尔诺夫这两个人物,观点也没有变化。[⑥] 三年之后,

---

① 彭亚静、何云波:《良知的限度与选择的两难:重读肖洛霍夫〈新垦地〉》,载《长沙大学学报》,2000 年,第 1 期。这里的《新垦地》即《被开垦的处女地》。

② 汪介之、陈建华:《多元接受:肖洛霍夫与中国现当代文学》,见《悠远的回响——俄罗斯作家与中国文化》,宁夏人民出版社,第 381 页。

③ 何茂正:《肖洛霍夫 50 年代的创作》,见《五六十年代的苏联文学》,外语教学与研究出版社,1984 年。

④ 易漱泉:《〈新垦地〉(〈被开垦的处女地〉)的艺术特色 》,载《湖南师范大学学报》,1986 年,第 6 期。

⑤ 曾勇:《浅谈〈被开垦的处女地〉》,载《阜阳师范学院学报》,1996 年,第 2 期。

⑥ 程实:《〈新垦地〉中的人物形象》,载《书林》,1985 年,第 5 期。

评论者的认识就大不相同了。有人认为，在《被开垦的处女地》第二部中，作者站在新的历史高度，清楚地看到了历史的发展注定要淘汰一定时期的产物，达维多夫、纳古尔诺夫已不合时宜，必将被历史所淘汰。[①]舒卡尔一直被看成是喜剧色彩较浓的人物，论者们认为他的形象的塑造充分体现了肖洛霍夫创作的幽默性，而且具有把幽默同讽刺、滑稽结合起来的复合性风格，如马家骏的《舒卡尔形象的创造与肖洛霍夫的幽默》[②]就持这样的观点。但有学者却发表了新的看法，"实际上这个形象本身，尤其是他的过去和作者为他安排的未来都带有较重的悲剧色彩"。[③]后来，这一人物又成了许多有关中苏文学比较的学术论文津津乐道的话题。

部分学者在苏联文学内部展开了比较研究，这主要表现在对苏联作家的农业集体化题材的小说的比较上，刘亚丁在《顿河激流——解读肖洛霍夫》一书中对此作了卓有成效的研究。在该书中作者通过对比《被开垦的处女地》与《磨刀石农庄》、《地槽》，揭示肖洛霍夫复杂、独特的创作个性。《被开垦的处女地》与《磨刀石农庄》存在明显的区别，论者指出："肖洛霍夫是按自己对生活真实的认识和作家的良知来写作、来做人的知识分子；潘菲诺夫是按照上面的要求来写作和做人的写手。"[④]面对当时在苏联学界普遍存在的"抑肖扬潘"现象，刘亚丁通过详细的文本分析，从消灭富农运动、对待私有财产、饥荒与阶级斗争等四个方面，对两部作品进行了认真的比较研究，最后指出两部作品的创作异同。[⑤]

还有在中苏文学之间的比较研究。这方面的研究主要论及的是《被开垦的处女地》一书对中国作家的影响，其中尤以研究周立波与肖洛霍

① 徐凤：《谈〈被开垦的处女地〉中舒卡尔的形象》，载《俄苏文学》（武汉），1988年，第4期。

② 马家骏：《舒卡尔形象的创造与肖洛霍夫的幽默》，见《域外小说撷英》，陕西人民出版社，1993年10月。

③ 同①。

④ 刘亚丁：《顿河激流——解读肖洛霍夫》，四川教育出版社，2001年，第210—219页。

⑤ 同上，第243—244页。

夫创作关系的文章居多。就目前掌握的资料看,有三篇文章将周立波的作品与《被开垦的处女地》进行了比较。较早出现的是徐其超的《人物·真实·倾向——从〈新垦地〉(〈被开垦的处女地〉)到〈山乡巨变〉的思考》(《长沙水电师院学报》,1988 年,第 1 期),该文从人物描写的真实性方面对两部作品作了有益的探索。后来又有学者对《暴风骤雨》中的老孙头与《被开垦的处女地》中的西奚卡(舒卡尔)进行了比较研究。这篇文章最大的特点在于能从两人相似的性格和事件中,找出他们各自鲜明的特点。此外,论者还指出了导致两者性格差异的原因所在。[①] 马伟业的《论周立波对肖洛霍夫的艺术借鉴》则对两位作家的整体风格的相似之处作了全面的考证。[②]

综览新时期以来评论肖洛霍夫的文章,可以看到,我国新时期的肖洛霍夫研究呈现出令人欣喜的局面。这时期我国的肖洛霍夫研究一方面继续吸收苏联 / 俄罗斯同行的研究成果,另一方面又努力摆脱他们的观点,极力形成比较独立的研究视野与研究思路,得出了一些比较独特的结论。显然,这离不开我国特殊的时代氛围。进入 80 年代以后,中外文学与文化关系进入了一个崭新的时期,中国文艺界重新开始放眼世界,国外的文学作品、文学思潮和理论批评流派大大开阔了我国学者的眼界。此时中国文艺界对俄苏文学不再采取从前亦步亦趋的摹仿或者完全敌视的态度,两者建立起了一种理性的、平等正常的交流关系。这样的批评研究与以前明显不同的是,研究者已经超越了功利性的期待,而进入到审美期待和理性思维层次。这说明新时期以来,评论者对肖洛霍夫的研究逐渐呈现出从单一到多侧面,从平面到立体,从微观走向宏观,从封闭走向开放的新局面。

(刘祥文)

① 江震龙、林为众:《亲兄弟般的异国"滑稽鬼和快活的打诨者"——老孙头和西奚卡(舒卡尔)比较研究》,载《福建师大学报》,1995 年,第 4 期。

② 马伟业:《论周立波对肖洛霍夫的艺术借鉴》,载《学习与探索》,1992 年,第 4 期。

第五章 其他国家的肖洛霍夫研究

第一节 肖洛霍夫在德国的接受和研究

在魏玛共和国的左翼文学界和民主德国，肖洛霍夫的作品得到了广泛的传播。《静静的顿河》在国外受到好评首先是在德国（魏玛共和国）。1928 年 1 月 1 日德国共产党报《红旗》（*Die Rote Fahne*）报发表了该报驻苏联记者采访苏联教育人民委员卢那察尔斯基的访谈录，在访谈中他说："近两年我国无产阶级文学的发展出现了强劲的势头，非常年轻的作家肖洛霍夫的刚刚问世的《静静的顿河》非常出色，是令人惊叹的长篇小说。" 1929 年 10 月由奥尔伽·哈尔佩恩（Halpern, Olga）翻译的《静静的顿河》第一部由德国共产党的文学与政治出版社出版。这是该小说在世界上的第一个译本。[①]

1929 至 1930 年哈尔佩恩翻译的《静静的顿河》第一、第二部在文学与政治出版社出版，印数每部达一万一千册，苏维埃文学在德国的传播达到了一个新的高潮。《静静的顿河》刚一出版就受到进步媒体的热烈欢迎。德国无产阶级革命作家联盟的机关刊物《左翼阵线》（*Linkskurve*）在 1929 年 10 月号上为该小说刊登了出版社的一整版广告；广告上有一幅肖洛霍夫的照片，还有作家魏斯科普夫（Weiskopf, Franz Carl）对小说的详细评介，这是德国对肖洛霍夫的第一篇有分量

① Прийма К, "Тихий Дон" сражается, Ростов на-Дону, Ростовское книжное издательство, 1972, с.16. 普里玛：《〈静静的顿河〉在战斗》，顿河畔罗斯托夫：罗斯托夫书籍出版社，1972 年，第 16 页。

的评价。《沃斯报》(*Vossische Zeitung*)认为,小说的人物设计很不错。《柏林日报》(*Berliner Tageblatt*)认为,在肖洛霍夫的小说中,"顿河哥萨克的家乡"摆脱了"一切虚假的、'几许艺术'[①]的罗曼蒂克"。《法兰克福报》(*Frankfurter Zeitung*)在自己的长篇评论中把肖洛霍夫称为"新俄国最具才华的作家之一",对《静静的顿河》的整体评价很高。天主教杂志《圣杯》(*Gral*)对肖洛霍夫的艺术创造力赞扬有加:"《静静的顿河》是该文学类别中的一部巨著"。蔡特勒(Zeitler, Andreas)在杂志《德意志图书》(*Das deutsche Buch*)上撰文:小说中"令人惊叹的是作者那诗艺般的驾御能力,他的材料收集,他表现出的文化(风景中的一种宁静),他反映的农民的沉重负担和坚定信念"。克拉考尔(Kracauer)在《法兰克福报》上评论说:"在我看来,这本书对欧洲读者的意义在于:肖洛霍夫充分表现了哥萨克反对社会结构变动的抗争。"

1933年,随着纳粹主义在德国的猖獗,苏维埃文学在德国的发表和接受被强行终止。1945年,随着法西斯的失败,苏维埃文学和艺术在当时德国苏占区的接受重新开始。1945至1964年民主德国已经出版的肖洛霍夫的书的总数高达1 175 000册。为纪念他的六十诞辰,人民与世界出版社/文化与进步出版社开始出版肖洛霍夫八卷本文集。肖洛霍夫的书在民主德国成了最受欢迎的畅销书。在艾森许滕施塔特市进行的一次读者调查的结果表明,《静静的顿河》是阅读次数最多的苏联图书。[②]

战后,肖洛霍夫著作系统地在民主德国出版,获得广泛认同,这是

① "几许艺术"(Kitschkunst),1870年左右产生于德国慕尼黑艺术圈的一个概念;起初是指廉价生产出来的、代替真正艺术品的替代品(从艺术角度看,其艺术品位是不高的),今天意指一切艺术领域(绘画、文学、音乐及其他)的、能够以假乱真的产品。"几许艺术"同真正艺术的界线并非总是十分清晰,而且,真正艺术也有可能由于人们接受方式方法的不同或改变而"几许化"。

② In *Michail Scholochow · Werk und Wirkung* (Materialien des internationalen Symposiums "Scholochow und uns" Leipzig, 18–19. März 1965), Verlag der Karl-Marx-Universität Leipzig, 1966. S. 239–254; Hrsg.: Der Rektor der Karl-Marx-Universität Leipzig. 参见《米哈伊尔·肖洛霍夫:著作与影响》(1965年3月18—19日莱比锡"肖洛霍夫与我们"国际学术研究会资料),莱比锡卡尔·马克思大学出版社,1966年,第239—254页;编者:莱比锡卡尔·马克思大学校长。

因为，1945 年后苏联的军事管理起了很大作用。具体译介情况如下：《被开垦的处女地》第一部，1946 年在 SWA 出版社出了第一版，1947 年出了第二版。《静静的顿河》，1947 年人民与世界出版社开始出版早先已经出版过的头三部，由哈尔佩恩翻译；1948 年出版了第四部，由马尔戈里斯（Margolis, E.）和乔拉（Czora, Regina）翻译。这样，该小说德文版全套就第一次出齐了。在接下来的几年里，这两部小说又系统地重新出版。1964 年底，《静静的顿河》第十八版问世；1961 年，《被开垦的处女地》（连同第二部）第十版问世。1964 年春，《被开垦的处女地》单是在人民与世界出版社和文化与进步出版社就出版发行了 530 000 万册。自 1958 年起，《〈浅蓝色草原〉和其他短篇小说》问世（布尔克〈Burck, Harri〉撰写了后记）；1959年，莱比锡勒克拉沐出版社（Leibziger Reclam-Verlag）出版了《死敌》（其中收集了《一个人的遭遇》与作家的其他一些早期短篇小说，郧格尔〈Jünger, Harri〉撰写了后记）；1961 年，未完成的作品《他们为祖国而战》出版（布莱德尔〈Bredel, Willi〉撰写了前言）；1964 年问世的第十八版《静静的顿河》，由库勒拉（Kurella, Alfred）撰写了题为《论革命的美与严酷、残暴和伟大》的长篇前言。[1]

二

如前所述，《静静的顿河》头两部一出版就受到德国共产党人媒体的热烈欢迎，德国无产阶级革命作家联盟的机关刊物《左翼阵线》在 1929 年 10 月号上为了该小说刊登了出版社的一整版广告；广告上有作家魏斯科普夫对小说的详细评介，其中写道："……这部小说构思恢弘，形象鲜明，反映的人生曲折多变，感人肺腑，令人不由得想起托尔斯泰的《战争与和平》。"

① In *Michail Scholochow · Werk und Wirkung* (Materialien des internationalen Symposiums "Scholochow und uns" Leipzig, 18–19. März 1965), Verlag der Karl-Marx-Universität Leipzig, 1966. S. 263–269; Hrsg.: Der Rektor der Karl-Marx-Universität Leipzig. 参见《米哈伊尔·肖洛霍夫：著作与影响》（1965 年 3 月 18—19 日莱比锡"肖洛霍夫与我们"国际学术研究会资料），莱比锡卡尔·马克思大学出版社，1966 年，第 263—269 页；编者：莱比锡卡尔·马克思大学校长。

在其他的德国共产党人媒体刊物中,《国际媒体—通讯》(*Internationale Presse-Korrespondenz*)也刊登了一篇对《静静的顿河》的评论。维尔特海沐(Wertheim, Johannes)在评论中说:肖洛霍夫把哥萨克人民的生活鲜明地展现在了读者的眼前;肖洛霍夫"善于在故事情节的发展过程中灵活自如地构建历史文献"。

1965年5月24日,莱比锡卡尔·马克思大学语文学系在肖洛霍夫六十诞辰之际授予了肖洛霍夫名誉博士称号。在典礼的颂词中,称赞肖洛霍夫具有"非凡的艺术才华"和"创造想象力",具有对壮阔、宏大社会场景的艺术把握能力和对尖锐冲突的艺术再现能力,认为《静静的顿河》具有很高的社会和艺术价值,与古代史诗、民族史诗和托尔斯泰的《战争与和平》一样属于世界文学最伟大的史诗创作。①

这一时期德国学者对《静静的顿河》的研究主要着眼于以下几方面:

(一)对《静静的顿河》的作者立场的研究。例如贝茨(Beitz, Willi.)的《米哈伊尔·肖洛霍夫的叙事文学世界与我们的时代》("Die epische Welt Michail Šolochovs und unsere Epoche")认为:肖洛霍夫的文学轨迹是从早期短篇小说直达时代史诗《静静的顿河》的高度,没有中间环节。这部著作表明了作者非凡的创作才华:犹如从历史距离一角度去观察、描绘社会进程。贝茨还认为肖洛霍夫叙事文学世界的感染力在于:时代主流中的历史运动是由无数充满矛盾的单个行动综合形成的,而这样的历史运动贯穿了他的史诗世界并感染着读者;而且,在新的伟大机会出现之际,被解放的人性的全部史诗激情便鲜艳地闪亮起来。贝茨的另一篇文章《米哈伊尔·肖洛霍夫与社会主义文学中"本真"人格的问题》("Michail Scholochow und das Problem der »originellen« Persönlichkeit in der sozialistischen Literatur")指出,肖洛霍夫在《静静的顿河》创作方面"完完全全遵从了列宁关于历史进程的见解,彻彻底底

① In *Michail Scholochow · Werk und Wirkung* (Materialien des internationalen Symposiums "Scholochow und uns" Leipzig, 18–19. März 1965), Verlag der Karl-Marx-Universität Leipzig, 1966. S. VII; Hrsg.: Der Rektor der Karl-Marx-Universität Leipzig. 参见《米哈伊尔·肖洛霍夫:著作与影响》(1965年3月18—19日莱比锡"肖洛霍夫与我们"国际学术研究会资料),莱比锡卡尔·马克思大学出版社,1966年;第VII页;编者:莱比锡卡尔·马克思大学校长。

把握住了现实与矛盾。肖洛霍夫现实主义的伟大就在于,他让我们直面历史的现实,并从历史现实中引出教训,而且是从列宁的人文主义立场中引出来的”。[①]

(二)对《静静的顿河》主人公的研究还深入到了作品的内部肌理。如罗·奥皮茨(Opitz, Roland)在《论〈静静的顿河〉中的辩证性矛盾》(“Über dialektische Widersprüche im *Stillen Don*”)中着力研究《静静的顿河》中的辩证矛盾。奥皮茨在自己的文章中给出了关于《静静的顿河》中几位中心人物之间的矛盾关系图:

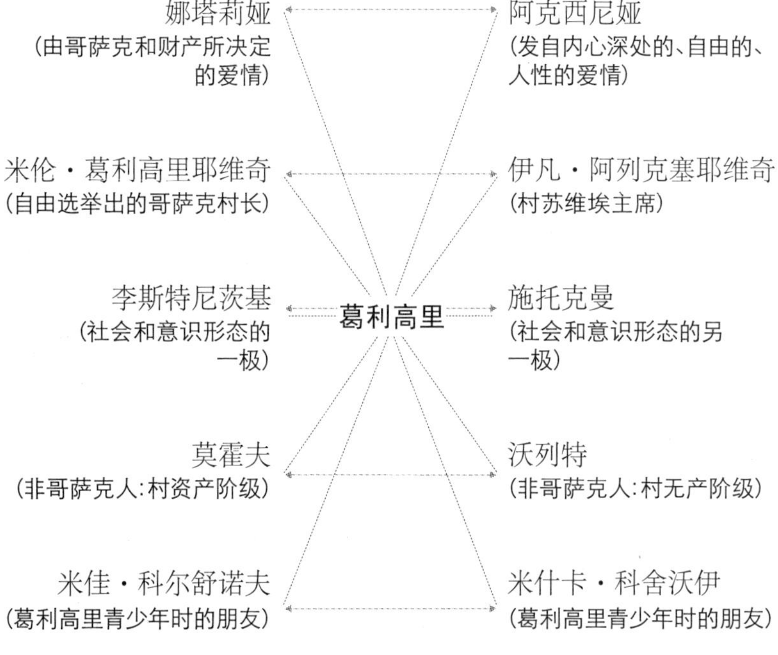

在奥皮茨看来,主人公葛利高里悲剧的根源隐藏于自身的刚强之中,作家把人世矛盾特性全部灌注在主人公性格里所固有的、难以调和的矛盾中并刻画了这一人物。奥皮茨还认为,按照俄罗斯文学传统,肖洛霍夫将人物置于源于群众的“小人物”对震撼世界的问题进行思考的模式中来表现、处理。奥皮茨认为,在肖洛霍夫的创作中,除了对主

① 转引自尼古拉依·希拉特(Sillat, Nikolai)的《讨论概览》,见《米哈伊尔·肖洛霍夫:著作与影响》,前引书,第285—294页。

人公葛利高里·麦列霍夫的个人悲剧进行探究外,作者的主要目标便是在个体身上对历史进程进行细致的刻画了;就是说,对个体的描绘和对历史的集体进程的个性化描绘是相互制约的,是同一种辩证性矛盾的两个方面。奥皮茨的研究既深入到了《静静的顿河》文本的内部,作微观的细致分析,又能出乎其外作宏观的俯瞰,并且对文本的微观世界与宏观世界的互动关系作了深刻的揭示。①

二

《被开垦的处女地》在德国也得到了评论和研究。

在创作史研究方面,马克·左伊费尔(Soifer, Mark)的《谈米哈伊尔·肖洛霍夫的〈被开垦的处女地〉的诞生》(“Zur Entstehung von Michail Scholochows *Neuland unterm Pflug*” 着重分析了《被开垦的处女地》的写作与作家亲身体验的关系。在这篇文章中,左伊费尔认为小说中几乎每一个插曲,几乎每一个场景都是当时的一个实情;这样的实情作者不仅观察到了,而且也亲身体验过,所以也就在他的生活中起到了作用,为他进行艺术创作提供了素材。这不仅对于描述事件是如此,对于刻画人物更是如此。肖洛霍夫在自己塑造《被开垦的处女地》人物形象方面总是基于生活事实、目击证人报告、人的现实生活历史。②

在人物研究方面,纳德日达·路德维希(Ludwig, Nadeshda)的文章《〈被开垦的处女地〉中狗鱼老爹形象的变化来自肖洛霍夫创作中现实人文主义的表达》(“Die Wandlung der Gestalt Stschukars in *Neuland unterm Pflug* als Ausdruck des realen Humanismus im Werk M.

① Opitz, Roland: “Über dialektische Widerspruech im *Stillen Don*” , In *Werk und Wirkung M. Scholochows im welthistorischen Prozeß.* Materialien eines internationalen Symposiums, Leipzig, 1977. S. 64-71 ; hrsg. im Auftrag der Karl-Marx-Universität Leipzig v. Willi Beitz und Helga Conrad. 罗·奥皮茨:《论〈静静的顿河〉中的辩证性矛盾》,见《M. 肖洛霍夫在世界历史进程中的著作和影响》(一次国际学术研究会的资料),第64—71页,莱比锡:1977年。

② Soifer, Mark: “Zur Entstehung von Michail Scholochows *Neuland unterm Pflug*”, In Sinn und Form, 1960.4.12., 540–563. 马克·左伊费尔:《谈米哈伊尔·肖洛霍夫〈被开垦的处女地〉的诞生》,载《内涵与形式》,第540—563页,1960年4月12日。

Scholochows")很有特色。作者认为,许多文学研究家都对狗鱼老爹的形象进行过探讨,有人将其看成肖洛霍夫幽默形式之一,有人将其视为戏剧情节中的缓解紧张气氛的人物,也有人称之为反映历史事件的一面哈哈镜;对于另外的文学研究家而言,这一形象又是直接从民间文学的英雄形象脱胎而来的,还有人认为其具有阶级敌人的特征和行为方式。就是说,在这个人物形象的本质和性格特点中含有多样性、伦理道德和审美方面的意义。路德维希则指出,肖洛霍夫具有伟大的艺术才华,具有刻画生动人物形象的能力。在狗鱼老爹形象的刻画上,显示了作者这样的观点:是资本主义社会结构把他变成了一条"癞皮狗"、"失落者和冻得半死的家伙",使他的精神和心灵扭曲,使他养成了撒谎、吹牛、懒惰、同社会格格不入的怪诞恶习。他处于精神与物质的较量之中,处于生死攸关的斗争之中。肖洛霍夫运用高超的艺术手法把新社会那历史与意识形态的、精神与社会的道路同狗鱼老爹个人的道路、思想和感情给巧妙编织、融合在了一起。在肖洛霍夫灵巧的笔下,狗鱼老爹那苦难的成长过程在新的社会关系、新的人际关系中栩栩如生地展现在了读者眼前。[①]

在艺术大结构方面,瓦尔特·莱斯(Reiss, Walter)的《肖洛霍夫小说〈被开垦的处女地〉中史诗成分与戏剧成分之间的关系结构》("Zum Beziehungsgefüge zwischen Epischem und Dramatischem in M. Scholochows Roman *Neuland unters Pflug*")很有特色。莱斯认为,肖洛霍夫《被开垦的处女地》(第一部)诞生于苏维埃文学历史进程的一个大变革时期,这一变革明显表现在该小说中史诗成分与戏剧成分之间的关系结构方面;肖洛霍夫是从《静静的顿河》那宏伟壮阔的史诗情境中脱身,转向当时的历史现实事件(它们可以直接地解释为当时的阶级

① Ludwig, Nadeshda: "Die Wandlung der Gestalt Stschukars in *Neuland unterm Pflug* als Ausdruck des realen Humanismus im Werk M. Scholochows", In *Werk und Wirkung M. Scholochows im welthistorischen Prozeß.* Materialien eines internationalen Symposiums, Leipzig, 1977. S. 82–85; hrsg. im Auftrag der Karl-Marx-Universität Leipzig v. Willi Beitz und Helga Conrad. 纳德日达·路德维希:《〈被开垦的处女地〉中狗鱼老爹形象的变化来自洛霍夫创作中现实人文主义的表达》,见《M. 肖洛霍夫在世界历史进程中的著作和影响》(一次国际学术研究会的资料),前引书,第82—85页。

斗争)时创作《被开垦的处女地》的;这样一来,肖洛霍夫就陷入了史诗成分与戏剧成分之间的冲突。这就要将历史事件的安排与浓缩(浓缩到一个有限的活动空间)戏剧化,而历史—社会的发展和变革、人及其品格的发现、人的能力与品质的培养则是要史诗化的。阶级斗争的主题要求在对抗性矛盾中去反映冲突。为了对冲突进行艺术处理,肖洛霍夫运用了戏剧中常用的正反人物原则。一句话,《被开垦的处女地》是肖洛霍夫创作中艺术风格转变、发展的直接表现。①

在艺术细节方面有若干文章值得关注。赫尔伽·孔拉德(Conrad, Helga)的《肖洛霍夫小说〈被开垦的处女地〉中主人公内心世界的直接描写与评述》("Die direkte Beschreibung bzw. Kommentierung der inneren Welt der Helden in Scholochows Roman *Neuland unterm Pflug*")展开了对作家心理描写的分析。孔拉德首先指出,在肖洛霍夫的创作中,直接离题而把作者本人对所描写时代的观点插入其间的做法是很少的,但对小说人物的特定心理的根本特点所进行的评价性描绘或评述倒有不少。她认为,在《被开垦的处女地》第一部中,肖洛霍夫就运用了心理描绘方法(如对奥斯特洛夫诺夫、梅谭尼可夫的心理描写):对奥斯特洛夫诺夫内心思想的描绘是同小说人物的一般化心理描绘紧密联系在一起的;至于肖洛霍夫在相当大的程度上运用直接心理描写手法来刻画奥斯特洛夫诺夫与梅谭尼可夫的性格特点,是因为考虑到这两个人物性格上的内在矛盾是由其阶级属性所决定的。

该作者的《论M.肖洛霍夫小说〈被开垦的处女地〉中的一些布局原则》("Zu einigen Kopositionsprinzipien in M. Шолоховs Roman *Neuland unters Pflug*")则依据肖洛霍夫本人关于《被开垦的处女地》的结构的两次谈话,展开了分析。肖洛霍夫曾对《静静的顿河》与《被开垦的处

① Reiss, Walter: "Zum Beziehungsgefüge zwischen Epischem und Dramatischem in M. Scholochows Roman *Neuland unters Pflug*", In *Werk und Wirkung M. Scholochows im welthistorischen Prozeß*. Materialien eines internationalen Symposiums, Leipzig, 1977. S. 153–158; hrsg. im Auftrag der Karl-Marx-Universität Leipzig v. Willi Beitz und Helga Conrad. 瓦尔特·莱斯:《肖洛霍夫小说〈被开垦的处女地〉中史诗成分与戏剧成分之间的关系结构》,见《M.肖洛霍夫在世界历史进程中的著作和影响》(一次国际学术研究会的资料),前引书,第153—158页。

女地》结构—布局进行了比较:“在我开始写《静静的顿河》时,我确信自己不会在所有的愿望上都获得成功,就是说,不会在结构性和谐与比例安排方面都如我所愿。大量的事件、事实和人物我都必须要。这样一来,如果我忘记某个人、他也就长时间处在我的视线之外,那么书中就会出现断层。与之相比,《被开垦的处女地》在布局安排方面就好多了。这里的人物少,我没必要急急忙忙从顿河赶往库班河,不断变换故事情节发生的地点。”孔拉德认为,肖洛霍夫长篇小说具体结构的特征在于:主题是以具有历史重要意义的事实为基础的。他曾经对法国作家谈过:“我对遭受到社会—民族灾难的人感兴趣。我觉得,他们的性格在这样的时刻得到了升华。”①

维里·贝茨的《米哈伊尔·肖洛霍夫对拓展当代诗歌的贡献是他那划时代影响的源泉》(“Michail Scholochows Beitrag zur poetischen Erschliesseung unserer Epoche als Quelle seiner epochalen Wirkung”)也研究了《被开垦的处女地》的诗学结构问题。他认为这部小说不是围绕个人生活领域展开的,作者是在寻求运用诗学表现手法来把握一种崭新社会特性的逐步形成过程。在这部作品中,三位共产党员达维多夫、纳古尔诺夫与拉兹苗特诺夫是不可分割的三位一体式的战友,他们构成了关键点。贝茨认为,肖洛霍夫对人物及其命运的讲述是富有特性的,比如《被开垦的处女地》中的达维多夫,而《一个人的遭遇》中的索科洛夫在这方面更是登峰造极。可以说,肖洛霍夫的讲述艺术具有一个时代的历史乐观主义。从肖洛霍夫的《被开垦的处女地》等作品出发,贝茨总结了肖洛霍夫创作的诗艺结构,这种结构的特征是:艺术的时代形象具有一种新的审美质量,既严肃又豁达,而其中的诙谐与欢快具有更多的分量。就塑造方式而言,在他对社会主义那日益人文化世界的

① In *Wissenschaftliche Zeitschrift der Karl-Marx-Universität Leipzig. Gesellschafts- und Sprachwissenschaftliche Reihe* 1965; 14:27–35.(vh : alg 2/w51),参见:《莱比锡卡尔·马克思大学学术刊物/社会—语言学系列》,1965年,第十四本,第一册,编辑出版人:莱比锡卡尔·马克思大学校长,手稿印刷[来自斯拉夫语学院,院长:教授、语言学博士费舍尔(Rudolf Fischer)]。

描绘方面,是融合了托尔斯泰与果戈理的传统的。[①]

赫尔伯特·珀伊克特的(Peukert, Herbert):《论肖洛霍夫〈被开垦的处女地〉中的隐喻》("Zur Metapher in Scholochows *Neuland unterm Pflug*")是一篇分析很细腻的文章。珀伊克特首先指明,隐喻其实就是一种艺术创作方法,是"形象思维的一种形式或种类,就是认识艺术对象的一种特殊方式"。随着论述的深入,他进一步说明,他这篇文章中提到的隐喻是指真正的、具有重要美学意义的那种隐喻(包括人格化隐喻)。他列举了肖洛霍夫在《被开垦的处女地》中运用隐喻的几个典型例子,包括移转型隐喻(感性化隐喻和精神化隐喻)和非移转型隐喻。他认为,对肖洛霍夫所运用隐喻的分析也是对社会主义现实主义创作风格问题乃至总体问题的一个贡献。[②]

三

在对肖洛霍夫的《一个人的遭遇》或其他短篇小说的评论研究方面,民主德国的学者写出了一些高水平的论文,如埃德尔·米洛瓦-弗洛林(Mirowa-Florin, Edel)的《米哈伊尔·肖洛霍夫的〈顿河故事〉中

① Beitz, Willi: "Michail Scholochows Beitrag zur poetischen Erschliesseung unserer Epoche als Quelle seiner epochalen Wirkung", In *Werk und Wirkung M. Scholochows im welthistorischen Prozeß. Materialien eines internationalen Symposiums*, Leipzig, 1977. S. 19–29; hrsg. im Auftrag der Karl-Marx-Universität Leipzig v. Willi Beitz und Helga Conrad. 维里·贝茨:《米哈伊尔·肖洛霍夫对拓展当代诗歌的贡献是他那划时代影响的源泉》,见《M. 肖洛霍夫在世界历史进程中的著作和影响》(一次国际学术研究会的资料),前引书,见第19—29页。

② Peukert, Herbert: "Zur Metapher in Scholochows *Neuland unterm Pflug*", In *Michail Scholochow · Werk und Wirkung* (Materialien des internationalen Symposiums "Scholochow und uns" Leipzig, 18-19. März 1965), Verlag der Karl-Marx-Universität Leipzig, 1966. S. 103-112; Hrsg.: Der Rektor der Karl-Marx-Universität Leipzig. 赫尔伯特·珀伊克特:《论肖洛霍夫〈被开垦的处女地〉中的隐喻》,见《米哈伊尔·肖洛霍夫:著作与影响》(1965年3月18—19日莱比锡"肖洛霍夫与我们"国际学术研究会资料),莱比锡卡尔·马克思大学出版社,1966年,第103—112页;编者:莱比锡卡尔·马克思大学校长。

的题材与时代的基本冲突》(“Der tragende Konflikt der Epoche und das Sujet in den *Don-Erzaehlungen* Michail Scholochows”)。作者指出,还在十八至二十岁的时候,年轻的肖洛霍夫对自己创作主题的理解就不是从传统出发,而是从生活本身的现实出发了。论文作者为此提到了下面的例子:在莫斯科的高尔基世界文学研究所档案材料中保留有短篇小说《旋涡》(Коловерть)的打印件——页边有“标题更改”的字样,而改动后的标题是用红色墨水写的《红色近卫军》;被更改了标题的这个短篇于1925年由国家出版社出版了。而在准备出版中短篇小说集的时候,作者又重新采用了原来的标题,因为原先的标题更能够表达该小说的主题思想。另外一个类似的例子是《阿廖沙的心》(Алешкино сердце):本来的标题其实是《阿廖沙》。第三个例子是短篇小说《顿河粮委会和副主席普查津同志的厄运》(О Донпродкоме и злоключениях заместителя Донпродкомиссара товарища Птицына),原标题是《野兽》:为了这个短篇,他给朋友M. 库洛索夫(Kolossow, Mark)写了一封信,请朋友将标题和结尾加以修改(并对修改作了较为具体的说明)。米洛瓦-弗洛林还认为,肖洛霍夫的短篇小说具有尖锐的内在冲突,所以并非如当时某些批评家所指责的那样是自然主义的。他认为,肖洛霍夫的艺术世界是极富戏剧性的,其人物命运是悲剧般结合在一起的,历史冲突往往转化为内在的冲突。他在此举了《旋涡》中的人物巴霍梅奇、米哈伊尔父子为例。米洛瓦-弗洛林在这篇文章中详细剖析了《旋涡》、《阿廖沙的心》、《顿河粮委会和副主席普查津同志的厄运》、《小马》(Жеребенок)和《人家的骨肉》(Чужая кровь)等短篇小说。并在文章结尾时简要地指出,肖洛霍夫的创作同托尔斯泰、高尔基的创作是以特殊的方式一脉相承的。足见这位德国学者对《顿河故事》的研究是细致到位的。

卡尔海因茨·卡斯佩尔(Kasper, Karlheinz)在《作者的位置与肖洛霍夫的小说〈一个人的遭遇〉》(“Die Position des Autors und Scholochows Erzaehlung *Ein Menschenschicksal*”)中指出:探究作者在文学中的位置,这首先是要探究作者对现实、对生活、对社会发展趋势产生的关系,因此,这个问题具有绝高的审美—意识形态意义。埃哈尔德·约翰(John, Erhard)在《论M. 肖洛霍夫短篇小说〈一个人的遭遇〉中的悲剧问题》（“Zum Problem des Tragischen in M. Scholochows Erzählung *Ein Menschenschicksal*”）中指出，肖洛霍夫作品的艺术形象具有丰富的内涵，这是由于表现了冲突，即彼此对立的道德观点和政治立场的交锋。他认为，小说主人公索科洛夫就其人性而言是悲剧性的，而这涉及两个方面：一是悲剧的本质，二是在社会中能否以及在多大程度上可以谈论悲剧冲突问题。他认为，索科洛夫以自己的方式体现了人格的理想，体现了涉及人类生存的深度和广度的理想。

还有将肖洛霍夫的作品（包括短篇小说）进行融会贯通研究的。如赫尔伽 · 孔拉德的《对立与和谐——论肖洛霍夫创作中的人文主义思想》（“Gegensatz und Harmonie—Zur Entwicklung der Humanismusauffassung im Schaffen Scholochows”）。孔拉德认为，在肖洛霍夫看来，当今时代的一个根本性的真理是：旧世界不会心甘情愿地退出历史舞台。对肖洛霍夫而言，人的政治信念、道德观、生活观都植根于阶级意识，是在人的社会环境中逐渐形成的。孔拉德认为，肖洛霍夫人文观念的一个本质性准则是：在人与现实存在，与形形色色、千奇百怪的人世的纷繁复杂关系之中去描绘人本身；而与之密切相关的便是一种本质性的伦理道德准则。

孔拉德在文章中也对肖洛霍夫的创作，尤其对《静静的顿河》、《被开垦的处女地》的创作作了评析。孔拉德认为，肖洛霍夫在《顿河故事》中主要是把人的成长作为革命斗争的终结目标、作为故事主人公的希望来刻画的，而在《静静的顿河》中则是在人的活力激化方面、在人对历史关系和发展趋势的理解方面来描绘这一方向的。孔拉德认为：肖洛霍夫并没有在历史现实进程方面进行任何人文主义的修正；《一个人的遭遇》的最后话语、《被开垦的处女地》的结尾、《静静的顿河》的象征性结局都表明，肖洛霍夫具有艺术家对自己时代的伟大的意识：光明与黑暗并存，重于泰山及轻于鸿毛的死亡均有，欢乐和苦难同在。[①]

---

① Conrad, Helga: “Gegensatz und Harmonie—Zur Entwicklung der Humanismusauffassung im Schaffen Scholochows”, In *Michail Scholochow · Werk und Wirkung*, S. 125–130. 赫尔伽 · 孔拉德：《对立与和谐——论肖洛霍夫创作中的人文主义思想》，见《米哈伊尔 · 肖洛霍夫：著作与影响》，前引书，第 125—130 页。

四

比较和接受研究是民主德国肖洛霍夫研究的特色，民主德国的肖洛霍夫研究往往具有“比较”的视野。虽然两个国家同为社会主义国家，但毕竟是不同的国度。德国学者主要是展开影响研究，即考察肖洛霍夫的作品对德国作家的影响。也有涉及肖氏作品对苏联作家影响的，还有的涉及到他与俄罗斯古典作家及其与同时代苏联作家关系的。

克劳斯·舒曼（Schuhman, Klaus）的《关于米哈伊尔·肖洛霍夫的文学创作在民主德国文学中的接受与影响的几个方面》（“Zu einigen Aspekten der Aufnahme und Wirkung des literarischen Werkes von Michail Scholochow in der DDR-Literatur”）就很有内容。舒曼认为，肖洛霍夫文学创作在德国的接受涵盖了包含两个重大历史事件的一段历史时期，这两个重大事件分别是：1933 年，苏维埃文学的发表和接受被强行终止；1945 年，随着法西斯的失败，苏维埃文学和艺术在当时德国苏占区的接受重新开始。老一代的德国作家如贝歇尔、西格斯、魏斯科普夫等在 30 年代初就已经了解《静静的顿河》，而年轻一代作家则是在二战之后才阅读的。舒曼列举了一些受到肖洛霍夫影响的德国作家：斯特里特马特（Strittmatter, Erwin），伯恩哈特·西格（Seeger, Bernhard）、诺伊奇（Neutsch, Erik）等。西格写过一篇报道——《我怎样发现了顿河哥萨克》（“Wie ich den Kosaken von Don entdeckte”）。在诺伊奇的作品中，有些人物形象可以说是从《静静的顿河》中演化而来的，以至于在他与肖洛霍夫之间有一种“自愿的师生关系”。斯特里特马特发现，把冲突集中于、浓缩到家庭生活空间来进行描写，这不会损害现实，而是可以让作家更加清晰地从特殊（一个人的个人命运）中去把握一般（社会变革）。舒曼还对肖洛霍夫与西格斯进行了较为详细的比较。舒曼认为，肖洛霍夫具有强大的吸引力，他所塑造的人物形象是活生生的，不是公式化的；每一代人都可以从自己的生活经验和经历出发去体会肖洛霍夫这位大作家所写的东西。①

纳德日达·路德维希(Ludwig, Nadeshda)写有《肖洛霍夫描述伟大卫国战争的作品中的苏维埃士兵的新特点》("Die neuen Züge des sowjetischen Soldaten in Scholochows Werken über den Groβen Vaterländischen Krieg")一文。在这篇文章中,作者将肖洛霍夫的《他们为祖国而战》、《一个人的遭遇》与雷马克(Remarque, E. M.)的《西线无战事》和《生死存亡的年代》,与海明威的《太阳照样升起》和《在异国他乡》,与托尔斯泰的《五月里的塞瓦斯托波尔》,与肖(Shaw, I.)的《幼狮》等进行比较。他指出,还是在1943年,肖洛霍夫就已经明确提出了要在自己的创作中展现"我们的人民及其英雄主义源泉"的目标,表示了要展现"苏维埃士兵新品格"的愿望。他认为,在第一次世界大战后,西欧文学界的人文主义作家从各种不同的世界观与立场出发提出了探究战争之本质、根源、目的、意义的问题。而肖洛霍夫在自己的战争作品中也在进行探索——从自己的立场和高度去进行探索:他没有把战争中的一切事件、行动仅进行自然主义的描述,而总是把战斗着的士兵放在中心位置,而且是把他们作为人放在中心位置。这就是肖洛霍夫同西欧文学界人文主义作家的根本区别。②

埃里希·柯勒(Köhler, Erich)的《关于在我的小说〈寻宝人〉中的

① Schuhman, Klaus: "Zu einigen Aspekten der Aufnahme und Wirkung des literarischen Werkes von Michail Scholochow in der DDR-Literatur", In *Werk und Wirkung M. Scholochows im welthistorischen Prozeβ. Materialien eines internationalen Symposiums*, Leipzig, 1977. S. 195–201 ; hrsg. im Auftrag der Karl-Marx-Universität Leipzig v. Willi Beitz und Helga Conrad. 克劳斯·舒曼:《关于米哈伊尔·肖洛霍夫的文学创作在民主德国文学中的接受与影响的几个方面》,见《M. 肖洛霍夫在世界历史进程中的著作和影响》(一次国际学术研究会的资料),前引书,第195—201页。

② Ludwig, Nadeshda: "Die neuen Züge des sowjetischen Soldaten in Scholochows Werken über den Groβen Vaterländischen Krieg", In *Michail Scholochow · Werk und Wirkung* (Materialien des internationalen Symposiums "Scholochow und uns" Leipzig, 18-19. März 1965), Verlag der Karl-Marx-Universität Leipzig, 1966. S. 153-160 ; Hrsg. : Der Rektor der Karl-Marx-Universität Leipzig. 纳德日达·路德维希:《肖洛霍夫描述伟大卫国战争的作品中的苏维埃士兵的新特点》,见《米哈伊尔·肖洛霍夫·著作与影响》,前引书,第153—160页。

肖洛霍夫共鸣》(“Über die Scholochow-Resonanz in meiner Erzählung *Schatzsucher*”)是一篇出自作家之手的文章——柯勒是德国维辛地区的作家。作者在文章的一开头就袒露心扉:他最喜爱的大作家有坡(Allan Poe, Edgar)、法拉达(Fallada, Hans)、马尔希维查(Marchwitza, Hans)、歌德和肖洛霍夫——而他之所以喜爱肖洛霍夫,是因为其著作的戏剧性。他随后以《被开垦的处女地》为例、结合他自己的作品《寻宝人》来进行分析,对此加以说明。[①]

彼得·凯斯勒(Kessler, Peter)的《安娜·西格斯与米哈伊尔·肖洛霍夫》(“Anna Seghers und Michail Scholochow”)将德国著名作家安娜·西格斯同肖洛霍夫进行比较。凯斯勒认为,安娜·西格斯与米哈伊尔·肖洛霍夫是两位享有全球声誉的伟大作家,他们属于不同的民族,他们的人世经验迥异、创作风格不同,但他们具有同样清晰的、社会主义—人文主义的生活态度,向世界奉献出了同样精彩的艺术作品。对于西格斯的整个传统关系而言,古典的俄罗斯—苏维埃文学的讲述艺术总是具有特殊的吸引力,而肖洛霍夫从一开始就是一位杰出的、典范的、时时关注时代与现实的艺术家。在主动、积极地研习了俄罗斯—苏维埃文学,尤其是肖洛霍夫和托尔斯泰的作品之后,西格斯曾经把自己的《死者青春常在》(1949)称为“一部俄罗斯构思的小说”。此外,西格斯还很佩服肖洛霍夫所达到的现实主义高度。[②]

伊尔塞·热哈塞(Seehase, Ilse)在其《论肖洛霍夫的〈一个人的遭

① Köhler, Erich: “Über die Scholochow-Resonanz in meiner Erzählung *Schatzsucher*”, In *Michail Scholochow · Werk und Wirkung* (Materialien des internationalen Symposiums “Scholochow und uns” Leipzig, 18–19. März 1965), Verlag der Karl-Marx-Universität Leipzig, 1966. S. 270–275; Hrsg.: Der Rektor der Karl-Marx-Universität Leipzig. 埃里希·柯勒:《关于在我的小说〈寻宝人〉中的肖洛霍夫共鸣》,见《米哈伊尔·肖洛霍夫·著作与影响》,前引书,第270—275页。

② Kessler, Peter: “Anna Seghers und Michail Scholochow”, In *Werk und Wirkung M. Scholochows im welthistorischen Prozeß. Materialien eines internationalen Symposiums*, Leipzig, 1977. S. 244–249; hrsg. im Auftrag der Karl-Marx-Universität Leipzig v. Willi Beitz und Helga Conrad. 彼得·凯斯勒:《安娜·西格斯与米哈伊尔·肖洛霍夫》,见《M.肖洛霍夫在世界历史进程中的著作和影响》(一次国际学术研究会的资料),前引书,第244—249页。

遇〉与库拉洛娃的〈我的小伙和我〉的讲述质量》(“Zur Erzählqualität von Шолоховs *Ein Menschenschicksal* und Kularovás *Mein Junge und ich*”)中说,《一个人的遭遇》有时被称为“完整的交响乐”,他大胆假设肖洛霍夫的悲剧构思是受到苏联著名音乐家Д. 肖斯塔科维奇(Шостакович, Дмитрий)的《第七交响乐》的影响而得以强化的。热哈塞认为,肖洛霍夫与库拉洛娃都受到斯拉夫文化传统影响,他们两位在创作方面是有血缘关系的。

一些德国学者则将肖洛霍夫置于他的同时代国内作家中来进行研究。哈里·郧格尔(Jünger, Harri)的《米哈伊尔·肖洛霍夫与社会主义现实主义在发达社会主义社会文学中的特点》(“Michail Scholochow und die Spezifik des sozialistischen Realismus in der Literatur der entwickelten sozialistischen Gesellschaft”)则论及肖洛霍夫与苏联作家关系。郧格尔将肖洛霍夫和钦吉斯·艾特玛托夫、亚历山大·特瓦尔多夫斯基、彼得·巴甫连科、伽林娜·尼科拉耶娃(Николаева, Галина, 真姓为沃里雅夫斯卡娅〈Волявская〉)、列昂尼德·列昂诺夫(Леонов, Леонид)等人及其相关作品进行了比较。郧格尔认为,在整个社会主义文学中,日常生活方面的信任、责任心、人性以及忠诚或真诚这些范畴往往同社会主义道德准则的被破坏形成强烈的冲突;这就必然影响、改变社会主义现实主义文学的结构。[①] 再如阿德尔海特·拉奇尼安(Latchinian, Adelheit)的《肖洛霍夫与艾特玛托夫》(“Scholochow und Айтматов”)中这样论述:肖洛霍夫与艾特玛托夫在基本品质、艺术气质上显然具有惊人的相似性,比如都对人、对人类充满激情,在艺术风格方面也是有相关性的,而他们早期的短篇小说创作的差别则还比较大。拉奇尼安认为,艾特玛托夫不仅积极继承了创作传统,而且通过

① Jünger, Harri: “Michail Scholochow und die Spezifik des sozialistischen Realismus in der Literatur der entwickelten sozialistischen Gesellschaft”, In *Werk und Wirkung M. Scholochows im welthistorischen Prozeß. Materialien eines internationalen Symposiums*, Leipzig, 1977. S. 131–135; hrsg. im Auftrag der Karl-Marx-Universität Leipzig v. Willi Beitz und Helga Conrad. 哈里·郧格尔:《米哈伊尔·肖洛霍夫与社会主义现实主义在发达社会主义社会文学中的特点》,见《M. 肖洛霍夫在世界历史进程中的著作和影响》(一次国际学术研究会的资料),第131—135页。

自己的创作有力发扬了传统。[①] 乌尔利希·昆克(Kuhnke, Ulrich)的《论楚克奇作家J. 雷芩的肖洛霍夫接受》("Zur Scholochow-Rezeption des tschuktschischen Schriftsteller J. Rytchen")的选题则更"偏"。昆克在文中首先介绍说,楚克奇是苏联极北地区的一个少数民族,人口只有12 000人;雷芩(Rytchen, Juri)是该民族最著名、最重要的作家。昆克想要通过"雷芩的肖洛霍夫接受"来说明肖洛霍夫对年轻的民族文学作家的激励和影响。昆克在文中较为详细地介绍了雷芩在创作方面的成长过程,雷芩对肖洛霍夫作品的阅读、理解、研究、翻译、接受的过程。在雷芩的创作中可以见到肖洛霍夫的影子。昆克在这里也运用了接受美学的原理。[②]

迪特马尔·恩德勒(Endler, Dietmar)的《一位同时代保加利亚作家与米哈伊尔·肖洛霍夫》("Ein zeitgenössischer bulgarischer Schriftsteller und Michail Scholochow")则研究了第三国作家与肖洛霍夫的关系。恩德勒指出,肖洛霍夫的《静静的顿河》、《被开垦的处女地》对保加利亚文学产生了影响,而社会主义文学和马克思主义文学批评的发展早在30年代就对该国文学产生了影响,它们对保加利亚1944年以后的长篇小说的繁荣也产生了推动作用。恩德勒在本文中要探讨的是保加利亚年轻作家D. 维列(Wylew, D.)于1973年发表的长篇小说《酷热》与肖洛霍夫、确切地说是与《被开垦的处女地》(主要是第二部)的关系。恩德勒认为,在《被开垦的处女地》与《酷热》之间有一系列类型学上的共同点:1. 个人对整个社会的责任心问题,2. 根据人性尺度和人格发育来进行社会主义关系塑造的问题,3. 在小说结构方面的相关性问题。恩德勒认为,肖洛霍夫关于农村改造、社会主义生活与人的改造的作品在于其典型性,而维列是在进行一种须认真对待的尝试:根据一种在某些方面与肖洛霍夫极为相近的构思去对我们时代的人、对他

① 参见《M. 肖洛霍夫在世界历史进程中的著作和影响》(一次国际学术研究会的资料,第235—239页。

② In *Werk und Wirkung M. Scholochows im welthistorischen Prozeß. Materialien eines internationalen Symposiums*, Leipzig, 1977. S. 240-244; hrsg. im Auftrag der Karl-Marx-Universität Leipzig v. Willi Beitz und Helga Conrad. 参见《M. 肖洛霍夫在世界历史进程中的著作和影响》(一次国际学术研究会的资料),前引书,第240—244页。

们的过去未来、对他们在社会主义社会中生存的意义进行艺术描绘。[①]

民主德国的肖洛霍夫研究还在接受美学的学术视野中加以展开。如赫尔沐特·格勒尔(Göhler, Helmut)的《谈肖洛霍夫作品在民主德国接受的一些情况》("Zu einigen Aspekten der Rezeption der Werke Scholochows in der DDR")。格勒尔是柏林图书馆事业研究中心的学者,他给出了如下一些数据:民主德国出版社出版的肖洛霍夫作品近1 500 000册;在民主德国的图书馆藏书方面,肖洛霍夫的作品在苏维埃作家的作品中占据第二位,仅次于高尔基;在社会反响(家庭收藏)方面,1/4至1/5的家庭都收藏有数量不等的肖洛霍夫作品;在读者到图书馆借阅图书方面,肖洛霍夫作品的出借率在许多图书馆中都名列第一;在对二十五岁以上年龄的读者进行调查时发现,肖洛霍夫的作品被借阅次数最多的依次是《静静的顿河》、《被开垦的处女地》和《一个人的遭遇》。在被调查的265人中,78%的人读过肖洛霍夫的作品并至少说出了一本书的书名;其中,30%的人只说出了一本书的书名,29%的人说出了两本书的书名,18%的人说出了三本或三本以上书的书名;2%的人只是从电影上知道肖洛霍夫的;在问及为什么对肖洛霍夫的作品感兴趣时,回答主要是:小说对主角刻画简洁,主角充满爱心、经历重重冲突、是爱恨分明的人物,人物通过自身努力成长为为新时代理想而奋斗的英雄。[②]

阿尔布莱希特·维格尔特(Weigert, Albrecht)的《关于对茹尔区图书馆读者进行调查的结果》("Über Ergebnisse einer Befragung von Biblithekbenutzern im Bezirk Suhl")也可视为接受美学方面的论文。维格尔特是德国茹尔区公众科学图书馆的学者。维格尔特介绍说,20世

① In *Werk und Wirkung M. Scholochows im welthistorischen Prozeß. Materialien eines internationalen Symposiums*, Leipzig, 1977. S. 255-259; hrsg. im Auftrag der Karl-Marx-Universität Leipzig v. Willi Beitz und Helga Conrad. 参见《M. 肖洛霍夫在世界历史进程中的著作和影响》(一次国际学术研究会的资料),前引书,第255—259页。

② In *Werk und Wirkung M. Scholochows im welthistorischen Prozeß. Materialien eines internationalen Symposiums*, Leipzig, 1977. S. 275-280; hrsg. im Auftrag der Karl-Marx-Universität Leipzig v. Willi Beitz und Helga Conrad. 参见《M. 肖洛霍夫在世界历史进程中的著作和影响》(一次国际学术研究会的资料),第275—280页。

纪70年代在茹尔区公众科学图书馆，在伊尔梅瑙和策拉-梅利斯市、县图书馆进行了一次对图书馆读者的口头调查，目的主要在于了解肖洛霍夫作品受欢迎的程度。其中一个问题是："您已经读过肖洛霍夫的作品了吗？"要求说出书名。调查结果是：回答读过并至少说出了一本书的书名的占78%；回答读过但未说出书名的占2%；回答读过而且说出了两本或更多书的书名的，占42%。而十八至二十四岁的读者（占被调查人数的61%）至少说出了两本书的书名。[①] 类似的文章还有因格波克·贝歇尔的（Becher, Ingeborg）的《在高级中学讲授肖洛霍夫作品方面获得的认识》（"Erkenntnisse aus der Arbeit mit Шолоховв Werken in der Erweiterten Oberschule"）。[②]

五

综观民主德国的肖洛霍夫研究，可以发现其呈现出他者话语与自我言说相伴随的景象。他者话语，相对于民主德国的学者来说，即苏联的文艺学的中心话语和基本方法，它们对民主德国的肖洛霍夫研究有直接影响。民主德国对肖洛霍夫研究的中心与出发点仍然是社会主义现实主义的。卡尔·马克思大学校长洛塔·拉特曼（Rathmann, Lothar）为《M. 肖洛霍夫在世界历史进程中的著作和影响》写的介绍词称，"肖洛霍夫是一位伟大的社会主义现实主义作家"，该书的一个专章就是"肖洛霍夫的作品与社会主义现实主义的问题"。[③] 因此民主德国学者的肖洛霍夫研究也以引证苏联同行的观点为时髦。卡尔海因茨·卡斯佩尔在其论文《作者的位置与肖洛霍夫的小说〈一个人的遭遇〉》中

① In *Werk und Wirkung M. Scholochows im welthistorischen Prozeß. Materialien eines internationalen Symposiums*, Leipzig, 1977. S. 281-284；hrsg. im Auftrag der Karl-Marx-Universität Leipzig v. Willi Beitz und Helga Conrad. 参见《M. 肖洛霍夫在世界历史进程中的著作和影响》（一次国际学术研究会的资料），第281—284页。

② 同上。

③ In *Werk und Wirkung M. Scholochows im welthistorischen Prozeß. Materialien eines internationalen Symposiums*, Leipzig, 1977；hrsg. im Auftrag der Karl-Marx-Universität Leipzig v. Willi Beitz und Helga Conrad. 《M. 肖洛霍夫在世界历史进程中的著作和影响》（一次国际学术研究会的资料），上引书之"介绍词"。

引用苏联学者布拉果依(Благой, Д.)文章的观点:《一个人的遭遇》是“俄罗斯语言艺术的经典范例”,是俄罗斯古典文学,尤其是普希金伟大传统的继续,是当代社会主义现实主义的“新品质”的表现。民主德国学者的肖洛霍夫研究,从基本的观念到具体的研究题目,都深深地烙下了苏联的印记。

在一元的基础上,民主德国的肖洛霍夫研究又体现出了自己的特色,如思辨性等。在钧特尔・瓦尔沐(Warm, Günter)的《历史性,历史人物塑造—— M. 肖洛霍夫的〈静静的顿河〉:在社会主义现实主义叙事文学的发展中》(“Historizität Geschichtsgestaltung—M. Scholochows *Stiller Don* in der Entwicklung der sozialistisch-realistischen Epik”)一文里认为,对为人类进步而斗争的情况进行现实表现、现实阐释要有统一性,这是艺术人性化作用的一个具有决定意义的前提。瓦尔沐认为,“艺术作品中的虚构、人物形象、命运、事件,真实地、多样地反映了人在历史昰在[①]和作用中的本质。”瓦尔沐指出,肖洛霍夫的塑造艺术是以历史哲学为根基的,因而在《静静的顿河》中可以从美学上找到方法,从而辩证地保留下在历史发展过程中去史诗般地塑造人物的各种不同传统。德意志民族的思辨性在瓦尔沐的文章中得到了体现。再如前面谈及从接受美学的角度来研究肖洛霍夫的情况,接受美学尽管发轫于联邦德国,但民主德国的同行也拿来为自己所用。[②]

(罗悌伦)

① 昰在(Sein),哲学术语。在德文中,Sein、Dasein 与 Existenz 之间有着微妙的差别。Sein 为系词“是”,当名词用,意指实际情况、本质性存在,含有某钟“内在性”; Dasein 本义为“(是、出现)在那里”,意指可感知的具体情况,含有一定的“主观性”; Existenz 源于拉丁语,意指事物之本质、核心、实质的外在表现,即外部存在这一状况本身,表现出一定的“客观性”,正如莱布尼茨所言, Existenz 是单纯的状况。这里沿用本人一贯的译法,将 Sein 译为“昰在 ”、Dasein 译为“寔在”、Existenz 译为“存在”。

② In *Werk und Wirkung M. Scholochows im welthistorischen Prozeß. Materialien eines internationalen Symposiums*, Leipzig, 1977. S. 139–145; hrsg. im Auftrag der Karl-Marx-Universität Leipzig v. Willi Beitz und Helga Conrad. 参见《M. 肖洛霍夫在世界历史进程中的著作和影响》(一次国际学术研究会的资料),前引书,第 139—145 页。

第二节 法国的肖洛霍夫研究

法国读书界对肖洛霍夫的热情没有人们想象的那么高，尽管出现了评论《静静的顿河》的高质量的文章，但文章的数量不算多，肖洛霍夫对法国读书界的影响不算太大。本节的末尾将对产生这种现象的原因进行探讨。

一

1930 年 3 月 25 日，《静静的顿河》（*Le Don paisible*）法译本第一卷第一章在《人道报》（*L'Hmanité*）登出。同年 5 月 12 日，登出第二章。小说是由苏克霍琳娜（Soukhomline, V.）和冈波（Campaux, S.）从俄语翻译成法语的。

肖洛霍夫作品的法文翻译相对于评论文章与专著而言呈现出比较繁荣的景象，同一部作品有不同的译者和不同的出版社出版。

《静静的顿河》共有五个译本，其中 1991 年出版的为全译本。按出版时间的先后排列如下：《静静的顿河》，译者为苏克霍琳娜、冈波，巴黎：贝约出版社（Payot），1930 年；《静静的顿河》，译者同上，巴黎：贝约出版社（Payot），1931 年；《静静的顿河》，译者为波利（Borie, L.），巴黎：法国出版商联合会（Les Editeurs Français Réunis），1949 年；《静静的顿河》，第二部，译者为安托万·维德（Vitez, Antoine），巴黎：朱利亚出版社（Julliard），1959 年；《静静的顿河》（全译本），译者为安托万·维德，巴黎：城市新闻出版社（Presse de la cité），1991 年。

《被开垦的处女地》（*Terrres défrichées*）（第 5 版）（当时法文译名为《拓荒者》*Les défricheurs*），译者为艾尔加（Ergaz, D.），巴黎：伽里玛出版社（Gallimard），1933 年；《被开垦的处女地》（I）（*Terres défrichées I*），得到作者授权，由阿利斯·奥阿那（Orane, Alice）和乔治·鲁（Roux, George）翻译，巴黎：国际社会出版社（Editions Sociales

Internationales), 1933年;《被开垦的处女地》,第一部,译者为让·卡塔拉(Cathala, Jean),巴黎:伽里玛出版社(Gallimard), 1964年。

《他们为祖国而战》,译者为让·卡塔拉(Cathala, Jean),巴黎:朱利亚出版社(Julliard), 1960年。苏联彩虹(Radouga)出版社出版了《他们为祖国而战》、《一个人的遭遇》这两本小说的法译本,但出版年代、译者姓名等信息均不详。

最初法国评介肖洛霍夫的媒体主要是报纸,大致分三个阶段:第一个阶段是20世纪30年代,小说在苏联发表后,法国很快有了译本,并且通过报纸,特别是一些左翼报纸(如《人道报》)对《静静的顿河》作了介绍和简单的评论。除了《人道报》以外,还有《大众报》(*Le Populaire*),《世界报》(*Le Monde*)等纷纷作了介绍。第二个阶段是20世纪50年代末到60年代中期。《静静的顿河》第二部法译本出版,法国媒体再一次对该作品作了宣传和介绍。第三个阶段则是肖洛霍夫获诺贝尔文学奖以后,一些报纸除了报道以外,还对法国文学界的态度进行了批评和反思。

20世纪30年代法国学界对《静静的顿河》的报道与评论数量较为可观。

如果按报道时间的顺序排列的话,我们大致可以找到如下报纸:《世界报》,1930年2月1日、4月19日;《大众报》,1930年2月14日;《人道报》,1930年3月2日、3月4日、3月25日、5月12日,1934年1月11日、1月15日。比如1930年2月14日,《大众报》在"新书推介"栏目里用比较大的篇幅介绍了《静静的顿河》。这是一篇介绍兼评论的文章。文章对"哥萨克"给出了定义,然后分析了哥萨克人的特性。作者认为,哥萨克骁勇善战,他们有义务为沙皇征战并以此换得比其他农民富裕得多的生活,他们得到的田地更多,对土地、河流拥有更为自由的支配权,所以他们拥有双重身份——农民与士兵。作为农民,他们生活要比其他民族富裕;作为士兵,他们要参加很多战争,流血和厮杀让他们变得残暴。他们的性格中充满了矛盾性,既是热爱和平的农民,又是嗜血的士兵,喜欢用武力开拓疆界和烧杀劫掠。

当一场空前的战争来临时,他们的态度如何?当他们面对的不再是装备落后的亚洲居民,也不是手无寸铁的学生,而是装备精良、训练有素的军队时，他们心里又如何感受？这一切，在《静静的顿河》里都可以找到答案。这部作品对了解当时俄国的状况具有重要意义。文章指出，通过肖洛霍夫的描述，读者可以看到真正的哥萨克人的内心，他们有着和普通人一样的情感，他们有自己的传统、信仰和看待世界的方式。《静静的顿河》从某种程度上消除了人们以前对哥萨克人的误解。能够写出这样宏伟巨著的作家有着非同凡响的才能。就像《战争与和平》一样，《静静的顿河》处处闪现出人性的光芒，读者会在作者的带领下穿行于不同的场景，从一个家庭到另一个家庭，从田间到河流，从农庄到城堡，从乡村到军营，从医院到菜市场，领略一幅幅广阔的哥萨克人生活的图景。文章认为，这是近年来苏联文学中最成功的伟大作品，它在法国读者中激起巨大反响应当是情理之中的事情。

1930 年 3 月 2 日，这一天的《人道报》在它的文化版上登出了一则广告，预告小说《静静的顿河》即将面市。标题是《〈静静的顿河〉：哥萨克的爱情》。预告说该报将长篇连载《静静的顿河》，并对故事作了简单的介绍和评论："肖洛霍夫是一位伟大的俄国作家，他来自民间，保留着最真实的一面。他的小说《静静的顿河》将我们带回到 1913 年。""他在书中用南方的明朗色彩描绘了哥萨克人和他们的生活……""但是肖洛霍夫的描绘和擅长夸张吹嘘的浪漫小说毫无共同之处，浪漫主义在某种程度上误导了西方人对顿河哥萨克的想象。"[①] 接下来，3 月 4 日的《人道报》上登了小说女主人公阿克西尼娅的肖像插图。

此后陆续有报纸对作者和小说作了简单的介绍。总的来说，始于 20 世纪 30 年代的第一阶段的译介，主要是通过报纸连载的形式，而相关的文章还局限在一般性的介绍上，阅读连载小说需要较长的时间，因此很难在短时间内形成较为有效的阅读、评论及研究氛围。

20 世纪 50 年代末到 60 年代中期对肖洛霍夫的译介也不少。这一时期可以看作肖洛霍夫在法国被介绍与评论的第二个阶段，涉及的报纸除了巴黎地区的以外，还有外省报纸，应该说这一次的宣传范围和反响要大于第一阶段，同时，专业文学评论期刊上的评论文章也明显增加。现在能够查到的报纸大致如下：《解放的巴黎人》（*Parisien*

① *L'Humanité,*（Paris）2.3.1930. 参见《人道报》，巴黎：1930 年 2 月 3 日。

libéré), 1959 年 7 月 8 日;《巴黎—诺曼底》(*Paris-Normandie*), 1959 年 7 月 3 日;《东部共和党人》(*L'Est Républicain*), 1959 年 7 月 6 日;《人道报》, 1959 年 10 月 29 日、1960 年 9 月 29 日;《佩罗纳书橱》(*Les tablettes de Péronne*), 1960 年 2 月 27 日;《新教生活报》(*La vie protestante*), 1960 年 8 月 5 日;《法兰西通信》(*Les Lettres françaises*), 1964 年 11 月 5—11 日;《费加罗文学报》(*Le Figaro Littéraire*), 1965 年 1 月 6 日;《快报》(*L'Express*), 1965 年 11 月 17 日;《世界报》(*Le Monde*), 1965 年 10 月 16、17—18 日;《战斗报》(*Combat*), 1965 年 10 月 16—17 日。

能够查到的第一阶段与第二阶段刊载有关论文的刊物有:《欧洲》(*Europe*), 1932 年, N.XXXVIII, p.464–465 ; 1934 年, N. XXXV, p.297–299 ; 1965 年, XI–XII, N. 439–440, p.305–308。《公社》(*Commune*), 1935 年 5 月, p.165。《切斯拉》(*Tchisla*)(Paris), 1930.N.1, p.239—240。《书讯》(*Bulletin de livre*), 1959 年 7 月 15 日。

进入 20 世纪 70 年代后才出现了有关肖洛霍夫的俄文研究著作的法语译本,总共有两种。第一种是《顿河激流· 长篇小说猜想》(*Le cours du Don paisible–Enigmes d'un roman*),作者 D*,译者雅克 · 米修(Michaut, Jacques),巴黎:瑟依出版社(Editions du Seuil), 1975 年[①];第二种是《谁写了〈静静的顿河〉?》(*Qui a écrit "Le Don paisible"?*),作者罗伊 · 梅德韦杰夫(Medvedev, Roy),译者克里斯蒂安 · 布尔戈瓦(Bourgois, Christian),巴黎:布尔戈瓦出版社(Editions de Bourgois), 1975 年。这些都是俄国人写的讨论《静静的顿河》的版权问题的著作,严格地说并不是研究《静静的顿河》小说本身的。

① D* 为伊莉娜 · 尼古拉耶芙娜 · 梅德维杰娃–托玛舍夫斯卡娅,详见刘亚丁:《顿河激流——解读肖洛霍夫》,四川教育出版社, 2001 年,第 268—269 页。该书的俄文版也是在巴黎出版的: D*, Стремя "Тихого Дона". Загадки романа,YMCA—PRESS,1974. (D*:《顿河急流 · 长篇小说猜想》,巴黎: YMCA 出版社, 1974 年。)索尔仁尼琴为该书写了长达十二页的序言,而该书的要旨是对肖洛霍夫是《静静的顿河》的作者提出质疑。

二

前面已经提到,20 世纪 30 年代的译介主要以一般性的介绍为主,尚未有重要的评论文章与著作,所以我们将研究的着眼点放在第二和第三阶段,即 50 年代末至 60 年代以及《静静的顿河》获诺贝尔文学奖以后,着重梳理其报道中带研究性的内容。

20 世纪 60 年代前后的法国学术界对肖洛霍夫的译介报道情况如下。1959 年 10 月 29 日的《人道报》以《一个民族的命运》("Le destin d'un peuple")为标题,刊登了署名为安德列・史迪尔(Stil, André)的文章,介绍《静静的顿河》第二部。在这篇评论中,作者意味深长地指出了法国文化界当时对苏联文学、对肖洛霍夫和《静静的顿河》的态度,作者说,"就连那些对整个苏联文学充满蔑视的人也不得不承认肖洛霍夫是个例外。评论界以前总是保持着充满敌意的沉默,仿佛对苏联文学筑起了一道大坝,而现在《静静的顿河》在大坝上凿了一个洞";"不难看出有人甚至利用肖洛霍夫来攻击苏联文学,他们说:'如果苏联作家都像肖洛霍夫一样,那我们可以称他们为作家……'"[①] 当然这从另一方面说明了作者的天才和他生动地表达生活的能力。"法国文学界凡是读过《静静的顿河》的人无不为作品中宏大的场面、人民生活的细节、对自然的热爱以及作者对自己人民命运的关注所感动。"

文章对作品第一部和第二部中的人物作了对比分析,认为第一部中的人物更多表现出富于进攻性、慌乱不安、愚昧无知,仅仅开始意识到自己是这个疯狂世界的玩偶,死得毫无价值,是时代的牺牲品。而第二部中的人物不管是失败还是后退,他们是自由的人,自愿地为了自己去斗争。厌倦了厮杀,他们渴望和平,向往琐碎的平凡生活,他们投入生活的洪流后对生命本身进行了审视,正是这些有感染力的情节体现了作品的伟大不凡。

1960 年,《人道报》在 9 月 29 日再次登出《静静的顿河》第一部连载的广告,还有一篇较长的书评。这篇同样署名为 André Stil 的评论文章指出:

---

① Stil, André: "Le destin d'un peuple", (*L'Humanité*), Paris, 29.10.1959. 安德列・史迪尔:《一个民族的命运》,载《人道报》,巴黎:1959 年 10 月 29 日。

“《静静的顿河》是我们时代最伟大的小说之一，一部在遥远的未来也能引起对我们的时代回应的作品。不仅因为它以无可比拟的方式见证了我们的时代——这个诞生了人类历史上第一个社会主义国家的翻天覆地的时代，也不仅仅因为它见证了一个把抽象的理论和思想转化为具体行动的过程，还因为它从人性的高度，记录了人的日常生活状态以及面对巨变时的悲欢。也就是说，它让历史的模糊画面变得可以为读者理解、感知甚至可以触摸。

“没有哪一本小说像《静静的顿河》一样适于做长篇连载了，它就像一条长河，读者永远不会失去线索，不多的主要人物却起到了承载历史的作用……就像生活一样，短短的章节充满了动感。

“当我们掩卷回忆，书中那些历史时刻，在革命与反革命的洪流面前犹豫不决的顿河两岸的哥萨克人的爱恨情仇、生活中的财富与贫困、被打碎的幸福与消失的生命、失败与困顿和对未来的梦想，四季的轮回、自然的美丽与残暴，太过丰富的内容让我们对这部宏篇巨著略有所知又仿佛一无所知。”[①] 这篇热情洋溢同时不乏赞美之词的文章是法语世界中较早的一篇带有较多评论性质的文章，对小说从历史背景到人物特性、从自然景象到人物的生存境遇等诸多方面都作了阐释，并把该作品放在国际视野中进行比较，突出了作品雄浑的力量和在文学史上独特的地位。

1965 年，肖洛霍夫获诺贝尔文学奖的消息传出后，法国各大报纸都给予了关注和报道。其中《世界报》连续三天报道了此事以及各方的评论。10 月 16 日，贝尔纳·比隆（Piron, Bernard）就此次肖洛霍夫得奖与上两次苏联作家（布宁和帕斯捷尔纳克）得奖的情况进行了比较，认为斯德哥尔摩这次终于没有以“被流放”作为获奖的理由，而是把桂冠给了一位苏联国内公认的优秀作家，相信莫斯科会非常高兴听到这个消息。10 月 17 至 18 日，《世界报》再次以“肖洛霍夫因其作品的‘严肃与诚实’获得诺贝尔奖”为题，以半个版面对此事进行了报道，该报还以“各方的反应”为题辟了一个小专栏，对瑞典皇家学院的决定进行了一番分析，认为它是想通过给肖洛霍夫戴上桂冠来消除其之前因为过

① Stil, André: “Cholokhov, Le Don paisible”,（*L'Humanité*）（Paris）, 29.9.1960. 安德列·史迪尔：《肖洛霍夫，静静的顿河》，载《人道报》，巴黎：1960 年 9 月 29 日。

于注重意识形态而遭受的诟病，也是为了弥补没有颁奖给托尔斯泰造成的遗憾。而署名亨利·皮埃尔（Pierre, Henri）的《世界报》通讯员则用《莫斯科说，这是对俄国文学的修补》为题目发回了当时苏联政府的表态。此外，该报还采访了法兰西学院的亨利·特洛亚（Troyat, Henri）院士，当他得知肖洛霍夫获奖后，发表了如下谈话："我十分赞赏肖洛霍夫，他是位伟大的作家，他的作品极富史诗感和英雄气概以及对自然的情感，既充满暴力又富有非同寻常的诗意。我完全赞同瑞典学院的选择。"[①] 巴黎文学院斯拉夫语研究室主任亨利·格朗亚尔（Granjard, Henri）表示："肖洛霍夫是1924年以来最重要的俄国小说家。他为斯大林时期的文学作出了巨大贡献。他是这个时代罕见的具有国际水准的作家。"[②]

同一天的报纸还发表了肖氏作品的法国译者安托万·维德的题为《肖洛霍夫独具匠心的正统》的文章，对这位诺贝尔奖新得主的作品作了一番介绍与评价："人们很难理解像《静静的顿河》这样一部并不太'正统'的作品何以能在那样的年代出现……1940年，当这部宏篇巨著的第八卷出版时，许多作家和艺术家正被恐怖的风暴卷走，幸存者只能缄默不语。肖洛霍夫的作品不仅有对国内战争和集体化过程的客观描述（正是这种客观性成为让人诟病的理由），也有着与斯大林统治时期俄国文坛虚假的乐观主义完全不同的政治道德观。"他认为肖洛霍夫的价值在于拒绝简单化与模式化，他写道："肖洛霍夫的人物有自己的语言，他们表达自己、说服别人时，或信心动摇时，都有不同的语言表述形式，没有统一的模式。每一次，他们表现的都是历史性的焦虑：在1920年的某一天看上去是对的事，过几天评判衡量的准则又会变成什么？所以人们不知道该如何行事。我不是说肖洛霍夫已经表现出了历史的复杂性，而是说，一部作品只需让人明白世间万物并非如此简单，人都有可能被蒙蔽，这就已经足够诚实了。《静静的顿河》的破冰之举在于让人们看到一点，即哥萨克人为什么不热衷于革命。只有一小部分被压迫者——这些人通常不是哥萨克——和哥萨克中最贫穷的人感受到自己与俄国工人阶级息息相关。其余的人认为自己已经享有特权或被

① *Le Monde,* 17–18 octobre 1965. 参考《世界报》，巴黎：1965年10月17—18日。

② 同上。

告知特权不会被剥夺,因此他们不断地在革命红军与白军之间摇摆不定,并几次试图揭竿而起。”维德谈到的“揭竿而起”主要应指《静静的顿河》第六卷表现的维申斯克暴动,就是因为写哥萨克暴动,《静静的顿河》的这部分书稿曾被搁置在杂志编辑部和出版社,后来由于高尔基和斯大林的干预,这部分才得以发表。维德还发现《静静的顿河》和《被开垦的处女地》中没有正面的英雄,他论证说:“肖洛霍夫正是在这一点上澄清了历史:每次哥萨克人试图寻找一条中间道路时,就会被引向反革命的方向,他们失去了灵魂。《被开垦的处女地》以不同的方式讲述了同样的故事,在这个问题上肖洛霍夫表现得像一位共产主义作家,但他不需要‘正面英雄’。在《静静的顿河》里,几位革命者并不比别的人物更讨人喜欢,其中一位,在书的结尾还活着的,最后成了野蛮粗鲁的极左的家伙。重点当然不是这个,其实肖洛霍夫要表达的是——并不存在‘第三条道路’。这样一来,《静静的顿河》和《被开垦的处女地》就比通常意义上的地方文学丰富多了。或许写作之初,二十岁的作者只是简单地想要替哥萨克人恢复声誉,但在俄国读者看来,肖洛霍夫最终写出了堪称范本的历史。”这位肖洛霍夫的法文译者还谈到了作家与俄罗斯文学的深厚联系:“而为他的书写提供养分的就是俄国传统小说,它们的影响在《静静的顿河》和《被开垦的处女地》中随处可见,读者不难发现其作品所具有的托尔斯泰式的架构和年轻的高尔基式的抒情,比如《被开垦的处女地》里妙笔生花的描写就体现了这种抒情。但要据此说肖洛霍夫只会模仿而没有创新也是不对的,只是他的创新在语言上远胜过在结构上。可惜翻译作品只能表达出语言的一个基本意思,可以说他的语言具有强烈的融合性:农民讲的俚语、描述事物的方式、哥萨克人所使用的词汇、模仿骑士文学(壮士歌)的抒情语言,但这一切却是用官方允许的腔调表现出来的。因为只有这样才可以‘随意’表达,也正是透过这一点,作品呈现了一个个历史瞬间以及真实发生的各种事件。肖洛霍夫通过这部作品表现的另一点,则是关于欲望的动人描写,又通过它表现自然的每个瞬间。顿河、冰块、融雪、森林、腐烂的树叶、动物,以及人类的爱情、出生、死亡、血腥的气息……我不知道在冷漠的大自然(包括人性的本质)与承认历史的必要性之间是否有着某种矛盾或和谐,但肖洛霍夫却是执着地探寻着,他的全部作品都表现出这种混杂的特质。”[①]

安托万·维德既是肖洛霍夫作品的翻译者,也是一位作家。他在这篇文章中探讨了肖洛霍夫的作品为何能在当时的环境中取得成功,并被官方列为经典。作者认为肖洛霍夫其实在很多方面突破了当时官方对文学和艺术创作的限制,指出肖洛霍夫巧妙地运用了正统的规范,让自己的作品看上去符合正统,但实际上他完全拒绝了程式化的写作,他笔下的人物都有自己独特的语言、性格和行为方式;他也没有对革命大唱赞歌,没有塑造革命的高、大、全式的英雄,反而对人性、自然、欲望进行了描绘与剖析。作品呈现了历史和自然的本来面目。通过维德的论述,我们可以理解为何他给自己的文章冠名为《肖洛霍夫独具匠心的正统》。

另外,这一时期的《法兰西通信》、《战斗报》等都有较大篇幅的评论,当然,法国的媒体历来喜欢从不同的角度来解读事件,比如《战斗报》就认为肖洛霍夫获奖是一次外交行动,是苏联外交斡旋的成果。

三

在论文方面,由于法国文学界出于意识形态的原因,对苏联文学和肖洛霍夫及其作品保持了相当的沉默,所以我们只找到几篇发表在《欧洲》杂志上的研究论文;由于其基本内容都停留在对作者和作品的介绍以及简单的分析上,这里只选其中一篇稍加论述。同时,一些肖洛霍夫作品法译本的前言或后记不乏学术探讨内容,所以把这一部分也作为研究论文加以看待,并选择一篇较有代表性的译本前言和一篇后记加以分析。

1965年,乔治·索利亚(Georges Soria)在期刊《欧洲》11—12月刊上撰写题为《肖洛霍夫,诺贝尔奖》的文章,认为这是瑞典科学院对于延续了半个世纪之久的双重错误进行的修正。所谓双重错误,其第一个错误是:西方总是无视俄国文学对世界产生的影响。无论是1904年去世的契诃夫还是1910年辞世的托尔斯泰,都没能进入瑞典皇家学

① Vitez, Antoine: “L’insolite orthodoxie de Cholokhov”, *Le Monde* 17–18 octobre 1965. 安托万·维德:《肖洛霍夫独具匠心的正统》,载《世界报》,1965年10月17—18日。

院的视野，到底是因为俄国文学真的不重要，还是因为专家无知？第二个错误：把文学颁奖与政治挂钩。众所周知，诺贝尔文学奖分别于1933年和1958年颁给了俄罗斯作家布宁和帕斯捷尔纳克，但在考虑这两位作家时，其作品的文学性并不是第一位的，前者因为是持不同政见者，而后者是因为其在国外发表的《日瓦戈医生》的思想倾向。这让人觉得诺贝尔奖似乎首先考察的是政治立场。但这一次肖洛霍夫得奖终于让人感觉到公正的回归。

作者还对《静静的顿河》进行了详细的分析，认为无论是人物性格刻画还是历史背景描述，肖洛霍夫都堪称天才作家。西方文学批评界向来对"社会主义现实主义"这一概念持批评态度，尤其是对苏联文学有很深的偏见，因此本文作者建议大家重读这部倾注了小说家三十年心血的作品，即便肖洛霍夫的成功不足以为"社会主义现实主义"这一概念正名，至少作家那穿越历史云雾，对人性有效而深刻的分析仍然是不可多得的。

第二篇比较重要的研究文章应该是《被开垦的处女地》的法语译者让·卡塔拉（Cathala, Jean）为法译本所写的前言。作者除在文中对小说的历史背景、文学架构以及人物特征进行了详细的分析之外，还结合作品与社会主义现实主义理论的关系作了自己的阐释。当时苏联的文学批评理论认为，在革命或后革命时期的文学作品中，小说主人公的使命是带领群众前进，因此英雄主义是主旋律，目的是要起到教育群众的作用，这一点在《被开垦的处女地》中也有非常明显的表现，其中随处可见充满激情和力量的描述，所以它被苏联树成了社会主义现实主义的代表作。但实际上肖洛霍夫在写该书第一部的时候，社会主义现实主义理论还没有成为文艺创作的指导思想，第一部出版时该理论才逐渐演变为文学创作要遵循的程式。该书第二部出版时尽管有了这样的模式，但我们仍然能清晰地看到肖洛霍夫笔下展现的主旋律之外的一些美学思想，可以说虽然《被开垦的处女地》被当作社会主义现实主义创作的范本，但这一概念并没有被作者当成必须刻意遵循的教义。社会主义现实主义要求在革命的发展进程中真实地、历史地、具体地去描写现实，小说无可争议地，但却是无意中符合了这一定义：它再现了革命历史中残酷的事件，表现了导致这些事件发生的原因，其复杂性和矛盾性，而在这些背后则孕育着未来。如果从这样的角度来诠释，我们可以说《被开垦的处女地》是一幅由群众共同绘制的政治画卷。“从文学的角度看，这幅画是具体的，作者甚至把小说和外部历史环境紧密联系在一起。在第一部中虽然作者还试图从词源学意义上表现出‘幻想’和‘诗意’，但实际上已经创造出一个具体而真实的世界。”[①] 作为读者，他无需掌握关于1930年的哥萨克历史也可以感觉到这些故事的真实性，因为故事以真实而直接的表述方式让人“身临其境”。社会主义现实主义认为：小说只是现实的映象，所以这映象应该全面地反映现实；作品都担负教化的使命，所以应该塑造正面的英雄形象供群众学习等等。在创造真实的过程中，作家肖洛霍夫不经意间契合了那些严格的创作规定。我们发现，凡是与定义相符合的地方基本都出现在第一部作品里，之后随着作者的逐渐成熟，教条的痕迹渐渐淡化了。

肖洛霍夫在创作中违反创作规定的例子是非常多的：比如第二部中自由的写作方式；对于人的意识中阴暗部分的关注；缺乏对光明未来的憧憬，很多时候更接近自然主义。其实，他所遵从的法则就是他自己的创作才能。毫无疑问，《被开垦的处女地》是一部社会主义现实主义作品，但也证明——现实主义没有边界。

前面提及1991年巴黎城市新闻出版社出版了由安托万·维德翻译的《静静的顿河》全译本，在这个版本的最后有一篇后记，作者是克洛德·费鲁（Frioux, Claude），他以《静静顿河的回归》（“Le retour du Don paisible”）为题，写了一篇颇有见地的评论文章。费鲁认为：小说本身没有任何有关政治和意识形态的明显表现，标签都是那些连自己都弄不清楚的评论家或是官方授意的评论文章从外部给它贴上去的。如果我们把小说从政治和意识形态的假设中抽离出来，就会发现《静静的顿河》在写作上呈现出惊人的自由，在作家和艺术家必须表明态度的时代，这是极为罕见的现象。现代小说极少能如此彻底地摆脱从阶级立场到道德观点的束缚。作品中让红军或白军的意识形态出现不是要对它们作出价值的评判，而只是要确定真理的战场，因为那里上演着普世

① Cathala, Jean: “Introduction. Préface de la traduction française de *Terres Défrichées*”（Tome Ⅰ）, Paris, Gallimard, 1964. p. 20.　让·卡塔拉：《被开垦的处女地》（第一部）法译本前言，巴黎：伽里玛出版社，1964年，第20页。

的人生经验的画面:欢乐与痛苦,残酷与怜悯,爱情与死亡。除了他们丰富的想象以外,所有的重要时刻总有一些恒定的要素来作为象征物:比如表现欲望,有若隐若现的乳房上的褐色乳头,还有睡意蒙眬时窥见的大腿;而阿克西尼娅的死亡成了虚无的象征,这是一种突然而至的令人窒息的沉重。因此小说无论是历史性还是政治性都很淡漠。

费鲁对《静静的顿河》的书名的分析也是发人深省的:书名的选择也具有象征性。它不同于人们通常的看法,并不具备编年史、百科全书或是人种志等等意义,而是象征一个被激怒的世界,一种压抑不住的、富于戏剧色彩的愤怒,就像俄罗斯文学系统中那种著名的"活生生的生命"那样具有超验性。小说和它的名字一样是一条长河。

费鲁对葛利高里的形象作了辨析,他写道:让苏联相关机构难以解决的还有一点,就是小说主人公的面目,他居于小说的最前沿。大家都明白当时的文学人物形象应该符合标准。理想的人物应该从头至尾都是"积极的",类似那些关于圣人圣迹的书籍的描写,他们在去大马士革的路途中以及在征程要结束时必须揭示出某种意义,总之这种形象就是那种在极其糟糕的书里才能看到的形象。葛利高里的摇摆不定让他对两个阵营都有所了解,尤其是对红军有所了解。但是他并不彻底相信他们,于是又跑到敌人的阵营或者说是回到自己人那边,葛利高里这样的人一直到最后都是中间势力。主人公选择并承受孤独,这让苏联的某些权威们感到如芒刺在身,因为对他们来说善应该总是在大多数人一边。故而我们会看到那么多拙劣的文章试图说明,葛利高里偏离"正确道路"是他一切不幸和悲惨命运的根源。然而,这绝不是小说的"阿喀琉斯之踵",主角的这种个人特征就是他的脊梁,是他个人意义的康庄大道,它形成了某种弹性空间并贯穿始终,以避免过多涉及农民政策的问题。在苏联改革后公开的那些资料中,我们看到极左势力对农村的破坏,尤其是对农村中产阶级的摧残是无法弥补的,资料揭露了斯大林时期一系列残酷行为。费鲁指出了问题的复杂性,但他把局部性的问题当成体制性的问题来加以谈论,就失之偏激了。

在这篇后记中费鲁还对《静静的顿河》的语言大加赞赏:

还有被小说的河流带走的语言,史诗般、不带倾向性的中立色

> 彩的语言表现出广袤的空间，这可不是一般的庸才为了把缝隙填满而随便堆砌的词汇，这是在一大串连词中反复酝酿出的盛大的散文诗，这样的语言把书引向了极致：富有立体感的季节风景，托尔斯泰式的极度鲜明的细节描述，比如粘在老年哥萨克油布上的籽粒；常常出现的隐喻，比如结冰的树枝发出的咔咔声或滴下的水滴；经典的场面，比如相互缠绕的身体和激情，在斜坡上第一次相遇时的马匹和扁担，娜塔莉娅自杀，阿克西尼娅之死，小说结束于"冰冷太阳下的广漠世界"……这样的书写使得作者能够坐上一代大师的位子。

本文作者克洛德·费鲁是法国巴黎第八大学的名誉教授，苏联问题专家，主持了众多苏联作品的翻译、研究工作。这篇后记附在维德的译本后面，发表于1991年，应该算是离现在比较近的评论文章。作为苏联问题专家，费鲁对《静静的顿河》的遭遇作了历史的回顾与分析，指出在俄罗斯文学传统中，这不是一个单独的个案，有很多作品和作家遭遇过同样的命运。事实上不仅是俄罗斯文学，人类文学史上那些深受人们喜爱、流传广泛的作品很多都被质疑过，从荷马史诗到莎士比亚戏剧。在其后的分析中，费鲁对下列两个问题作了深入的探讨：1. 去政治化与去意识形态化对理解这部作品的重要性，政治性与意识形态的标签是外部行为的结果；2. 一旦抽离出外部强加的内容，作品本身展现出惊人的创作自由状态与作家才华，一旦以激情和死亡的超时间性作为衡量事物的标准，就会使作品呈现出尖锐性和复杂性。既然作品如此背离上面的要求，为何会受到上面的青睐并被封为经典？在为数不多的法语评论文章中几乎都提到了这个问题，按照费鲁的看法，在当年有什么作品能够表现变革中的苏联这个庞然大物？《静静的顿河》从"身量"到内容都正好与需要相契合，正好用来象征这个庞然大物。或许正因为作品本身不具备强烈的政治色彩，所以很容易从外部涂上"釉"。而肖洛霍夫顺水推舟地利用这层"釉"给自己争取了一个相对自由的创作空间。这是费鲁的一家之言，但他深刻的分析使得这篇论文成为法语世界研究肖洛霍夫的重要文章。

四

综观法国文学界对《静静的顿河》的反应，总的来说，关注度不高，译介方面经历了几个阶段，也有相对繁荣的时期，但缺少重要的文学评论与讨论，也就是说这部巨著在法国没有产生深刻的影响。我们未必能揭示出这种现象后面的真实原因，但仍愿意作一点尝试。

译介误导与沟通障碍。按照接受美学的理论，异文化中的文学作品从译介到接受与产生影响，其间的过程是复杂的，涉及到翻译的文学作品与其被引入的环境、时机、氛围，与作者、读者、评论者、出版者等等的各种关系，并非只牵涉文学领域，而是指向了文学的社会学和心理学范围。其中读者的反应与接受尤为重要。在接受美学创始人姚斯教授看来，文学作品从根本上讲是为了接受者而创作的。由此，我们有必要对《静静的顿河》在法国的译介和传播背景作一个分析。

20世纪30年代《静静的顿河》最初的译本是在报纸上以连载的形式登出的。之所以选择这样的方式，恐怕与当时法国的报业迅猛发展的势头有关。法国从19世纪下半叶开始实行的义务教育制度使法国较早地进入全民教育的国家行列，也催生了各种与教育相关的行业和新的媒体比如报纸产业的出现，并使其在20世纪初进入了蓬勃向上的时期，一些大报刊的发行量超过了百万。或许是认为通过报纸容易让更多的人了解这部小说，出版者便首先选择了报纸连载这样的传播途径。我们注意到，在广告上除了书名《静静的顿河》外，还用括号加上了“哥萨克的爱情”几个字，或许是担心法国人对顿河感到陌生，想用可以引起更多人关注的“爱情故事”的字眼来加以解释，结果一开始的宣传就把这部小说归入了爱情小说的行列，而这也会导致读者在阅读理解之前就产生一个对作品显现方式的定向性期待——于是期待视阈就出现了。一般读者对文学类型、形式、主题等已有的审美经验构成狭义的文学期待视阈，他们必定会以读过的类似主题来想象小说，“爱情故事”四个字足以误导他们；而另一个期待的视阈是读者在社会、历史、人生等方面已经获得的生活经验引出的广阔的生活期待视阈。只有当这两个视阈融合才构成具体的阅读视阈。那个时期的法国普通民众对哥萨克文化缺乏了解。西欧与信奉东正教的俄国虽然都出自基督教这一同源价值体系，但俄国在历史上仍然与西欧有很大的差别，而哥萨克民族的文化和历史则更不为一般人所了解，当作品与读者的期待产生差距时，要么打破原有的视阈束缚，要么放弃阅读。加之连载的形式会使阅读中断，拉长阅读周期，难以让人在短时间内对作品有全面了解并在社会上形成阅读、批评的氛围。“放送者与接受者之间的关系是双向互动的，接受者的选择性对‘影响’是否会发生以及发生程度如何有着重要的制约作用。”[①] 如果在一般读者中未产生强烈反响，没有形成讨论热点，评论界自然不会关注。

公共期待视阈的影响，更为重要的是当时的社会背景的影响。20世纪30年代，法国正从第一次世界大战的阴影中走出，一战后建立的国际联盟（S.N.D.）在1924至1930年间有力地保障了欧洲的和平局面；法德的和解在1926至1930年间似乎得到了确立；1926至1928年，法郎贬值得到了抑制。“重建后得以恢复的繁荣刺激了经济增长，在被称为‘疯狂岁月’（1925—1930）的那段时间，经济增长十分强劲。”[②] 法国人希望用夜夜笙歌、用美酒来摆脱战争噩梦，用满足欲望来忘却民族的伤痛，连思想界都“放了大假”。在这样的背景下，法国人的公共期待视阈是什么？不妨从他们本国的文学状况来考察一番。第一代作家（一战前开始写作的一代）迷失在美梦中而创造出“在历史中缺席的文学作品”，第二代作家大多选择了自我清算，回头向古代文化求助以平息不安的灵魂。在这样的大背景下，对《静静的顿河》在法国的第一次翻译介绍就这样悄无声息的过去了。总的来说，当时法国人处于“集体催眠”状态。对于要逃避现实的人来说，《静静的顿河》这样一部官方经典作品并不能引起他们的兴趣；对于要摆脱战争阴影的人们，革命的主题意味着动荡与流血，经历过大革命洗礼和战争创痛的法国人，或许已经对这样的题材和内容感到厌倦。比较文学研究中关于“影响”的一个概念是：一国的文化与文学和外来的文化与文学之间的影响关系主要表现为激活、同化、印证和误读。《静静的顿河》在法国引起了误读，但没有激活什么，因为这部作品与公共期待视阈不相吻合，无法引起共鸣。

冷战思维的影响。第二、第三阶段，即50至60年代中期与作品获

① 张铁夫主编：《新编比较文学教程》，湖南人民出版社，2001年，第212页。

② 让·马蒂耶：《法国史》，郑德弟译，上海：上海译文出版社，2003年，第188页。

得诺贝尔文学奖以后,评论界为什么仍然保持让人费解的沉默呢?由于在意识形态上的对立,更由于苏联在斯大林统治时期的极左气氛以及对知识分子的迫害,西方学界对苏联官方的推介始终有抗拒心理;《静静的顿河》被封为现实主义的经典,恰恰现实主义的创作理念在20世纪的西方已基本被摈弃,如果作品前面再冠上"社会主义"这样一个极其富有政治和意识形态意味的限定词,就很容易让法国人对它产生排斥心理。这足以说明一部文学作品在国外被接受与否,接受程度如何,与其被引进的时机、环境、氛围以及读者心理需求等等文学之外的诸多因素有着密切关联。

法国又是一个以自我为中心的西方国家,其文化界和国民关注的重点始终在本国的文化事件上,加之法国历来是各种新思想、新潮流的诞生地,那里随时都在上演吸引眼球的文化事件。当第二次翻译和介绍的浪潮在60年代到来时,我们可以在当时的报纸上看到这样的热点:查拉和他的超现实主义正被炒得沸沸扬扬;毕加索的画作和他的立体主义成了人们追逐的热点;萨特的新作《词语》问世,人们开始讨论他的语言与风格;尤内斯库的荒诞戏剧《秃头歌女》正在上演……肖洛霍夫于此时又一次被介绍给法国民众,在各种新思潮的喧嚣中,静静流淌的顿河再一次被忽略,哪怕诺贝尔文学奖的桂冠也没能让它得到应有的关注。我们遗憾地看到,认真对这部作品进行评论的人很少。只能说冷战思维在很大程度上抑制了法国学界对肖洛霍夫及其作品乃至整个苏联文学的关注和研究,以至于最终形成如今的局面:面对一部获诺贝尔文学奖的伟大作品,法国文学批评界的关注、探讨、批评均乏善可陈。当然在仅有的几篇评论文章中,我们发现真正阅读与研究了这部巨著的法国学界人士对《静静的顿河》赞誉有加,他们认为,无论在叙事、语言还是在思想深度上,它都是一部堪称世界级的佳作。

(宁虹)

第三节　美国的肖洛霍夫研究

英译肖洛霍夫作品在美国的出版情况如下：1934年出版了《静静的顿河》第一部；[①]1935年出版了《被开垦的处女地》第一部；[②]1941年出版了《静静的顿河》第二部[③]及《静静的顿河》两部的合订本[④]；1960年出版了《被开垦的处女地》第二部[⑤]；1962年出版了《顿河故事》[⑥]；1967年出版了《〈一个人的遭遇〉及1923—1963年其他故事、评论和特写》[⑦]。

---

① *And Quiet Flows the Don*, Translated by Stephen Garry, New York: Alfred A. Knopf, 1934. 《静静的顿河》(第一部),斯·哈里译,纽约:阿尔弗雷德·克诺普夫出版公司,1934年。

② *Seeds of Tomorrow*, Translated by Stephen Garry, New York: Alfred A. Knopf, 1935. 《被开垦的处女地》,斯·哈里译,纽约:阿尔弗雷德·克诺普夫出版公司,1935年。

③ *The Don Flows Home to the Sea*, Translated by Stephen Garry, New York: Alfred A. Knopf, 1941.《静静的顿河》(第二部),斯·哈里译,纽约:阿尔弗雷德·克诺普夫出版公司,1941年。

④ *The Silent Don*, Translated by Stephen Garry, New York: Alfred A. Knopf, 1941.《静静的顿河》(第一、二部),斯·哈里译,纽约:阿尔弗雷德·克诺普夫出版公司,1941年。

直到1960年,英译《静静的顿河》才有新的版本问世,但却是由苏联国内的外语出版社出版的,这是一个包含四部的修订版,书名与前述1934年出的英译第一部相同,其底本仍是斯·哈里的英译,但经罗伯特·达格利什根据肖洛霍夫本人于1956年修订过的俄文版作了较大修订。

⑤ *Harvest on the Don*, Translated by H.C. Stevens, New York: Alfred A. Knopf, 1960.《被开垦的处女地》(第二部), H. C. 斯蒂文森译,纽约:阿尔弗雷德·克诺普夫出版公司,1960年。

⑥ *Tales of the Don*, Translated by H.C. Stevens, New York: Alfred A. Knopf, 1962. 《顿河故事》, H. C. 斯蒂文森译,纽约:阿尔弗雷德·克诺普夫出版公司,1962年。

⑦ *One Man's Destiny and Other Stories , Articles and Sketches, 1923–1963*, Translated by H.C. Stevens, New York: Alfred A. Knopf, 1967.《〈一个人的遭遇〉及1923–1963年其他故事、评论和特写》,H.C. 斯蒂文森译,纽约:阿尔弗雷德·克诺普夫出版公司,1962年。

以下按照《静静的顿河》、《被开垦的处女地》、《顿河故事》和《〈一个人的遭遇〉及1923—1963年其他故事、评论和特写》的顺序分别梳理每部作品出版当年(有时延续到次年)的报刊评论。这些评论主要涉及两个方面的问题:1. 它是否突破了意识形态的束缚,从而客观地反映了历史;2. 它的艺术表现力如何(除泛泛而论以外,集中于风格、情节、人物塑造等方面)。以下述评大致按照这两个方面予以展开。

一

《静静的顿河》在美国报刊评论界所受到的关注。

先看20世纪30年代的情况。英译《静静的顿河》第一部甫一出版,立即就引发了热烈的评论。对于一部来自所谓相当不同的意识形态国度的作品,最敏感的问题当属它是否能够突破所谓凌驾于一切之上的意识形态的束缚,如果在这个问题上得到负面的评价,那就等于宣判了它作为一部艺术作品在美国的死刑。而从评论界的反应来看,肖氏的小说一开始就经受住了这种政治性眼光的考验。大多数评论倾向于一种较为辩证的看法,即一方面认为肖氏作品不可避免地会染上一种革命意识形态的色彩,另一方面又认为它相对真实地呈现了历史。如有的评论者所说:"肖洛霍夫的小说是苏维埃的产物,但是其创作上的并不完全是政治的。作者希望展现战前的事件、战争本身和由特殊的人反映出的革命。"① 有的评论者把这一点讲得更为具体:"《静静的顿河》被贴上了苏联宣传品的标签,当然,它是从布尔什维克的视角和在苏联政权及制度下写作的。然而这幅画是如此广阔、综合、富有人性,以至于不能够被简简单单的当作宣传品。人们在这部书中读到的是对俄国的困惑、迷茫和盲目的情感力量,而不是组织好的政治信仰……不要试图从这部书中找到一幅清晰的政治运动画面。但是你能够从中看到对一场刚开始的,由卷入矛盾和改变之旋涡的粗鲁的、善骑射的、工作努力

① Hudson Review, *Register,* [NY], 2 JULY 1934. "哈德孙评论",载《记录》,纽约:1934年7月2日。

的、感情充沛的人们所引发的斗争的积极再现。”[①] 有的评论者特别强调了肖氏作为一个小说家在反映历史真实上最为重要的贡献，即对于纷繁复杂的人类生活的呈现：“伟大的事件经常被历史学家所遗漏，因为不管是慢慢的渗透还是一丝不苟的精密记述，人类本质的因素仅仅能够在描述中被部分展现。因此小说家，同时也是年代记录者，就有这个优势，他能够近距离放置他的镜子，并且详尽地反映出当时的历史背景。所以，在这部宏伟的小说《静静的顿河》中，我们知道了一系列超越了历史记录的事件；我们的生活是天然的，我们生存着，有爱，有斗争，有沮丧，有梦想，有痛苦，最后走向死亡——正是这些构成历史。”[②] 更有评论者极端地认为，肖氏对历史真实的披露简直到了完全颠覆意识形态的地步：“作者费尽笔墨堆砌恐怖与残忍，似乎对于将他的同胞描绘成野蛮人有一种近乎变态的喜爱。《静静的顿河》共有 755 页，238 000 个单词，是一部将和平时期的持续不断的狂欢转换为在一战和革命期间的屠杀的小说……远未到故事结束读者就开始对此感到厌烦，尽管有些非常精妙的叙述，但这已经不起作用了……我认为没有一部小说可以与《静静的顿河》相比，因为它的真实性，它所体现出来的那个战前的和一战与十月革命中的真实的俄国。”[③]

在艺术表现力方面，小说对哥萨克世界富有质感的呈现得到了肯定，如有评论者指出：“作者的叙述是平静的、从容不迫的以及始终是现实的。在关于顿河的春季垂钓和一位英雄的婚礼的描述中，他的语言充满了固态物质和现实细节。从其叙述中传出的是纯正而客观的诗篇。其字里行间透出的是浓郁的春天和哥萨克的大草原的沃土的气息；哥萨克人宽容、简单的生活态度，族长制以及野蛮都以杰出的表达传递给

① Hohlfeld, Adelin: “Books and Books”, Madison: *Capitol Times*, [WI], 22 July 1934. 爱德林·霍菲尔德：《书籍和书籍》，麦迪逊：载《议会时报》，威斯康辛，1934 年 7 月 2 日。

② Merlin, Milton: “One Cossack Family Sees Its World Transformed”, Los Angeles: *Times*, [CA], 8 July 1934.　弥尔顿·梅林：《一个哥萨克家庭目睹其被改造的世界》，洛杉矶：载《洛杉矶时报》，加利福尼亚，1934 年 7 月 8 日。

③ “Quiet Flows the Don” , Pasadena: *Star-News*, [CA], 21 July 1934.《顿河静静流淌》，帕萨迪纳：载《星—新闻》，加利福尼亚，1934 年 7 月 21 日。

了读者。"[①] 而最富意味的是,大多数评论者似乎都没法摆脱托尔斯泰及其《战争与和平》这个参照背景来感受其史诗般的风格。如有评论者指出:"尽管肖洛霍夫是一位革命作家,但他关于顿河哥萨克的鸿篇巨制却是一部遵循沙俄帝制文学传统的小说。这部书的规模、范围、所塑造的数以百计的大大小小的人物以及它所造成的影响都像《战争与和平》。"[②] 更有论者在此意义上给予小说极高的评价:"想在有限的空间内概述《静静的顿河》是不可能的。它精巧的网状结构交织了充满结合力的故事和事件。它不是静止的高挂在墙上的色彩绚丽的壁毯,它是一部流动的戏剧,它吸收了生命中的激流,并且将由男人和女人、他们所居住的世界以及他们所创造的世界所构成的、那些本质上相似的品质延伸到表面。这部书中也有死亡,但是死亡却来自于更充实的生活。它不是虚构的事物,是真实存在的。正如《卡拉马佐夫兄弟》是作者的经历,《战争与和平》、《奥德赛》及《李尔王》都与作者的经历有关一样,这也是一部经验之书。读到书的第755页结尾处,你不情愿地把它放下,再一次把它拿起来,翻到第一页……你会再次发现这条河通常是令人不安的,但是到最后,你会因为它的无限的变化和经常出现的抚慰人心的平静而感到高兴。"[③] 当然,也有评论者不认同这类赞美之辞,而持较为折衷的看法:"由于肖洛霍夫对哥萨克民族明显的爱和他血液中所蕴藏的深刻的意识,他所创作的画卷确实在某些方面能让人想到托尔斯泰。但肖洛霍夫是现代的,从本质上说是一位现实主义作家。他所讲述的故事从本质上说是令人不舒服的,在《战争与和平》中的那种强烈的感情消失了。"[④]

相对于以上关于小说风格的评价,人物塑造方面受到评论的关注明

① Nazaroff, Alexander: Review, *New York Times Book Review,* 15 July 1934. 亚历山大·拉札罗夫:评论,载《纽约时报书评》,1934年7月15日。

② Edgerton, Jay: "The Cassacks Though War And Upheaval", Minneapolis: *Journal,* [MN], 29 July 1934. 杰·埃德戈顿:《历经战乱与动荡的哥萨克》,明尼阿波尼斯:载《杂志》,明尼苏达,1934年7月29日。

③ "Maelstrom of War", Los Angeles: *Times,* [CA], 8 July 1934.《大战乱》,洛杉矶:载《时报》,加利福尼亚,1934年7月8日。

④ Gannett, Lewis: Review, New York: *Herald Tribune,* [NY], 3 July 1934. 刘易斯·加内特,评论,纽约:载《先驱论坛报》,纽约,1934年7月3日。

显要少一些,不过它也还是得到了较高的评价。有评论者虽然认为“他缺乏托尔斯泰式的伟大的人道主义和果戈理式的幽默”,认为其“笔下的人物是静止的,是类型化的,而不是个性张扬的”,但仍然承认“他也有能力创造出令人难忘的人物形象”。① 有的评论者则称赞小说人物葛利高里是一个真实的哥萨克的典型,而不是意识形态的符号:“葛利高里善于骑马,常酗酒,并不比他以前见过的哥萨克优秀。但他是哥萨克的典型。在从1905年革命到一战爆发这段模糊的时间里,肖洛霍夫让葛利高里和鞑靼村经过共产主义传播的开始阶段,经过战争,经过革命,这是一个漫长的过程,但也是一个有吸引力的过程。值得注意的是他是作为一个实在的人出现的,而不是作为政治真理的代表出现的。”②

20世纪40年代的情况如下:

在40年代的评论中,小说的客观性、真实性仍然是评论界首先关注的问题。从评论界的反应来看,英译《静静的顿河》第二部的客观性、真实性几乎赢得了众口交誉。评论者们指出:

“它蕴含着一种自然的力量,这本书最非同寻常的是它没有明显的意识形态偏见。”③

“作为一位苏联作家,他没有为红军树立英雄式的人物,他的作品也没有充斥教条说教。这本书向我们展示了肖洛霍夫何以成为伟大的当代的现实主义作家。”④

令人感到奇怪的是,美国评论界对肖氏作为一个苏维埃作家仍能保持其艺术的客观性竟是如此吃惊和津津乐道:

“最令人惊奇的是作为苏联的儿子,在政府中有着很高名望的作

① Brickell, Herschell: “For a World Cruise”, *North American Review,* September 1934. 赫希尔·布里克尔:《为了一次世界巡游》,载《北美评论》,1934年9月。

② Husdon Review, *Register,* [NY], 2 July 1934. “哈德孙评论”,载《记录》,纽约:1934年7月2日。

③ Lee, Berry: “This World of Books”, Toledo: *Blade,* [OH], 9 August 1941. 贝利·李:“这个书籍的世界”,托莱多:载《剑客》,俄亥俄,1941年8月9日。

④ Harson, Harry: “The First Reader”, New York: *Herald Telegram,* [NY], 4 August 1941. 哈里·哈森:《第一个读者》,纽约:载《先驱电讯报》,纽约,1941年8月4日。

者,竟能够保持如此完整的客观性。”①

“作为一个向来有着良好口碑的布尔什维克,其《静静的顿河》(第二部)的写作目的令人惊讶,他不是以一个党员,而是以一个艺术家的身份来收集素材的,正是这个特点使其小说不只是被视为一个激动人心的故事。”②

“苏联是一个国家,它是一个巨大的人民联盟,有着自身特有的英雄类小说。苏联至少造就了一位作家——米哈伊尔·肖洛霍夫,他的作品可以和任何一部古老的俄罗斯巨著相媲美……美国读者会惊讶于这样一个生活在俄罗斯的人,可以写出这样一部著作,在那里,主人公一生都是在这样或那样地战斗着,很令人同情。”③

毫无疑问,这些看法从侧面显示了美国评论界对于一个作家能在不一样的意识形态里保持其人格的独立是何等的悲观,那么肖氏何以就能做到呢?或许另一些评论者的观点可以提供这个答案:他或出于对祖国山河的热爱,对破坏一切的战争的厌倦。

“这部(指第一部)长达七百五十五页的巨著是由一位对他的祖国有着深沉的爱的作家书写的。在这部优美的散文式的著作中,我们一次又一次地看到大段大段的对各季节中的草原、山脉、森林及河流的描写。而在整个《静静的顿河》(第二部)中,到处都是战争所造成的混乱、它的残忍与暴行,以及人民对战争的厌倦。”④

肖洛霍夫能保持独立人格或许因为对哥萨克世界及其人民的同情,以及对社会的反思:

“当你不带什么期待和崇敬,来泛读这本被批评者和出版者围绕着的俄罗斯小说的时候,就会发现这是一本不错的小说。当你呼吸着顿

① Kiely, Bernadine: Review, *Book-of-the-Month Club News,* April 1941. 伯纳丁·克利:评论,载《每月之书俱乐部新闻》,1941 年 4 月。

② Kiessing, E. C.: “From Russia Comes New Great Novel”, Milwaukee: *Journal,* [WI], 3 August 1941. E.C. 基辛:《新近来自俄罗斯的伟大小说》,密尔沃基:载《杂志》,威斯康辛,1941 年 8 月 3 日。

③ “Books Received and Considered”, Cincinnati: *Post,* [OH], 6 August 1941. 《收到并考量过的书籍》,辛辛那提:载《邮报》,俄亥俄,1941 年 8 月 6 日。

④ Bower, Helen: The Book Rack, Detroit: *Free Press,* [MI], 3 August 1941. 海伦·鲍威尔,“书架”,底特律:载《自由通讯》,迈阿密,1941 年 8 月 3 日。

河的空气，缓步而行，注视着空旷荒凉的土地和它的人民，你就会了解那个蛮荒之地的民族的后代的强烈的感情，即使战斗到死，都不会放弃他们强大的个人主义传统。你会真实地感受这场悲剧，无论将来如何，他们依然会坚持自己的个人生活和个人命运。"①

"在《静静的顿河》中，肖洛霍夫为我们描绘了一幅严肃却不乏生动的画卷。小说将哥萨克家族紧密的家庭关系，他们对于自己土地和马匹的热爱，以及他们想要摆脱束缚，实现自治的梦想等都鲜明地表现出来了，就像某种程度上托尔斯泰作品中的历史片段在现今混乱战争中的重现。"②

"肖洛霍夫不仅展示了一幅精彩的、富有感染力的哥萨克画卷，在那里，哥萨克人热爱他们的土地，有着像捍卫与生俱来的权利一样保卫自己土地的强烈的决心；他还揭示了某些极端的红军官兵的反复无常、愚昧粗鲁以及他们所犯下的残忍暴行。"③

"肖洛霍夫作为最高理事会的成员，官方勋章和奖金的得主，写了一部令人称赞的小说，但在小说中，其主人公并不是革命者，肖洛霍夫对革命的敌人也显示出同情和忍让……肖洛霍夫忠实于他内心的声音，正是这个心声决定了故事的悲剧结局。葛利高里没有能忘却传统的哥萨克信念，也没能从错综复杂的矛盾中解脱出来。"④

相对于对哥萨克世界的呈现，小说对于暴力的描写引起了某些评论者的特别关注。有论者指出："这本新书读起来似乎是生涩、野蛮、全景式的骑士小说，到处都是马蹄、佩刀和暴力、死亡。如果你坚持下去，大概读到第五十页，你会觉得这野蛮的、慷慨的诗篇非常令人惊讶，它那

① Soskin, William: "Books and Things", New York: *Herald Tribune,* [NY], 4 August 1941. 威廉·索斯金，《书籍和事物》，纽约：载《先驱论坛报》，纽约，1941 年 8 月 4 日。

② Smyth, Arthur C: "The Cossacks Ride Again to Fight Common Foe", Buffalo: *Evening News,* [NY], 20 September 1941. 阿瑟尔·C. 史密斯：《哥萨克骑兵再战强敌》，布法罗：载《晚间新闻》，纽约，1941 年 12 月 20 日。

③ Jessup, Lee Cheney: Review, Nashville: *Banner,* [TN], 13 August 1941. 李·切利·吉撒普：评论，纳什维尔：载《旗帜》，田纳西，1941 年 8 月 13 日。

④ Kaun, Alexander: "Books and Their Writers", San Francisco: *Chronicle,* [CA], 17 August 1941. 亚历山大·考恩："书籍和它们的作者"，圣弗朗西斯科：载《记事》，加利福尼亚，1941 年 8 月 17 日。

横扫一切、势不可挡、赤裸裸的话语,是那么的壮阔。"[①] 对于这种暴力主题,有的论者视其为现实主义的必需:"这本小说充满了对人民和那被倾覆的土地的爱,区别肖洛霍夫的作品和至今为止已被翻译的大多数苏维埃小说具有非同寻常的意义……在肖洛霍夫的作品中,充满了血腥,充满了苦难和难以想象的折磨。他有描述暴力的天赋。他那瞬间的、带有强烈的情感的震慑有时让福克纳的写作都显得过于秀气。战争场面的影响是令人恐怖的……世界充满了残酷,没有哪个现实主义者能逃脱。"[②] 与此相对,有的论者却认为它恰恰破坏了小说的现实主义:"杀戮、抢劫、强奸,是这部内容繁杂的小说中人物的主要活动,而这些人物,像葛利高里·麦利霍夫一样,在为他们不知道是什么的东西而争夺着。这个故事用野蛮残忍的行为来迎合情节安排,这是对小说真实性的破坏。这是一部值得注意的小说,但绝不是因为这些让人无法忍受的情节。"[③]

对于《静静的顿河》第二部的艺术表现力,评论界主要从其叙述、结构,以及人物塑造几个方面予以关注。

叙述方面,有论者认为《静静的顿河》第二部在叙述上完全没有俄国小说那种常见的由于议论太多而导致的冗长的毛病,视其为一部自始至终都能吸引读者的小说:"《静静的顿河》(第二部)是一部值得期待的作品。事实上,我们愿意说这是自托尔斯泰的《战争与和平》之后俄国出现的最好的、最动人、最有趣的小说。与肖洛霍夫不同,许多俄国作家和其他一些欧洲的作家经常在他们的作品中加入很多又长又空洞的有关哲学或者其他方面的讨论,使得作品显得非常冗长。在这部七百五十五页的小说中没有一页是枯燥的,也没有一页能让读者想要忽略而过。"[④]

---

① Littell, Robert: Review, *Yale Review,* August 1941. 罗伯特·里特尔:评论,载《耶鲁评论》,1941 年 8 月。

② Sillen, Samuel: "Sholokhov's Characters", *New Masses*, 19 August 1941. 塞缪尔·西伦:《肖洛霍夫的人物》,载《新大众》,1941 年 8 月 19 日。

③ Reviw, Baltimore: *Sun,* [MD], 20 July 1941. 评论,巴尔的摩:载《太阳》,马里兰,1941 年 7 月 20 日。

④ Thomas, Aubrey L.: Book of the Week, Philadelphia: *Ledger,* [PA], 2 August 1941. 奥布雷·L. 托马斯:"每周书籍",费城:载《横木》,宾夕法尼亚,1941 年 8 月 2 日。

有些论者则认为第二部在叙述上虽然推进缓慢，但也并不影响其情节的紧凑和对于读者的吸引力：

"正如大部分的俄国小说一样，这部小说的风格是缓慢的、沉郁的，但是作者处理故事情节非常到位，并且直到作品的结尾仍抓住读者的兴趣。这部书对认真的成年读者很有吸引力。"[①]

"即使他的叙述在某些段落显得过长，那些严谨的批评也许会指出其他的微小错误，但是肖洛霍夫仍然自始至终抓住了读者的心，这也许就是作品情感真挚的最好证明。此外，当合上这本书的时候，一种感觉随之而来：这些年在苏联很少有小说有这么多实质性的优点……"[②]

结构方面，不少评论者对小说规模宏大但结构清晰的特点给予了高度评价：

"尽管书中有很多人物出现并且描写了很多场战斗，但是一点也不混乱，这是一部叙述技巧多样的代表作。"[③]

"在你全神贯注地读了一千一百三十一页的顿河哥萨克的故事之后，你会发现自己已经沉浸在那些社会边缘性的残暴和冷酷无情的习惯和行为之中了……这个故事自由穿梭于无数的事件和情况之中，故事有条不紊而逻辑分明。"[④]

"《静静的顿河》（第二部）是一部范围宽广的故事，它包括了很多性格鲜明的人物和数以百计的激烈的事件。尽管它有八百页之长，而且铺陈成一幅巨大的画卷，但这部小说的简练清晰在俄罗斯小说或叙事史诗中也是很罕见的。"[⑤]

不过也有不少评论者虽然肯定它的某些优点，诸如场面的广阔、心

① Olcott, Emma: Review, *Library Joural,* 1 March 1941. 爱玛·沃尔科特：评论，载《图书杂志》，1941年3月1日。

② Nazaroff, Alexander: Review, New York: *New York Times,* [NY], 3 August 1941. 亚历山大·拉札罗夫：评论，纽约：载《纽约时报》，纽约，1941年8月3日。

③ Kiely, Bernadine: Review, *Book-of-the-Month Club News,* April 1941. 伯纳丁·克利：评论，载《每月之书俱乐部新闻》，1941年4月。

④ Harson, Harry: "The First Reader", New York: *Herald Telegram,* [NY], 4 August 1941. 哈里·哈森：《第一个读者》，纽约：载《先驱电讯报》，纽约，1941年8月4日。

⑤ Lee, Berry: "This World of Books", Toledo: *Blade,* [OH], 9 August 1941. 贝利·李："这个书籍的世界"，托莱多：载《剑客》，俄亥俄，1941年8月9日。

理描写才能、对自然的生动描绘、思想深度等等，但认为它显得过于冗长，结构松散乃至混乱：

“在《静静的顿河》（第二部，*The Don Flows Home to the Sea*）中，肖洛霍夫再一次写到了哥萨克，所描绘的斗争场面是如此的广阔，以致到每幅画的最后都超出了人们的想象，这使得这部小说有些混乱……在这部庞大的小说中最精华的部分是游击队打仗的细节部分……”[①]

“毋庸置疑，他沉浸在顿河哥萨克的生活和土地中……当然，肖洛霍夫先生无疑是一位艺术家，他是精通哥萨克人心理的大师，他也具有像托尔斯泰一样的熟练描写军事的才能。他的小说本来可以缩短一半，以显得更有力度。俄罗斯人像美国人一样，他们喜欢关于他们的国内战争和革命战争的长篇大论式的小说叙述。”[②]

“这部小说最大的特点就在于对哥萨克思想的探索，最大的缺点是篇幅冗长，因此，它确实很俄国。”[③]

相对于以上这些批评，有些论者认为应从小说的全景视野方面去看待小说的结构，可以说，他们的观点或许才真的触及到了这部小说在结构艺术上的独特性：

“如果你偶然在一条山路上绕山一周，并且看到了整个山谷很广阔且向四面延伸，山下的房屋、道路和溪流尽收眼底，那么你就会明白肖洛霍夫的小说给人的是一种什么感觉了。《静静的顿河》（第二部）共有七百多页，但读到最后你真的希望还有后续内容，就如同你在观赏我提到过的美丽山谷的景色时不会感到疲惫一样，你很难不被肖洛霍夫小说那些跌宕起伏的情节和性格鲜明的人物所吸引。”[④]

“《静静的顿河》（第二部）的缺陷应该是联系众多人物命运的组织

① The Book of the Week, New York: *Sun,* [NY], 27 Jury 1941. “每周书籍”，纽约：载《太阳报》，纽约，1941 年 7 月 27 日。

② Mcfee, William: The Book of the Day, New York: *Sun,* 4 August 1941. 威廉 · 麦克菲：“每日书”，纽约：载《太阳报》，1941 年 8 月 4 日。

③ Selby, John: “The Literary Guidepost,” Bisbee: Review, [AZ], 15 August 1941. 约翰 · 塞尔比：《文学路标》，比斯比：载《评论》，亚利桑那，1941 年 8 月 15 日。

④ C. J. A.: “Stirring Novel of Don Cossack Battles”, Durham: *Herald*, [NC], 17 August 1941. C. J.A.:《一部激动人心的关于顿河哥萨克战争的小说》，达勒姆：载《信使报》，南卡罗来纳，1941 年 8 月 17 日。

有些松散。作者并没有尝试情节交织起伏的方法,相反,他却用一种全景的方式统领他的人物。最后这部小说融入了多种小说形式,它们彼此独立,但在涉及遭受战争带来的灾难和疫病的普通大众时,又相互联系。这种方式确实比那种典型的写作方式更加流畅自然,能出色地做到这一点,才是真正的艺术家。"①

"故事没有界限的全景式描写,没有边界的时间(在人类的价值范围内),都是对俄罗斯幅员辽阔的很好的证明……这是一首文字的交响曲(它有八百多页)。他不仅展现了作者精深的文学造诣,还在历史寓意、对人类的研究、组织体系等方面都有重要意义。作品的主旋律是饥饿感与情感的奇异结合。地平线上又出现了一部文学作品,它带给世界另一个托尔斯泰,另一个穆索尔斯基。"②

相对于小说结构评论上的意见不一,其人物塑造则得到了相对一致的肯定:

"这部小说过于冗长,关于两军或多军交战时的描写显得进展缓慢,有太多关于自然景象的描写,即使这些景象充满了动人的生机。然而由于无数鲜活人物的存在,顿河的村落便成为大家所熟知的地方。这是一个由多个不幸构成的故事,然而,明朗而粗俗的幽默,欢乐的哥萨克气氛,不断地打破小说总体上的严酷面貌。最后,哥萨克人强烈的个人主义,对自己土地的热爱,以及原始的骄傲性格都得到了鲜明的表现。"③

"《静静的顿河》(第二部)最迷人的风韵就是对于人民的惊人的质朴的描写,那种质朴是坦诚的、无拘无束的。"④

① Roberts, Mary-Carter: "New Novel by Sholokhov Continues Story of Don", Washington: *Star,* [DC], 17 August 1941. 玛丽-卡特尔·罗伯兹:《肖洛霍夫新的顿河小说》,华盛顿:载《星报》,哥伦比亚特区,1941 年 8 月 17 日。

② Nelson, Boris Erich: "From Russian Valleys Flow[s] a Symphony of Timely Worlds", Boston: *Post,* [MA], 21 September 1941. 波里斯·艾瑞克·尼尔森:《俄罗斯山谷里流淌着一首即时世界的交响曲》,波斯顿:载《邮报》,马萨诸塞,1941 年 12 月 21 日。

③ Marshall, Margaret: Review, *Nation,* 16 August 1941. 玛格里特·马肖尔:评论,载《民族报》,1941 年 8 月 16 日。

④ Nelson, Boris Erich: "From Russian Valleys Flow[s] a Symphony of Timely Worlds", Boston: *Post,* [MA], 21 September 1941. 波里斯·艾瑞克·尼尔森:《俄罗斯山谷里流淌着一首即时世界的交响曲》,波斯顿:载《邮报》,马萨诸塞,1941 年 12 月 21 日。

“尽管这本书被定义为小说，学历史的学生也可以视其为相当好的素材，来研究那些鲜为人知的哥萨克人的性格模式……肖洛霍夫仔细、公正、精确地定位了他小说中的人物性格。他们的宿命、野蛮、无知、迷惑，以及超越于这一切之上的对土地的热爱，还有所有孕育于土地中的那些东西，都得到了客观而有力的具体展现。”①

二

《被开垦的处女地》在美国报刊评论界同样受到关注。

20世纪30年代的情况如下：

由于两部作品前后紧邻的出版时间，《被开垦的处女地》（第一部）不可避免地要被人们拿来和《静静的顿河》（第一部）做对比，大多数论者都注意到了相对于《静静的顿河》（第一部）而言，《被开垦的处女地》（第一部）在题材上更具新颖性（俄国农村的集体化运动），并且都肯定了表现这种新题材的必要性，但他们对其艺术表现力的评价却意见不一。

有些评论者不仅肯定它在题材处理上的必要性（为西方世界提供俄罗斯现代历史的信息），而且认为它在艺术表现力上也并不逊于《静静的顿河》：

“关于苏联的五年计划已经有了许多作品，但是《被开垦的处女地》（第一部）尤其生动形象地表现了这一过程——这一伟大的尝试是如何一步步深入到苏联的土壤中的，并且很快得到了持久的支持。该小说让我们瞥见了俄国的今天——这里有太多的思考、预言、推测和传闻。它向我们介绍了目前苏联人民的生活——被残暴的贵族和富农统治的贫下中农现在翻身了，而那些富农和贵族则被摧毁或者流放。它描述了老一辈的斗争——一场不顾一切的、血腥的阶级斗争。无需说，一本反映苏联情况的书本身就是非常好的苏联宣传品。”②

① “Novel Describes Lives of Don Area Peasants”, San Diego: *Union,* [CA], 14 December 1941.《描写顿河流域农民生活的小说》，圣地亚哥：载《联盟》，加利福尼亚，1941年12月14日。

② Montgomery, Anna G.: Library Books, Augusta: *Chronicle,* [GA], 3 December 1935. 安娜·G.蒙特哥马利：“图书”，奥古斯塔：载《记事》，佐治亚，1935年12月3日。

“在《静静的顿河》中，肖洛霍夫通过各种各样的人物和富有吸引力的诸种事件展现了现代俄国的宏大景象。在他最新的小说中，肖洛霍夫描写了具有地方色彩的景象，表现了试图建立集体农庄的努力。《被开垦的处女地》（第一部）同样具有他早期小说所标识的力度和情感强度。”①

“《被开垦的处女地》（第一部）与《静静的顿河》（第一部）相比，它取得了更大的成就。小说涉及新的、比较难懂的主题，然而也因为此，这个雄辩的哥萨克小说家获得了更大的声誉。肖洛霍夫不仅对塑造人物形象的力量及其目的有着深远的理解，而且他也意识到人类的罪恶、无意义、返祖性的习惯以及天性的残暴。他了解和描述人类的天性以及影响它的条件……这部书充满了欢快的乡村幽默、极好的人物形象以及令人愉快的自热描写。这里有激烈的人类斗争、如火山般爆发的激情、难以动摇的忠诚、混乱、热忱，所有这一切都包含在不可阻挡的转变进程以及生活本身的运动之中。”②

“《被开垦的处女地》显示了肖洛霍夫（仍然未满三十岁）在小说类型和技巧上较之前作品的伟大跨越……它的主题——农业集体化——乍一看是严肃而令人生畏的，但是小说家以一种令人惊奇的方式将它带入生活中。我们怀疑是否还能有一部书比它更能给大众读者带来对俄国乡村典型的集体农庄的描述。”③

有些评论者虽然也肯定小说在题材处理上的必要性，但却批评它在艺术表现上过于简单，欠缺活力和丰富性：

“从某种意义上说，这本书是《静静的顿河》（第一部）的续集，《静静的顿河》（第一部）讲述了俄国革命之前和俄国革命过程中的顿河哥萨克……《被开垦的处女地》（第一部）讲述了在苏维埃政权下的哥萨

① Review, New York: *Sun,* [NY], 7 December 1935. 评论，纽约：载《太阳报》，纽约，1935年12月7日。

② Merlin, Milton: “Cossacks in a New World”, Los Angles: *Times,* [CA], 10 November 1935. 弥尔顿·梅林：《新世界里的哥萨克》，洛杉矶：载《时报》，加利福尼亚，1935年11月10日。

③ Carr, E.H.: Review, Boston: *Christian Science Monitor*, [MA], 20 November 1935. E.H. 卡尔：评论，波斯顿：载《波士顿科学箴言》，马萨诸塞，1935年11月20日。

克身上都发生了什么。这部新作品局限于比《静静的顿河》更小的范围，自然而然也就会丧失一些丰富性以及活力，但是作为一幅重要的展示当代俄国的图画，它的确是不可替代的。”①

“这部由《静静的顿河》（第一部）的作者写的新小说是如此的简单，以至于你不会期待能从中得到丁点儿的乐趣。”②

“作为一部小说，《被开垦的处女地》（第一部）是不能与《静静的顿河》相比较的，它既没有后者的视野，也没有后者的雄伟。这部书与其说是一部小说，不如说是一份档案。”③

《被开垦的处女地》的人物刻画更是被一些评论者视为完全失败：

“这是一部主题引发了很多持续效果的小说，不幸的是，这并不是真实情况……这部小说涉及了太多的人物，以至于不容易让读者对其中的任何一个人物保持长久的兴趣……作者想要抓住读者兴趣的意图是不加掩饰和无法辩解的。”④

“在《被开垦的处女地》（第一部）中，他塑造人物形象的天赋也不如前一部明显，所有的人物形象都是按照既定的趋势而塑造的。”⑤

20 世纪 60 年代《被开垦的处女地》也得到了美国学者的评论。

60 年代对于《被开垦的处女地》（第二部）的评价，可能由于时间间隔太长的缘故，评论界已经摆脱了总拿它与《静静的顿河》作比较的心理，而主要就其本身进行评价。小说的客观性，即是否真实地反映了历史，是否突破了所谓意识形态的束缚，仍然是评论界首先关注的问题。而从评论界的反应来看，肖洛霍夫在他们的眼里，“除了是一位有

① “Significant Picture of Red Russia”, New York: *Daily News,* [NY], 28 December 1935.《红色俄罗斯的意味深长的画面》，纽约：载《每日新闻》，纽约，1935 年 12 月 28 日。

② Foster, Willis: Review, San Francisco: *Argonaut,* [CA], 8 November 1935. 威利斯·弗斯特：评论，圣弗朗西斯科：载《淘金者》，加利福尼亚，1935 年 11 月 8 日。

③ Hindus, Maurice: Review, *New York Herald Tribune Books,* 10 November 1935. 莫里斯·辛达斯：评论，载《纽约先驱论坛报·图书》，1935 年 11 月 10 日。

④ B.H.: Review, Boston: *Transcript*, [MA], 2 November 1935. B.H.：评论，波士顿：载《抄录》，马萨诸塞，1935 年 11 月 2 日。

⑤ King, William G: “Cossacks Today”, New York: *Sun,* [NY], 2 November 1935. 威廉·G. 金：《哥萨克的今天》，纽约：载《太阳报》，纽约，1935 年 11 月 2 日。

天赋的作家,他也是一个有一定胆量的男人。他不怕毫无保留地说出自己的心里话。”①

在有些评论者看来,《被开垦的处女地》(第二部)大胆披露了集体化运动的极左现实及其危害性:

“在《被开垦的处女地》(第二部)中,肖洛霍夫既没有回避那些强迫实施集体化的生硬方法,也没有回避那些从事没收或征用富农财产工作的极左的施政官员们给普通人造成的极为严重的精神创伤。这本小说是我见过的对这段日子最好的概述。”②

“《被开垦的处女地》(第二部)是一本在大量的细节中显示出技巧性写作的伟大小说——不过它也是一本悲伤的书,它讲述了人类精神压抑的普遍性。”③

从小说并不回避历史真相的叙述中,西方读者得到的对于俄罗斯现实的感受有时是非常负面的,甚至是片面的:

“《被开垦的处女地》(第二部)中萦绕着一种特有的氛围,它促发读者产生一种黑暗的情绪——在俄罗斯文学中经常发现的那种来自荒凉现实的压抑情绪。”④

更有评论者指出这部小说在根本上与意识形态不相融洽的原因:

“即使不完整,最后章节也重新写过……《被开垦的处女地》(第二部)也是一本通过正式渠道进来的、来自俄罗斯的非同寻常的书。这本书坦率地、大尺度地批评了苏联的生活,很明显地伴随着一种很不协调的个人主义。”⑤

---

① W.H.A.: “Russian Novel”, Trenton: *Times,* [NY], 5 March 1961. W.H.A.:《俄罗斯小说》,特伦顿:载《时报》,新泽西,1961 年 3 月 5 日。

② Reavey, George: “The River of Their Destinies”, *Saturday Review,* 18 February 1961. 乔治·雷维:《他们的命运之河》,载《星期六评论》,1961 年 2 月 18 日。

③ Collier, Bert: “In Sholokhov’s Village, Hope”, Miami: *Herald,* [FL], 5 May 1961. 伯特·科里尔:《希望,在肖洛霍夫的村庄》,迈阿密:载《论坛报》,弗罗里达,1961 年 5 月 5 日。

④ Burns, Richard W.: Review, EI Paso: *Times,* [TX], 19 February 1961. 理查德·W. 伯恩斯:评论,爱帕索:载《时报》,德克萨斯,1961 年 2 月 19 日。

⑤ “Extradinary-for Russia”, *Time,* 24 February 1961. 《非凡俄罗斯》,载《时代》,1961 年 2 月 24 日。

除了以上这些评价，小说在题材处理上备受称道的还有它对于生活本身而非历史事件的呈现：

“作者感兴趣的事情是有关人类问题的每一个事例，人们的生活如何被事件所影响……”①

“在《被开垦的处女地》（第二部）中，肖洛霍夫再一次证明了自己不是一个宣传员……他的人物都来自于生活，他所描绘的情景也是我们所有人都可感可触的真实情景，他的困惑乃是任何激进的变化或制度变革都会给人带来的困惑。他所描绘的不仅是针对俄罗斯极左的集体化的反抗……他带着幽默并富象征性地呈现他的一些小人物。肖洛霍夫勾画的是生活本身——不仅仅是顿河流域那些集体农庄中的苏维埃生活。”②

“在《被开垦的处女地》（第二部）中，尽管叙述的主题是集体化规划与发现和打击反苏联政权的密谋者，但是叙述内容还是由村中人们的大部分相互影响的日常生活所构成，文中呈现了他们的爱恨情仇，喜怒哀乐，无忧无虑的时光和艰难困苦的日子，从很大程度上说，尽管他们被束缚在叙述的政治框架之中，这些东西却总还是构成他们的生活主流。”③

《被开垦的处女地》（第二部）的艺术性得到了美国评论界相对一致的肯定。有评论者认为，虽然相对于《静静的顿河》，它有些薄弱，但仍然算得上是一部杰作，原因是：“鲍里斯·帕斯捷尔纳克已经去世了，所以毫无疑问肖洛霍夫是俄罗斯最好的小说家，也是世界上最伟大的小说家之一。他所写的任何东西都是一种经验。”④ 而有的评论者则毫

① Lunsford, John: “Soviet Savors Nature’s Cycles on the Don”, Dallas: *News,* [TX], 19 December 1961. 约翰·伦斯福特：《苏维埃品尝到顿河的自然周期》，达拉斯：载《新闻报》，德克萨斯，1961 年 12 月 19 日。

② Bowman, Sylvia E.: “*Harvest on the Don* Rewards Reader”, Fort Wayne: *News-Sentinel,* [IN], 25 February 1961. 西尔维亚·E. 鲍曼：《〈被开垦的处女地〉（第二部）赢得了读者》，韦恩堡：载《新闻—哨兵》，印第安纳，1961 年 2 月 25 日。

③ H.B.H.: “Harvest on the Don”, Springfield: *Union and Republican,* [MA], 5 March 1961. H.B.H.:《〈被开垦的处女地〉（第二部）》，斯普林菲尔德：载《联盟与共和党人》，马萨诸塞，1961 年 3 月 5 日。

④ Ranson, Charles Foster: “First *Don* Books Better”, Des Moines: *Register,* [IA], 21 May 1961. 查尔斯·弗罗斯特·兰森：《第一部〈顿河〉小说更好》，得梅因：载《记录》，依阿华，1961 年 5 月 21 日。

无保留地给予它很高的评价："肖洛霍夫是一个艺术家。这一点不会有什么问题。从人物创造、组织结构和诗化的语言……肖洛霍夫再一次证明了自己是一个高水平的小说家。"①

除了这些泛泛之论，评论界还就这部小说的风格、情节、人物及自然风物等方面予以了具体评价。

在风格方面，不少论者都称赞其充满活力的、内涵丰富的现实主义：

"总的来说，《被开垦的处女地》（第二部）的叙述充满了活力；那些喜欢肖洛霍夫早期作品的人也将会喜欢这本书。他们将喜爱其中古老的美德，史诗般宏大的草原背景，喜欢这个包含了高雅的悲剧与低俗的喜剧，包含了卑鄙和高贵、残忍和牺牲、无情无义和多愁善感的现实主义的混合体；他们将喜欢作品中对质朴、精明的下流农夫的描写，喜欢其不复杂的情感，和作者呈现的那彻底的弗洛伊德之前的对人类感情的观点。但是，对于我们中的一些人来说，在朋友肖洛霍夫这里，除了可以感触到在果戈理或者狄更斯的小说中可以感触到的那种新鲜和迷人之外，还将领略到的远不止是传统的风格。"②

"据我所知，现存的小说家中没有人像米哈伊尔·肖洛霍夫那样把诸如色彩、人物和幽默等诸多因素带入乡村生活的宏大叙述之中。"③

在情节方面，有些评论者认为这部小说是对传统情节小说的一种突破，因为它不是以精巧的情节，而是以场景描绘而取胜的：

"在《被开垦的处女地》(第二部）中几乎没有那种传统的故事情节。肖洛霍夫取而代之所展示给我们的，是一些不完整的和不确定的普通人的生活片段……肖洛霍夫有一双艺术家的眼睛，对那些具有说服力

① Deasy, Philip C.: Review, *Critic,* May 1961. 菲利普·C.戴西：评论，载《批评家》，1961年5月。

② Rugoff, Milton: "Fourth and Final Panel In Sholokhov's Cycle of Novels", New York: *Herald Tribune,* [NY], 1961.2.19. 弥尔顿·鲁戈夫：《肖洛霍夫小说系列之第四、最后一部》，纽约：载《先驱论坛报》，纽约，1961年2月19日。

③ Weeks, Edward: Review, *Atlantic,* March 1961. 爱德华·威克斯：评论，载《大西洋》，1961年3月。

的、富有启发性的、貌似真实的细节充满了警觉。"①

"《被开垦的处女地》(第二部)对于美国读者来说,就是一个讲述各种各样的村民们在其日常生活中的思想及情感的故事。作者在这个方面做得很好,几乎每一个段落都运用了描写。你可以在这里发现多种类型的农民形象……文中的幽默有点生涩,但也还没到那种让人产生反感的地步。据我判断,美国读者从这本书里唯一能获得的价值是文中画面的描绘。"②

与此相关,小说对于俄罗斯乡村风情的呈现得到了有些评论者的称赞。

"《被开垦的处女地》(第二部)是一本强而有力的小说。书中描绘自然的段落是如此真实,以至于你都能闻到新割下来的干草的清香,感觉到道路上的尘土,聆听到在作者最喜爱的大草原上方的雄浑庄严的隆隆雷声。这并不是他最好的作品。他是如此喜爱他笔下的一些人物形象,以至于他故意让他们放慢脚步,交谈得过多。但这是充满了生机的生活,是喜剧和悲剧的混合体。它让你感觉到自己仿佛正生活于俄罗斯乡村。"③

"肖洛霍夫可能是现代俄罗斯最重要的作家,他呈现了一幅俄罗斯大草原的图画,这幅图画是如此生动,以至于读者都能感觉到春天的新鲜气息,夏天的炎热和微风,暴风雨即将来临时的压抑。正像书名④所暗示的,谷物沉甸甸的,男人和女人都在为收获它们而工作着。"⑤

---

① Biles, J. I.: "Life of Cossacks is Superb Book", Atlanta: *Journal and Constitution,* [GA], 22 January 1961. J.I. 比勒斯:《哥萨克的生活是壮丽的诗篇》,亚特兰大:载《杂志和习俗》,佐治亚,1961 年 1 月 22 日。

② Bartley, Edward: Review, *Best Sellers,* 1 March 1961. 爱德华·巴特利:评论,载《畅销书》,1961 年 3 月 1 日。

③ Lynch, Mary: "Sholokhov Scores with *Harvest*", Pittsburgh: *Press,* [PY], 19 February 1961. 玛丽·琳奇:《肖洛霍夫因〈被开垦的处女地〉(第二部)而成功》,匹兹堡:载《新闻界》,宾夕法尼亚,1961 年 2 月 19 日。

④《被开垦的处女地》第二部英译书名的字面意思为"顿河畔的丰收"。

⑤ Frye, Harriet: "Fouth Novel in Don Cycle Set in 1930's", Columbus: *Dispatch,* [OH], 1961.2.26. 哈里特·弗莱:《始于 1930 年代的第四部顿河小说》,哥伦布:载《快讯报》,俄亥俄,1961 年 2 月 26 日。

在人物形象的塑造上，个别评论者认为这部小说“没有激起我们的兴趣或者使我们沉浸在对作品中心人物的问题探索之中。那个英雄，一个富有同情心的好男人，他怀着一股宗教般的热情从事他作为集体化农场主席的工作，然而经常看起来他就像一个男童子军”。[①] 与此相对，大多数评论者表达了较为一致的肯定意见：

“这本书与其他小说的不同之处在于，尽管肖洛霍夫只是在被允许的自由限度内写作，但是他也巧妙地把人性和人物的微妙之处结合在一起，这就把他的作品大幅度地抬升到高于其他大量的苏联同类小说的位置。”[②]

“这本书最主要的价值并不在于其再现一个时期的作用，而在于对文中人物的刻画——官员、村庄怪人、乡村的轻浮女人，以及唠叨的老巫婆。虽然并非所有的主角都令人信服，但是书中的小人物却是栩栩如生，他们被安排在一个愉悦、诙谐的氛围之中……”[③]

“首先有必要承认的是：不管肖洛霍夫写什么都是值得去读的，这是因为即使在他最虚弱的时候他也是一个伟大的讲故事的人。在这本最近的小说中，顿河哥萨克人正面临着从他们原始的、个人主义的生活到集体化农场的社会转变。尽管这些人物形象被迫陷入一个被苏联评论界称之为‘社会主义现实主义’的小说模式中，但是他们的粗俗、滑稽和悲惨都被表现得栩栩如生。”[④]

“在《被开垦的处女地》（第二部）中，肖洛霍夫超越了苏联的爱国主义和政治范畴，创造了大量的农村人物形象，该小说就和托尔斯泰的任何一部作品一样具有普遍性，一样生动，有时候甚至显得更有意思……其形象刻画的范围，叙述兴趣的连贯，深刻的幽默感，以及对其

① Hoffman, Diane: “Top Russian Author Goes Back to Don”, Washington: *Star*, [DC], 19 February 1961.2.19. 迪恩·霍夫曼：《俄罗斯最杰出作家回归顿河》，华盛顿：载《星报》，哥伦比亚特区，1961 年 2 月 19 日。

② Decter, Moshe: “Return to the Don”, New York: *Post*, [NY], 19 February 1961. 摩西·德克特尔：《回归顿河》，纽约：载《邮报》，纽约，1961 年 2 月 19 日。

③ Slonim, Marc: Review, *New York Times Book Review*, 19 February 1961. 马克·斯洛尼姆：评论，载《纽约时报书评》，1961 年 2 月 19 日。

④ Fagin, Bryllion: New Books In Review, Baltimore: *Sun*, [MD], 24 February 1961. 布里莱恩·法金：“新书评论”，巴尔的摩：载《太阳报》，马里兰，1961 年 2 月 24 日。

笔下人物饱含深情的理解——所有这些都表明了这是技艺高超的大师的杰作。”①

三

对肖洛霍夫早期的短篇小说集《顿河故事》的评论在美国报刊上也有登载,评论界总体上还是给予了较高评价。

有评论者认为:“这十六个短篇故事的精选集虽然不足三百页,但其所受的赞誉却并不亚于长篇史诗巨作。”②

另有评论者认为通过这些故事可以对共产主义在苏联取得成功的历史合理性有所认识:

“在这些故事中,尽管存在着宣传成分,但是关于南俄罗斯的人民、景色和事件的生动描写仍然给人以强烈的真实感。这些故事不仅因为作者的精彩讲述而引人入胜,而且也给思想开明者提供了共产主义能在俄国取胜的合理解释:共产主义为劳苦大众开辟了一条新的生活道路,它胜过在沙皇专制统治下被剥削被奴役的悲苦命运。”③

还有评论者认为它反映了历史的真实,即“时代的混乱和民众的痛苦,俄国最令人钦佩的勇士和征服者——哥萨克人,在革命中被善恶共围的现实”④,而在有的评论者看来,这正是肖氏在西方世界赢得读者的原因:

“几乎不能够解释肖洛霍夫的作品在西方,包括在美国,为何有这样的吸引力。事实是肖洛霍夫是一位杰出的故事讲述者,他以特殊视

① Suppan, A. A.: “The Don Rolls On”, Milwaukee: *Journal,* [WI], 12 March 1961. A.A. 撒潘:《顿河滚滚》,密尔沃基:载《杂志》,威斯康辛,1961 年 3 月 12 日。

② Turner, Jim: “16 Don Stories by Sholokhov”, Cleveland: *Press,* [OH], 27 February 1962. 吉姆·图尔纳:《肖洛霍夫的十六个顿河故事》,克利夫兰:载《新闻界》,1962 年 2 月 27 日。

③ H., B. H. “*Tales of the Don* by M. Sholokhov”, Springfield: *Union and Republican,* [MA], 4 March 1962. B.H.H.:《肖洛霍夫的〈顿河故事〉》,斯普林菲尔德:载《联盟与共和党人》,1962 年 3 月 14 日。

④ H., M.: Review, *New York Herald Tribune Books*, 6 May 1962. M.H.:评论,载《纽约先驱论坛报·图书》,1962 年 5 月 6 日。

角表达了当下苏俄顿河流域村庄的实情和民众的情感。”①

值得注意的是，评论界对这些故事中所呈现的哥萨克世界的残酷性予以了特别关注，但在评价意见上却很不统一。有些评论者很欣赏：

“肖洛霍夫通过这些年在写作上不加掩饰地表现出残忍和恐怖而扮演着一个积极的角色……他用抒情般的语言表达对土地的热爱，他对熟悉的民众和俄罗斯的历史进行了准确的记录，这将他置于当代俄罗斯文学的显要地位。我承认，我深深地崇拜着肖洛霍夫。”②

“《顿河故事》中的大部分故事都充斥着愤怒村庄的血腥和饥荒、洪水。每个故事都充满着悬念，然而，故事内容是如此丰富，不能够狼吞虎咽地一看了之，必须经常阅读才能够消化其精髓。”③

但有些评论者却表示反感：

“每个人都能够说这些故事是大师的杰作，但是只有文学研究者能够从中获益良多。对俄罗斯民众而言，这些故事的残酷、悲惨和粗野的内容既不太可能赢得人心，也不会产生巨大的影响。”④

“肖洛霍夫在《顿河故事》中所描述的俄罗斯人的仁慈，我们在任何情况下都无法见识。

“俄罗斯人喜欢肮脏和血腥场景的融合，这点从肖洛霍夫作品数以百万的销量以及常被卖脱销就可以看出……作者也甚为得意地欣赏自己所描写的残忍图景，这种肮脏的东西应该加以抑制。如果这真的是

① Lehrman, Edgar H. “Stories of Russia Universally Vivid”, Atlanta: *Journal and Constitution*, [GA], 24 June 1962. 埃德加·H. 莱曼：《始终生气勃发的俄罗斯故事》，亚特兰大：载《杂志与习俗》，佐治亚，1962 年 6 月 4 日。

② Thatcher, Miriam H.: “Cossack Meet the New Order”, Chattanooga: *Times,* [TN], 1 April 1962. 米亚姆·H. 撒切尔：《哥萨克遭遇新秩序》，查塔鲁加：载《时报》，田纳西，1962 年 4 月 1 日。

③ N., W. E. : “Blood, blazes run through Russian tales!”, Birmingham: *News*, [AL], 29 April 1962. W.E.N.：《鲜血、狱火在俄罗斯小说中肆虐！》，伯明翰：载《新闻报》，亚拉巴马，1962 年 4 月 29 日。

④ Albaugh, Dorothy P.: “Somber Soviet Life In Sholokhov Stories”, Columbus: *Dispatch*, [OH], 11March 1962. 多萝西·P. 阿尔保：《肖洛霍夫故事中的苏维埃》，哥伦布：载《快讯报》，俄亥俄，1962 年 3 月 11 日。

天才的表露,那就是对我的愚弄,虐待狂才会想要一本这样的书。"[①]

评论界对于《顿河故事》的艺术表现力的评价主要集中在小说风格和人物形象塑造方面。

在风格方面,虽有个别评论者指责肖氏"缺乏史诗小说家的那种宏大手笔,而更多的展现出政治宣传员的强烈论辩风格"[②],但更多的评论者却在肖氏这部早期的短篇小说集里看到了他后来创作中的诸多因素(包括对暴力的迷恋)并加以肯定:

"《顿河故事》包含了后来把肖洛霍夫造就为一个叙述大师的所有因素:扣人心弦的故事情节,清新自然的风景,富有感染力的、活泼的幽默和不露痕迹的习语表达。"[③]

"肖洛霍夫敏捷而粗俗的文风和大众化的自然主义主题在该作品中随处可见……肖洛霍夫以大场景、快动作和个性化情节来取胜,但并不以牺牲社会意义为代价。"[④]

"《顿河故事》包含了体现肖洛霍夫成熟的现实主义描写特色的所有风格:蓝色天穹下的西伯利亚大草原,戏剧性的情节正在上演,暴力充斥其间,用语幽默而放荡不羁。"[⑤]

"如同他的主要作品一样,肖洛霍夫在这本书中对西伯利亚大草原的呈现同样显露了他的天赋。草原会随着季节的交替,泥土气息的强弱而改变,也会随着鸟鸣兽啸,随着庄稼地、草地、灌木丛和天空的色泽变化而有所不同……这些邪恶顽固者反抗着上面的政策,但作者在书

① Knight, Gladys: Review, EI Paso: *Times*, [TX], 18 March 1962. 格雷迪斯·赖特:评论,爱帕索:载《时报》,德克萨斯,1963年3月18日。

② Janeway, Elizabeth: "Stories from Russia's Civil War-Artistry Overwhelmed by Hate", Chicago: *Tribune*, [IL], 25 March 1962. 伊丽莎白·简维:《淹没在仇恨中的俄罗斯内战创作》,芝加哥:载《论坛报》,伊利诺伊,1962年3月25日。

③ Slonim, Marc: "An Explosion of Hatred", *New York Times Book Review*, 4 March 1962. 马克·斯洛尼姆:《一次仇恨的爆发》,载《纽约时报书评》,1962年3月4日。

④ Schott, Webster: "Civil War is Always Much the Same", Kansas City: *Star*, [MO], 10 March 1962. 韦伯斯特·斯科特:《内战总是一样的》,坎萨斯城:载《星报》,密苏里,1962年3月10日。

⑤ Levitsky, Serge L.: Review, *America* 24 March 1962. 塞杰·利维茨基:评论,载《美国》,1962年3月24日。

中仍然对他们饱含怜悯之情，这种高度的艺术真实感在不同的政治阵营中都能得到认可。”①

在人物形象塑造方面，评论界的意见则见仁见智，不太统一。有评论者认为它的人物形象过于脸谱化，“因为红军总是以英雄形象出现，而哥萨克人却以坏蛋的反面形象出现。”② 还有评论者认为这些故事其实是一种政治化的写作，其人物形象自然不会有什么真正的感染力：

“《顿河故事》粗俗的故事情节导致作者忽略了人物形象及其深度，这一切都归因于肖洛霍夫缺乏文学上的训练。然而，该书最严重的失误是与政党路线缺乏想象力的联系，这让故事呈现出政治性写作的黯淡无光……这些作品将令现代俄罗斯小说的研究者们，而不是历史和艺术方面的研究者们倍感兴趣……”③

与以上这些看法不同，另一些评论者却认为《顿河故事》在人物塑造上是相当成功的。他们还较为一致地认为，肖氏写出了压力下的普通人的生活悲剧：

“肖洛霍夫能够准确地捕捉到普通人在面对重压时的心理和行为，并用简洁流畅的笔触将之真实而连贯地记录下来。”④

“《顿河故事》中的人物对故土的热爱十分强烈，令人难以忘怀。在20年代的斗争中，善与恶的人性共存，肖洛霍夫将自己置于时代变幻的旋涡中，忠实地观察并记录着。我们不能因为党派偏见的原因，就对他的写作横加指责。这些故事都充满着契诃夫式的忧伤，因为肖洛霍夫

---

① Pisko, Ernest S.: “Sholokhov’s Stories”, Boston: *Christian Science Monitor*, [MA], 6 April 1962. 欧内斯特·S. 皮斯科：《肖洛霍夫的故事》，波斯顿：载《基督教科学箴言报》，马萨诸塞，1962年4月6日。

② Gadd, Harold C. : “Russia Tales of a Brutal Era” , Charleston: *Gazette*, [WA], 25 February 1962. 哈洛尔德·C. 加德：《野蛮时代的俄罗斯故事》，查尔斯顿：载《公报》，西弗吉尼亚，1962年2月25日。

③ Priestly, Judith: “Horror of Civil War Dominates Tales” , Bridgeport: *Post*, [CT], 1 April 1962. 朱迪斯·普瑞斯特利：《故事服务于内战的荣光》，布里奇波特：载《邮报》，康涅狄格，1962年4月1日。

④ Lavine, Sigmund A.: “Fifth Book in Don Cycle” , Worcester: *Telegram*, [MA], 25 February 1962. 西格蒙德·A. 拉维恩：《第五部顿河小说》，伍斯特：载《电讯报》，马萨诸塞，1962年2月25日。

深知在革命变革的时代背景下,人物生活不可能脱离革命、压迫、苦痛、仇恨和死亡。"[①]

"肖洛霍夫作品的深度和影响力通过他塑造的典型的且具象征性的人物形象得以展现,这些形象能够同时温暖、感动着我们。革命和内战通过其对个人的影响被加以阐释。要单独挑出其中的一个故事予以特别留意是不可能的,因为每一个故事里的人物,无论多么简单,都保持着他的气度、深刻性和张力。在《顿河故事》的十六个故事中,贯穿着一个共同的主题:分歧导致了悲剧的产生。"[②]

四

《〈一个人的遭遇〉及1923—1963年其他故事、评论和特写》也在美国报刊评论界得到了评述。

有评论者对这个选集从总体上加以肯定,认为书中"这十一个短篇故事的一部分让我们惊奇地看到肖洛霍夫的顿河史诗如何在这样的作品中开始显露;另一部分,即战时和战后的评论、演讲和特写,让我们更好地了解到肖洛霍夫作为一名受敬重的党派人士,一位苏联作家协会成员的思想和行为……"[③]

而有些评论者则对这部选集里所有的东西都予以否定。他们中有的人认为这些材料只是赖于肖氏成名后的声望才被收集起来的,本身并没有什么价值;有的人认为这些材料"具有强烈的倾向性,肖氏一向辛辣的语言风格、喧闹的诙谐以及对其乡土和同胞的热情,都令人失望地没有了光彩……不用说,这些平庸的作品无助于提升肖氏的国际性声誉"。[④]

① Phillipson, John D: Review, *Best Sellers,* 15 March 1962. 约翰·D. 菲利普森:评论,载《畅销书》,1962年3月15日。

② Comans, Grace P.: "Set in violence", Hartford: *Courant*, [CT], 8 April 1962. 格瑞斯·P. 科曼斯:《暴乱开始了》,哈特福德:载《新闻报》,康涅狄格,1962年4月8日。

③ Muchnic, Helen: Review, *New York Review of Books*, 15 June 1967. 海伦·马切利克:评论,载《纽约书评》,1967年6月15日。

④ Newman, V.D.: Review, *Library Journal*, 15 June 1967. V.D. 纽曼:评论,载《图书杂志》,1967年6月15日。

有的评论者还从语言上具体地评论这种倾向性所反映的问题，认为在《〈一个人的遭遇〉及1923—1963年其他故事、评论和特写》中“语言由原来的自然、直接的对话转变为越来越多的政治修辞。最明显的政治话语的堆砌反映出肖洛霍夫缺乏用语言表达苏联现实主题的能力。”[①]

有的评论者则从结构和人物形象方面批评了该选集中的小说的不足：“选集中的十一个故事和特写（1923—1927）是不能与肖洛霍夫已出版的那两部作品相比的……很明显，肖洛霍夫对于短篇小说不太在行，几乎没有什么复苏的迹象。这些短篇拘谨的结构限制了角色的展开，因为肖洛霍夫主要是一个在情节构造上大开大合的作家……”[②]

相对于以上两种完全对立的看法，有些评论者持一分为二的的辩证态度，即称赞其中的小说，但对其他部分评价较低：

“《〈一个人的遭遇〉及1923—1963年其他故事、评论和特写》中的故事显示了肖洛霍夫的人道主义、幽默感以及对于自然美景和未受教育的贫苦农民的精妙成熟的描述……那些评论和特写则主要是一种政治宣讲，谈不上有什么吸引力。”[③]

“肖洛霍夫在宣讲政治的时候，虽然并不像一些西方作家那样背叛自己的整体性，但是他所写的东西仍旧只是一种宣传。在这本包括了评论、故事以及速写的书中，他的天分只在《一个人的遭遇》中表现出来。”[④]

五

在美国的肖洛霍夫研究中，有两部专著值得关注。其一是D.H.斯

① Richmond, Diane: “Examples of rhetoric”, Chicago: *Tribune*, [IL], 16 July 1967. 丹尼·瑞奇蒙：《修辞的范例》，芝加哥：载《论坛报》，伊利诺伊，1967年7月16日。

② Simmons, Ernest J., “Muddy Flows the Don”, *New York Times Book Review*, 20 August 1967. 欧内斯特·J.西蒙斯：《顿河浊流》，载《纽约时报书评》，1967年8月20日。

③ Crome, Clive: “Selections From Mikhail Sholokhov”, Charleston: *Post*, [SC], 25 August 1967. 克利夫·克罗米：《肖洛霍夫选集》，查尔斯顿：载《邮报》，南卡罗来纳，1967年8月25日。

④ Green, Martin: Review, *Commonweal*, 20 October 1967. 马丁·格里恩：评论，载《公益报》，1967年10月20日。

蒂沃特（Stewart, D.H.）的《米哈伊尔 · 肖洛霍夫：一个批评性的导论》（*Mikhail Sholokhov: a Critical Introduction*）。这是英语世界中第一本研究肖洛霍夫的专著。斯蒂沃特首先展示了“肖洛霍夫的哥萨克世界”，作者在追溯了哥萨克的历史和肖洛霍夫的生平简史后写道：

> 这就是一个剽悍、年轻的俄国哥萨克。通过一双探寻的眼睛，他看到一个质朴淳美的世界陷入了彻底的战乱之中，但是他并没有放弃对文化与礼仪的热切追求……然而，在大多数时候，他并不需要任何镜片，因为草原的阳光会照亮他的世界，满载歌声与传奇的草原之风会为他的散文奏响乐章。①

在那个特殊的政治环境中凭内心写作，肖洛霍夫对秩序的热切追求更在于他能保持艺术家的人格独立性，从而也造就了远离意识形态说教的迷人风格。在斯蒂沃特饱含感情且极富诗意的表述中，我们很容易看出评论家对肖洛霍夫的喜爱之情。斯蒂沃特从不吝惜对肖洛霍夫的赞美，在书中的另一处，他盛赞肖洛霍夫为“最伟大的苏维埃作家”。②

面对肖洛霍夫的早期创作，斯蒂沃特指出，这些小说虽具实验性，但肖洛霍夫独特的风格和主题范围已基本形成。其中大多数故事都是置于革命环境中的冒险经历，但叙述重点放在了人物行动上而非性格的发展上。斯蒂沃特用全书大部分篇幅对《静静的顿河》予以探讨。在对其史诗性部分的分析中，他的评论尤为出彩。他认为史诗的部分推动力来自于社会主义的兴起和十月革命，并且宣称这部小说最接近《伊利亚特》和《贝奥武甫》。

第二本专著是格尔曼 · 叶莫拉耶夫（Emolaev, Herman）的《肖洛

① Stewart, D. H.: *Mikhail Sholokhov: a Critical Introduction*, University of Michigan Press, Ann Abor: 1967, p.21. D.H.斯蒂沃特：《米哈伊尔·肖洛霍夫：一个批评性的导论》，安娜堡：密执安大学出版社，1967年，第21页。

② 同上，第161页。

霍夫和他的艺术》(*Mikhail Sholokhov and his art*)。叶莫拉耶夫详尽地研究了肖洛霍夫的艺术风格,具体分析了方言、比喻、色彩、作品的结构、作品情节的错讹等问题。他借助于苏联、俄罗斯学者的研究以及发表在苏联期刊上的相关材料,几乎是逐章考证了《静静的顿河》所运用的史料的来历。叶莫拉耶夫还探究了《静静的顿河》的著作权问题,他通过缜密论证而对剽窃说予以大力反驳:“没有可信的证据能证明肖洛霍夫不是唯一的作者”。①

叶莫拉耶夫对肖洛霍夫艺术特色的探讨极为精细,比如在“《静静的顿河》与托尔斯泰”一节中,他从语句结构入手,把葛利高里和阿克西尼娅之间的通奸关系与伏伦斯基和安娜的关系作比较,通过对细节的条分缕析得出结论:

> 你如果读读第二段引文接下来的段落,读读葛利高里征服阿克西尼娅的一节(第一部第九章),那么对两位作家之间的区别的认识就会愈加清晰……安娜内心充满了负罪感、羞愧感、厌恶感和恐惧感。托尔斯泰的道德立场是很明显的。肖洛霍夫更为简洁,他专注于情感的身体表现等外在的描述。葛利高里把阿克西尼娅甩到肩上就像“狼把咬死的羊甩到自己背上一样”。“咬死”这个词或许暗示着阿克西尼娅的引诱最终导致了她的毁灭这样灾难性的事情。②

肖洛霍夫和意识形态的关系永远是个无法回避的研究热点。在“生活哲学和意识形态”一节中,叶莫拉耶夫考察了肖洛霍夫的创作历程,作出这样的论断:“从《静静的顿河》直到长篇《他们为祖国而战》的道路,显示出其作品的艺术价值和作品所涵盖的社会历史信息的规模逐

① Emolaev, Herman: *Mikhail Sholokhov and his art*, Princeton University Press, 1982, p.300. 格·叶莫拉耶夫:《肖洛霍夫和他的艺术》,普林斯顿大学出版社, 1982年, 第300页。

② Emolaev, Herman: *Mikhail Sholokhov and his art*, Princeton University Press, 1982, p.90-91.格·叶莫拉耶夫:《肖洛霍夫和他的艺术》,前引书, 第90—91页。

渐缩小的过程”[①]。他对这个现象作了独特的解释,认为“其原因有外在的,也有他个性方面的”。[②] 这里,叶莫拉耶夫显然是透过有色眼镜在看问题,肖洛霍夫在《被开垦的处女地》和《一个人的遭遇》中表现出的直面现实的勇气,在20世纪90年代以来已经得到不少俄罗斯学者的肯定。前文已述及,在美国学者对《被开垦的处女地》的作者直面真相的勇气的肯定在20世纪60年代就已有了充分的表达。

肖洛霍夫的每部著作都在美国引发评论热潮。在两国意识形态对立的大背景下,美国人对肖洛霍夫作品首先进行真实性考量也便理所当然。他们发现这些小说文本绝非简单的意识形态符号,而对肖洛霍夫能在极左形势下保持艺术家的独立人格啧啧称奇。在这一点上,美国评论界的赞誉是相当一致的。具体到对小说艺术的探讨上,绝大多数论者高度赞扬了肖洛霍夫在叙事、结构、语言等方面的高超技艺,少数批评者在某一层面指出肖洛霍夫小说不足的同时,仍能肯定其作品整体的优秀品质。可以说,肖洛霍夫已被美国人置于托尔斯泰、帕斯捷尔纳克等最伟大的俄国小说家之列。美国报刊对肖洛霍夫的评论虽不乏颇具见地之作,但总体水平略显参差不齐,规范性稍嫌不足,在这个意义上,两部专著正好弥补了这一缺陷,而且其收集的材料更为丰富、研究方法更为精细,论证也更为缜密,从而也更具学术价值。

(邱晓林)

① Emolaev, Herman: *Mikhail Sholokhov and his art*, Princeton University Press, 1982, p.90–91.格·叶莫拉耶夫:《肖洛霍夫和他的艺术》,前引书,第155页。

② 同上。

第二编

肖洛霍夫学术史研究

第一章

肖洛霍夫的中心化与边缘化

在肖洛霍夫创作初期（1925—1938），拉普的或其他的持庸俗社会学批评观的批评家给予他激烈的抨击，持庸俗社会学观念的握有权力的人们也给肖洛霍夫极大的压力，要他更改《静静的顿河》的内容和人物的命运。在长达十四年的创作过程中肖洛霍夫表现出了艺术家的良知与非凡的勇气，为了表现历史的真相，不惜与握有权力的庸俗社会学秉持者相抗衡，拒绝了他们修改的要求，这有助于形成《静静的顿河》超越狭隘团体利益的经典品质。在20世纪30年代末期肖洛霍夫的命运急转直"上"，文学体制向文学经典妥协，此后他被认为具有居于文学中心的资格，成为苏联的经典作家。到20世纪80年代中期以后，随着意识形态的急剧转变，肖洛霍夫作为原来的中心文学的符号被祛魅和颠覆，他又被迅速边缘化。肖洛霍夫批评史也似乎有一个明显的"A"型结构。

第一节　20世纪20年代末至30年代：拒斥庸俗社会学

肖洛霍夫进入文学界、开始发表《顿河故事》和《静静的顿河》的时候，苏联文学界还散发着浓烈的阶级斗争的火药味，庸俗社会学的批评还很盛行。同时来自各方面的极左的压力始终伴随着长达十四年的《静静的顿河》的创作过程。肖洛霍夫按照自己对生活的正确认识来进行创作，同时要在言论上、创作中拒斥各种庸俗社会学的干扰。

当时文学界的阶级斗争的高调门，可以从发表有关肖洛霍夫的评论的杂志中感受到，从杂志中的其他文章中感受到。如1929年一家杂志报道共青团的会议时用了这样的词句："国内激烈的阶级斗争正在以更复杂的形式进行着……阶级斗争的形式和道路、它在现代条件下的手段都更加复杂了。对新一代劳动者进行革命教育的艰巨性正是由阶级斗争的手段的复杂性所决定"；[①]还有一家杂志指责高尔基的《工人阶级应该培养自己的文学大师》的发言是"无耻的进攻"，"掩盖了高尔基背后的真实的反动的嘴脸"。[②]

在《顿河故事》和《浅蓝色草原》（Лазоревая степь）出版后，1927年，拉普批评家叶尔米洛夫称肖洛霍夫是"初学写作者"，指责他这两部短篇小说集偏离了"无产阶级文学的风格"。[③]当时以庸俗社会学方法对《静静的顿河》大加贬斥的代表人物有扬切夫斯基、吉纳莫夫和马伊泽尔等。扬切夫斯基把《静静的顿河》称为"反动的浪漫主义作品"，他明确指出："肖洛霍夫反动性的实质何在？这部反动的浪漫主义作品是由哪些元素构成的？首先，肖洛霍夫不是以过去为将来的出发点，而是相反，让人重回过去。第二，他夸大了过去，即'静静的顿河'的过往，他浓墨重彩地描绘过去那种卑鄙无耻、令人生厌的图景，希望读者也沉迷于过往的生活。我可以说，他的眼睛长在后脑勺上，并且同时还有色盲症。"[④]他还写道："我认为肖洛霍夫的小说在艺术上是有很高价值的（毋庸怀疑，如果这是一部低劣的作品，那么它也不会如此知名，而肖洛霍夫也不会被宣称为无产阶级作家），而在思想内容上，它表现的是最彻头彻尾的反革命的所作所为。"[⑤]他认为肖洛霍夫诬蔑无产阶级，把哥萨克富农作为自己的主人公，因此是带着作家面具的阶级敌人，是哥萨克富农的思想家。吉纳莫夫指责肖洛霍夫用讽刺漫画的形式刻画小说

① Янчевский Н., Реакционная романтика // На подъёме, 1930, №12. 扬切夫斯基：《反动的浪漫主义作品》，载《高潮》，1930年，第12期。

② Настоящее, 1929, №8–9. 载《现在时》，1929年，第8—9期合刊。

③ 参见舍舒科夫：《苏联20年代文学斗争史实》，冯玉律译，上海译文出版社，1994年，第283页。

④ 同注①。

⑤ 同上。

中所有的布尔什维克。马伊泽尔认为肖洛霍夫小说中的白军是正面形象,而布尔什维克是反面形象。① 莉季娅·托姆(Тоом, Л.)也声称:"肖洛霍夫也好,马卡罗夫也好,卡萨特金也好,多夫仁科也好,都不是富农的艺术家,但是富农的情绪对他们作品的一系列主题产生了影响,这是毫无疑问的,'天生的农夫'的思想是同对世界进行社会主义改造的思想相敌对的。对这种情绪进行无情的揭露——这便是马克思主义文学批评的任务。"②1929年《现在时》杂志上发表了一篇文章——《白卫军为什么喜欢肖洛霍夫?》,文中说:"无产阶级作家肖洛霍夫究竟完成了参与革命前的农村阶级斗争的哪个阶级的任务?对这个问题的回答是准确而确定的。有一种最客观的意见:肖洛霍夫客观上完成了富农的任务……结果肖洛霍夫的作品甚至成了白卫军喜欢的东西。"③ 应该指出,这个时期正面评价《静静的顿河》的文章也发表了一些。

在持续十四年的《静静的顿河》的创作中,肖洛霍夫并没有屈从庸俗社会学的批评而改变自己的构思,相反他并不妥协,他依然直面历史真相,不粉饰,不曲解,表现了一位艺术家的真诚和良知。从某种意义上说,他还有意识地同他们相对抗,这就激起了更大的阻力。在这期间肖洛霍夫写出《静静的顿河》的第三部,这一部中他用了很多篇幅描写顿河地区哥萨克的暴动。作家通过大量令人信服的情节说明,国内战争时期哥萨克的暴动在很大程度上是由于党内和红军中的一部分极左的人对哥萨克采取了过火的举动。1930年夏天肖洛霍夫将《静静的顿河》第三部寄到了《十月》杂志编辑部。主要由热衷于宗派主义和庸俗社会学批评的拉普成员组成的《十月》编委,对《静静的顿河》的手稿吹毛求疵。责任编辑的助手卢兹金通知肖洛霍夫:《十月》将不再刊载《静

① Майзель О., О "Тихом Доне" и одном добром критике // Звезда,1929, №8. 马伊泽尔:《论〈静静的顿河〉和一个善意的批评家》,载《星》,1929年,第8期。

② Тоом Л., Кризис или агония // На литературном посту, 1930, №11. 托姆:《危机或垂死挣扎》,载《在文学岗位上》,1930年,第11期。

③ А.П., Почему Шолохов нравился белогвардейцам? // Настоящее, 1929, №8–9. 亚·普:《白卫军为什么喜欢肖洛霍夫?》,载《现在时》,1929年,第8—9期合刊。

静的顿河》,并指责肖洛霍夫乱写顿河上游的暴动,是为暴动者辩护。[①]面对《十月》编辑部的指责,肖洛霍夫并没有退却。1931 年 6 月他给高尔基写信求援,在信中他详细申述了自己的创作意图后写道:"但是拉普的某些'正统的''领袖们'读过第六卷(即第三部)之后,责备我利用顿河上游哥萨克被欺压的事实为暴动辩护。打压哥萨克的政策和欺压中农哥萨克的错误行为——不写这些就不能揭示暴动的原因。如果就这样无缘无故,不仅不会发生暴动,就连跳蚤也不会咬人。"[②]他在信中还抱怨编辑部的先生们对手稿胡乱勾画。由于他执意坚持自己讲真话的权利,小说的第三部迟迟得不到发表。实际上肖洛霍夫在《静静的顿河》中坚持反映哥萨克纷纷参加维申斯克暴动的历史真相,是有明确的现实针对性的,就在这封致高尔基的信中他说:"关于对待中农的态度问题长期摆在我们面前,也摆在要走我们革命道路的那些国家的共产党人面前。去年的集体化和过火行为的历史事实,在一定程度上同 1919 年的过火行为相类似……"[③]为了解决《静静的顿河》第三部被搁置的问题,1931 年 6 月中旬高尔基促成了斯大林同肖洛霍夫见面。在这次会见中他们讨论了作品中的倾向等问题。1983 年肖洛霍夫向普里玛回忆起了会见中的细节,斯大林问及《静静的顿河》的一些问题,甚至提到这部小说的第三部让白卫军感到满意的事,作家不卑不亢地作了回答,实际上是假装没有领会领袖的暗示。斯大林最终还是同意了出第三部。[④]尽管斯大林同意出书,但《静静的顿河》的第三部一直拖到 1933 年才在《十月》上出现,而且已满是"刀痕",面目全非了:其中第十一、二十、二十二、二十三、三十三、三十八等章被删掉了许多文字。责任编辑是潘菲洛夫,他也是当时《十月》的主编之一。1932 年 4 月《真理报》发表了《国内战争史纲》的写作大纲,将维申斯克暴动定性为"哥

① Ермолаев Г., "Тихий Дон" и политическая цензура, 1828–1991, Москва, ИМЛИ РАН, 2005, с.23. 叶尔莫拉耶夫:《〈静静的顿河〉与政治性书报检查(1828—1991)》,莫斯科,俄罗斯科学院高尔基世界文学研究所出版社,2005 年,第 23 页。

②《肖洛霍夫文集》(中文),前引书,第 8 卷,孙美玲译,第 328—329 页。

③ 同上,第 330—331 页。

④ 参见刘亚丁:《顿河激流——解读肖洛霍夫》,前引书,第 70—77 页。

萨克的旺代[①]”叛乱,这就意味着给历史学家和小说家们定了调子:参加暴动的人就是敌人。[②]1933 年国家文学艺术出版社准备出版《静静的顿河》前三部的单行本。肖洛霍夫在为出版社准备稿子的时候,特意将第三部中被《十月》删去的文字一一恢复,并给出版社写信申明道:“所有三部中作者作了一些润饰……不打算作大的增删改动……在第三部有许多增补。这些中的一部分是被《十月》编辑部砍掉的。我恢复这些文字,并且坚持保留它们。”[③] 肖洛霍夫煞费苦心,就是为了通过自己的小说向世人说清楚顿河哥萨克暴动的真相。这充分体现了一位直面现实的作家的襟怀和勇气,他冒着触禁区、犯禁忌的危险,既是为了写出历史的真相,又是为了警醒党和国家的一些极左的领导和工作人员,在集体化运动和类似的运动中不要犯类似的错误。同时这也是肖洛霍夫同情弱者和无辜牺牲者的高度人道主义精神的自然表露。

在如何写《静静的顿河》的结尾和葛利高里的结局的问题上,肖洛霍夫也是长时间地拒斥来自从批评界到最高层的庸俗社会学秉承者的粗暴干涉。在《静静的顿河》的创作过程中,肖洛霍夫不断感受到巨大的压力,他们要求他把葛利高里“变成”布尔什维克。在 1930 年 4 月 2 日致列维茨卡娅的信中,肖洛霍夫写道:“法捷耶夫建议我作我无论如何不能接受的修改。他说,如果我不把葛利高里变成自己人,小说就不能继续连载。您知道,我在构思第三部的结尾。我终究不能把葛利高里变成布尔什维克。”[④] 当时法捷耶夫是拉普领导人,是《十月》的主编,其权力之大可以想象,但肖洛霍夫并不为他的劝说和逼迫所动。1935 年肖洛霍夫在回答问题的时候坚称葛利高里不可能成为布尔什维克。[⑤]1936 年也有评论家对《静静的顿河》的第四部的结尾提出了要

① 法国地名,法国大革命期间此地曾发生保皇党叛乱。

② 参见《肖洛霍夫的秘密生平》(中文版),前引书,第 57 页。

③ 肖洛霍夫致 A. 米特罗方诺夫的信,引自《肖洛霍夫文集》(俄文版),前引书,第 9 卷,第 126 页。

④ Шолохов М.А., Собрание сочинений,М.,Терра-книжный клуб,2001, t.9, cc.107-108. 《肖洛霍夫文集》(俄文版),前引书,第 9 卷,2001 年,第 107—108 页。

⑤ 参见 Дир, Разговор с Шолоховым // Известия, 10 марта, 1935. 基尔:《同肖洛霍夫谈话》,载《消息报》,1935 年 3 月 10 日。

求:《静静的顿河》最后一部(第四部)艺术上的主要环节应是全新的质变——最终同过去决裂,并且意识到布尔什维主义对所有哥萨克劳动人民而言是唯一的道路;这样的结局符合历史真实,与艺术真实完全吻合。[①] 批评家在这里表达得要委婉一些,但实际上也是针对葛利高里的结局提出了改弦更张的要求。1937 年 9 月肖洛霍夫对到维申斯克去了解情况的苏联作协领导人斯塔夫斯基说:"最后的结局是葛利高里·麦列霍夫放下武器,放弃斗争。我无论如何不能使他成为一个布尔什维克。"[②] 1937 年底肖洛霍夫已经写完了《静静的顿河》的第四部第八卷,但迟至 1940 年这部分才出现在《新世界》的第 3—4 期上,原因是斯大林对肖洛霍夫没有把葛利高里转变成红色哥萨克不满。[③] 肖洛霍夫学家、九卷本《肖洛霍夫文集》(2000—2001)的编辑者弗·瓦西里耶夫(Васильев, Ф.)写道:"1938 年冬天,在读完第四部手稿后,斯大林把肖洛霍夫召到莫斯科,对他说,'要改变小说的结局,要表明,葛利高里究竟是什么人,是红色哥萨克,还是白卫军匪帮。'"[④] 从 1940 年发表的《静静的顿河》的第八卷来看,肖洛霍夫并没有接受这个指示,对葛利高里的结局没有作任何修改。格·叶尔莫拉耶夫认为,1938 年罗斯托夫州政治保安局策划实施、几乎就要得逞的逮捕肖洛霍夫的计划,实际上是斯大林对肖洛霍夫拒绝修改小说极端不满的一种表现形式。[⑤]

现在可以说,加上其他因素,《静静的顿河》具备了成为经典的内在的条件:作品超越了庸俗社会学式的狭隘的、团体的、短时段的具体要求,而成为了体现人民心声的高度的人道主义杰作。假如肖洛霍夫的

① Перцов В., Новая дисциплина // Знамя,1936, №11.с.260. 别尔措夫:《新课题》,载《旗》,1936 年,第 11 期,第 260 页。

② 《作家与领袖——肖洛霍夫致斯大林》,孙美玲编译,北京大学出版社,2000 年,第 82 页。

③ Ермолаев Г., "Тихий Дон" и политическая цензура, 1828–1991, Москва, ИМЛИ РАН, 2005, сс.62–63. 叶尔莫拉耶夫:《〈静静的顿河〉与政治性书报检查(1828–1991)》,前引书,第 62—63 页。

④ Шолохов М.А., Собрание сочинений, М., Терра-книжний клуб, 2001, т.6, с.350. 《肖洛霍夫文集》(俄文版),前引书,第 6 卷,第 350 页。

⑤ 同注 ③,第 64—65 页。关于顿河州政治保安局逮捕肖洛霍夫的阴谋,参见奥西波夫:《肖洛霍夫的秘密生平》(中文版),前引书,第 227—229 页。

"抗干扰"能力不强,屈从庸俗社会学压力,依样画葫芦,那就会写出一部平庸的、合乎当时潮流的作品,那么世界文学中就会损失一部不朽的《静静的顿河》。

第二节 自20世纪30年代末开始:中心化的表征

肖洛霍夫的经典化的明显表征出现在1938年之后。1939年他被选为苏联科学院院士。1940年11月8日在斯大林奖文学评选委员会的讨论会中,围绕是否授予《静静的顿河》第四部斯大林奖的问题展开了激烈的争论,包括阿·托尔斯泰在内的一些评委对葛利高里在小说的结尾仍是匪徒的身份深感遗憾。阿·托尔斯泰说:"小说第四部结尾(确切地说,是关于小说主人公葛利高里·麦列霍夫这个强壮的哥萨克代表,既有能力又有激情,却走向匪帮的整个叙事部分)损害了读者心目中葛利高里·麦列霍夫不安分的形象,同时也损害了肖洛霍夫所创造的有诸多形象的完整世界。"他还说:"《静静的顿河》这样的结尾是作者的构思还是仅仅是个错误?我认为是个错误。如果《静静的顿河》就以第四部结束的话,那么这就是错误……但是我们觉得,这个错误将会被那些要求作者继续讲述葛利高里·麦列霍夫生活的读者的意志纠正过来"。但他明确表示会投肖洛霍夫赞成票。[1]法捷耶夫在评奖会上对《静静的顿河》表达了两点不满,首先是如上所述,对葛利高里的结局不满:"主人公的结局我们等了十四年,而肖洛霍夫却把可爱的主人公引向精神空虚。写了十四年的人民互相厮杀,而结果什么都没有得到。人们走向了完全的精神空虚,这是一场没有结果的厮杀。确实,在第三部肖洛霍夫把自己的主人公变成了坏人,一个反革命分子。肖洛霍夫把他

① Шолохов в документах Комитета по Сталинским премиям 1940-1941 гг., В сборнике Новое о М. Шолохове: Исследования и материалы, Москва, ИМЛИ РАН, 2003, сс.486-551. 《1940—1941年斯大林奖评委会文件中有关肖洛霍夫的资料》,参见《肖洛霍夫研究新材料》,莫斯科:俄罗斯科学院高尔基世界文学研究所出版社,2003年,第486—551页。

引向最后的结局时，这个结局对他而言是合理的。”[①] 其次，他对作品中塑造的共产党员形象不满：“在小说中存在着某种艺术上的不真实。为什么我们打败了反革命？因为那些和反革命的哥萨克作斗争的人们在思想和道德上要高尚些。而在《静静的顿河》中只有三个布尔什维克人物：第一个是施托克曼，但他不是真正的，而是‘基督徒似的’布尔什维克；第二个人物是彭楚克，这是个用铁和混凝土包裹起来的‘呆板的’布尔什维克；最后一个是科舍沃伊——但这是个卑鄙之徒”。因此他表态说：“我个人的意见是，那里没有展示出斯大林事业的胜利，这让我在选择时犹豫不决。”[②] 尽管讨论会上听起来一片反对之声，但在 11 月 25 日的投票中，三十五人无记名投票，三十一票赞成给《静静的顿河》第四部授奖，而另外的候选作品，瓦西列夫斯卡娅（Василевской, В.）的《沼泽地上的火焰》（Пламя на болотах）和谢尔盖耶夫-倩斯基（Сергеев-Ценский）的《塞瓦斯托波尔激战》（Севастопольская страда）分别只得了一票，也就是说《静静的顿河》获得了压倒多数票。在关于《静静的顿河》评选的记录稿中有这样的评价：“作为真诚的艺术家，肖洛霍夫在整个史诗的范围内，不可能以其他的方式来结束《静静的顿河》的第四部。假如葛利高里·麦列霍夫走其他任何一条道路，都会导致艺术上的不真实，小说的结构和内在逻辑都会坍塌。”[③] 所以评委会最终还是决定授奖给这部作品。

从此肖洛霍夫和他的作品在批评界、研究界渐入顺境。1939 年至 1940 年这两年间各种报纸发表有关肖洛霍夫的文章共六十五篇，其中苏共中央机关报《真理报》两篇，苏联政府机关报《消息报》六篇。[④]1939

① Шолохов в документах Комитета по Сталинским премиям 1940-1941 гг., В сборнике Новое о М. Шолохове: Исследования и материалы, Москва, ИМЛИ РАН, 2003, сс.500. 《1940—1941 年斯大林奖评委会文件中有关肖洛霍夫的资料》，参见《肖洛霍夫研究新材料》，莫斯科：俄罗斯科学院高尔基世界文学研究所出版社，2003 年，第 500 页。

② 同上，第 518 页。

③ 同上，第 503 页，第 523—525 页。

④ Сост.: В.Зарайская и др., Шолохов М.А.: биобиблиографический указатель произведений писателя и литературы о жизни и творчестве, Москва, ИМЛИ РАН, 2005. сс. 440-445, с. 698, сс. 709-711. 参见扎拉伊斯卡娅等编：《肖洛霍夫：作家作品和生平创作研究文献目录》，前引书，第 440—445 页；第 698 页；第 709—711 页。

年1月乌西耶维奇(Усиевич, Е.)在发表于《真理报》的评论文章中称:"肖洛霍夫的这些作品的巨大的意义在于,他在自己的作品中正确地描写了在农村发生的复杂、矛盾的生活现象,在完满性中展示了新的、有时是出人意料的转折。"[①]1940年年底戈芬舍费尔还在国家文学艺术出版社出版了图文并茂的《米哈伊尔·肖洛霍夫》一书。

肖洛霍夫的命运为什么会发生好的转向?为什么批评界和体制由对他实行强力的庸俗社会学的压制似乎突然之间转向接纳他,赞扬他,甚至奖励他?个中原因有学者作过探讨。肖洛霍夫研究家奥西波夫指出:斯大林认为,一个大国,在伟大的高尔基去世后,不能没有一群在全世界让国家引为自豪的作家。[②]叶尔莫拉耶夫分析了斯大林由怂恿对肖洛霍夫实行政治迫害快速地转到向他提供保护的原因:"对领袖而言,这位具有世界意义的作家可以展示苏联文学的成就"。[③]且看《静静的顿河》在一些国家的翻译情况,《静静的顿河》(第一、第二部)在苏联刚一发表,很快就在很多国家有了译本,1929年在德国(魏玛共和国)出了《静静的顿河》第一部的译本。其后,1930年,肖洛霍夫的这一长篇小说在捷克斯洛伐克、西班牙、瑞典、中国出版,1931年在法国、英国、美国出版,1932年在丹麦出版,1934年在日本出版。在这样的背景下体制向文学经典妥协了,这也许是博弈论的经典案例。此后肖洛霍夫被认为具有处于文学中心的资格,成为苏联的经典作家。

以后,尤其是在苏德战争结束以后,有不少肖洛霍夫居于文学中心的表征:1955年5月24日是肖洛霍夫五十岁诞辰,国家授予他列宁奖章,并在莫斯科举行庆祝他五十诞辰的晚会,《真理报》、《消息报》、《红星报》(Красная звезда)、《文学报》5月24至25日报道了在莫斯科举

① Усиевич Е., Михаил Шолохов // Правда, 1939.1.27. 乌西耶维奇:《米哈伊尔·肖洛霍夫》,载《真理报》,1939年1月27日。

② 参见奥西波夫:《肖洛霍夫的秘密生平》(中文版),前引书,第232页。

③ Ермолаев Г., "Тихий Дон" и политическая цензура, 1828-1991, Москва, ИМЛИ РАН, 2005, с.65. 叶尔莫拉耶夫:《〈静静的顿河〉与政治性书报检查(1828—1991)》,前引书,第65页。

行的该纪念晚会。[①] 肖洛霍夫还荣幸地连续在苏共二十大至二十四大上作大会发言。[②]

第三节 20世纪80年代中期:边缘化的表征

肖洛霍夫是20世纪俄罗斯的经典作家,在大的社会转型之中和之后他的声誉和地位如何,这是国内学术界比较关注的问题。如若不就苏联/俄罗斯的文学界对他的研究情况作全面详尽的考查分析,而是仅凭往日记忆和模糊印象作判断,难免鲁鱼亥豕,习非成是。所以本章将借助统计分析和史实还原的方法,力求客观、科学地揭示1988年以来肖洛霍夫在文学界被边缘化的过程、特征和原因。

这里采取数据统计和纵横比较法。对在苏联和俄罗斯发表的有关肖洛霍夫和其他作家的论文数量作统计,并进行纵横比较:即对苏联时期的一个时段和转型期的一个时段发表的有关肖洛霍夫的论文的数量进行比较,再把有关另一类型作家的论文在这两个时段的数量进行比较,然后对两位作家的数量关系进行比较。另外还抽取特定年份进行

① 50-летие М.А.Шолохова // Правда,1955.25мая, с.1. 《米·亚·肖洛霍夫50诞辰》,载《真理报》,1955年5月25日,第一版;

Юбилейный вечер М.А.Шолохова в Москве // Известия, 1955.25 мая. с.2. 《米·亚·肖洛霍夫诞辰晚会在莫斯科举行》,载《消息报》,1955年5月25日,第二版;

Пятидесятилетие М.А.Шолохова: Юбилейный вечер писателя в Москве // Красная звезда, 1955.25 мая. с.2. 《米·亚·肖洛霍夫50诞辰晚会在莫斯科举行》,载《红星报》1955年5月25日,第二版;

Правление Союза писателей СССР М.А.Шолохову // Литературная газета, 1955.24 мая. 《苏联作家协会理事会致电米·亚·肖洛霍夫》,载《文学报》,1955年5月24日,第一版。

② Шолохов М.А., Собрание сочинений,М.,Терра–книжный клуб, 2001, t.9, cc.7–17, cc. 22–32, cc. 48–56, cc. 67–73. 《肖洛霍夫文集》(俄文版),前引书,第9卷,第7—17页,第22—32页,第48—56页,第67—73页。

纵横比较。

1968年至1977年10年间苏联的期刊上共发表有关肖洛霍夫生平和创作的论文共计440篇。

表一①

年份	文章数（篇）	总数（篇）
1968	27	27
1969	25	52
1970	32	84
1971	31	115
1972	27	142
1973	32	174
1974	23	197
1975	177	374
1976	28	402
1977	38	440
共计	440	

该时期研究肖洛霍夫的文章每年发表数量的均值是：

$$\overline{X_1}=\frac{27+25+32+31+27+32+23+177+28+38}{10}=44$$

1988至1997年苏联/俄罗斯期刊发表的有关肖洛霍夫的文章238篇。

① Сост.:В.Зарайская и др., Шолохов М.А.: биобиблиографический указатель произведений писателя и литературы о жизни и творчестве, Москва, ИМЛИ РАН, 2005, сс. 302-329, сс. 393-401, сс. 421-425. 参见扎拉伊斯卡娅等编:《肖洛霍夫:作家作品和生平创作研究文献目录》,前引书,第302—329页,第393—401页,第421—425页。

表二①（除去在俄罗斯之外的原苏联加盟共和国发表的论文）

年份	文章数（篇）	总数（篇）
1988	28	28
1989	24	52
1990	38	90
1991	18	108
1992	10	118
1993	23	141
1994	24	165
1995	39	204
1996	13	214
1997	21	238
共计	238	

该时期研究肖洛霍夫的文章每年发表数量的均值是：

$$\overline{X_2} = \frac{28+24+38+18+10+23+24+39+13+21}{10} = 23.8$$

将两个时期有关肖洛霍夫的文章每年发表数量的均值相比较：

$$\frac{\overline{X_2}-\overline{X_1}}{X_1} = \frac{23.8-44}{44} = -0.4591$$ ，即负增长 45.91%。

布宁是俄罗斯的另一位诺贝尔文学奖获得者，因为他是在离开苏维埃俄国的时候获得诺贝尔奖的，所以很长一个时期他在苏联文学史中是缺位的。在这两个时段里苏联／俄罗斯有关他的研究论文发表的数量如下：

① Сост.:В.Зарайская и др., Шолохов М.А.: биобиблиографический указатель произведений писателя и литературы о жизни и творчестве, Москва, ИМЛИ РАН, 2005. сс. 357-373, сс. 407-411, сс. 429-433.　参见扎拉伊斯卡娅等编：《肖洛霍夫：作家作品和生平创作研究文献目录》，前引书，第 357—373 页、第 407—411 页、第 429—433 页。

表三[①]（除去了在报纸上发表的文章）

年份	文章数（篇）	总数（篇）
1968	23	23
1969	14	37
1970	46	83
1971	28	111
1972	25	136
1973	23	159
1974	29	188
1975	24	212
1976	23	236
1977	16	251
共计	251	

该时期研究布宁的文章每年发表数量的均值是：

$$\bar{X}_3 = \frac{23+14+46+28+25+23+29+24+23+16}{10} = 25.1$$

1988年至1997年苏联/俄罗斯期刊发表的有关布宁的论文的情况如下表。

表四[②]（除去在俄罗斯之外的原苏联加盟共和国发表的论文，同时除去在报纸上发表的有关论文）：

年份	文章数（篇）	总数（篇）
1988	33	33
1989	38	71
1990	49	120
1991	39	159
1992	36	195
1993	35	230

① Б.Аверин и друг., иван Бунин: pro et contra, СПб, Издательство Русского Христианского гуманитарного университета, 2001, сс.897–926. 参见阿维宁等编：《伊凡·布宁：赞成与反对》，圣彼得堡：俄罗斯基督教人文大学，2001年，第897—926页。

② 同上。

（接上表）

1994	45	275
1995	67	342
1996	66	408
1997	55	463
共计	463	

该时期研究布宁的文章每年发表数量的均值是：

$$\bar{X}_4 = \frac{33+38+49+39+36+35+45+67+66+55}{10} = 46.3$$

将两个时期有关布宁的文章每年平均发表的数量进行比较：

$$\frac{\bar{X}_4 - \bar{X}_3}{\bar{X}_3} = \frac{46.3-25.1}{25.1} = 0.8446$$ ，即增长 84.46%。

1975 年是肖洛霍夫诞辰七十周年，该年苏联的杂志发表有关他的论文 95 篇。《俄罗斯文学》、《文学问题》、《文学评论》、《俄罗斯科学院语文学报》、《莫斯科大学语文学报》通常被认为是摆脱了文学界的派别之争的学术期刊，我们以这五种学术性期刊发表论文的情况，作为一个作家被学术界研究程度的标志。该年度学术性期刊发表有关肖洛霍夫的论文的情况是：

表五（单位：篇）

《俄罗斯文学》	《文学问题》	《文学评论》	《俄罗斯科学院语文学报》	《莫斯科大学语文学报》
1	4	4	1	2
共计		12		

5 种杂志共 12 篇。

1995 年是肖洛霍夫诞辰九十周年，是年俄罗斯杂志发表有关他的论文 21 篇，学术性刊物发表有关肖洛霍夫的论文数量为 0：

表六（单位：篇）

《俄罗斯文学》	《文学问题》	《文学评论》	《俄罗斯科学院语文学报》	《莫斯科大学语文学报》
0	0	0	0	0
共计	0			

1995 年是布宁诞辰一百二十五周年，俄罗斯的杂志发表有关论文 67 篇，其中学术性刊物发表情况如下：

表七（单位：篇）

《俄罗斯文学》	《文学问题》	《文学评论》	《俄罗斯科学院语文学报》	《莫斯科大学语文学报》
2		1		
共计		3		

1999 年是旅美俄裔作家纳博科夫诞辰一百周年，这一年俄罗斯的杂志发表的俄文有关论文是 71 篇（去掉了在俄罗斯以外的原苏联加盟共和国发表的和在报纸上发表的论文），其中学术性刊物发表情况如下：①

表八（单位：篇）

《俄罗斯文学》	《文学问题》	《文学评论》	《俄罗斯科学院语文学报》	《莫斯科大学语文学报》
0	3	10		3
共计		16		

上述数据表明：1. 20 世纪 60 年代末与 70 年代有关肖洛霍夫的著述数量高，每年发表数量的均值为 44 篇，说明他在苏联时代处于文学界的中心，在转型期（80 年代末与 90 年代）论文发表数量明显下降，均值为 23.8 篇，两时期相比，负增长 45.91%。2. 在第一个时期肖洛霍夫被

① Б.Аверин. И друг., В. В. Набоков: pro et contra, СПб, Издательство Русского Хрестиаского гуманитарного университета, 2001, с.981–1009. 阿维林等编：《弗 · 纳博科夫：赞成与反对》，圣彼得堡：俄罗斯基督教人文大学，2001 年，第 981—1009 页。

学术性期刊研究的程度也高，其中 1975 年 5 种学术期刊发表有关他的论文 12 篇，1995 年则为 0 篇。3. 比较组中的布宁被研究的情况则呈相反趋势：第一时期均值 25.1 篇，第二时期均值为 46.3 篇，两时期比较增长了 84.46%。4. 1995 年在学术期刊上发表的有关布宁的论文为 3 篇；1999 年在学术期刊上发表的有关纳博科夫的论文为 16 篇。这说明，从 1988 年开始，在苏联 / 俄罗斯的肖洛霍夫研究已经逐步被边缘化。

第四节　质疑与回应

对于理解文学生产和文学批评的运作方式，布尔迪厄（Bourdieu, Pierre）的文学场概念及其相关的解释是非常有启发性的，能够通过把问题引入到新的领域从而获得更深刻的认识。布尔迪厄指出："任何场域，比方说科学场（在布尔迪厄那里，文学场、艺术场与科学场是可以互相转换的——引者），都是力量之场，一个为保卫或改变这种力量的较量之场。"[①] 在这个时期，苏联 / 俄罗斯对肖洛霍夫的评论研究非常明显地体现了"保卫"和"改变"文学场域格局的特征。从上面的初步结论中我们可以看出，肖洛霍夫在 80 年代中期以前处于文学场的中心位置，而到 80 年代末和 90 年代，他已经处于文学场的边缘位置，这是文学场格局变化的结果，同时肖洛霍夫位置的变换过程本身就是文学场力量角逐的过程。下面我们以史实还原的方法简略描述这一角力过程。

对肖洛霍夫中心地位的挑战是从三个质疑展开的。本书第一编已经列出这三个质疑：第一个是，肖洛霍夫的《被开垦的处女地》是不是一本真诚的、反映历史真相的小说；第二个是，肖洛霍夫是不是真诚的人；第三个是，《静静的顿河》是不是肖洛霍夫独立创作的。详细内容参见前面，在此不作赘述，仅对第二个质疑略加展开。

叶夫图申科（Евтушенко, Е.）在《文学报》上发表了《与粪堆斗剑》

① 皮·布尔迪厄：《科学的社会用途》，刘成富等译，南京大学出版社，2005 年，第 31 页。

(Фехтование с навозной кучей)的文章,文中他回忆了20世纪60年代的一段往事:因自己的长诗《娘子谷》被批评,他去向肖洛霍夫求助,肖洛霍夫答应在党的代表大会上抨击官僚主义,支持年轻的诗人们。后来叶夫图申科看到《真理报》上刊登的肖洛霍夫的发言后大失所望。叶夫图申科又谈到自己之前读《静静的顿河》的感想:“最痛苦的猜想就是,有两个肖洛霍夫,一个是大艺术家,一个是小人。大概在害怕被抓的恐惧下他有一天犯下了违背良心的罪过,附和‘假如敌人不投降,我们就消灭他’之类的口号,而后他作为个人和作为作家就开始了迅速的堕落。”① 这是对肖洛霍夫人格的极端怀疑。对肖洛霍夫是不是真诚的人的质疑是与当时对斯大林的评价相联系的。巴克拉诺夫(Бакланов, Г.)在其“非虚构小说”《请进窄门》(Входите узкими вратами)中写道:“那位活着的经典作家肖洛霍夫以数以百万计的印数向斯大林表达了儿子般的感情:‘像儿子般地亲吻肩头……’仿佛他对顿河边、库班河边数百万哥萨克被饿死的事实熟视无睹。”② 这句话被一些研究家解读为巴克拉诺夫将肖洛霍夫指责为斯大林分子。③

从文学场中看,这三个质疑是由库兹涅佐夫所说的“反肖洛霍夫学家”们提出的,他们从不同的角度集中指向对肖洛霍夫的人格的否定性评价,这就是文学场中要“改变”文学场格局的行为。为回应这些质疑,肖定肖洛霍夫的人格和艺术地位的学者们,即库兹涅佐夫所说的“肖洛霍夫学家”们写了大量文章和著作,由此肖洛霍夫研究原有的模式为之一变,形成了“挑战 — 回应”的研究模式。针对质疑,肖洛霍夫学家们主要是撰文或在自己的著作中做出及时的、直接的回应。如在叶夫图申科于1991年1月23日发表《与粪堆斗剑》后,很快在《文学俄罗斯》(1991年3月1日,第9期)出现了马尔科夫的反驳性文章《叶夫盖尼 · 叶夫图申科的周期性击剑》(Очередные фехтования Евгения

① Евтушенко Е., Фехтование с навозной кучей // Литертурная газета, 1991, №3, с.2. 叶夫图申科:《与粪堆斗剑》,载《文学报》,1991年,第3期,第2版。

② Бакланов Г., Входите узким вратами // Знамя,1992,№3,сс.7–36. 巴克拉诺夫:《请进窄门》,载《旗》,1992年,第3期,第7—36页。

③ 参见奥西波夫:《肖洛霍夫的秘密生平》(中文版),前引书,第1—2页。

Евтушенко)。[①] 另外,间接回应对肖洛霍夫的人格质疑的肖洛霍夫学家撰写了传记性的、回忆性的文章,如阿列克谢耶夫(Алексеев, М.)在《雄鹰继续在云端翱翔》(Орел продолжает парить в поднебесье)中写道:"雄鹰继续在云端翱翔,而凶狠的仇恨的毒箭也继续向它射去。"[②] 再如瓦·奥西波夫的《肖洛霍夫的秘密生平》、弗·瓦西里耶夫《米哈伊尔·肖洛霍夫——生平与创作简史》、维·佩捷林的《肖洛霍夫生平·俄罗斯天才的悲剧》、米·米·肖洛霍夫的《父亲朴实而勇敢》和И.茹科夫的《命运之手——关于米哈伊尔·肖洛霍夫和亚历山大·法捷耶夫的真相与谎言》等,表现出明显的维护肖洛霍夫声誉的倾向。

在"挑战—回应"的模式中,肖洛霍夫研究呈现出比较鲜明的新特点:争论双方的文章和著作大都充满了论战的激情,因而客观性和科学性有所减损。肖洛霍夫研究的新变化、新模式在文学场内本身难以得到充分的解释,应将视野稍微拓展一下。

第五节　从文学场外到文学场内的考察

从1985年开始到21世纪初,俄罗斯进入了国家政体转变、意识形态改宗的时期,因此对肖洛霍夫研究格局的剧变就不能只局限在文学场内来解释,还应在意识形态权力场里探寻原因。在人类历史上,苏联/俄罗斯的"转型"可能是能够观察到的历史巨变造成主流意识形态解体的最典型的个案。苏联解体后,在戈尔巴乔夫时代任苏共负责意识形态的中央书记的雅科夫列夫(Яковлев, А.)在1994年作出了这样的判断:"将会形成摆脱苏共,具有正常的市场,脱离单一的意识形态、单

① Марков А., Очередные фехтования Евгения Евтушенко // Литературная Россия,1991, №9, с.5.　马尔科夫:《叶夫盖尼·叶夫图申科的周期性击剑》,载《文学俄罗斯》,1991年,第9期。

② Алексеев М., Орел продолжает парить в поднебесье // Москва, 1990, №5.　阿列克谢耶夫:《雄鹰继续在云端翱翔》,载《莫斯科》,1990年,第5期。

一的权力和单一的所有制的社会"[①]。这个意识形态的改宗过程应该是从20世纪80年代中期开始的,文学在其中有突出的表现。文学界形成了相互对立的自由派与传统派,两派各自控制了一些杂志。[②]纷争中肖洛霍夫就成了焦点之一。本来肖洛霍夫的创作是很复杂的现象,他既遵从中心文学的基本规则,又突破其约束。他的作品有许多与边缘文学相重合的东西,他作为共产党人又对持不同政见者采取批判态度。但是在自由派作家眼里,肖洛霍夫这种复杂性被遮蔽了,他成了中心作家的典范。索尔仁尼琴说:"高尔基去世后肖洛霍夫被当成了苏联头号作家,更何况他还是联共(布)中央委员——而且简直就是中央的活典范,经常在党的代表大会和最高苏维埃会议上讲话。"[③]自由派作家为完成将政治领导权向文化领域推进,实现文化霸权的目的,就要将肖洛霍夫这一作为中心文学典型的符号彻底祛魅和颠覆。正如奥西波夫指出的:"在不分青红皂白地毁灭苏联历史(尤其是文化史)的背景下将肖洛霍夫从现代中驱逐出去。在确定新的意识形态规范的最初几年里,不加区别地辱骂过去的一切。"[④]这是就总体而言,但在具体的个案中,肖洛霍夫生前又同现在的颠覆者中的某些人有个人恩怨,这就形成了他受到攻击的一些具体的、个别的原因。肖洛霍夫作为真诚的共产党人,对当年的持不同政见者索尔仁尼琴等人予以了严厉的抨击。索尔仁尼琴就是《静静的顿河》版权问题说法的最热心的鼓动者。叶夫图申科也是当年持不同政见者的同情者。一般来说,自由派成了"反肖洛霍夫学家",传统派成了"肖洛霍夫学家"。

"挑战—回应"的模式在意识形态的层面表现得更为清晰:几乎出现了戏剧性的场景,自由派控制的刊物和报纸抛出指责肖洛霍夫的文

① Яковлев А., Любовь к ближнему нельзя променять на ненависть к инородцу // Известия, 6 августа 1994г., с.5. 雅科夫列夫:《不能为了恨异类而放弃爱邻人》,载《消息报》,1994年8月6日。

② 参见张捷:《苏联文学的最后七年》,北京:社会科学文献出版社,1994年,第21页。

③ Солженицын, А., Бодался теленок с дубом // Новый мир,1991, №12, с.69. 索尔仁尼琴:《牛犊顶橡树》,载《新世界》,1991年,第12期,第69页。

④ 刘亚丁:《"心灵召唤我写出肖洛霍夫的真相"——俄罗斯作家瓦·奥西波夫访谈录》,载《文艺争鸣》,2002年,第5期,第79页。

章，传统派的刊物和报纸则立即发表文章予以驳斥，请见表九：

表九

自由派报刊	传统派报刊或书籍
《莫斯科新闻》，1987（8）：《狗鱼老爹可笑吗？》	《文学俄罗斯》，1988（6）：《石头砸向何处》
《新世界》，1988（9）：《〈静静的顿河〉发表的若干情况》 《旗》，1991（3）：《请进窄门》	《文学俄罗斯》，1989（3）：《“复原”还是杜撰》 《莫斯科》，1990（5）：《雄鹰继续在云端翱翔》
《文学报》，1991（3）：《与粪堆斗剑》 《达乌卡瓦》，1990（12）—1991（1）：《〈静静的顿河〉反肖洛霍夫》 《新世界》，1991（12）：《牛犊顶橡树》 《新世界》，1993（11）：《〈静静的顿河〉的艺术文本“合作者”加工》	《文学俄罗斯》，1991（9）：《叶夫盖尼·叶夫图申科的周期性击剑》 《莫斯科》，1991（10）：《〈静静的顿河〉的手稿》 《我们同时代人》，1995（5）：《一种谣言制造的经过》 《文学俄罗斯》1996（05/24）：《丧失理智的嫉妒》 《青年近卫军》，1997（11）：《肖洛霍夫是剽窃者吗》 《命运之手——关于米哈伊尔·肖洛霍夫和亚历山大·法捷耶夫的真相与谎言》，1994 《肖洛霍夫的秘密生平》，1995

在意识形态权力场的纷争中，清晰地呈现了肖洛霍夫被边缘化的现象。首先，从本章第三节的表二和表六中可以看出，研究他的文章在大报刊上的发表数量急剧减少。主要原因是自由派控制的报刊除攻击肖洛霍夫外基本不发表关于他的论文了。以至于从20世纪90年

代中期开始出现了这样极端的局面:通常被认为是民主派掌握的《新世界》、《旗》、《星火》和《文学报》等四种报刊在 1994 至 2003 年这 10 年间只发表了 1 篇有关肖洛霍夫的论文;影响较小的传统派报刊则集中发表了关于肖洛霍夫的论文, 1994 至 2003 年 10 年间《我们同时代人》(Наш современник)发 13 篇、《青年近卫军》发 15 篇、《顿河》(Дон)发 52 篇、《文学俄罗斯》发 18 篇,共 98 篇。[①] 同时表四、表七和表八显示,由于意识形态改宗的原因,被挖掘出来的"新"名字,如布宁、纳博科夫,确实渐渐成了文学研究界的热点。

肖洛霍夫被边缘化的第二个标志是,对他的外部研究取代内部研究,对人的研究取代对作品的研究。个别自由派作家,即"反肖洛霍夫学家"采用了类似"四两拨千斤"的战术,写点小文章和随笔,将肖洛霍夫的缺点或"罪过"披露若干,指摘一通,见"好"就收。一些传统派人士,即"肖洛霍夫学家"则被他们牵着鼻子走,如临大敌,放弃了自己原有的研究路数、原有的研究计划,以数量众多的文章和大部头的传记与著作认真回击"反肖洛霍夫学家"的小文章,将肖洛霍夫学从主要研究作品变为主要研究作家。从策略上说,"肖洛霍夫学家"就犯了一忌;科学研究方法论有正面启发法和反面启发法,后者集中全力解释遇到的反例和应付反驳,但往往在研究方法的确立方面是软弱无力的。[②] 肖洛霍夫学家如果坚持既定的研究,则属正面启发法,则会在张扬肖洛霍夫的美学价值的同时,成功地捍卫肖洛霍夫的人格,因为作家的价值主要在于作品本身产生的价值,但是他们的做法是背离了初衷,反而导致肖洛霍夫在研究界被进一步边缘化。

肖洛霍夫被边缘化的第三个标志是,肖洛霍夫研究已经从中立的学术刊物中淡出,这是与前一问题相联系的。1994 至 2003 年重要刊物发表有关肖洛霍夫的文章的情况如下表:

① Сост.: В.Зарайская и др., Шолохов М.А.: биобиблиографический указатель произведений писателя и литературы о жизни и творчестве, Москва, ИМЛИ РАН, 2005., сс. 376–384, сс. 409–414, сс. 430–433. 参见扎拉伊斯卡娅等编:《肖洛霍夫:作家作品和生平创作研究文献目录》,前引书,第 376—384 页;第 409—414 页;第 430—433 页。

② 参见拉卡托斯:《科学研究纲领方法论》,兰征译,上海译文出版社, 1986 年,第 66—70 页。

表十

年份	《俄罗斯文学》	《文学问题》	《文学评论》	《俄罗斯科学院语文学报》	《莫斯科大学语文学报》
1994	1(著作权问题)	0	0	0	1
1995	0	0	0	0	0
1996	1(著作权问题)	0	0	0	0
1997	0	0	0	0	0
1998	0	0	0	0	0
1999	0	0	0	0	0
2000	0	0	0	0	0
2001	1	0	0	0	0
2002	0	0	0	0	0
2003	0	0	0	0	0
共计			4		

从表十可以看出来，10年间这些杂志（大致相当于我国的权威期刊吧）共发表有关肖洛霍夫的论文4篇。表六揭示，1995年是肖洛霍夫诞辰九十周年，这一年这些刊物没有发表一篇关于他的论文。肖洛霍夫被边缘化还有其他标志，如大学里学生写关于他的学位论文数量剧减，肖洛霍夫研究家后继乏人等等，兹不赘述。

表一至表八的对比数值及分析表明，1988年以来肖洛霍夫已经逐步被边缘化，同时原来处于文学边缘的布宁和纳博科夫正在被中心化。由于自由派在政治话语权等方面的优势，它在争夺文化话语霸权的过程中也很顺利。苏联/俄罗斯社会政治动荡不已，波及文坛，殃及肖洛霍夫。从肖洛霍夫研究的转折中可以引出两个值得思考的问题：

1. 由于话语/权力之争导致肖洛霍夫被边缘化并不意味着肖洛霍夫研究史的终结，因为意识形态只是文学研究的维度之一，它的局限性是非常明显的，它将非常复杂的作家及其作品扁平化为政治符号，但它不可能取代文学研究。如前所述，由于内部研究被外部研究取代，在肖洛霍夫被边缘化的过程中，文学研究的其他维度都暂时隐退了。除了极个别的情况外，争论双方关注的焦点是肖洛霍夫的人格如何，他的作品的意识形态层面的意义和价值如何，完全忽视了别的层面的价值。学术性期刊有关肖洛霍夫的论文的缺乏，固然不排除刊物暗中受话语/权力之争影响的可能。但显而易见的是，如果很少有学者写研究肖洛霍夫的学术性文章，杂志就没有优质稿源，自然也就“无米下锅”。可是像肖洛霍夫这样的经典作家的作品的内涵是丰富的，其中既有与时代紧密相连的意识形态的因素，又有超越时代的更深层次的内涵。随着意识形态之争的退潮，肖洛霍夫作品被遮蔽的层面会重新显现，它的其他的价值会被研究者重新关注。

2. 肖洛霍夫是独特的作家，但他在苏联时代又是具有代表性的“中心”作家，借助前面的分析可以发现，他被边缘化表征了其他中心作家在当今俄罗斯的相似命运，若对关于高尔基、马雅可夫斯基和法捷耶夫等作家的研究之状况作考察，应该也会发现类似的被边缘化的情况。现在俄罗斯文学史的写作既在做减法，又在做加法，与肖洛霍夫“隐退”相伴随的是，原来被尘封的布宁、布尔加科夫和索尔仁尼琴等作家的出场，俄罗斯文学史因此变得更丰富，更有内涵。“肖洛霍夫们”以自己的“沉默”，换来了“对手”们的“发言”，这未必不是他们的一种独特贡献。如果我们相信否定之否定是文学史书写的内部规律，那么，肖洛霍夫等中心作家再次得到俄罗斯文学界更客观的研究，得到价值重估，就不是没有可能的了。

（刘亚丁）

第二章 葛利高里的毁与誉

人们常说,“有一千个观众,就有一千个哈姆莱特”,这说明,对成功的文学典型形象的接受,是因人而异,见仁见智的。肖洛霍夫的《静静的顿河》问世以来,围绕主人公葛利高里·麦列霍夫的形象,苏联的评论家和作家发表的论著可谓汗牛充栋,其观点之对立,争论之激烈,是文学形象史上所罕见的;在不同的时期评论界对该形象的定性有很大反差,呈现戏剧性的变化。认真研究苏联评论界对葛利高里评论的历史,不但能加深我们对该形象的认识,而且有助于把握苏联文艺思想发展的脉络,因为葛利高里评论史是苏联文艺思想发展的逻辑展开。

第一节 “两个葛利高里”

从《静静的顿河》第一部问世的1928年至1953年为葛利高里评论史的第一阶段。这一时期对该形象总的评价是有毁有誉,这是由苏联文艺思想的大背景和读者复杂的心理因素决定的。

维·佩捷林在谈到这一时期对葛利高里形象的接受时,提出了“两个葛利高里”的概念:一方面,在读者面前,有一个性格刚毅,行动果断的葛利高里,他既有优点,又有缺点,博得了人们对他的关注、同情和惋惜;另一方面,有“一个贯穿在《静静的顿河》的研究中的思想:葛利高里站到了与苏维埃政权敌对的阵营里,丧失了正面品质,逐渐变成了可怜亦可怕的人物”。[1] 佩捷林的概括是比较准确的。当时多数作家和批评家都把葛利高里视为反面人物,只有少数研究者对他多少有所肯定。

我们先从“肯定说”谈起。1940年《静静的顿河》的第八卷在《十月》上发表后,立刻引起了热烈的讨论。B. 戈芬舍费尔称葛利高里是“社会真理的探索者”。他在肯定这一形象时,遇到了一个很大的障碍,就是如何解释葛利高里在小说的最后加入佛明匪帮的事。他认为,在肖洛霍夫的史诗的最后一部分中,“结束了真理探索者葛利高里的故事,开始了个人平静的探索者葛利高里的故事”。[2] 廖文则通过另外的方式来维护葛利高里的形象,他指出:“在小说的第八卷中并未给葛利高里的面貌带来任何变化”,小说结束后他的命运“取决于他现在所持的立场。不排除这样的可能性,即他振作起来,重新做人”。[3] 对葛利高里的好评,意味着对肖洛霍夫的肯定。1940 年 5 月 19 日苏联作协举行了关于《静静的顿河》的讨论会,会上戈芬舍费尔和 Ю. 卢金在他们的讲话中称《静静的顿河》继承了俄罗斯古典小说的传统,这部小说的问世意味着苏维埃文学经典作品的产生。

现在来谈谈对葛利高里的否定性评价。阿·托尔斯泰在斯大林奖金评选委员会举行的《静静的顿河》讨论会的总结发言中说:“葛利高里不应该作为一个匪徒走出文学。对于人民来说,对于革命来说,这样做是不正确的”,“小说第四部的结尾损害了读者心目中葛利高里·麦列霍夫不安分的形象,同时也损害了肖洛霍夫所创造的有诸多形象的完整世界”。[4]1948 年 И. 列日尼奥夫在他的《米哈伊尔·肖洛霍夫》一书中,针对葛利高里写下了这样几句话:“现在,1919 年 7 月他同富农抱成了一团”,“他强烈地感到对布尔什维克的仇恨”,“从这时起,他在

① Петелин В., Михаил Шолохов: Страницы жизни и творчества, М., Советский писатель, 1986, cc.157–158. 佩捷林:《肖洛霍夫:生活和创作的篇章》,莫斯科:苏联作家出版社,1986 年,第 157—158 页。

② Гоффеншефер В., Заметка о “Тихом Доне // Литературное обозрение, 1940, №6. 戈芬舍费尔:《〈静静的顿河〉札记》,载《文学评论》,1940 年,第 6 期。

③ Лёвин Л., Шолохов и Мелехов // Знамя, 1941, №4. 廖文:《肖洛霍夫与麦列霍夫》,载《旗》,1941 年,第 4 期。

④ 孙美玲编:《肖洛霍夫研究》,前引书,第 22—23 页。

内心深处与富农沆瀣一气，他成了‘孤狼’”。[①] 而在一篇文章里，列日尼奥夫明确指出：“就其实质而言，葛利高里是新生活的敌人，是我们的敌人。”[②] 他还把葛利高里称为“当代的朗德纳克”。在这一时期，叶尔米洛夫、雅基缅科和古拉等批评家强调葛利高里受“野兽般的本能”的支配，他是空虚的，精神已经死亡。总之他被视为反叛者、反面人物。批评家们从社会意义和艺术价值的角度对葛利高里作了否定评价。

评价葛利高里时，涉及很多重要的问题，其中之一是肖洛霍夫对葛利高里的态度。在《静静的顿河》的第八卷即将发表前，一些评论家希望肖洛霍夫把葛利高里“引上”正路。马什比茨－维罗夫认为，葛利高里是“革命的新生的哥萨克”，“作者要把他引向共产主义”。[③] 当小说最后一卷发表后，批评家们看到葛利高里已经“无可救药”，便大失所望。有些人认为作家对他的主人公是持否定态度的，他们指出：通过小说的结局，肖洛霍夫谴责和无情地惩罚了麦列霍夫。有的批评家指出，作家把阿克西尼娅处理成死于非命，就是对葛利高里的最残酷的惩罚。今天看来，在当时特定的背景下，持这种观点的论者是有意无意地替处境不妙的肖洛霍夫开脱。高尔基在充分肯定《静静的顿河》的思想艺术价值的同时，表达了这样一种看法：“但是作者同他的主人公葛利高里一样，‘站在斗争双方的边缘’，不同意其中一方最要害的观点——旧的哥萨克世界以及这个世界的‘可疑’的诗意的覆灭。他不同意是因为他还是一个哥萨克，他的生存在生理上是同特定的地域、特定的社会阶层相联系的。对于我来说，《静静的顿河》的第三部恰恰说明，肖洛霍夫是‘地域’作家。”[④] 以上是高尔基在给法捷耶夫的信中说的一番话，其意图并不是要给肖洛霍夫戴什么帽子，高尔基的阶级观点还没有这么分明。今天人

① Лежнев И., Михаил Шолохов, М., Советский писатель, 1948, с.129, с.128, с.131. 列日尼奥夫：《米哈伊尔·肖洛霍夫》，莫斯科：1948 年，第 129 页，第 128 页，第 131 页。

② Лежнев И., Две души: О “Тихом Доне” М. Шолохова // Молодая гвардия, 1940, №10. 列日尼奥夫：《两颗心灵——论米·肖洛霍夫的〈静静的顿河〉》，载《青年近卫军》，1940 年，第 10 期。

③ Машбиц–Веров И., М. Шолохов // Новый мир, 1928, №10. 马什比茨–维罗夫：《米·肖洛霍夫》，载《新世界》，1928 年，第 10 期。

④ Из: Как создавался “Тихий Дон”, В.Гура, М., Советский писатель, 1989, с.159. 转引自古拉：《〈静静的顿河〉是如何创作出来的》，前引书，第 159 页。

们也许更能读懂高尔基的潜台词:作为'地域'作家,这种心理生理上的联系,正好是一个优点。在上世纪20至30年代,叶尔米洛夫等拉普批评家则以肖洛霍夫同情葛利高里为由,对他是无产阶级作家这一点表示怀疑。在这个意义上说否定葛利高里就意味着否定肖洛霍夫。

葛利高里是否是悲剧人物是另一个重要问题。在这个时期古拉、列日尼奥夫、叶麦里扬诺夫和雅基缅科等人认为,葛利高里是悲剧人物,他因为自己的罪过受到了惩罚。他们指出,《静静的顿河》的主人公的悲剧性和典型性来源于现实生活,是由客观的历史进程决定的。列日尼奥夫写道:"葛利高里的悲剧在其生活道路的终点(原文如此)以古代神话的富有诗意的笔力展示了出来。这是被浸透了其兄弟鲜血的大地诅咒的该隐的悲剧。作为漂泊者和被放逐者,他可悲亦复可恶。""他不幸,仅仅是作为一个受排斥和鄙视的杀弟者而不幸。麦列霍夫的覆灭不仅仅象征了等级传统的行将就木,还象征了他对革命人民的屈服。"[①]《静静的顿河》的第八卷发表后,叶尔米洛夫写了《论〈静静的顿河〉与悲剧》来探讨这个问题,他断定葛利高里不配当悲剧主人公。他说,在小说的结局中,"这个新的、特别的、别样的葛利高里已经没有权利进入悲剧了",因为他行动的动机"对于悲剧人物来说显得过于渺小"。叶尔米洛夫还进一步推论道:作为一个"反叛者",葛利高里"在最好的情况下,或许可以是个悲喜剧人物"。[②]当时有许多研究者赞同叶尔米洛夫的这个观点。在20世纪30至40年代,围绕葛利高里是否是悲剧人物的争论是与当时苏联文艺学界对悲剧问题的兴趣相联系的。

20世纪30至40年代苏联批评界围绕葛利高里的种种争论有一个共同的特点,这就是强调人物的阶级属性。现在我们发现当时对葛利高里的评论虽然有很多观点是正确的,但有一些评论者的言论掺杂着一些非文学的因素,这就使问题复杂化了。进行文学评论时注重人物的阶级属性,这是由当时文艺思想的大背景决定的。1925年联共(布)中央《关于党在文艺方面的政策的决议》明确提出:文学批评的基本任

① Лежнев И., Из темы о Шолохове // Звезда. 1947. №10. 列日尼奥夫:《谈谈关于肖洛霍夫的话题》,载《星》,1947年,第10期。

② Ермилов В., О "Тихом Доне" и о трагедии // Литературная газета, 1940, № 43. 叶尔米洛夫:《论〈静静的顿河〉与悲剧》,载《文学报》,1940年,第43期。

务是揭示文学作品的客观的阶级内容，同轻视文学语言技巧和古典文化遗产的态度作斗争。社会历史批评方法是当时的批评家们自愿接受的方法。这个时期离《静静的顿河》的故事背景——国内战争相去不远，人们对那些腥风血雨的事件记忆犹新。所以批评家在评论葛利高里时最关注的就是对他作阶级定性，因而会有意无意忽视这一形象所蕴涵的审美价值（即肖洛霍夫所说的“人的魅力”）。社会历史批评方法本是常青树，它应结出丰硕果实，可它被嫁接上庸俗社会学的孽枝和另一种下面要谈到的孽枝的时候，就会结出酸涩的果实。

这个时期对葛利高里的批评中掺杂某些心理因素。1928 年肖洛霍夫发表了《静静的顿河》的第一部，小说在读者中引起了巨大的反响，他因此一举成名，当时他只有二十三岁。随着小说一部又一部地发表，他的名声越来越大，他成了有全苏影响，甚至有世界声誉的作家，于是妒忌者产生了。1930 年 11 月在柏林的一次集会上，革拉特科夫回答“对肖洛霍夫的印象如何”这一问题时，“他用酸溜溜的口气说：是好作家，好作家，可不是自己人，不是无产阶级作家，而是农民作家，因此很好地描写了旧式农民，富有的哥萨克”。[①]（他也曾要求将葛利高里变成布尔什维克。）还有排挤者。肖洛霍夫虽然参加了拉普，还是《十月》的编委，但他没有参加“岗位派”，一次也没有被选进拉普书记处，于是就有了对肖洛霍夫的一次次讨伐。有人制造肖洛霍夫剽窃《静静的顿河》的谣言，是想从外部扳倒他。从艺术上看，《静静的顿河》仿佛是无懈可击的，葛利高里的阶级属性就成了突破口。1928 年 10 月叶尔米洛夫在拉普的全体会议上作了有关《静静的顿河》的特别报告，他指出：“我们看到的是这样的情况，即属于布尔什维克方面的东西比属于哥萨克阶层的东西要弱得多，少得多。如果是这样，如果作者是用麦列霍夫的眼光来看事物，那他是不是一个无产阶级作家？属于麦列霍夫的一切可以用一句话来表达——这是一个人向布尔什维克的逐步前进。”[②] 随着《静静的

① Колодный Л., История одного посвящения // Знамя, 1987, №10　科洛德内依：《一个题辞的来历》，载《旗》，1987 年，第 10 期。

② Гура В. и Абрамов Ф., М. А. Шолохов: Семинарий, Л., Учпедгиз, 1958, с.19.　转引自古拉和阿勃拉莫夫：《肖洛霍夫 · 课堂讨论提纲》，列宁格勒：师范学院出版社，1962 年，第 19 页。

顿河》一部一部地发表，拉普批评家们和“后拉普”批评家们发现，葛利高里不可能走向布尔什维克，于是抨击葛利高里的另一个高潮出现了。

否定葛利高里是为了攻击肖洛霍夫。列日尼奥夫认为：“葛利高里是哥萨克阶层的斗志昂扬的思想家”，《静静的顿河》整部小说是“旧式哥萨克阶层的百科全书”，那么肖洛霍夫本人呢，就成了“哥萨克阶层的斗士，它的歌手”。[①]1929年底莉季娅·托姆在拉普杂志《在文学岗位上》声称：“肖洛霍夫也好，马卡罗夫也好，卡萨特金也好，多夫任科也好，都不是富农的艺术家，但是富农的情绪对他们作品的一系列主题发生了影响，这是毫无疑问的，‘天生的农夫’的思想是同对世界进行社会主义改造的思想相敌对的。对这种情绪进行无情的揭露——这便是马克思主义文学批评的任务。”[②] 在这里她的言下之意是，肖洛霍夫带着同情写了反叛者，所以他就不是无产阶级作家。

这就是庸俗社会学和嫉妒心相掺合的产物，再加上拉普诸君有尚方宝剑在手，那就是：1929年斯大林致费·康的那封对《静静的顿河》颇有微辞的信。[③] 而且1932年斯大林还对葛利高里这一形象发表了直接的评论，在高尔基家中同作家们见面时他说：“麦列霍夫，不能认为是农民的典型代表。白卫军将领也不可能任命没有军阶的人来指挥一个师，哥萨克可以这么干。关于哥萨克的事我们可以去问肖洛霍夫……”[④] 奥西波夫认为，批评界对葛利高里的激烈攻击大概来源于此。也正因为如此，那些抨击葛利高里、攻击肖洛霍夫的人才如此振振有辞。这些就是这一时期对葛利高里有毁有誉、毁多于誉的深层原因。

① Лежнев И., Две души: О “Тихом Доне” М. Шолохова // Молодая гвардия, 1940, №10. 列日尼奥夫:《两颗心灵——论米·肖洛霍夫的〈静静的顿河〉》, 载《青年近卫军》, 1940 年, 第 10 期。

② Тоом Л., Кризис или агония // На литературнам посту, 1929, №11. 莉季娅·托姆:《危机与垂死挣扎》, 载《在文学岗位上》, 1929 年, 第 11 期。

③ 参考孙美玲编:《肖洛霍夫研究》, 前引书, 第 479 页。

④ Осипов В., Тайная жизнь Михаила Шолохова... Документальная хроника без легенд, М., Либерея; Раритет, 1995, с.57. 奥西波夫:《肖洛霍夫的秘密生平》(俄文版), 前引书, 第 57 页。

第二节 戏剧性演变

进入 20 世纪 50 年代以后，葛利高里的"命运"发生了戏剧性变化，尽管毁誉皆有，但肯定他的批评家多了起来，而且对他的赞誉逐渐占了上风。

最具有戏剧性的是，最早对他表示好感的是恰恰是原来抨击他最猛烈的人。1955 年 И. 列日尼奥夫发表了《人民生活的史诗》(Эпопея народной жизни)一文，他指出："《静静的顿河》的主人公葛利高里·麦列霍夫是动摇不定的中农的典型，同时他具有特殊的性格"，他是"小说描写的哥萨克群众中有血有肉的形象。读者把葛利高里看成是农民的儿子，尽管是迷途的浪子"。[1] 曾几何时将葛利高里定性为"我们的敌人"的批评家，现在也提出了"迷途浪子"的观点，他直接启发了后来盛行一时的"历史迷误"说。列日尼奥夫的一百八十度转弯事出有因。奥西波夫认为："列日尼奥夫喜欢肖洛霍夫，写了很多关于他的文章，但他全力贯彻斯大林关于麦列霍夫是反叛者的指示。他以此来贬低这部小说的巨大意义，贬低作者。"[2] 这就是说他原来是奉命攻击葛利高里的，但是当发令的人离世之后，他的态度就变了。

1957 年安·勃里吉科夫在一篇论文中指出："使葛利高里最感痛苦的，亦即使群众最感痛苦的，是自己错误地理解了真理，是历史的迷误"，"而葛利高里的悲剧——不论就悲剧性还是就社会内容来说——首先在于，这个同群众一同前进的人远远比群众更深地误入歧途"。[3] 勃里吉科夫和列日尼奥夫一样，把葛利高里从敌人的阵营中拉了回来，

① Лежнев И., Эпопея народной жизни // Октября, №5. 列日尼奥夫：《人民生活的史诗》，载《十月》，1955 年，第 10 期。

② Осипов В., Тайная жизнь Михаила Шолохова... Документальная хроника без легенд,М., Либерея; Раритет, 1995, с.149 奥西波夫：《肖洛霍夫的秘密生平》(俄文版)，〈前引书〉，第 149 页。

③ 参见孙美玲编：《肖洛霍夫研究》，前引书，第 108 页。

把他看成是哥萨克群众中的一员。至此“历史迷误”说正式出台。“历史迷误”说并非突然冒出来的，早在1940年Б.叶麦里扬诺夫就在《文学批评家》杂志上提出过葛利高里的“历史迷误”的概念。只是当时否定葛利高里的势力太强，这个观点很快就被淹没了。

承袭上一个时期的余绪，还有一些评论家将葛利高里归于敌对阵营，这就是所谓的“反叛”说。1958年安·雅基缅科在《〈静静的顿河〉思想艺术构思中的葛利高里·麦列霍夫》一文中，引用1954年出版的他自己的一本书中的一段话：“肖洛霍夫概括和典型化了人民之中的这样一些人的命运，他们由于自己社会出身的关系在参加革命过程中有过无数次怀疑和动摇，没有找到同工人阶级结成联盟的正确道路，同人民发生决裂，走上了反叛的道路。”他还认定，多数评论家都把葛利高里看成是“一个反叛者的典型”。[①]

这样就形成了两种针锋相对的观点。值得注意的是，发表雅基缅科上述文章的《文学问题》在1958年第12期上，还发有两篇讨论《静静的顿河》的文章，一篇是Н.马斯林的《是悲剧还是史诗？》，另一篇是Н.德拉戈米列茨卡娅的《历史迷误的概念和社会主义人道主义》。前者对“历史迷误”说提出质疑，后者明显赞同“历史迷误”说。这样仿佛就形成了“历史迷误”说同“反叛”说的分庭抗礼的局面。

由肯定还是否定葛利高里这一问题引出了另一场争论：葛利高里是不是《静静的顿河》的主人公。雅基缅科从他的“反叛”说出发，断定葛利高里不可能是小说的主人公，那么小说的主人公是谁呢？他指出：“《静静的顿河》的真正的主人公是在斗争中肯定新的社会主义现实的人民。”[②]由此，为什么葛利高里会居于小说的中心，为什么这个“反叛者”的遭遇会博得人们的同情，诸如此类的问题引起了广泛的争论。雅基缅科的观点不过是他在40年代的观点的重复。勃里吉科夫驳斥他道：“不把葛利高里看作《静静的顿河》的主人公，不仅因为‘反叛’这一观念禁锢着批评界，而且还因为批评界主要是在事件（并且指整个革命事

① 参见孙美玲编：《肖洛霍夫研究》，前引书，第101页。

② Якименко Л. Г., “Тихий Дон” М. Шолохова, М., Советский писатель, 1958, с.163. 雅基缅科：《肖洛霍夫的〈静静的顿河〉》，莫斯科：苏联作家出版社，1958年，第163页。

件）的广泛范围里看到肖洛霍夫小说的史诗性的。批评界的这种观点不符合《静静的顿河》的内容”。他明确地指出：“看来，由于《静静的顿河》的史诗特点，由于葛利高里形象在情节中所占的地位，由于他体现的悲剧内容，可以而且应该把麦列霍夫形象作为作品的主要史诗性人物。”[①] 后来雅基缅科在专著中继续为自己的观点辩护：“我们说人民是革命现实的主人公，显然我们指的主要是确定革命发展道路、方向和形式的积极的群众。在国内战争时期，革命者、工人阶级和贫农是历史的积极的群众。显而易见，葛利高里·麦列霍夫不属于我们所定义的人民。”[②] 这里多少有点诡辩的意思。这个问题逐渐失去了意义：到后来除了雅基缅科，很少有人怀疑葛利高里的主人公资格了。其实在雅基缅科的独特的言论中，也可以看出他的学者的智慧：他无疑明白了肖洛霍夫的真实意图（描写反叛者——葛利高里，并且为其辩解），但又不愿意“连累”肖洛霍夫。为了给作家开脱，他就提出了葛利高里不是《静静的顿河》的主人公，人民群众才是主人公的观点。

此后过了许多年，对葛利高里的定性出现了一次转折。时间到了1975年，谢尔宾纳认为分析葛利高里的方法论必须有根本的改变，不能在上述两种观点之间兜圈子。在《艺术家与人民》一文中她提出了一些颇有新意的东西。她认为，葛利高里的悲剧在于个人内在的天赋、无限的可能性与历史客观的合乎规律的进程的不一致和分离。在此基础上她分析了葛利高里的形象的价值和意义，她写道：“就人和社会的内容来说，葛利高里的形象和命运的涵盖范围要广泛得多。在这一形象身上艺术地集中描述了在历史变革时期人的内在改造的过程和冲突”。[③] 正因为如此，《静静的顿河》才能经受住时间的考验。在此我们可以看到，由“我们的敌人”而成为“正面英雄”，其间的转折不可谓不大。

上世纪40年代开始就有批评家认为葛利高里是真理的探索者。

---

① 孙美玲编：《肖洛霍夫研究》，前引书，第124—135页。

② Якименко Л., Творчество Шолохова. М., Художественная литература, 1982, сс.266–267. 雅基缅科：《肖洛霍夫的创作》，莫斯科：文学艺术出版社，1982年，第266—267页。

③ Щербина В., Художник и народ // Октябрь, 1975, №5. 谢尔宾纳：《艺术家与人民》，载《十月》，1975年，第5期。

楚科夫斯基认为，葛利高里是一个战士——他内心渴望真理，并在实际生活中探索真理，正因为此，他才能攫住读者的心。但他不是夏伯阳，他找不到真理。葛利高里既在红军中作战过，也在白军中效过力，几次从一个阵营向另一个阵营摇摆。这种摇摆说明：他在寻找真理。在阅读过程中，读者也与他一起寻找着真理。楚科夫斯基认为："了解了葛利高里·麦列霍夫的这些探索、激情和痛苦后，读者找到了真理，那就是社会主义革命的最高真理。"[①] 这个观点在 20 世纪 80 至 90 年代得到许多研究者的赞同和阐发，正是他们把对葛利高里的赞美推到极致。叶尔绍夫的《苏联文学史》以及梅特钦科和彼得罗夫（Петров, С.）的《40—70 年代苏联俄罗斯文学史（高等学校教学辅导用书）》（История русской советской литературы, 40–70 годы: Учебное пособие для вузов）都认定葛利高里是真理的探索者。1990 年塔玛尔钦科的（Тамарченко, Е.）《〈静静的顿河〉的真理思想》（Идея правды в "Тихом Доне"）一文认为，肖洛霍夫的这部史诗是充满人类真理的思想小说："在《静静的顿河》中普遍的真理取得了悲剧性的胜利，在《被开垦的处女地》中是阶级的真理取得了悲剧性的胜利。"根据这样的理念，塔玛尔钦科分析了葛利高里的价值："在人民的真理中没有任何抽象的东西，它是具体的，其中充盈着英雄的生命，尽管这英雄常常并不思索它，阐发它。像葛利高里·麦列霍夫这样的表达者在世界文学中获得了特殊的地位。这是个例外，屈辱的、孤独的个人命运仿佛被抛出了时代（照肤浅的观点看来），可是恰恰是这样的例外完整地标示出了时代的方向，因为人民追求对所有的人毫无例外的真理、幸福和公正的意志，正是这样的轴线通过了这例外。这样的英雄在双方的斗争中并不扮演指定的角色，他们从最广泛的、因而也与一切时代相联系的任务——道德净化和统一人类——中解脱了出来"，"葛利高里不仅就情节来说是主人公，而且就思想来说也是主人公；他不是偏离历史本质的边缘人物，他不仅不是'敌人'，不是'反叛者'，而且也不是毫无个性的'中农'；他是人民的中心和

① Чуковский Н., Создание характера: Чапаев и Григорий Мелехов // Знамя, 1956, №8. 楚科夫斯基：《塑造形象：夏伯阳和葛利高里·麦列霍夫）》，载《旗》，1956 年，第 8 期。

主干的代表，是体现重要真理的正面形象。”[①]

总之在塔玛尔钦科看来，葛利高里是人类的真理的探索者。否定葛利高里是为了否定肖洛霍夫，同时，肯定他也是为了肯定这位作家。随着时间的推移，肖洛霍夫成为苏联文学界除高尔基之外最成功的作家，这已是不争的事实。这是评论界对葛利高里由否定到肯定的原因之一。

第三节　三个重要转折

纵观苏联批评家和学者们对葛利高里的评论和研究，可以看出有三个重要转折。

其一是，由认为肖洛霍夫对葛利高里的感情有距离且复杂多变转为承认作家是同情葛利高里的。肖洛霍夫是如何看待葛利高里的，一直是葛利高里评论中的敏感问题。前面述及批评家抨击这个形象，不乏攻讦作家的意味。当葛利高里的形象在批评界尚不够“光彩”的时候，为了捍卫肖洛霍夫的清誉，有的批评家采取了尽力帮助肖洛霍夫摆脱与葛利高里的干系的策略，如称作品的主人公不是葛利高里，而是人民群众。到上世纪 80 至 90 年代，由于对葛利高里的基本肯定，批评家开始公开承认肖洛霍夫对葛利高里是持同情态度的。古拉的《〈静静的顿河〉是如何创作出来的》一书有“作者和他的主人公们”一节，全面分析了在叙述中作者与葛利高里的情感关系，尤其是在葛利高里参加维申斯克暴动前后。古拉通过对大量引文的详尽分析发现了作者与葛利高里的“感同身受”的关系。古拉写道：“在这些回忆里，作者同自己的主人公息息相通，回应他的情感，体验他的感受，与他一同呼吸家乡土地的气息，在面临阴郁的绝路的时候，与他一起选择生活道路。”[②] 古拉

① Тамарченко Е., Идея правды в “Тихом Доне” // Новый мир, 1990, №6.　塔玛尔钦科：《〈静静的顿河〉中的真理思想》，载《新世界》，1990 年，第 6 期。

② Гура В., Как создавался “Тихий Дон” : творческая история романа М. Шолохова, М., Советский писатель,1989,сс.173–174.　古拉：《〈静静的顿河〉是如何创作出来的》，前引书，第 173—174 页。

同时也强调了葛利高里已经意识到自己参加维申斯克暴动是错误的行为。塔玛欣则通过对《静静的顿河》中的自由间接引语的分析说明了肖洛霍夫与葛利高里情感的近距离。[①] 就肖洛霍夫对主人公葛利高里的情感距离而言,苏联和俄罗斯的批评界有一个逐渐认识,逐渐趋近事实真相的过程。

其二是,由使用单一的社会历史分析方法转向了使用多种文学批评方法。一些研究家开始从美学的角度来分析葛利高里的价值(当然前一个时期关于悲剧性的讨论也属美学范畴)。A. 赫瓦托夫指出,"葛利高里的价值是他身上的'人的魅力'",[②] 他对此展开了分析。这方面维・塔玛欣的探索也很有成效。[③] 在研究葛利高里的形象时,批评家们对西方美学和哲学的借鉴也是很普遍的。谢尔宾纳于 1975 年发表的文章强调在历史转折时期人的责任和选择的权利,很容易使人联想到萨特的理论,尽管作者声称他是否定资产阶级哲学的。叶尔绍夫的《苏联文学史》运用黑格尔的悲剧理论来分析葛利高里的悲剧。还有批评家借用系统论的观点,对葛利高里等人物进行系统分析,如雅基缅科在《肖洛霍夫创作的美学富矿》(Эстеческое богатство творчества Шолохова) 中已将葛利高里和其他人物放在"人——社会——自然"这样一个大系统中,加以审美观照。[④]

其三是,由只考量社会价值转向更多地考量个人价值。这第三个转折的意义已超出了文艺学的范围。叶尔绍夫的《苏联文学史》指出:

① Тамахин В., Поэтика Шолохова-романиста, Ставрополь, Ставропольское книжное издательство, 1980, сс.183–184, сс. 187–188. 塔玛欣:《小说家肖洛霍夫的诗学》,前引书,第 183—184 页、第 187—188 页。

② Хватов А., Шолохов в художественных исканиях совремeнности // Наш современник,1984, №4. 赫瓦托夫:《肖洛霍夫对现实的艺术探索》,载《我们同时代人》, 1984 年,第 4 期。

③ Тамахин В., Поэтика Шолохова-романиста, Ставрополь, Ставропольское книжное издательство, 1980 参考塔玛欣:《小说家肖洛霍夫的诗学》,前引书。

④ Якименко Л., Эстетическое богатство творчества Шолохова. В сборнике "Михаил Шолохов", М., Художественная литература, 1975, сс.204–219. 参见雅基缅科:《肖洛霍夫创作的美学富矿》,见《米・肖洛霍夫》(论文集),莫斯科:文学艺术出版社, 1975 年,第 204—219 页。

"《静静的顿河》的作者谈到了从世世代代形成的旧的社会形态向新的生活制度过渡的整个历史时期的悲剧性。他看清了从资本主义到社会社会主义这一过渡时期的深刻内容,这种内容是被许多作家忽略了的。这样一来,在对阶级和个人、历史和现实的关系的看法上,肖洛霍夫的辩证法与大多数同时代人的辩证法不同。所以肖洛霍夫的创作经验在20世纪具有真正普遍的性质和全人类的意义。"[①]论者的言下之意是说,过去的作家、批评家在处理个人和社会的关系时,只考虑社会的价值,而忽略个人的价值,而肖洛霍夫则反其道而行之。其他一些研究者也提出了类似的看法。

总而言之,苏联/俄罗斯批评家和学者对葛利高里·麦列霍夫的批评、研究尽管复杂多变,但逐渐克服了庸俗社会学的倾向,渐渐趋近肖洛霍夫塑造这个形象的真实意图。

(刘亚丁)

① 叶尔绍夫:《苏联文学史》,北京师范大学苏联文学研究所译,北京师范大学出版社,1982年,第544页。

第三章 《静静的顿河》：成人童话的消解

《静静的顿河》被苏联的文学史家列为苏联文学的经典作品。然而对这部作品的“纯洁性”的质疑从其第一部问世起就开始了。在1929年，当时有家杂志的一篇文章尖锐地指出：“但是肖洛霍夫呢？为什么无产阶级作家创作的、被无产阶级的整个批评界歌颂的、被宣布为无产阶级文学顶峰的作品，会是对白卫军来说可以接受的东西？”[①] 不管是肯定《静静的顿河》的人，还是否定它的人，仿佛都可以在作品中为自己找到论据，因为他们是按照某种既定的观点来肢解这部伟大的现实主义作品的。因此我们不妨另辟蹊径，首先进入到这部伟大作品的话语体系中，理解人物及其相互关系，以及叙述者与主人公的感情距离，寻找这部作品在苏联文学大格局中的位置，再讨论作品的文体构成。

第一节　两种对立统一的话语

在《静静的顿河》中隐含了两套既对立又统一的话语。

A. 关于真理的话语。肖洛霍夫自己曾经这样谈论这部小说：“有人问我，像葛利高里·麦列霍夫这一类人的前途如何？苏维埃政权已经把这种类型的人从他们所处的死胡同里解救出来……多数人则

---

① А.П., Почему Шолохов нравился белогвардейцам? // Настоящее 1929, № 8-9. 亚·普：《白卫军为什么喜欢肖洛霍夫？》，载《现在时》，1929年，第8—9期合刊。

靠近了苏维埃政权。”[①] 在《静静的顿河》中把拥护苏维埃、克服哥萨克的偏见称为“伟大的人类真理”[②]。哥萨克经过痛苦的历程走向社会主义,确实是小说的主题之一。这套话语服从历史伦理的律令:即凡是符合历史进步趋势的人物就能获得被叙述的权利。无可否认,设置这套话语时肖洛霍夫是真诚的,但这里也隐含着他作为一个苏联作家的生存智慧——假如不写这个主题,20 世纪 20 年代末像他这样一个二十多岁的默默无闻的作家是很难为小说弄到“准生证”的。米·布尔加科夫的《白卫军》等作品的难产和作家本人的厄运就是前车之鉴。

B. 关于人的魅力的话语。正统的批评家常常忽视或视而不见的是,在《静静的顿河》中还有另一个主题,这就是关于“人的魅力”的主题。这个主题是作家关注的焦点。作家说,“我在葛利高里身上就想表现出这种人的魅力。”[③]于是在这部作品中又包含了另一套与真理话语完全不同的话语,即关于人的魅力的话语。在这套话语中,叙述者服从审美的律令,叙述的聚焦点是人性的存毁,作家或关注体现人性魅力的人物,或着墨于人性泯灭的痛苦过程。

如何理解这两套话语及其运作机制,是理解《静静的顿河》的关键。过去的评论者在争论中常常相持不下,就是因为他们只看到了一种话语而忽视了另一种话语。假如《静静的顿河》只有 A 话语,那么我们就会看到一部完全不同的作品。按照 A 话语所服从的历史伦理标准,这部作品的主要人物就应该分成这样两组:第一组,米哈伊尔·科舍沃伊——施托克曼——贾兰沙——彭楚克——伊凡·阿列克塞耶维奇——波得捷尔柯夫;第二组,葛利高里·麦列霍夫——彼得罗·麦列霍夫——叶甫盖尼·李斯特尼茨基——佛明。前一组人物是布尔什维克或拥护苏维埃政权的进步群众,后一组人物则是白卫军官或参加暴动的普通哥萨克。如果仅仅遵从 A 话语的历史伦理标准,《静静的顿河》应该表现两个不同的阵营你死我活的斗争,重点表现第一组人物如何奋起战胜第二组人物。居于中心的应是第一组人物,因为他们体现了俄罗斯发展的进步趋势。但是在作品中实际情形与此刚好相反,居于作品中心的是第二组中的葛利高里·麦列霍夫,而第一组中的人物,除

① 参见孙美玲编:《肖洛霍夫研究》,前引书,第 470 页。

②③ 《肖洛霍夫文集》(中文版),前引书,第 3 卷,第 538 页。

了米哈伊尔·科舍沃伊外，都是在作品中时隐时现，稍纵即逝。那么A话语在作品中是如何发挥作用的呢？原来A话语在小说中被推到了背景中。

且看这两种话语在作品中是如何实际运作的。葛利高里和科舍沃伊本是少年时的朋友，但他们的生活道路完全不同。科舍沃伊是一无所有的雇农，当哥萨克叛乱时他逃出去当了红军，开始勇敢地打击叛军；而葛利高里在叛乱发生时加入了叛军，开始了与红军的对抗。从这里我们可以感到A话语在背景中的影响，然而推动叙述者叙述的不是A话语，而是B话语。此后因为患病，科舍沃伊不能到前线作战，回到鞑靼村当了村革命军事委员会主席，他娶了葛利高里的妹妹杜妮亚为妻。当葛利高里离开叛军，投奔红军，又从红军中复员回乡后，于是有了第八卷第七章两人针锋相对的对话。按照A话语所遵从的历史伦理价值观，作品本应该颂扬科舍沃伊大义灭亲，斥责葛利高里的百般狡辩。而作品文本与此正好相反。他们两人的对话是戏剧性的呈现，但可以明确看出，叙述者是聚焦于葛利高里的。就情感而言，叙述者距葛利高里较近，离科舍沃伊较远。这显然违背了A话语的历史伦理价值观。对话结束后的第一段是表达葛利高里心理活动的自由间接引语。在这里叙述者仿佛无意中倾注了对葛利高里更深的同情。接下来是对葛利高里梦境的描述。梦境中，葛利高里落马掉队，分明透露出军人离开军队的落寞和无奈，更折射出“由顺境转入逆境”[①] 的悲凉心境，由此烘托出作品的凄美意境。B话语的审美价值观就这样取代了A话语的历史伦理价值观，在这里葛利高里的“人的魅力”明显压倒了科舍沃伊的“不近情理”。

以上场景是说明B话语取代A话语的典型个案。整部作品中，叙述者对主要人物的情感也大致如此对应。当红色阵营中的人们显出代表和平的力量和闪现出人性光芒的时候，叙述者便倾注一腔同情，比如对贾兰沙、施托克曼、彭楚克等人。在这些人物的身上，A话语的历史伦理价值和B话语的审美价值于是得到了统一。波得捷尔柯夫是个“非党布尔什维克”，他担任顿河地区哥萨克革命军事委员会的主席，叙述者对他进行展示和描写时情感的倾向，是对比鲜明的，既有倾注同情的场面，又有加以否定的场面。在波得捷尔柯夫不经审判就砍死切尔涅

① 亚里斯多德：《诗学》，罗念生译，北京：人民文学出版社，1982年，第38页。

佐夫并下令杀死其他俘虏的场面中,通过葛利高里的眼睛的折射,波得捷尔柯夫就仿佛变成了一个丧失人性、失去理智的疯子。当波得捷尔柯夫被敌人绞死时,他不愧为视死如归、慷慨就义的英雄,其行为震撼了刽子手和围观者的心灵。叙述者情感的强烈反差,完全取决于被叙述者的行为是否合乎“人性”。

第二节 《静静的顿河》的独特性

在现实世界中存在着各种各样的话语,作家在小说世界中可以容纳某些话语,拒斥另一些话语,也可以创造自己的话语,《静静的顿河》中的 A 话语,就是对现实世界中居于中心地位的意识形态话语的应答,B 话语就是肖洛霍夫的具有独特性的话语。我们看到,在个别经典的社会主义现实主义作品中,作家衡量自己作品中的人物的最高尺度,就是历史伦理价值观,它取代了审美的价值观,因而也把现实世界中多维度的活生生的人,压缩成小说中的单面人,即“好人”或“坏人”。比如说,在列昂诺夫的《俄罗斯森林》(Русский лес)中,主人公是两个林学家,一个是维赫罗夫,农民的儿子,是个一心为着祖国的林业发展却饱受打击的林学家;另一个林学家是格拉齐安斯基,是名门之后,身为林学教授,却为了一己私利,不惜打击同行,甚至不惜毁掉俄罗斯森林。格拉齐安斯基满怀野心和阴谋,干着损人利己,背叛祖国的勾当。尤为突出的是,叙述者在揭示了他的众多卑鄙行径和恶劣品质之后,在小说的结尾还补充了重要的一笔:这个曾经到处炫耀自己的光荣革命业绩的人,原来是一个出卖同志的可耻叛徒。读到这里读者会感到,他的每句话、每个行动都露出了狐狸尾巴:他是一个坏人。在某些描写战争的作品中,人物界线更是泾渭分明:红军中除了极个别的动摇分子,都是好人;敌军中则无一例外,都是坏人;他们的一言一行都在证实这种阶级属性。因为这类作品中人物的人为的单面性,西方批评界将这些作品称为“新古典主义”,这倒不无道理。实际上这是一种写给成人看的政治童话或寓言,其中的“好人”和“坏人”被明确标示出来,有强制读者接受的意图。

在《静静的顿河》中，肖洛霍夫接受了处于中心地位的意识形态话语，并且真诚地肯定它是真理。十月革命的伟大意义和哥萨克最终拥护苏维埃政权，这是A话语的要旨，肖洛霍夫把这个真理作为贯穿作品的一条红线。但是他又引入衡量人的价值的B话语，将历史伦理悬置起来，代之以审美的价值判断，这就避免了将人物单面化、童话化的流弊。唯其如此，《静静的顿河》才从那个时期的众多作品中脱颖而出。

在那个时期，文学对待中心意识形态话语持三种态度。像梅列日科夫斯基等人就对其完全否定；像肖洛霍夫、米·布尔加科夫、拉夫列尼约夫，就把它作为真理接受下来，又用自己的话语加以补充（实际上布尔加科夫在《白卫军》中，拉夫列尼约夫（Лавренёв, Б.）在《第四十一》（Сорок первый）中，都从白卫军军官身上发现了“人的魅力”）；第三种作家占大多数，他们接受了中心意识形态话语，有时可能用它来代替自己的文学话语。肖洛霍夫的《静静的顿河》，由于接受了中心话语，就取得了进入主流文学的资格，尽管几经周折，终究得到认可。又由于B话语的“人的魅力”观念对整部作品的叙事控制、对叙述者的情感选择的控制，这部作品产生了其他主流文学作品所缺乏的特殊的艺术魅力，进而在苏联及苏联之外得到了广泛的认同。《静静的顿河》居于中心与边缘之间的过渡地带，由此引发了评论界关于它的属性的多次争论。也正因为如此，那种仅仅基于中心话语对它作出的批评总是那么有隔膜和显得肤浅。

第三节 历史性叙述与隐含作者的功能

与《静静的顿河》的话语系统相一致，这部史诗性长篇小说的事件（叙事学意义上的），也可分为两类：与A话语相对应的史实性事件；与B话语相对应的虚构事件。历史性事件在《静静的顿河》中的作用，有很多论者都谈到过。安·赫瓦托夫说：“肖洛霍夫的这一长篇小说中，历史成了推动情节发展的最活跃的因素；在历史中主人公们找到了自己行动的动机、思想情感的根源。”[①] 诚然，主人公们行动的最终动机可以在小说展开的历史性事件中去寻找，但是非虚构的史实与主人公的命运也有脱节的地方。《静静的顿河》中的史实是由下列三种要素构成的。第一，历史性人物。小说中出现的历史性人物有：革命阵营中的列宁、斯大林、托洛茨基和布琼尼等，还有反革命阵营中的白卫军将军等人物。第二，引用的档案材料。小说中大量引用了当时的电报、信件等等。第三，历史性事件。大至第一次世界大战、十月革命、国内战争，小到一些具体的事件，某次战役、某次会议等等，由这些构成的历史性事件从总体上影响到每一个人物的内心世界，左右了他们的生活道路。作品的个别场合中虚构的主人公成了某些事件的参与者或旁观者。比如，叶·李斯特尼茨基目击了哥萨克听从红色波罗的海舰队的水兵的劝说、撤出皇宫广场的过程。但是，虚构人物，即作品中的主要人物，是普通哥萨克，小说中又没有设置将普通哥萨克与历史性人物相衔接的人物，所以很多历史事件的展开与虚构人物之间有脱节之现象。很多历史性事件，只是以档案等的原生性的本事的形式出现在作品中，而没有成为融合于作品整体的情节，比如科尔尼洛夫等帝俄时代的将军被临时政府关押在贝霍夫女子中学，旋即又被释放的事件，对后来的国内战争产生过重要影响，小说中用了两小节来叙述该事件，但仅仅限于对史实的复述，完全没有表现出肖洛霍夫塑造人物的艺术功力。这是因为在引入历史人物的时候，肖洛霍夫无意用历史伦理标准来简化他们；同时，要把审美标准用在历史人物身上，又是很难把握的。因此，叙述者就让史实性事件保留了档案式的本事形式，只是在个别场合中，对历史的叙述才成了情节。比如，由于藩苔莱·普罗柯菲耶维奇参加军人联合会的选举，对克拉斯诺夫将军的描写就变得有声有色了。但总的说，史实性事件是“本事”，而不是“情节”。

既然如此，肖洛霍夫为什么非要引入这些历史性的事件呢？这是为了给 A 话语表达的真理提供注脚，给虚构的主人公的命运提供最终的压力，也就是说，让 A 话语从背景向前台产生影响。另外，这也是由

① Хватов А., Художественный мир Шолохова,М., Советская Россия, 1970,сс.66–67. 赫瓦托夫：《肖洛霍夫的艺术世界》，莫斯科：“苏维埃俄罗斯”出版社，1970 年版，第 66—67 页。

于肖洛霍夫受到了列·托尔斯泰留下的长篇小说的史诗传统的诱惑。但是《战争与和平》中出身高贵的主人公与历史人物的联系是很自然的，比如由于安德列·鲍尔康斯基的父亲曾任俄军总司令，所以他作为现任俄军总司令库图佐夫的副官，可以成为重大军事事件的目睹者甚至参与者，这是自然而然的事，这就避免了史实性事件与虚构人物的脱节。《静静的顿河》的主人公的命运与历史的联系是间接的，肖洛霍夫还应该设置某种人物来成为普通哥萨克主人公同历史人物之间的中介。

在《静静的顿河》中，“隐含作者”的作用是非常独特的。在不同的场合叙述者分别担任了史诗的叙述者、长篇小说的叙述者和抒情诗人的功能。叙述者的言语也包含了复杂的文化成分。

史诗的叙述者，在《静静的顿河》中表现出一种雍容大方、从容不迫的大家风范。叙述者并不像巴尔扎克的长篇小说中的叙述者那样直奔主题，于是作品中便有很多看似闲笔的篇页：讲到米伦·葛利高里耶维奇去参加军人联合会的选举，假如是别的长篇小说，定会将路途上的事略去，直接写选举的情形。叙述者却有声有色地讲述他的马如何险些被德国人抢走，他又如何逃到一个熟人家里。这样，一个鲜活的米伦·葛利高里耶维奇便出现在读者面前。叙述者讲哥萨克人行军途中的扯淡，描述哥萨克人的劳作、求亲、婚礼和生老病死，铺陈叙写，提供了一幅幅色彩斑斓的民俗画卷。《静静的顿河》中的这些篇页，令人想起《伊利昂记》，想起荷马关于赫淮斯托斯打制的盾牌上的城市市井图和田园诗画的津津有味的讲述。同时，史诗的叙述者又是展现场面的高手。葛利高里·麦列霍夫死里逃生，回到自家门前的场面，尽管是对其母、其父、其妻、其妹反应的“历时”描写，但在读者的心中会构成一幅震憾人心的油画。还有众多的普通军人集会的场面都写得有空间感，很有气势。史诗的叙述者很善于“同时”讲述许多主人公的故事：在第一次世界大战的前线，葛利高里、彼得罗、叶·李斯特尼茨基、伊凡·阿列克塞耶维奇分属不同的连队，叙述者交替讲述他们的经历，节奏有张有弛，情绪有乐有哀。[①]

① 参见黑格尔《美学》第三卷对史诗的讨论：“史诗世界还不应局限于只在一个既定的场所所发生的特殊事迹的有限的一般情况，而是要推广到全民族见识的整体。”［德］黑格尔：《美学》，朱光潜译，北京：商务印书馆，1984年，第三卷下册，第121页。

如果说史诗的叙述者是在大庭广众之中，用崇高的语调讲述群体共同的命运的话，那么，从市民社会中产生的关注个人命运的长篇小说的叙述者，则善于讲述某种私人的、隐秘的故事。[①]《静静的顿河》也吸取了这种长篇小说叙述者的功能。在讲述葛利高里——阿克西尼娅——娜塔莉娅，彭楚克——安娜，叶·李斯特尼茨基——阿克西尼娅——奥莉加·戈尔恰科娃等关系的时候，长篇小说叙述者的功能就发挥了作用。如果说史诗的叙述者从大处着眼，主要展现人物的动作和语言的话，那么长篇小说的叙述者则聚焦于人物的内心世界，以心理分析见长。在小说中，叶·李斯特尼茨基乘阿克西尼娅之危时的内心话语，揭示了他道德的沦丧。

在表现顿河两岸绚丽的自然风光的时候，在为哥萨克的命运而慨叹的时候，《静静的顿河》的叙述者又变成了抒情诗人。雅各布森说："抒情诗的出发点和引导主题是第一人称和现在时，而史诗的出发点和引导主题则是第三人称和过去时。"[②]《静静的顿河》的叙述者的人称和所使用的时态，正是与此相符合：史诗式的和长篇小说式的叙述者，采用第三人称，动词用过去时。当作品感情激荡之时，叙述者忽然由第三人称变为第一人称，动词也变成了未完成体现在时，例如："在低垂的顿河天空下面的亲爱的草原！山沟、干涸的溪流和红色的黏土，遗留着已经被草遮没的马蹄痕迹的大草原，神秘地沉默着的、保留着哥萨克光荣的古代堡垒……用哥萨克的鲜血灌溉过的顿河的草原，我要恭恭敬敬地向你致敬，亲亲那没有开垦过的土地！"[③] 最后一句话的俄文原是："Низко кланяюсь и по-сыновьи целую твою пресную землю, донской, казачьей, не ржавеющей кровью политая степь!"[④] 这里，尽管没有直接

① 参见沃尔夫冈·凯塞尔《语言的艺术作品》："全部世界（在崇高语调中）的叙述叫史诗，私人事件在私人语调中的叙述叫作'长篇小说'"。［瑞士］沃尔夫冈·凯塞尔：《语言的艺术作品》，陈铨译，上海：上海译文出版社，1984年，第474页。

② 转引自托多罗夫：《文学体裁》，载《美学文艺方法论续集》，北京：文化艺术出版社，1987年，第210页。

③《肖洛霍夫文集》，前引书，金人译，第4卷，第1015页。

④ М.А.Шолохов., Собрание сочинений,М.,Терра-книжный клуб, 2001, t.3, c.49.《肖洛霍夫文集》，莫斯科：Терра图书俱乐部出版社，2001年，第3卷，第49页。

出现“我”这个词，但是通过“鞠躬（кланяюсь）”和“亲吻（целую）”这两个未完成体动词的单数第一人称现在时，形成了“我”与大地母亲直接对话的效果。

《静静的顿河》中的叙述往往采用自由间接引语，这就形成了某种综合。有学者认为，肖洛霍夫作品的语言是丰富的民众语言与文学语言紧密而有机结合的典范。小说中频繁出现的自由间接引语，既要受到所表现的主体的控制，因而带有顿河哥萨克的语言特点；又受到叙述者的控制，这又是一种规范的文学语言。比如：“阿克西尼娅从麦列霍夫家的向日葵园里回来以后，她的心就像被人遗忘了的、长满了胭脂菜和艾蒿的场院一样，变得空虚而又荒凉。”[1]（Пусто и одичало, как на забытом затравешем лебедою и бурьяном гумне, стало на душе у Аксиньи после того, как пришла с мелеховского огорода, из подсолнухов.[2]）在这种转述语中，人物的声音与叙述者的声音混合在了一起。带着明显的“阿克西尼娅”特点的“长满了胭脂菜和艾蒿的场院”，很自然地嵌入了叙述者的语言框架中。它以“空虚（пусто）”和“荒凉（одичало）”这类书面语词汇为标志。这样哥萨克的生动活泼、有时甚至十分粗鄙的语言与叙述者的较为文雅的语言相混合，使得小说的叙述语言既不失规范，又充满生机。

（刘亚丁）

① 《肖洛霍夫文集》，前引书，第 2 卷，金人译，第 116 页。

② М.А.Шолохов., Собрание сочинений, М., Терра-книжный клуб, 2001, t.3, c.88. 《肖洛霍夫文集》，俄文本，前引书，第 1 卷，第 88 页。

第四章 《一个人的遭遇》：小说或默示录

1956年12月31日和1957年1月1日在《真理报》上刊登了肖洛霍夫的短篇小说《一个人的遭遇》，这是肖洛霍夫这位苏联时代的小说大师吟唱出的“天鹅之歌”。《一个人的遭遇》主要表现苏联红军普通士兵安德列·索科洛夫的生活：先是二战前的生活，然后是战争中应征入伍担任汽车司机，受伤后被德国法西斯抓进俘虏营，历经磨难，最后利用开车的机会俘虏了德军的工程师，回到红军队伍。最后是战后生活，然而战争毁坏了他的家园，致使他的家人全部亡故……这部作品发表后受到好评，布拉果依称赞它是社会主义现实主义的杰作。[1] 布拉果依是位权威，他的这句评语就为以后对《一个人的遭遇》的评论和研究作了界定。这种界定的作用，我们在后面会提到。在俄罗斯学术界突破这种界线的人有列伊德曼（Лейдерман, Н.）等，他们指出：《一个人的遭遇》是“小说体裁中的俄罗斯式的地方抄本”；《一个人的遭遇》表达了新的艺术观念（而非社会主义现实主义的），开启了苏联小说可以描写英雄的平凡一面的先河。索科洛夫的“自我讲述”分成了若干独立部分，如“战前生活”、“告别家庭”、“被俘”、“教堂里”、“不成功的逃跑”、“对米勒的斗争”、“获救”、“家人亡故”、“邂逅万尼亚”等，它们都是独立的小型叙事作品，其内部都有“戏剧性成分”和“叙事性成分”，有独立的冲突对象。[2]

现在不妨假设《一个人的遭遇》是交响叙事曲的总谱，肖洛霍夫让

① 参见孙美玲编：《肖洛霍夫研究》，前引书，第306—318页。

② Лейдерман Н. и др., Современная русская литература, Москва, УРСС, т.1, сс.71–78. 列伊杰曼等：《当代俄罗斯文学》，莫斯科：УРСС出版社，第1卷，第71—78页。

主人公陈述了自己的和平生活和在战争中的经历，这是叙事，它构成了小说叙述的旋律，从总谱上看，这如同在一条五线谱上的音符以从左到右的方式形成横向组合；与此同时，作家又利用了“人”（человек）“遭遇”（судьба）的多义性，利用主人公姓名的含义，来形成作品的隐喻，这是和声，从总谱上看是与那条五线谱平行的另一条五线谱，总谱由此形成纵向组合。在《一个人的遭遇》中独特的叙事和丰富的和声，犹如沉郁悲愤的旋律在多声部和声伴随下演进，这部短篇小说就成了关于俄罗斯民族20世纪命运的默示录。

第一节 平常的人和大写的人

《一个人的遭遇》的叙事文本实际上是由一个小文本和一个大文本组成的。小文本是由第一叙述人“我”来讲述的，相当于序曲和终曲，就是小说的引子和结尾，在序曲和终曲之间是主人公的自述。从形式上看这是俄罗斯小说结构的经典形式之一，莱蒙托夫的《当代英雄》就是如此：先由一个初到高加索的旅行者作为第一叙述人，再由马克西姆·马克西梅奇作第二叙述人，之后引出第三叙述人即主人公毕巧林，这样经过两次转换过渡到毕巧林的自白。《一个人的遭遇》的小文本交代了时间——战后的第一个初春，地点——顿河边上，人物——安德列·索科洛夫和他的养子（并对他们作了肖像和行为描写）。然后是主人公的自白，在小说结尾处再回到第一叙述者的语言，他对主人公索科洛夫击节称赏，馨香祷祝。大文本就是主人公索科洛夫自己的不间断的讲述。从形式上看，索科洛夫的自述部分，也可以追溯到俄罗斯文学的源头，17世纪的《阿瓦昆生平》（Житие протопопа Аввакум）中较早的主人公自述文本。索科洛夫所讲述的内容包含了两个大的乐章——和平与战争。开始讲述时述及的战前生活、结束时谈到的战后生活，这是和平乐章。他讲述的中心部分就是自己在战争中的经历：运送炮弹、受伤、被俘、教堂处死叛徒、第一次失败的逃跑、与米勒的较量、抓舌头回到红军队伍、家园的被毁和儿子的牺牲，这是战争乐章。

《一个人的遭遇》的内在戏剧性在于，这两个乐章中同一个主人公判若两人。在和平乐章里索科洛夫不过是个普通人，他有着人所共有的欲望和需求。挣钱盖房子，娶妻生子，构成了战前他生活的主要内容。妻子贤惠、儿女争气，似乎就是他生活的最高境界。在索科洛夫的普通人的自白中，有一些带情感的言辞，犹如回旋曲中的主题旋律，回环往复，一唱三叹。他对妻子、孩子情感深挚，让人读之动容。战争爆发了，索科洛夫应征入伍，妻子孩子去送行，妻子伊莉娜在哭号中说了类似于诀别的不吉利的话，他推了她一下。在妻子死后，此事让索科洛夫难以释怀："为了当时推了她一下，我就是到死，到生命的最后一刻，都不能原谅自己。"[①] 索科洛夫在梦里同阴阳陌路的妻子、孩子说话，"可是夜里醒来，整个枕头总是给泪水湿透了"[②]。在这样的情感的"回旋曲"中，索科洛夫仿佛在为自己申请"无情岂必真豪杰，怜子如何不丈夫"的权利。在这里索科洛夫是一个为了实现在生理层面、安全需求层面和情感层面上的权利而活着的人。他在行为方式和心理方面与一般人非常接近。汉·耀斯引用莱辛的观点指出了作为普通人的主人公引起"同情式认同"可能性："观众或读者可以在一种不完美的、较为'寻常'的主人公身上找到他们自己也有的种种可能性，因而把主人公视为具有与自己同样的'素质'而与他休戚相关。"[③] 肖洛霍夫就这样让主人公回归平常，这样也就让读者对他产生同情与悦纳。多数人在平静安详的生活中度过一生，这对个人未尝不是幸事，对公众而言，或许世界因此变的更加安宁。

而在战争乐章里，主人公变成了另外一个人。这里有必要略微涉及到和声问题，谈谈作品的丰富的隐喻（和声）对叙事（旋律）的烘托作用，因为在演奏中旋律与和声是同时发出的。主人公的姓和名肖洛霍夫不是随手抓来的，它们都是隐喻性的。他的姓（Соколов）（索科洛夫）的词根是сокол, сокол的意思是"鹰隼"，即"猛禽"，在俄罗斯的民间诗

① 肖洛霍夫：《一个人的遭遇》，草婴译，载《肖洛霍夫文集》，第1卷，北京：人民文学出版社，2000年，第448页。

② 同上。

③ 汉·耀斯：《审美经验与文学阐释学》，顾建光等译，上海世纪出版社集团，2006年，第211页。

歌中指“勇敢英俊的男子”[①]。普希金的《上尉的女儿》中神甫太太这样称呼格利乌夫：“再见了，彼得·安德列伊奇，我们的雄鹰（наш ясный солол）！”高尔基写了散文名篇《鹰之歌》（Песнь о Соколе）。《一个人的遭遇》的主人公的名字安德列也颇有寓意。安德列（Андрей）是基督的十二门徒之一，依据《马太福音》（4：18—20）和《约翰福音》（1：40—41）的说法，他是首先认出基督的人。在俄罗斯最早的历史文化著作《往年纪事》（Повесть временных лет, 12 世纪初期）中安德列则是到黑海边传教的门徒，他祝福了未来的基辅。[②] 在基辅罗斯时期安德列被视为俄罗斯国家的保护者，在俄罗斯帝国时期被看成了帝国海军的保护圣徒，彼得一世确定安德列旗为海军军旗，他所颁发的安德列勋章成为了俄罗斯最早的勋章。[③] 这样看来，将安德列视为俄罗斯的战神似乎也没有什么不妥。

通过索科洛夫的自我表白我们可以看到，在和平生活中他只是一介凡夫。可是他姓索科洛夫（Соколов），是个“雄鹰”一样的男人，他的名字是安德列，他仿佛应该是一个荣膺安德列勋章的安德列。男人和军人，这两种角色在他那里是统一的：他说，“既然你是个男人，是个军人，你就该……”[④] 他是普通一兵，没有惊天地、泣鬼神的壮举，更没有挥师征战、叱咤风云的机遇。他不过是在前线需要炮弹的时候冒着生命危险驾车去送炮弹，并机智地抓了德军的军官做舌头，回到了自己人的队伍中。但在这些看似平常的举动中，不失鹰一样的男人的勇敢，更有安德列勋章获得者的荣光。他似乎在同那个沉溺于思念亡故的亲人，每夜以泪洗面的“自我”争论，说到给家人写信的问题，他说：“我这个人也不喜欢婆婆妈妈，抱怨叫苦，最看不惯那种爱哭鼻子的家伙。他

① Большой толковый словарь русского языка, Санкт-Петербург, Норинт, 2001, с.1231. 《俄语详解大词典》，圣彼得堡：Норинт 出版社，2001 年，第 1231 页。

② 涅斯陀尔：《往年纪事》，王钺译注，兰州：甘肃民族出版社，1994 年，第 21—22 页。

③ Мифы народов мира, Москва, Издательство Большая русская энциклопедия, 2000, т.1, 80–81. 《世界各民族神话》，莫斯科：俄罗斯大百科全书出版社，2000 年，第 1 卷，第 80—81 页。

④《肖洛霍夫文集》，草婴译，前引书，第 1 卷，第 422 页。

们不论有事没事，天天给老婆、情人写信。”[①] 索科洛夫特别强调男人的刚毅和担当，得自己忍受一切，担当一切，他把上面说的那种人鄙夷地称为女人，说他们应穿裙子。这个没有荣膺过安德列勋章的安德列，无论是作为战士，还是法西斯集中营里的俘虏，都保持着军人的尊严和气节。当前线缺炮弹的时候，他作为司机穿过敌人的枪林弹雨去送炮弹："同志们在那里流血牺牲，难道我能待在这儿不理不采吗？"[②] 索科洛夫因为在掘墓时说了风凉话，德国的战俘集中营的营长米勒召见他，他知道自己的末日到了，开始是有点感伤，但很快镇定下来，整理好衣冠，"好跟一个士兵一样，毫无恐惧地看着枪口"[③]。在这里，尊严和高傲一类的精神因素，压倒了求生避死的本能，因此他又是一个在努力实现尊重需求和自我价值的战士。让他获得安德列勋章，怕也当之无愧。

《一个人的遭遇》中由索科洛夫的自白构成的和平与战争这两个乐章，有着不同的调式、不同的音色。前者虽有阴沉的引子，但毕竟表现出生活的欢悦；后者则在惊惧和危殆中表达了人性超越本能的胜利。更值得注意的是，同一个人在不同的境遇中可以表现出完全不同的精神面貌。同一个索科洛夫，拿和平乐章中的他与战争乐章中的他对比，简直就成了平常的人与大写的人的对比。战争摧毁了附属于他的一切，却赋予他心灵的丰厚和人格的升华。肖洛霍夫在前面渲染了索科洛夫家庭生活的融融之乐，却又在后面谱写了战争境遇中人性升华的颂歌。

《一个人的遭遇》在苏联文学中的承上启下的意义由此而凸显，这里既有英雄主义的流风余韵，又开启了非宏大叙事的先河。索科洛夫的那些既惊心动魄又寻常可见的经历，使这部小说开启了苏联战争文学的新的一页。过去苏联战争文学中的主人公多是建立了奇功伟业的英雄，他们的人格和能力似乎超出普通人许多，如卡扎凯维奇（Казакевич, Г.）的《星》（Звезда）、波列伏依（Полевой, Б.）的《真正的人》（Настоящий человек）、冈察尔（Гончар, О.）的《旗手》（Знаменосецы）等小说中的主人公。现在如索科洛夫这样的普通人成了小说的主人公，他身上既有普通人的凡俗，又有英雄的辉光，这就为后来的苏联战争文学，乃至

① 《肖洛霍夫文集》，草婴译，前引书，第1卷，第422页。

② 同上，第423页。

③ 同上，第433页。

整个苏联的关于非英雄的作品提供了范本。

第二节 蕴涵象征的召唤结构

在《一个人的遭遇》中，肖洛霍夫有意识地构造了沃·伊瑟尔（Iser, Wolfgang）所说的文本的“召唤结构”，他是在期待有经验的读者的参与，这经验就是对20世纪上半叶俄罗斯苏联历史的掌握。作家通过对书名和主人公的姓名提供隐喻性的文字，诱使读者通过调动自己的知识、激发自己的想象去完成作品的象征结构的建造。

小说的题目是隐喻性的。将Судьба человека译为“一个人的遭遇”，主要着眼于字面意义，这固然是没有错误的。在俄语中，человек一词既可以指单个的人、普普通通通的人、具体的人，又可以指更为抽象的人，甚至指称人类，如高尔基所说的“大写的人”。судьба一词译为“命运”更恰当，这个词如果用“遭遇”的义项的话，那么也是指一生的遭际。由此看来，这篇小说的题目就像一道半开着的幽暗神秘的大门，诱使读者去猜想，主人公是什么样的人，他究竟有什么样的命运，进而引起读者强烈的阅读期待。小说人物的遭遇是隐喻性的，尽管这是一部短篇小说，但它通过表现一个人几乎一生的经历表达了更深刻的内容。当主人公与叙述人交谈时，索科洛夫开始自述的第一句话是“我的生活开始时是平平常常的”（Поначалу жизнь моя была обыкновенная）[①]，这里就已埋下伏笔。索科洛夫生于1900年，于是他就成了20世纪的“同龄人”。这样一来，平常中就有了不平常，这个人似乎就不再是一个普普通通的个人了，他具有了某种隐喻的意味。后来他自己告诉大家，他在国内战争中参加过红军，在1922年的大饥荒中，因为给富农当长工才幸免于饿死，但他失去了所有的亲人，父亲、母亲和妹妹全饿死了，剩下他一人孤苦伶仃活在世上。他同来自孤儿院的一个姑娘结婚后，

① Шолохов, М. Судьба человека, в “Собрание сочинений Шолохова”, Москва, Терра, 2001, т.7, с.208. 肖洛霍夫：《一个人的遭遇》，见《肖洛霍夫文集》，莫斯科：Терра出版社，第7卷，第208页。

有了一个幸福的家庭，一个儿子、两个女儿给他带来了未来的希望。战争爆发了，他自愿走上前线，经受了负伤、被俘的种种折磨，但都挺过来了。可是敌人的一颗炸弹夷平了他的家，夺走了妻子和一对女儿的生命。从军的儿子在攻入柏林的时候被打死了。他重新又成了一个孤苦伶仃的人。

肖洛霍夫又通过激发读者的联想在作品外构成更大的外在的隐喻文本。作品在展示“人”的“命运”的时候，有明显的生活轨迹的曲线，形成了一个倒U型结构：它的起点很低，在1921年以后主人公是孤身一人，然后逐渐升高；他离开农村到沃罗涅日当上了工人，后来又成了汽车司机；他与孤女伊莉娜结婚，育有一儿两女，他和妻子辛勤劳动，修了自己的房子，孩子不愁吃穿，“人生在世，还需要什么呢……可以说心满意足了”[①]；孩子成绩很好，每门都得“优”，儿子的数学成绩特好，中央的报纸都有过报道，“这使我觉得脸上很有光彩，我很为他骄傲”[②]，这是主人公人生的高峰；索科洛夫此后却又逐渐走入低谷，因为战争爆发，索科洛夫应征入伍，他历经磨难，九死一生；他的家被敌人的炸弹炸毁，妻子和两个女儿被炸死，儿子阿纳托利作为红军军官也在攻占柏林的时候牺牲了；索科洛夫再次落得孑然一身，他收养了父母双亡的万尼亚，艰难地活在世上。他甚至怀疑：“我这悲惨的一生会不会是一场梦呢？”[③]索科洛夫的生活道路是“字面意思”，那么俄罗斯/苏联人民在20世纪上半页的道路则是没有“出场”的被隐喻的文本。索科洛夫的道路，实际是被用来“模拟”一个民族在半个多世纪中的命运：他和自己民族的“生活曲线”是平行的，都是倒U型的道路，而且两者之间具有编年史的叠合关系。俄罗斯/苏联人民在20世纪前五十年的道路：起点是艰难的，1921年前先有第一次世界大战，革命后又遭遇帝国主义的武装干涉；后来进入社会主义建设时期，这是苏联人民历史命运的高点（尽管有集体化运动和1937至1938年的悲剧事件，后者肖洛霍夫在《他们为祖国而战》中作了反思性的、悲壮的书写）；再后来苏联人民遭遇了德国法西斯的入侵，牺牲了两千多万人，建设的成就被毁坏殆尽，他们再次进入低谷。在一些细节上《一个人的遭遇》与历史都具有编

①② 《肖洛霍夫文集》，草婴译，前引书，第1卷，第420页。

③ 同上，第440页。

年式的平行性，例如索科洛夫进城市当工人、司机的时期，恰好是苏联工业化快速发展的时期。小说结尾处第一叙述者的独白中涉及万尼亚的有这样一句话："而这个孩子将在他父亲身边成长，等到他长大，也能经受一切，并且克服自己生活道路上的各种障碍，如果祖国号召他这样做的话"[①]。这个叙述者一直在压抑自己的情感，尽量不让男人金贵的眼泪流出来，尽量不表露自己的态度。当他在结尾处似乎是不经意间说出这句话的时候，他就以对小说中的具体人物万尼亚命运的预测，道出了对20世纪下半叶苏联/俄罗斯人民未来道路的神谶般的预言，肖洛霍夫在不经意间成了预言家。主人公索科洛夫的经历隐喻了俄罗斯/苏联人在20世纪上半叶所遭受的几乎所有悲剧：战争、饥馑、亲人亡故。更进一步说，这个结构似乎已经预示了整个20世纪俄罗斯民族所走的道路，《一个人的遭遇》仿佛成了俄罗斯民族20世纪命运的默示录。此外，肖洛霍夫让索科洛夫离开农村到城市，这里有顺应苏联社会转型的意味，也许还有作家的特殊考虑：20世纪20年代末的农村的集体化运动和消灭富农运动，令肖洛霍夫不愿违心地让农村成为索科洛夫生活的田园牧歌。他自己的写集体化运动的《被开垦的处女地》也煞尾于激烈的枪战，收尾于两个热衷于集体化的主人公的死亡以及三次在坟头的凄凉诀别。

сокол是飞翔的精灵，它的流动性、迁徙性在索科洛夫身上也有所体现。索科洛夫是沃罗涅日人，后来迁到位于克拉斯诺达尔州的库班河流域，又从那里回到在沃罗涅日农村的家里，后来他又卖掉房子到了沃罗涅日城里。参军后随部队在白采尔科维（这个地名很有意思——Белая Церковь，它的意思是"白教堂"[②]）集结，成为部队司机。在乌克兰的洛佐文基城他被俘了，后来"走遍了半个德国"[③]。在苏联的维捷布斯克州的波洛茨克他逃出德军的控制，返回红军队伍，回去探亲时看到被炸毁的在沃罗涅日的家，又随红军队伍打到了柏林。战争结束后他到了伏尔加格勒的乌留宾斯克。最后，也就是回到小说开始的时候，

① 《肖洛霍夫文集》，草婴译，前引书，第1卷，第448页。

② Шолохов. М.А., Собрание сочинений,М.,Терра-книжный клуб,2001, t.7, c.212.《肖洛霍夫文集》（俄文版），莫斯科：Терра出版社，第7卷，第212页。

③ 《肖洛霍夫文集》，草婴译，前引书，第1卷，第431页。

"我"和索科洛夫相遇于罗斯托夫州的莫霍夫斯基村,他带着万尼亚去该州的卡沙内(Кашары)[1]。索科洛夫在大地上不停地迁徙,像鹰一样不停地翱翔。这实际上构成了小说的漫游模式,而且这里又大有深意。俄罗斯文学中的大地漫游模式与俄罗斯历史上的分裂教徒大有关系。17世纪由于部分教徒反抗官方的宗教改革,他们成了分裂教徒,被称为云游者(Странник),他们赤裸双足,云游八荒,要去寻找上帝的真理。此后就有了涅克拉索夫的《谁在俄罗斯能过好日子》、普拉东诺夫的《切文古尔》等作品。这些作品的主人公都在寻找关于生存、关于幸福的真理。那么索科洛夫在迁徙中在寻找着什么呢?除了被德国人驱赶外,他的迁徙都是在艰难地寻找生存空间,他在期待幸福生活,但每次迁徙有不同的具体目标。离开农村到城市沃罗涅日,他不但先知般地躲过了浩劫,而且得以成家立业;从波洛茨克的德军中回到红军队伍,他在找寻着自由和尊严;从莫霍夫斯基村到卡沙内,他带着万尼亚要去寻找新的生存空间,去继续发出那个悲剧式的提问:"生活,你究竟为什么要那样折磨我?"[2] 这又是索科洛夫这个世纪同龄人替自己的民族发出的追问,正如涅克拉索夫和普拉东诺夫的追问一样。

为什么以前没有人来研究《一个人的遭遇》中的隐喻问题呢?其原因恰恰在于布拉果依的"一锤定音":这篇小说是社会主义现实主义的杰作。布氏乃权威学者,科学院通讯院士,莫斯科大学教授。他把这部作品划定在社会主义现实主义范围内,实际上就阻断了其他学者对它展开广泛研究的思路,因为社会主义现实主义基本上将现实主义之外的所有艺术风格都排除在外了,更何况与隐喻有直接关联的俄国的象征主义恰好是在社会主义现实主义横空出世前消亡的。所以布氏本人特地申明,《一个人的遭遇》开始的风景描写中没有任何"隐喻"。

《一个人的遭遇》在叙事(旋律)和隐喻(和声)之间形成了文本内外的艺术张力。没有生动的叙事(旋律),作品就会流于空阔疏落,就缺

① Шолохов. М.А., Собрание сочинений,М.,Терра-книжный клуб,2001, t.7, c.231.《肖洛霍夫文集》,莫斯科:Терра出版社,第7卷,第231页。中译本该地名译为卡沙里,有误,参见《俄罗斯地图册》,莫斯科:Беллси出版社,2000,第20—21页。(см.: Атлас России, Москва, Беллси, 2000, с.20–21.)

②《肖洛霍夫文集》,草婴译,前引书,第1卷,第417页。

乏真实感和亲近感；而在《一个人的遭遇》中，作家通过索科洛夫的自白，对战争中人性的存毁流变作了动人的讲述，使作品独具一格，开创了先河。没有隐喻（和声），作品就容易失之单薄平庸，缺乏厚重感与深刻性；《一个人的遭遇》通过作品中的主人公姓名的隐喻、激发读者产生联想的篇名和情节的隐喻，把一个民族在一个时代的命运吸纳进这部短篇小说。这样说来小说不小，《一个人的遭遇》本身就成了20世纪俄罗斯民族的默示录。

（刘亚丁）

第五章 肖洛霍夫的写作策略

肖洛霍夫的作品具有非常广泛的读者群，持完全对立的价值观念、具有完全不同的审美趣味的接受者都能从他的作品中找到共鸣。他的作品先后获得列宁奖、斯大林奖和诺贝尔文学奖就是明证。他的小说具有相当强的艺术生命力，当很多同时期的曾经红极一时的作品被人遗忘或被后来的时代否定的时候，他的作品依然有存在的价值，依然拥有热心的读者。为什么会出现这种独特现象，肖洛霍夫有什么过人之处？研究出现这种现象的深层原因，不但对于理解肖洛霍夫本人创作的价值，而且对于认识苏联文学都有所助益。我们认为，研究肖洛霍夫赢得读者的成功原因，应该首先从考察文学评论家对他的创作的意义和价值的定位入手，找出论者对他在苏联文学大格局中的定位与他的创作实践之间的距离，然后再分析肖洛霍夫是如何以自己独特的写作策略绕过苏联文学的复杂的价值规范和审美标准的限制，摆脱被扼杀或捧杀的悲剧，走向自己的成功的。在这里我们将散见于前面的一些观点和材料加以重新归纳。

第一节 中心与边缘的分野

苏联文学的大格局历来是苏联文学的当事者和研究苏联文学的人士十分关注的一个问题。从苏联文学初创期的20世纪20年代到90年代后期一直有人在对用俄语来进行文学创作的人排队归类，对这一文学整体进行分门别类。

我们见到的最早对苏俄文学进行分类的著作是1923年出版的托洛茨基的《文学与革命》(这正好是肖洛霍夫跻身文坛的时候)。托洛茨基在该书的第一部分"当代文学"中用若干章来讨论活跃在彼时文学舞台上的大的文学群落,第一章和有关几章的题目分别是:"非十月革命文学"、"革命的文学同路人"、"未来主义"和"无产阶级文化和无产阶级艺术"。他在序中明确指出:"明确和概括地说,我们当今文学的分类就是这样的:非十月革命文学……就形式的谱系而言,它是我们旧文学的终结,那旧文学开头是贵族文学,最后成为彻头彻尾的资产阶级文学。'苏维埃'的农夫化文学,就形式看,它可以从旧文学的斯拉夫派和民粹派中引出自己的谱系……未来主义,无疑也是旧文学的一个分支……无论个别无产阶级诗人的成就多么显著,总的看来,所谓的'无产阶级艺术'还在经历其学徒期,它向四面八方播撒艺术文化的元素,为暂时还是一个很薄弱阶层的新阶级吸收旧有的成就,就这意义而言,它将成为未来社会主义艺术的源泉之一。"[①] 这种分类法包含了对后来的苏联文学发展道路的天才的预见,托洛茨基当时认为还处在学徒期的无产阶级诗人和作家后来蔚为大观,他们沿着无产阶级文化派——拉普——社会主义现实主义的路子逐步发展,成了苏联文学的主流;而"非十月革命"的文学和"同路人"文学则渐次隐退,潜入地下或流亡海外,在孤独寂寞中依然低声吟唱着自己的旋律。

到20世纪90年代,俄国文学史家的分类仿佛是对托洛茨基分类的遥远的回应。大量被尘封的俄罗斯作家的作品在20世纪80年代以后重返文坛,迫使人们打破关于苏联文学是社会主义现实主义一统天下的旧文学史观。当时出现了解禁的回归文学、俄侨文学与正统文学并列的局面。1993年莫斯科大学的《俄罗斯文学史大纲》中采用了两分法,即现实主义和现代主义并行,其中现实主义又分为"社会肯定现实主义"和"古典现实主义传统"两部分,尽管大纲制定者有意淡化意识形态色彩,但前一种现实主义显然是指社会主义现实主义,后一种则是指侨民和"同路人"的或"回归"的作品。20世纪90年代后期我国同样出现了讨论苏联文学面貌的一批文章。周启超提出20世纪俄语

① 托洛茨基:《文学与革命》,刘文飞译,北京:作家出版社,1992年,第4—6页。

文学呈现出侨民文学、俄苏文学和非显流文学三足鼎立的图景。[①] 本书作者认为，正统文学是居于苏联文坛中心的"中心文学"，即遵循社会主义现实主义规定的文学，而回归文学与俄侨文学则是与之对立的"边缘文学"，"中心文学"与"边缘文学"之间有争论、对话的关系。[②] 所谓"中心文学"就是取得文化话语霸权的团体开创的以主流意识形态为指归，以社会主义现实主义为宪章的文学，就是在苏维埃国家内合法化的文学。边缘文学则是在意识形态和创作方法上拒绝此类制约，在苏维埃国家内没有合法性的文学。实际上每个作家都面临着一种两难的抉择：或者遵守中心文学的游戏规则，其作品会得到发表甚至奖励，但有时可能要被迫约束自己，或者对现实采取敌对的立场，进入边缘文学的圈子，其作品在当时就得不到发表，甚至有可能给自己制造麻烦。

我们姑且借中心文学与边缘文学的两分法来追述评论界对肖洛霍夫在苏联文学中的定位。

对于评论家来说，肖洛霍夫作品的位置从来就是变动不停的。从发表《静静的顿河》起，肖洛霍夫究竟该归哪一家的问题就冒出来了。1929年西伯利亚的《现在时》杂志上发表了一篇文章《为什么白卫军喜欢肖洛霍夫？》，文中说："无产阶级作家肖洛霍夫究竟完成了参与革命前的农村阶级斗争的哪个阶级的任务？对这个问题的回答是准确而确定的。有一种最客观的意见：肖洛霍夫客观上完成了富农的任务……结果肖洛霍夫的作品甚至成了白卫军喜欢的东西。"[③] 列日尼奥夫的观点稍微缓和一些："葛利高里是哥萨克阶层的斗志昂扬的思想家"，《静静的顿河》整部小说是"旧式哥萨克阶层的百科全书"，那么肖洛霍夫本人呢，就成了"哥萨克阶层的斗士，它的歌手"。[④] 1929年年底，莉季娅·托

① 周启超：《20世纪俄语文学：新的课题 新的视点》，载《国外文学》，1993年，第4期。

② 刘亚丁：《面与线：建构俄罗斯文学史的框架》，载《俄罗斯文艺》，1995年，第4期；刘亚丁：《苏联文学沉思录》，前引书，第1—3页。

③ А.П., Почему Шолохов нравился белогвардейцам?// Настоящее, 1929, №8–9. 亚·普：《白卫军为什么喜欢肖洛霍夫？》，载《现在时》，1929年，第8—9期合刊。

④ Лежнев И., Две души: О "Тихом Доне" М.Шолохова // Молодая гвардия, 1940, №10. 伊·列日尼奥夫：《两颗心灵——论米·肖洛霍夫的〈静静的顿河〉》，载《青年近卫军》，1940年，第10期。

姆在“拉普”杂志《在文学岗位上》上发表了一篇文章，声称：“肖洛霍夫也好，马卡罗夫也好，卡萨特金也好，多夫任科也好，都不是富农的艺术家，但是富农的情绪对他们作品的一系列主题发生了影响，这是毫无疑问的，‘天生的农夫’的思想是同对世界进行社会主义改造的思想相敌对的。对这种情绪进行无情的揭露——这便是马克思主义文学批评的任务。”[①] 许多批评家认为，肖洛霍夫带着同情写了反叛者，所以他就不是无产阶级作家。他们将肖洛霍夫打入了另类文学的冷宫。《被开垦的处女地》刚问世时名声也不佳，当时《旗》、《十月》和《青年近卫军》等杂志一提到《被开垦的处女地》便是批评责难。这最后一家杂志声称：《被开垦的处女地》一书“客观地说是对富农的反革命情绪的隐晦表达”。[②] 看来肖洛霍夫进入苏联文学的中心的道路充满了荆棘。

卢那察尔斯基在20世纪30年代初讨论社会主义现实主义的价值的时候，把《被开垦的处女地》称为“目标明确、积极、辩证的现实主义——社会主义现实主义——类型的佳作”。[③] 从20世纪50年代起，几乎众口一辞，都把《静静的顿河》与《被开垦的处女地》说成是社会主义现实主义的典范。可能是1941年《静静的顿河》获得斯大林奖这一事件产生了一锤定音的效果，结束了对肖洛霍夫的长期责难。1955年版苏联《百科词典》是这样评价肖洛霍夫的创作的：“肖洛霍夫的几部长篇小说……都属于社会主义现实主义的优秀作品”。[④] 在这一时期关于肖洛霍夫是否属于中心文学的问题是最无争议的。

到了20世纪80至90年代，围绕肖洛霍夫该不该归属中心文学范畴、他在中心文学中起什么作用等问题发生了激烈争论。有人怀疑他进入中心文学的资格，有人则将他看成是中心文学的最恶劣的典型。

---

① Тоом Л., Кризис или агония // На литературном посту, 1929, №11. 莉季娅·托姆：《危机与垂死挣扎》，载《在文学岗位上》，1929年，第11期。

② См.Осипов В., Открываемый роман... “Поднятая целина” -за сталинщину или против? // Культура. — 1992. 23 мая. 参见奥西波夫：《一本正翻开的小说——〈被开垦的处女地〉拥护还是反对斯大林？》，载《文化报》，1992年5月23日。

③ 《世界文论》，第4辑，社科文献出版社，第192—193页。

④ Энциклопедический словарь, М., Большая советская энциклопедия, 1955г., т.3, с.646. 《百科词典》，莫斯科：苏联百科全书出版，1955年，第3卷，第646页。

1988 年 3 月，К. 斯捷潘尼扬提出了一个问题：从公布出来的肖洛霍夫的私人信件看，对 20 世纪 20 年代末的大饥荒他很清楚，可是《被开垦的处女地》并未触及，因此“同普拉东诺夫的《地槽》相比，在《被开垦的处女地》中肖洛霍夫是不是没讲真话？……所以是否还能称它为社会主义现实主义作品？”针对此问题，Вл. 古谢夫指出：在《被开垦的处女地》第一部和第二部结尾中对当时形势的悲剧性表现相当充分，只是文艺学家自己未加注意罢了。因此“《被开垦的处女地》是社会主义现实主义作品”。[①] 在 1993 年莫斯科大学的《俄罗斯文学史大纲》中，将肖洛霍夫划入“社会肯定现实主义”一类，还是承认了他在中心文学中的地位。在否定中心文学的人看来，肖洛霍夫是起负面作用的典型代表：“斯大林分子肖洛霍夫在大众意识中是……社会主义现实主义经典作家，是对持不同政见者的迫害者……经过复杂的演变他成了阻碍进步的人，甚而至于成了反动分子。”[②] 肖洛霍夫的作品究竟属于中心文学，还是属于边缘文学，在今天的俄罗斯还是一个仍在争论的问题。

国内的研究者大多数将肖洛霍夫归在中心文学的范围内。多数论者明确肯定肖洛霍夫是社会主义现实主义代表作家。孙美玲说：苏联社会主义现实主义文学为世界贡献了许多有才华的作家，“在这样一种新型文学中，肖洛霍夫占据着一个十分突出的位置”[③]。持同样观点的还有徐家荣的《肖洛霍夫创作研究》等书。周启超在前面提到的文章中，在讲他的三分法时列举的苏维埃文学的作家就有肖洛霍夫，显然他也将这位作家归于中心文学之列。对这种观点持有疑问的论者也有，例如李树森先生在《新的历史条件下的列夫·托尔斯泰——苏维埃时期农民情绪的表达者》一文中明确指出：“以上我们简要地概括了他的创作的全貌：他反对阶级敌人，但也不喜欢无产阶级；他歌颂和同情的是中间阶层的人，这些人在历史的大变革中走过了坎坷不平的道路，他对

① Круглый стол. Отказывается ли нам от социалистического реализма? // Литературная газета, 25 мая.1988г. 《圆桌会议：我们是否拒绝社会主义现实主义?》，载《文学报》，莫斯科：1988 年 5 月 25 日。

② Московскнй комсомолец, 29 мая. 1993г. 《莫斯科共青团员报》，1993 年 5 月 29 日。

③ 孙美玲：《肖洛霍夫的艺术世界》，北京：社会科学文献出版社，1995 年，第 265 页。

他们倾注了自己的同情,这就使他的作品具有一种感伤主义的情调";"作为苏维埃时代农民情绪的表达者,肖洛霍夫的一切特点都能从产生他的那个时代——'斯大林时期'得到说明。"[①] 这种说法与托洛茨基所说的"'苏维埃'的农夫化文学"比较接近,也就是将肖洛霍夫归入了边缘文学的范围。

我们在上面引用的各种说法无非是两类,要么认为肖洛霍夫是中心文学的典范,要么认为他是边缘作家中的骁将。实质就是,要么他遵无产阶级之命,代无产阶级立言;要么他就是富农或哥萨克中农的代言人。

其实问题远远不是如此绝对,肖洛霍夫是一位非常独特的作家,他在苏联复杂的政治文化语境中从来不作非此即彼的简单选择。说出历史真相是他写作的基本出发点,但为了让作品能到读者手中而不至于付诸箧底,他采取了非常机智的"打擦边球"的写作策略。他是如何处理同中心文学与边缘文学的关系的呢?以下试分别论述之。

第二节 疏离与归依之际

对于中心文学的观念,肖洛霍夫从来没有表示过不赞同,相反他在许多场合都热情赞扬和真诚捍卫,并且在创作中他力图遵循这些观念,这是肖洛霍夫的一种基本态度。另一方面,肖洛霍夫又对属于中心文学的一些作家的写作方式和人生观念略有微词,同他们保持一定的距离,在自己的作品中表现了许多中心文学不敢涉及和不愿涉及的东西。

肖洛霍夫正面谈论过社会主义现实主义原则的价值。在第二次俄罗斯联邦作家代表大会的开幕词《天才要为人民服务》中,他正面肯定了社会主义现实主义的价值。事实上,肖洛霍夫通过他的作品表现了苏联人民取得革命和建设的胜利的历史过程,这正是他对社会主义现实主义原则的运用。比如在《静静的顿河》中展示哥萨克人如何经过战

① 李树森:《肖洛霍夫的思想与艺术》,长春:吉林大学出版社,1987年,第117页,第137—138页。

争、痛苦和流血，走向社会主义。作品把拥护苏维埃，迈向社会主义称为“伟大的人类真理”。肖洛霍夫在这部史诗性长篇小说中展示了这一历史过程，使这部作品完全符合社会主义现实主义的要求，其认识与当时的历史学家对这段历史的认识基本上是一致的（当然作品中还有别的内容，这是我们在下面要专门讨论的问题）。因此这部小说在有保留的前提下得到了斯大林奖和其他褒奖。在《被开垦的处女地》中，肖洛霍夫表现了在顿河畔的隆隆谷村开展集体化运动的艰难过程。驱逐富农，中农加入农庄，强行搜粮，敌人破坏，积极分子被围攻等等事件构成了这个艰难过程。70年代，在科瓦廖夫编写的《苏联文学史》中，《被开垦的处女地》被视为社会主义现实主义的经典作品。“肖洛霍夫真实地、充分地再现了现实生活，塑造了一大批具有独特个性、心理活动十分复杂的典型形象。艺术家的写作技巧达到了炉火纯青的地步，对他来说，忠于生活的现实，坚持人民性和党性，乃是创作的基本原则。社会主义现实主义的这些基本原则，在长篇小说《新垦地》（《被开垦的处女地》）中得到了鲜明的、令人信服的艺术体现。”[①] 这大概是当时对这部作品的最高褒奖，评论者把归于社会主义现实主义的美称都用来赞誉这部小说。这些材料足以证明，肖洛霍夫的作品具备中心文学的一些基本要素。

在体现中心文学的基本要求的同时，肖洛霍夫又在自己的作品中表现了一些正统的社会主义现实主义作家所不愿，或不敢表现的东西。比如别的作家关注的重点是展现历史进程的乐观结局，而肖洛霍夫的艺术兴奋点是悲剧过程和悲剧结局。

苏联的中心文学提倡一种“乐观的悲剧”。这个概念可以这样理解：由于苏联文学要求一种整体上的历史进化论，作品需要反映历史趋势，即革命的最终胜利，即社会主义现实主义定义中所说的“现实的革命发展”，所以英雄主人公的牺牲与其说意味着个体之肉体的毁灭，毋宁说是一种精神的震撼：一个人的牺牲将唤起更多人投身到革命事业中。这样即使是牺牲和悲剧，也会导致乐观结果。在《毁灭》（Разгром）中，莱奋生领导的游击队遭受了毁灭性打击，大半壮士英勇阵亡，最后只剩下十九个人。当他死里逃生后看到森林边打麦的农人的时候，莱奋生

① 瓦·科瓦廖夫：《苏联文学史》，前引书，第441页。

不再为死去的战友哭泣，在莱奋生重新抖擞精神时，小说戛然而止。在茹尔巴（Журба, П.）的传记小说《普通一兵》（Александр Матросов）中，关于马特洛索夫勇敢地以自己的身体扑向敌人的枪眼的行动只写了短短几句话："……他已经一枚手榴弹也没有了，只剩下了那种无限的精神力量和一种神圣的愿望——迅速地和很好地完成自己的任务。他那被风吹日晒的、几乎像小孩子一样的脸上笼罩上了一层决心。现在他比弹火还有力量，比死亡更有力量了……他稍向后面退了一点，用迅速的跳法跑了几步，仿佛是想越过火力点。后来，差不多与火力点走平了，猛然一转，扑到冒烟的、黑色的枪孔上，用自己的胸膛伏到喷着火焰的机枪口上。"这里个体的死亡被淡化了，着重点在英雄的牺牲对他的战友的激励上。小说《夏伯阳》（Чапаев）也是如此。

在这一点上，肖洛霍夫的作品与中心文学不同，他关注的是历史大潮中个人的悲剧命运。在《静静的顿河》中，第一次世界大战、十月革命和国内战争接踵而至，主人公葛利高里 · 麦列霍夫处于历史浪潮的风口浪尖，在历史的剧变中毁灭了。当然在这部长篇小说里也包含了他的家庭和其他哥萨克人的悲剧。小说结尾是作者关于葛利高里回家见到儿子的议论："好吧，葛利高里在许多失眠之夜所幻想的一点点希望终于实现了。站在自己的家门口，手里抱着儿子……这就是在他的生活上所残留的全部东西，这就是使他还能暂时和大地，和这整个巨大的、在冷冷的太阳下面闪闪发光的世界联系着的东西。"这里没有丝毫的乐观情绪。有论者恰恰就是因这个悲剧结局而怀疑《静静的顿河》进入中心文学的资格："在葛利高里 · 麦列霍夫跨过顿河 3 月的流冰，手里抱着儿子的时候，是什么社会理想照耀着他呢？""《静静的顿河》贯穿着悲苦之情，其中毫无革命浪漫主义，而后者据认为是社会主义现实主义所必需的。作品中的乐观主义仅仅在于，永久的自然循环和不息的人世代谢。"[①] 在《被开垦的处女地》中，作家在展示建立集体农庄的同时，表现了一个完整的悲剧过程。在《一个人的遭遇》这部短篇小说中，索科洛夫经历了一系列的灾难，1921 年的大饥馑夺去了他的父母，在苏

① Свинцов В., Правда «чёрная» и «белая»–Социальстический реализм: миф и реальность // Вопросы философии, 1989., №9. 斯维佐夫：《"黑色"与"白色"的真理——社会主义现实主义：神话与现实》，载《哲学问题》，1989 年，第 9 期。

德战争中他成了德国人的俘虏，遭受了非人的折磨，战争还吞噬了他的妻子和孩子，只留下他一个人孤零零地活在世上。战后他和他收养的孤儿相依为命，可因为他驾车不慎撞死了一头牛，竟被吊销了驾照。尽管索科洛夫这一形象有很强的象征性，但小说的着眼点是渺小的个体在战争巨兽的狂舞中的巨大灾难。所以肖洛霍夫的着眼点不是群体的胜利，而是个体的牺牲。

更进一步说，中心文学关注的是历史进程，而肖洛霍夫创作的主旨是展现人的魅力或人性的毁灭的过程。在一般的体现中心文学观念的作品中，隐含的叙述者叙述的频率和对人物的情感距离以被叙述对象的历史价值为依据，愈能体现历史进步趋势的人物就愈是能得到隐含叙述者的关注，他们之间的情感距离就愈近。在《铁流》(Железный поток)中，叙述者聚焦的人物是郭如鹤，与他的情感距离也最近。《夏伯阳》中叙述者被传奇英雄夏伯阳征服了，对他的一举手一投足都十分关注。这些人物都是能代表历史的进步趋向的英雄人物。假如依照中心文学的规则，《静静的顿河》应该讲述波得捷尔柯夫和科舍沃伊等追随布尔什维克的红色哥萨克战胜葛利高里之流的故事，叙述者关注同情的对象应该是前两者，而不是后者。可是肖洛霍夫发现在人的身上历史的进步性并不必然与人性或人的魅力画等号，也就是说，具有历史进步价值的人可能并不一定具有人的魅力(比如在波得捷尔柯夫下令杀军官俘虏和砍死切尔涅佐夫的时候)，相反，不代表历史进步趋势的人也可能具有人的魅力。他发现了历史价值和审美价值的背反现象，并以自己的独特方式加以艺术表现。在肖洛霍夫那里，被叙述者出现的频率不是以他的历史价值为依据的，隐含叙述者与人物情感的距离也不一定与其历史价值有直接关系。肖洛霍夫在他的作品中设置了两重并行的话语，其一是前面说到的反映社会进步的“人类真理”的历史话语，该话语以历史价值为标准，这是他的作品的大背景。当叙述具体人物时，这个大背景及其历史价值被悬置，起作用的是关于“人的魅力”的话语，该话语以审美为标准。《静静的顿河》的隐含叙述者聚焦的人物是葛利高里，而不是波得捷尔柯夫或科舍沃伊。作家将叙述聚焦于主人公葛利高里·麦列霍夫的人性泯灭的悲剧过程。在小说的第一部中作家有一种预设：在第一次世界大战之前，葛利高里处于人生的佳境,他内心和谐,身心健康,天性快乐,热爱劳动,珍惜生命,这是他人性最完满的时期。当他走上战场,善良的天性始而受到撞击,继而有所减损。在激烈的阶级斗争中,他的人性越磨越少,兽性越聚越多,在大鱼村暴动后,在落草佛明匪帮时,他的人性扭曲达到极点。尤其值得注意的是,在葛利高里和科舍沃伊同时出现的场面中,在两人的交锋中,隐含叙述者的情感距离前者近,而离后者远,比如小说第四部中科舍沃伊强迫葛利高里去区上登记的场景。在肖洛霍夫的其他作品中也有这种现象。这正是他的作品比属于中心文学的很多作品更感人,有更强、更长久生命力的主要原因——人的命运是作为个体的读者更感兴趣的东西。

也许同中心文学保持距离是肖洛霍夫的一种有意识的选择。有一次法捷耶夫请创作假,日丹诺夫(Жданов, Ю.)有心安排肖洛霍夫来代替他做一段时间的作协领导工作。可肖洛霍夫以已经买了回维申斯克去的车票为托词并加以调侃,令日丹诺夫无言以对,只好放了他。[①]他的这个向边缘、向民间的自我放逐的举动,几乎就成了反映他写作和人生的一个寓言。当文学潮流变换的时候,肖洛霍夫作品的艺术生命力反而更加旺盛。

由此足见肖洛霍夫既有属于中心文学的一面,又有许多与之不同的东西。

第三节 中心与边缘之间

肖洛霍夫的创作同边缘文学的关系更复杂一些,这是因为边缘文学本身就是一个很复杂的现象。大致可以这样说,肖洛霍夫的作品中有与边缘文学相似的内容,但他个人的立场却是旗帜鲜明地反边缘文学的。

在肖洛霍夫的作品中有很多内容与边缘文学相似或相交叉。在如

① 转引自张宏儒主编:《苏联历史的沉思》,北京:北京经济学院出版社,1991年,第345—346页。

何表现十月革命和国内战争这一特殊的题材方面，边缘文学与中心文学迥然有别。以《铁流》、《夏伯阳》、《苦难的历程》的后两部和《14—69号装甲车》（Бронепоезд 14–69）等为代表的中心文学作品的主旋律是革命英雄主义，自然忽略了个人在革命和战争中蒙受的牺牲和苦难。而边缘文学则关注战争带来的灾难性结果，关注人性的变化。在扎米亚京（Замятин, Евгений）的《洞穴》（Пещера）这篇短篇小说中，战争后彼得格勒俨然进入了猛犸横行的洪荒时代，在物质贫乏和周围环境恶劣的背景下，知识分子失去了人格和尊严。皮利尼亚克（Пильняк, Б.）的《裸年》（Голый год）表现了战争后的光怪陆离的世界，原始、混乱、灾变是这个世界的特点。阿·托尔斯泰的三部曲《苦难的历程》的第一部《两姐妹》（Сёстры）写于他当侨民的1921年，所以作品中体现了二月革命后有一种苦难感和悲观情绪笼罩着彼得格勒（后来由于作家归国和立场的大转变，三部曲的后两部就成了中心文学的代表作）。在《日瓦戈医生》（Доктор Живаго）中社会大变革和战争与其说是由叙述者展现的，不如说是由它们在主人公日瓦戈的内心“感光”为一种灾难性的力量而体现出来。日瓦戈医生回到莫斯科以后，他与昔日看门人女儿玛琳娜之间的二十桶水的浪漫史等等事情道出了“洞穴”式知识分子人格丧失的寓意。更广泛地说，在这些作品中，人在历史的剧变中不是进步了，而是退化和野兽化了。

初出茅庐的肖洛霍夫在《浅蓝色草原》和《顿河故事》等作品中表现了革命的激情和英雄主义，但将他的小说和别的描写战争的作品区别开来的基本点就是凸显战争对人性的戕害。在《粮食委员》中区粮食委员波加金对被抓起来的、将要被枪决的富农父亲见死不救。父亲对他发出诅咒：“如果圣母娘娘保佑我不死，我要亲手把你的心肝挖出来。”[①] 后来，仿佛被枪决的父亲的诅咒应验了，波加金为了救一个冻僵的小孩被暴动的哥萨克杀死了，五脏洞开。肖洛霍夫表现出的是类似于黑格尔悲剧观说明的东西：富农煽动农民藏粮食是不正义的，同时，儿子眼看父亲被处决而不援手也是不正义的，所以冲突的双方都被毁灭了。在《静静的顿河》中，葛利高里在由于其兄彼得罗被科舍沃伊杀死，变得疯狂起来，残酷地杀害被俘的红军和红色哥萨克，这时小说描

① 《肖洛霍夫文集》，中文版，前引书，第1卷，第30页。

写的葛利高里已经成了“野兽”。小说中彭楚克被指派到革命军事法庭当执法队队长,每天半夜到城外去处决犯人,其中有一些是劳动的哥萨克。当时他形容枯槁,神情恍惚,甚至丧失了性功能。可见战争将处于不同阵营的人都扭曲了。《胎记》中也有父子相仇杀的悲剧。这些作品描写这些残酷的事件时,并不试图强调什么,但是接受者从这当中不难得出自己的结论:战争使人变得不像人,而像野兽。一些敏感的批评家看到了肖洛霍夫与边缘作家的此种微妙联系,尤·奥克良斯基(Оклянский, Ю.)在《走运的倒霉者》一书中写道:“说实在的,从知识分子在革命和国内战争中对历史的态度来讲,浪漫主义者鲍·帕斯捷尔纳克所持的态度同肖洛霍夫在长篇史诗《静静的顿河》中对哥萨克和农民所持的态度是一致的,为此,长篇小说《日瓦戈医生》的作者被钉在了耻辱柱上。”[①] 应该说,肖洛霍夫在写革命和卫国战争方面与边缘作家有很多相似的地方。

边缘作家普拉东诺夫以他的《地槽》表现了集体化运动中的种种灾难性事件,用的是荒诞剧的手法。肖洛霍夫在《被开垦的处女地》中也用委婉曲折的笔法揭露了集体化运动的悲剧性。比如前一部作品中消灭富农运动被荒诞化了:让一只在铁匠铺里打铁的熊来指认,熊对谁吼叫谁就是富农,最后这些被熊找出来的“富农”被赶上木筏流放到海里去了。在后一部作品中,“达维多夫们”不但将富农扫地出门,连国内战争时期的红军战士、战后靠自己的勤劳积攒了点财产的波罗丁也被驱逐。《地槽》中集体化运动带来的饥荒是以一百口棺材、人们普遍的浮肿等暗示出来的。《被开垦的处女地》中准备暴动的潜伏的白卫军军官利亚季耶夫斯基收到的信中透露了这一信息:“我们得到可靠消息,上面正在向庄稼人征收粮食,说是为集体农庄准备种子。其实这些粮食将卖到国外去。因此,庄稼人,包括集体农庄庄员在内,将忍受无情的饥饿。”[②]1932 至 1933 年的大饥荒证实了“谣言”是真的,也证实了肖洛霍夫和普拉东诺夫不顾极左势力的压制,敢于表现历史真相的勇气。同时读者不难想象,在当时要说出真相是何等艰难,需要何等的智慧。

① 参见奥西波夫:《肖洛霍夫的秘密生平》(中文版),前引书,第 313 页。

② 肖洛霍夫:《新垦地》(《被开垦的处女地》),草婴译,载《肖洛霍夫文集》,前引书,第 6 卷,第 193—194 页。

在《他们为祖国而战》中，肖洛霍夫勇敢而大胆地描写了斯大林的形象，认真反思产生斯大林现象的历史和现实的原因。这部小说的手稿在勃列日涅夫审查的时候被卡住了，这位“最高审查官”在小说描写斯大林的地方打上了大大的问号，以至于有的评论家产生了这样的感慨：“上帝确定的安排真是不可思议……这有多么巧合：肖洛霍夫诅咒持不同政见者，可是，在要求写出有关斯大林的真相时，他又几乎和他们站在一起了。”[①]

肖洛霍夫在自己的作品中表现了一些边缘文学所关注的敏感问题，他与边缘作家一样，坚持了一种不同于政治家立场的作家立场。政治家以历史进步的宏大目标为唯一的追求，在这样的追求中个人可能要作出牺牲。作家立场的实质是关注个体的权利、愿望和追求。所以肖洛霍夫与边缘作家一样，将在战争以及政治运动中的牺牲者的声音曲折地传达了出来。但是肖洛霍夫与多数边缘作家有一个很鲜明的区别，这就是他从来都不否定政治家的立场的正面意义和合理性。所以他的作品中也有关于历史进步的话语的位置，也表现了革命和建设的大趋势。在这种意义上可以说他的作品中同时包含了胜利者和失败者的声音。

更进一步说，对当时的某些边缘作家（比如说持不同政见作家），肖洛霍夫旗帜鲜明地表达了批判的态度。1965 年持不同政见作家西尼亚夫斯基（Синявский, А.）和达尼埃尔（Даниэль, Ю.）被逮捕，有人替他们说情，肖洛霍夫在党的二十三大上痛斥为他们辩护的人。前面我们已经谈到了肖洛霍夫同索尔任尼琴的关系。对索尔仁尼琴这个地下作家的领袖人物，他也毫不客气，他在给作协的信中严厉抨击了索尔仁尼琴，甚至将他称为精神病患者，明确提议将他开除出苏联作家协会。[②]足见肖洛霍夫与很多边缘作家是有根本区别的。很多边缘作家写作的目的是要否定布尔什维克和苏维埃政权，而肖洛霍夫只是要揭露苏联历史中极左的、消极的、阴暗的现象，重新确立人的价值，以促进社会制

① 奥西波夫：《肖洛霍夫的秘密生平》，中文版，前引书，第 436—437 页。

② Васильев В., Ненависть:Заговор против русского гения // Молодая гвардия,1991, №11. 瓦西里耶夫：《仇恨：反对俄罗斯天才的阴谋》，载《青年近卫军》，1991 年，第 11 期。

度和个人更健康地发展。

因为有了中心文学的内容，肖洛霍夫的作品就获得了合法性，因为有了与边缘文学相似的内容，他的作品又具有很多在正统的文学史家看来很不和谐的东西。这就是肖洛霍夫迟迟不被中心文学接纳，受到长期质疑的原因，同时这也是他的作品能够被具有不同价值观念和审美趣味的读者接受的重要因素。

通过上述分析，我们发现肖洛霍夫是苏联文学史上的一个独特现象，他采取了类似于我们今天所说的“打擦边球”的写作策略，因此他的作品既有属于中心文学的因素，又不同于中心文学；既有与边缘文学交叉的东西，又不同于边缘文学。他处于中心与边缘之间的过渡地带。他的创作既包含了中心文学的正义性和合法性，又不乏边缘文学的批判性，因此他能够既说出历史的真相，又摆脱被封杀的结局。肖洛霍夫这一成功的个案揭示了这样一个令人深思的问题：苏联文学的正统，即我们所说的中心文学，自有其正义性、合理性，但其左倾部分对试图直面现实、揭示历史真相的作家又是一种禁锢。肖洛霍夫以“打擦边球”的写作策略，突破禁锢，获得了成功。可是又有多少作家成了这种文学左倾部分的囚徒或牺牲品呢？这足以引起我们对这种文学的功过是非的认真反思。

（刘亚丁）

结语

对肖洛霍夫学术史的考察，使我们可以进一步思考以下五个问题：

首先，如果将八十多年的苏联／俄罗斯的肖洛霍夫学术研究史作为一个生长的过程来考量，则可以看到肖洛霍夫作品有一个被逐渐经典化（20世纪30—70年代）和迅速被边缘化（20世纪80年代中期开始至今）的过程，更值得仔细思考的是，肖洛霍夫的经典化和边缘化都不是文学界、学术界自身规律运作的结果，而是由文学之外的因素或隐或显地影响的结果。肖洛霍夫经典化的明显表征出现在1936年之后，肖洛霍夫研究家奥西波夫指出：斯大林认为，一个大国，在伟大的高尔基去世后，不能没有可以数得出来的、在全世界可引为自豪的一群作家。[①]1938年肖洛霍夫被选进最高苏维埃主席团，1939年被选为苏联科学院院士。1940年在斯大林奖文学评选委员会的多次会议上，围绕是否授予《静静的顿河》第四部斯大林奖的问题展开了激烈的争论，包括阿·托尔斯泰在内的一些评委对葛利高里在作品结束时仍然是匪徒身份深表遗憾，但最终还是决定授奖给这部作品。[②] 从此肖洛霍夫和他

① 奥西波夫：《肖洛霍夫的秘密生平》（中文版），前引书，第232页；Осипов В., Шолохов. М., Молодая гвардия, 2005, с.264. 奥西波夫：《肖洛霍夫》，莫斯科：青年近卫军出版社，2005年，第264页。

② Шолохов в документах Комитета по Сталинским премиям 1940—1941 гг. В сборнике “Новое о М. Шолохове: Исследования и материалы”, М., ИМЛИ РАН, 2003, сс.486–551. 《1940—1941年斯大林奖评委会文件中有关肖洛霍夫的资料》，载《肖洛霍夫研究新材料》，莫斯科：俄罗斯科学院高尔基世界文学研究所出版社，2003年，第486—551页。

的作品在批评界、研究界渐入顺境。1939年至1940年这两年间各种报纸发表有关肖洛霍夫的文章共计65篇,其中苏共中央机关报《真理报》两篇,苏联政府机关报《消息报》6篇。[①] 乌西耶维奇在发表于《真理报》的评论文章中称:“肖洛霍夫的《静静的顿河》和《被开垦的处女地》等等作品的巨大的意义在于,他在自己的作品中正确地描写了在农村发生的复杂、矛盾的生活现象,在完满性中展示了新的、有时是出人意料的转折。”[②] 苏联高层为使肖洛霍夫获得诺贝尔文学奖也曾暗中用力。[③] 然而1988年以来肖洛霍夫开始逐步被边缘化。苏联/俄罗斯社会政治生活动荡不已,波及文坛,殃及肖洛霍夫。一些批评家、作家把肖洛霍夫当成原有的中心文学的典型符号来进行颠覆。肖洛霍夫的边缘化有三种标志:首先,通常被认为是民主派掌握的《新世界》、《旗》、《星火》和《文学报》这4种报刊在1994—2003年这10年间只发表了1篇有关肖洛霍夫的论文;同时期传统派报刊则集中发表关于肖洛霍夫的论文,《我们同时代人》发13篇、《青年近卫军》发15篇、《顿河》发52篇、《文学俄罗斯》发18篇,共发98篇。[④] 肖洛霍夫被边缘化的第二个标志是,外部研究取代内部研究,对人的研究取代对作品的研究。个别自由派作家写点小文章和随笔,将肖洛霍夫的缺点或“罪过”披露若干,指摘一通。而一些传统派人士,即肖洛霍夫学家则被他们牵着鼻子走,如临大敌,放弃了自己原有的研究路数,以大篇幅的文章和大部头的传记及著作认真回击“反肖洛霍夫学家”的小文章,以致肖洛霍夫学从主要研究作品被迫变为主要研究作家。科学学家拉卡托斯指出:科学研究方法论有正面启发法和反面启发法,反面启发法集中全力解释遇到的反例和应付反驳,但往往在研究方法的确立方面是软弱无

① Сост.:В.Зарайская и др., Шолохов М.А.: биобиблиографический указатель произведений писателя и литературы о жизни и творчестве, Москва,ИМЛИ РАН, 2005, сс. 440—445, с. 698, сс. 709—711. 扎拉伊斯卡娅等编:《肖洛霍夫:作家作品和生平创作研究文献目录》,前引书,第440—445;698;709—711页。

② Усиевич Е., Михаил Шолохов // Правда, 1939.1.27. 乌西耶维奇:《米哈伊尔·肖洛霍夫》,载《真理报》,1939年1月27日。

③ 奥西波夫:《肖洛霍夫的秘密生平》(中文版),前引书,第396—397页。

④ 同注①,第376—384;409—414;430—433页。

力的。[①] 俄罗斯传统的肖洛霍夫研究者的类似努力反而导致了肖洛霍夫在研究界的进一步边缘化。边缘化的第三个标志是，肖洛霍夫研究已经从中立的学术刊物中淡出。1995 年是肖洛霍夫诞辰九十周年，《俄罗斯文学》、《文学问题》、《文学评论》、《俄罗斯科学院语文学报》和《莫斯科大学语文学报》等 5 种中立的、重要的学术刊物没有发表一篇关于他的论文。1994—2003 年这 10 年间这 5 种刊物有关肖洛霍夫的文章总共只发了4 篇。

逐渐的经典化和迅速的边缘化都是由于过多的文学外的因素的干预，意识形态色彩比较浓，但我们相信肖洛霍夫会逃过速朽，因为他的作品的内涵是丰富的，其中既有与时代紧密相联的意识形态因素，又有超越时代的更深层次的内涵。随着意识形态之争的退潮，肖洛霍夫作品被遮蔽的层面会重新显现，他的其他的价值会被研究者重新关注。从这里可以看出，在文学经典的形成和演变机制中，除了作品自身内在的因素外，外部的因素有时也会发挥意想不到的独特作用。

第二，研究肖洛霍夫的学术史内部也有明显的发展演变。在对《静静的顿河》的评论研究中，苏联和俄罗斯学者争论的焦点是葛利高里究竟是什么样的文学形象。从上世纪 20 年代末开始，在苏联一度有批评者认为，葛利高里是人民的敌人，不配成为悲剧的主人公。后来否定的调子有所缓和，从上世纪 50 年代开始苏联的研究者围绕他是“反叛者”还是“迷误者”展开了激烈争论。到了 20 世纪 70 至 90 年代，苏联和俄罗斯的文学研究者逐渐将葛利高里看成是正面的主人公，认为他与人民休戚与共，是一位真理探索者。具体到肖洛霍夫与《静静的顿河》的主人公葛利高里的情感距离，苏联 / 俄罗斯批评界的认识可谓一波三折：早期个别持庸俗社会学观点的批评家以肖洛霍夫对葛利高里怀有同情为由责备肖洛霍夫的阶级立场，说肖洛霍夫带着同情写了反叛者葛利高里，所以他就不是无产阶级作家。后来一些人或许明白了肖洛霍夫的真实意图，为了替他开脱，因此提出葛利高里不是《静静的顿河》的主人公，人民群众才是其主人公。到了 80 至 90 年代，由于葛利高里形象被正面评价，一些批评家开始正视作者在叙述中同葛利高里的“感

① 参见拉卡托斯：《科学研究纲领方法论》，兰征译，上海：上海译文出版社，1986 年，第 66—70 页。

情”的近距离。在前苏联和俄罗斯对《被开垦的处女地》的评论和研究也呈现有趣的戏剧性变化。这部表现顿河地区的一个村子在20世纪30年代初的集体化过程的作品,在20世纪80年代中期以前被批评者、研究者阐释成正面歌颂集体化运动的作品,是社会主义现实主义的代表作。20世纪80年代中期以后,苏联和俄罗斯学术界对20世纪30年代的集体化运动作了否定性判断。在这样的背景下,在读书界和学术界都出现了对《被开垦的处女地》的否定性阐释,认为这是一部违背现实、不顾人民诉求的作品,甚至认为肖洛霍夫创作这部小说是为取悦左倾势力而违背了作家的良知。与此同时,另一些研究者则通过对《被开垦的处女地》的文本的细读,结合肖洛霍夫在当时上书最高当局为民请命的事实,证实在《被开垦的处女地》中作家以委婉的曲笔表达了人民的愿望,揭示了历史的真相。就苏联/俄罗斯的肖洛霍夫研究的发展过程来看,批评家和研究者逐渐克服庸俗社会学倾向,逐渐趋近于肖洛霍夫作品的艺术真实,逐渐趋近于作家的本来意图,这是隐约可见的宏观脉络。在此意义上说,肖洛霍夫的学术研究是未完结的过程。

第三,肖洛霍夫学术史有一个特别引人注目的地方,即在世的、正在进行创作的肖洛霍夫同批评界和其他领域的庸俗社会学势力之间形成了有趣的“逆向而动”的关系。当然批评界有的观点能让作家肖洛霍夫觉得契合自己的意图,他在创作中会加以吸收,但是更多时候,当批评界和其他领域出现庸俗社会学的批评文章和言论的时候,肖洛霍夫作为一位真诚的作家,具有抗干扰能力,他会按照自己对现实和文学的理解来创作,这样就有了超越时代的伟大作品。《静静的顿河》在20世纪20年代末刚刚问世时,就成了庸俗社会学批评的靶子。1931年“拉普”批评家指责肖洛霍夫没有按照辩证唯物主义方法来创作《静静的顿河》,在20世纪40年代末期不少批评家质疑肖洛霍夫进入中心文学的资格(如指责他不是无产阶级作家等等)。肖洛霍夫顶住了各种干扰,按照自己对生活、对文学的独特理解来继续创作《静静的顿河》。另外在肖洛霍夫写作《静静的顿河》后两部,特别是第三部第六卷的过程中,一些批评家、一些作家和一些政治人物,包括法捷耶夫、阿·托尔斯泰和斯大林等,施加压力让肖洛霍夫放弃揭露党内和红军中的个别人的过火行为导致维申斯克暴动的真相,他们一再表示希望肖洛霍夫在作品第四部的结局中把主人公葛利高里写成参加布尔什维克的战士。肖洛霍夫同样顶住了这种巨大压力。试想,假如肖洛霍夫的“抗干扰”能力不强,屈从庸俗社会学的压力,那他可能会写出一部平庸却非常合乎当时左倾潮流的作品,那么世界文学宝库中就会损失一部不朽的《静静的顿河》。

第四,肖洛霍夫的作品对不少国家的文学界和文学研究界产生了巨大的影响,各国的肖洛霍夫研究又在不断进行“本土化”的误读和创造。一方面,肖洛霍夫的作品被当成苏联文学的代表作,在全世界得到传播。《静静的顿河》(第一、第二部)在苏联刚一发表,很快就在很多国家出现了译本,1929年在德国(魏玛共和国)出了《静静的顿河》第一部的译本。1930年,肖洛霍夫的长篇小说在捷克斯洛伐克、西班牙、瑞典、中国出版,1931年在法国、英国、美国出版,1932年在丹麦出版,1934年在日本出版。当中国开始译介《静静的顿河》时,鲁迅、戈宝权、金人、王叔任等都把它当成苏联革命文学的杰出之作,并没有人注意它在苏联国内所受到的质疑。在20世纪50年代以后的东德,肖洛霍夫的作品作为社会主义现实主义的代表作品得到广泛传播。《静静的顿河》、《被开垦的处女地》等作品成了世界上传播左翼文学的得力载体。许多国家在接受肖洛霍夫的时候,把他当成苏联进步文学的最优秀的代表看待。另一方面,许多国家在评介肖洛霍夫的作品时,又是从本土语境出发的。20世纪50年代后期在中国,秦兆阳和刘绍棠等作家—批评家从本土的当下语境出发,从自己对现实和文学的复杂性的观点出发,看到了葛利高里形象的复杂性,指出了克服教条主义的必要性,《静静的顿河》似乎又成了他们为突破思想禁锢而拿来说事的话头。在中国对肖洛霍夫的研究也呈现出戏剧性的转折,如解放前肖氏作品作为革命文学引进,20世纪50年代对它们是正面评价,文革期间又全面批判,新时期则进行客观分析等。东德某些学者研究肖洛霍夫的时候又体现出了其思辨性和体系性的特点,他们还借助西德的接受美学的研究方法而取得了不错的成果。在本书中分析了肖洛霍夫的作品在法国读书界未受到高度重视的原因:一战后法国思想界的“放大假”状态,二战后的冷战思维等,使被奉为社会主义现实主义经典的肖洛霍夫的作品难以进入法国学人的视野。在美国的评论界,肖洛霍夫作品的艺术成就都得到了相对一致的肯定。这一点有力地反驳了那种关于肖洛霍夫获诺贝尔奖主要是基于政治因素的谬论。美国对立于苏联的意识形态的环境,无可避免地影响了评论家们对于肖洛霍夫作品的期待及阐释视角。这主要表现在他们对于肖洛霍夫作品的意识形态意味异常敏感,即对于这些作品是反映了历史真实、还是仅仅宣传了苏联极左的意识形态"特别关注"。所幸的是,在大多数评论家那里,肖洛霍夫作品的艺术成就成功地击破了他们可能的"不怀好意的企图"。

第五,在学术史的基础上应该进行深入的学理性反思,进行对肖洛霍夫的代表作品的新解读。肖洛霍夫是共产党人,真诚地期望革命和建设的道路能够避免人为的曲折。在《静静的顿河》中隐含了两套既对立又统一的话语。A. 关于真理的话语:在《静静的顿河》中把拥护苏维埃、克服哥萨克偏见的思想称为"伟大的人类真理"。哥萨克经过痛苦的历程走向社会主义是小说的主题之一,这套话语服从历史伦理。B. 关于"人的魅力"的话语:在这套话语中,叙述者服从审美的律令,叙述的聚焦点是人性的存毁,或关注体现人性魅力的人物,或着浓墨描绘人性泯灭的痛苦过程。在《静静的顿河》中,肖洛霍夫接受了处于中心地位的意识形态话语,并且真诚地肯定它是真理。十月革命的伟大意义和哥萨克最终拥护苏维埃政权,这是 A 话语的要旨,肖洛霍夫把这个真理作为贯穿作品的一条红线。但是他引入衡量人的价值的 B 话语,用于描写人物的时候,此时他暂时将历史伦理悬置起来,代之以审美的价值观,就避免了将人物单面化、童话化的流弊。同《苦难的历程》、《俄罗斯森林》等作品相比,《静静的顿河》消解了将人物作简单的阶级分类的"成人童话"思维。唯其如此,《静静的顿河》才从那个时期的众多作品中脱颖而出。

在《一个人的遭遇》中,肖洛霍夫让主人公陈述了自己在和平生活和战争中的经历,这是叙事,构成了小说叙述的旋律;与此同时,作家又利用了"人"(человек)与"遭遇"(судьба)的多义性,利用主人公的姓名,来形成作品的隐喻,这是和声,由此产生了 20 世纪俄罗斯人民的历史命运的象征。在《一个人的遭遇》中以人性流溢为叙事旋律,以深刻象征为和声,犹如沉郁悲愤的旋律在众多和声的伴奏下不断演进,因此可以说这部短篇小说就成了俄罗斯人民 20 世纪命运的默示录。

本书指出,肖洛霍夫是苏联文学史上的一个独特的现象,他采取了独特的写作策略,他的作品既有属于中心文学的因素,又不同于中心文学;既有与边缘文学交叉的东西,又不同于边缘文学。他处于中心与边缘之间的过渡地带[1]。他的创作既包含了中心文学的正义性和合法性,又不乏边缘文学的批判性,这样肖洛霍夫得以既突破“左”的禁锢,又获得空前的成功。

本书只是肖洛霍夫学术史的一个纲要式的书稿,由于我们学术水平有限,资料不够齐全,错讹疏漏在所难免。我们相信,肖洛霍夫的研究在俄罗斯会由某种类似于情绪化的冷热交替的状态进入平稳的发展,各国的肖洛霍夫研究也会继续进行下去。我们对将来的、更完善的肖洛霍夫学术史充满期待。

(刘亚丁)

① 关于中心文学与边缘文学的分野问题参见刘亚丁:《苏联文学沉思录》引言,成都,四川大学出版社,1996年,第1—3页。

附录一 重要文献

一、中文部分

[俄]奥西波夫:《肖洛霍夫的秘密生平》,刘亚丁、涂尚银、李志强译,成都:四川人民出版社,2001年。

[俄]奥西波夫:《肖洛霍夫传》,辛守魁译,北京:人民文学出版社,2011年。

冯玉芝:《肖洛霍夫小说诗学研究》,太原:山西人民出版社,2001年。

[苏]古拉:《肖洛霍夫》,英卓译,载季莫菲耶夫主编《论苏联文学》,北京:人民文学出版社,1958年,下卷。

何云波:《20世纪文学泰斗肖洛霍夫》,成都:四川人民出版社,2000年。

李树森:《肖洛霍夫的思想与艺术》,长春:吉林大学出版社,1987年。

李毓臻:《肖洛霍夫的传奇人生》,北京:北京大学出版社,2009年。

刘亚丁:《顿河激流——解读肖洛霍夫》,成都:四川教育出版社,2001年。

孙美玲:《肖洛霍夫》,沈阳:辽宁人民出版社,1985年4月。

孙美玲:《肖洛霍夫的艺术世界》,北京:社会科学文献出版社,1994年。

孙美玲编译:《作家与领袖——肖洛霍夫致斯大林》,北京:北京大学出版社,2000年。

孙美玲选编:《肖洛霍夫研究》,北京:外语教学与研究出版社,1982年。

[俄]利特维诺夫:《肖洛霍夫评传》,孙凌齐译,北京:中央编译出版社,2002年。

《肖洛霍夫文集》,金人、草婴、孙美玲等译,北京:人民文学出版社,2000年。

徐家荣:《肖洛霍夫创作研究》,兰州:兰州大学出版社,1996年。

二、英文部分

H.,B.H.: "Tales of the Don by M. Sholokhov", Springfield: *Union and Republican,* [MA], 4 March 1962.

Collier,Bert: "In Sholokhov's Village, Hope", Miami: *Herald,* [FL], 5 May 1961.

Edgerton, Jay: "The Cassacks Though War And Upheaval", Minneapolis: *Journal*, [MN], 29 July 1934.

Emolaev, Herman: *Mikhail Sholokhov and His Art*, Princeton University Press, 1982.

"Significant Picture of Red Russia", New York: *Daily News,* [NY], 28 December 1935.

Sillen, Samuel: "Sholokhov's Characters", *New Masses,* 19 August 1941.

Stewart, D.H.: *Mikhail Sholokhov:A Critical Introduction*, The University of Michigan Press, 1967.

三、俄文部分：

Апухтина В.,"Поднятая целина" М. Шолохова: (Из наблюдений над стилем писателя) // Литература в школе, 1955, № 2.

Алексеев М., Орел продолжает парить в поднебесье // Москва,1990, №5.

Бакланов Г., Входите узкими вратами // Знамя,1992, №3.

Бирюков Ф., Шолохов, Москва, Издательство московского университета,2000.

Блохина О., Аполлоническое и дионисическое в женских персонажах романа М.А.Шолохова "Тихий Дон": Наталья и Аксинья // Шолоховские чтения (Сборник научных трудов), Выпуск IX, под общей редакцией, Москва, 2010.

Бритиков А. Ф., Григорий Мелехов и Аксинья Астахова // Русская литература, 1958, №4.

Бритиков А., Мастерство Михаила Шолохова, Москва, Ленинград, Наука, Лнигр. Отделение,1964.

Васильев В., Михаил Шолохов: Очерк жизни и творчества// Молодая гвардия, 1998, №7–10.

Васильева В.В. (Сост), Шолохов и русское зарубежье, Москва, Алгоритм,

Великая Н., "Тихий Дон" М. А. Шолохова как жанравый и стилевой синтез, Владивосток, Издательство Дальневосточного университета, 1983. 2003.

Гавриленко П., Шолохов среди друзей, Алма-Ата,Жазушы, 1975.

Государственный музей-заповедник М.А.Шолохова, Вёшенский вестник, №11, Ростов-на-Дону, ЗАО "Книга", 2011.

Гоффеншефер В., Шолоховский пейзаж // Литературный критик, 1938, №8.

Гоффеншефер В., Персонажи Шолохова // Литературная газета, 1939.8.26.

Громов П., Г.Мелехов и М.Кошевой // Литературная газета, 1940.10.06.

Гура В., Народно-поэтические истоки "Тихого Дона" // Литературная учёба, 1978, №3.

Гура В., Как создавался "Тихий Дон", М., Советский писатель,1989.

Гура В. и Абрамов Ф., М. А. Шолохов: Семинарий, Л., Учпегиз, 1958.

Дворяшин Ю., Достоевский и Шолохов: диалог о человеке//Ф.М. Достоевский и современность:актул.вопр.изучения творчества. –Сургут, 2002.

Диброва Е., (Главный редактор), Словарь языка Михатла Шолохова, Москвский государственный открый педагогический университет им.М.А.Шолохова, 2005

Диброва Е., "За мной, братцы, не робей, не робей! " // Слово,2005, №4.

Д*, Стремя "Тихого дона", Загадки романа, Paris, YMCA-PRESS, 1974

Евтушенко, Евг., Фехтование с навозной кучей // Литертурная газета, 1991 , №3.

Ермилов В., О "Тихом Доне" и о трагедии // Литературная газета, 1940.8.11.

Ермолаев Г., Михаил Шолохов и его творчество, Санкт-Петербург, Академический проект, 2000.

Ермолаев Г., "Тихий Дон" и политическая цензура 1928-1991, Москва, ИМЛИ РАН, 2005.

Жуков И., Рука судьбы. Правда и ложь о Михаиле Шолохове и Александре Фадееве, М., Воскресенье, 1994.

Закруткин В., Михаил Шолохов // Дон, 1955, №2.

Зарайская В. и др., Шолохов М.А.:биобиблиографический указатель произведений писателя и литературы о жизни и творчестве, М., ИМЛИ

РАН,2005.

Заславский Д., Конец Г.Мелехова // Правда, 1940.3.23.

Калашникова С., “Тихий Дон” и “Красное калесо” в типологии исторического романа. В сборнике “Шолоховские чтения: Война России XX века в изображении М.М.Шолохова”, Ростов-на-Дону, Ростовский государственный университет,1996.

Кирпотин В., “Тихий Дон” М. Шолохова. Судьба Г. Мелехова // Красная новь,1941,№3.

Кирпотин В., Тема природы в “Тихом Доне” Шолохова // Октябрь, 1946,№12.

Колодный Л., История одного посвящения (неизвестная переписка М. Шолохова) // Знамя, 1987, №10.

Колодный Л., Как я нашел “Тихий Дон”, издание третье, Москва, “Голос пресс”, 2005.

Коновалова И., М.Шолохов как зеркало русской коллективизации // гонек,1990.

Корниенко Н., “Сказано русским языком…” Андрей Платонов и Михаил Шолохов: встречи в русской литерануре, Москва, ИМЛИ РАН,2005.

Кравченко И., Шолохов и фольклор // Литературный критик, 1940,№5.

Крупышев А., Фольклорная основа “Тихого Дона” // Звезда, 1975, №4.

Кузнецов Ф, “Тихий Дон” : Судьба и правда великого романа, М., ИМЛИ РАН,2005 .

Кузнецов Ф., Революция духа // Литературная Россия, 1988, №28.

Левицкая Е., На родине “Тихого Дона” // Огонек. 1987, №17.

Лежнев И., Две души : О “Тихом Доне” М.Шолохова// Молодая гвардия,1940, №10.

Лежнев И., Из темы о Шолохове // Звезда, 1947, №10.

Лежнев И., Мелеховщина // Звезда, 1941, №2.

Лежнев И., Рождение колхоза // Молодая гвардия, 1941, №4.

Лежнев И., Традиция и новаторство М. Шолохова // Знамя, 1954, №12.

Лесючевский Н., Поднятая целина // Литературный современник, 1933, №4.

Литвинов В., Уроки “Поднятой целины” // Вопросы литературы,1991, №9-10.

Лукин Ю., О творческом пути М. Шолохова // Знамя, 1948, №9.

Лю Ядин, "Судьба человека": реализм или символизм // Вёшенский вестник (Государственный музей-заповедник М.А.Шолохова), №11, Ростов-на-Дону, ЗАО "Книга", 2011.

Мазнин Д., Какова идея "Тихого Дона" // Октябрь, 1931, №3.

Майзель М., О "Тихом Доне" и одном добром критике // Звезда,1929, №.8.

Марков А., Очередные фехтования Евгения Евтушенко // Литературная Россия, 1991, №9, с.5.

Мих А., Большие самокритики // Сибирские огни, 1930, №.1.

Московский государственный гуманитарный университет им. М.А.Шолохова, Шолоховские чтения (Сборник научных трудов), Выпуск IX, под общей редакцией, Москва, 2010.

Новое о М. Шолохове: Исследования и материалы, М., ИМЛИ РАН, 2003.

Осипов В., Тайная жизнь Михаила Шолохова... Документальная хроника без легенд, М., Либерея; Раритет,1995.

Осипов В., Шолохов М. // Молодая гвардия, 2005.

Осипов В., Годы, спрятанные в архивах // Сов.культура, 1991.18 мая.

Осипов В., Открываемый роман... "Поднятая целина"—за сталинщину или против? // Культура, 1992. 23 май.

Палиевский., Шолохов и Булгаков, М., ИМЛИ РАН- "Наслдие", 1999

Перцов В., Новая дисциплина // Знамя, 1936, №11.

Петелин В., Михаил Шолохов: Страницы жизни и творчества, М., Советский писатель, 1986.

Петелин В., Михаил Александрович Шолохов. Энциклопедия, М., Алгоритм, 2011.

Петелин В., Жизнь Шолохова. Трагедия русского гения, М.,Центрполиграф, 2002.

Петелин В., "Тихий Дон" —Бессмертен. В сборнике "Шолохов на изломе времени" . М., Наследие,1995.

Прийма К., "Тихий Дон" сражается, Ростов-на-Дону, Ростовское книжное издательство,1972.

Семанов С., "Тихий Дон": Белые пятна. Подлиная история главной книги XX века, Моква, Яуза, Эксмо, 2006.

Семанов С., О некоторых обстоятельствах публикации "Тихого дона"// Октябрь,1988, №1.

Смирнова К., Разлив народной жизни // Русская литература. Советская литература, М., Просвещение,1989.

Соколова Л., За кого вы нас принимаете? // Литературная Россия, 1988, №36.

Солженицын. А., Бодался теленок с дубом // Новый мир, 1991, №12.

Тамарченко Е., Идея правды в "Тихом Доне" // Новый мир, 1990, №6.

Тамахин В., Поэтика Шолохова-романиста, Ставрополь, Ставропольское книжное издательство, 1980.

Тоом Л., Кризис или агония // На литературном посту, 1929, №11.

Хватов А. И., Жить жизнью народа... (О художественной индивидуальности Шолохова). Партийность и творческая индивидуальность писателя, М., Л., 1965.

Фонд "Шолоховская энциклопедия", Государственный музей-заповедник М.А.Шолохова, Московский государственный гуманитарный университет имени М.А.Шолохова, Шолоховская энциклопедия, Москва, Издательский дом "Синергия", 2012.

Хватов А., Художественный мир Шолохова, Москва, Советская Россия,1970.

Хмельницкая Т., Реализм Шолохова // Звезда, 1948, №12.

Чарный М., О "Тихом Доне" // Октябрь, 1941, №4.

Чарный М., Бурные годы "Тихого Дона" // Октябрь,1940, №9.

Чуковский Н., Создание характера: Чапаев и Григорий Мелехов // Знамя, 1956, №8.

Шолохов М.М., Отец был прост и мужественен—Малоизвестные страницы жизни М. А. Шолохова. Ростов-на-Дону,Книга, 1999.

Шолоховские чтения, "Тихий Дон" М.А. Шолохова в современном восприятии. Ростов-на-Дону, Издательство Ростовского университета, 1992.

Щербина В., "Тихий Дон" М.Шолохова // Новый мир, 1942, №4.

Щербина В., Человек и народ // Дон, 1960, №3.

Якименко Л., Искусство портрета. сб. статей "Мастерство писателя", М., Советская Россия, 1961.

Якименко Л., О советской эпопее: Некоторые вопросы // Звезда, 1956, №8.

Якименко Л., Твочество М. А. Шолохова, Москва, Советский писатель, 1964.

Янчевский Н.Л., Реакционная романтика // На подъёме. 1930, №12.

四、德文部分：

Baumann, Hasso: *Untersuchungen an literarischen Texten M. Solochovs*, Verl.-Abt. der Friedr.-Schiller-Univ., Jena, 1988.

Beitz, Willi; Conrad, Helga (Hrsg.): *Werk und Wirkung M. Scholochows im welthistorischen Prozefiß* (Materialien eines intemationalen Symposiums), Verlag der Karl-Marx-Universitäet Leipzig, 1977.

Beitz, Willi; Conrad, Helga; Seehase Ilse (Hrsg.): *Erbeverhältnis und Traditionsbildung in sozialistischen Literaturen* (Beiträge des 3. Scholochow-Symposiums mit internationaler Beteiligung an der Karl-Marx-Universität Leipzig am 24., 25. und 26. April 1985), Verlag der Karl-Marx-Universität Leipzig , 1986.

Eimermacher,Karl; Hartmann,Anne (Hrsg.): *Das historische Gedächtnis Russlands* · Archive, *Bibliotheken , Geschichtswissenschaft, Bochum*, 1999.

Hexel schneider, Erhard; Sillat, Nikolai (Hrsg.): *Michail Scholochow · Werk und Wirkung* (Materialien des internationalen Symposiums "Scholochow und uns" Leipzig, 18–19. März 1965), Verlag der Karl-Marx-Universität Leipzig, 1966.

Kasack, Wolfgang: *Die russischen Nobelpreistrtäger*, Universität Bochum, 1975.

Lukäcs,Gyärgy: *Russische Literatur, Russische Revolution*, Rowohlts Taschenbuch Verlag GmbH, 1969.

Stein, Heidrun: (Sektion Sprachwissenschaft der Friedrich- Schiller-Universität Jena), *Zur Bedeutung des Dialogs für die Figurencharakteristik im künstlerischen Text (dargestellt an einer frühen Erzählung M. Šolochovs)//* Friedrich-Schiller-Univ. Jena, R., 1987.

Wefers, Hans: *Erzäihlerische Strukturen und Weltbild in Solochovs Dongeschichten.*

五、法文部分

Stil, André: "Le destin d'un peuple", *L'Humanité*, Paris, 29.10.1959.

Vitez, Antoine: "L'insolite orthodoxie de Cholokhov", *Le Monde* , 17–18 octobre. 1965.

附录二

人名中外文对照及索引

附录三

书、报、刊、篇名中外文对照及索引